김미정 판타지 장편 소설

잃어버린 세계
The Lost World

4

잃어버린 세계 4
김미정 판타지 장편 소설

초판 1쇄 찍은 날 § 2002년 4월 20일
초판 1쇄 펴낸 날 § 2002년 4월 30일

지은이 § 김미정
펴낸이 § 서경석

편집장 § 문혜영
편집책임 § 권민정
편집 § 장상수 · 박영주 · 김희정 · 이종민
마케팅 § 정필 · 강양원 · 김규진 · 안진원

펴낸곳 § 도서출판 청어람
등록번호 § 제1081-1-89호
등록일자 § 1999. 5. 31
어람번호 § 제1-0234호

주소 § 경기도 부천시 원미구 심곡1동 350-1 남성B/D 3F (우) 420-011
전화 § 032-656-4452 팩스 § 032-656-4453
http://www.chungeoram.com
e-mail § eoram99@chollian.net

ⓒ 김미정, 2001

값 7,500원

ISBN 89-5505-232-4 (SET)
ISBN 89-5505-354-1 04810

※ 파본은 본사나 구입하신 서점에서 교환하여 드립니다.
※ 저자와 협의하여 인지를 붙이지 않습니다.

김미정 판타지 장편 소설

잃어버린 세계
The Lost World

4 명경지수(明鏡止水)

목
차

Part 11 **자신만의 답을 찾아** _ 7
Part 12 **스란 비 케스트** _ 39
Part 13 **저주받은 이들의 결말** _ 139
Part 14 **유니콘이 사는 숲** _ 165
Part 15 **여름날의 축제** _ 225
외전外傳 **어느 일요일에 있었던 일** _ 311

용어 해설 _ 329

Part 11
자신만의 답을 찾아

자신만의 답을 찾아

"흑, 그래서 말야… 내가 얼마나 고생을 많이 했는데. 듣고 있는 거야, 현홍아?"

"하암…… 듣고 있어."

현홍은 길게 하품을 한 뒤에 눈가에 고인 눈물을 슥슥 닦아내었다. 지금 그는 굉장히 피곤했다. 누군가로부터 아침 일찍이 깨워져서는 한 시간 정도 눈물 섞인 수다를 듣고 있어야 했기 때문이다. 적당히 끝내면 좋으련만 그녀는 특유의 과장 섞인 어조와 행동을 취해가며 끝없이 이야기를 늘어놓고 있었다. 아직 해가 제대로 뜨지도 않은 새벽인데 수도로 떠나는 것도 기분이 나빴다. 분명히 시간이 지체되기는 했지만 이른 아침부터 떠나면 여행이 즐거울 리 없잖아라고 투정을 부려도 소용이 없었다.

팔을 들어 올려 기지개를 켠 현홍은 머리를 감은 지 얼마 되지 않아서 아직은 촉촉한 자신의 머리카락을 슬슬 매만지며 게슴츠레 눈을 떴다.

"그런데 아직 끝나려면 멀었니, 아영아?"

"우아앙! 아직도 많이 남았어!"

갑자기 소리를 치며 탁자에 엎어지는 아영을 보며 현홍은 움찔 어깨를 떨다가 한숨을 내뱉었다. 아영의 브릿지 섞인 갈색의 머리카락이 허공에서 요동 쳤다. 확실히 이곳 물의 도시 루인에서는 생각지도 못하게 며칠을 보내 버렸다. 갑자기 진현이 사라지지 않나 슈린과 아영은 뜻하지 않은 부상을 입었고 도시 일부는 파손되어 있기까지 했다. 더 의아한 점이 있다면 그동안의 기억이 없다는 것이다. 자신이 울다가 지쳐서 잠들었나 하고 곰곰이 생각을 해보았지만 아무리 그래도 다른 사람들도 그 당시의 기억이 없다는 것은 조금 납득하기 어려웠다.

일어날 때 머리와 몸이 조금 쑤셨다는 것과 다른 사람들 역시 그런 증상을 보였다는 것, 그리고 왠일인지 아영은 누군가와 싸우다가 다쳤다고 한다. 대체 무슨 일이 있었던 걸까? 아영에게 물어봐도 슬그머니 말을 돌리거나 어색한 행동을 보이는 것을 보아 숨기는 것이 있는 게 분명한데 도무지 그것이 무엇인지 알 수가 없었다.

여관 안에 있던 사람들과 도시의 사람들도 거의 비슷한 시각에서 잠에서 깨어났다고 한다. 하지만 아무리 머리를 굴려봤자 현홍의 모자란 추리력으로는 그 일의 진상을 밝혀내는 것은 조금—사실은 아주 많이—무리가 있었다. 결국 그냥 그러려니 하고 넘어가는 수밖에 없었다고 할까. 아영의 어깨와 다리에 난 상처는 에오로의 치료로 거의 다 나은 상태였다. 그래서 사흘이 지난 지금에서야 수도로 떠날 차비를 하고 있었다.

현홍은 잠시 동안 멍하게 창밖을 바라보았다. 그 당시 과연 무슨 일이 있었나 하는 의문이 쉽사리 머리 속에서 사라지지 않았다. 슈린은 상처는 심하지 않았지만 무슨 생각에서인지 그날 이후 자신의 방에 틀어박힌 채 명상만을 행했다. 누가 보면 수도승인 줄 알 정도로 두문불출하며 방에만 틀어박혀 있어서 심히 걱정이 될 정도였다.

"무슨 생각해?"

미간을 곱게 찌푸리며 물어오는 아영에게 현홍은 고개를 저어 보였다. 그 사건이 있은 후 진현은 하루 동안 보이지 않았다. 도시를 이 잡듯 뒤졌는데도 모습을 보이지 않아서 노심초사하고 있을 때 진현은 여관으로 돌아왔다. 무슨 일이 있었는지는 모르지만 약간은 피로해 보이는 얼굴과 지친 몸을 이끌고 돌아온 그였다. 하지만 별달리 변한 것은 없는 것 같았다. 그 후 종종 여관 밖으로 나가 한참을 있다가 돌아오는 일이 있었지만 평소의 그와 다른 것은 없었다.

자신의 긴 머리카락을 손가락으로 꼬고 있던 아영은 입을 오물거리더니 조심스럽게 입을 열었다.

"…진현 때문에?"

"응."

생각외로 담백하게 대답을 해서일까. 아영은 살짝 놀란 얼굴을 짓더니 머리를 긁적거렸다. 하지만 현홍은 아영의 그 얼굴을 보지 못했다. 그저 막연하게 자신만의 생각을 정리하며 어슴푸레 해가 뜨고 있는 창 밖을 바라볼 따름이었다. 그리고 그들에게로 작은 그림자가 다가왔다. 여관의 식당에 있는 사람이라곤 현홍과 아영뿐이어서 아침 식사를 할 것인지 물어보러 온 티네케였다. 그녀는 약간 졸음에 겨운 눈으로 두 사람에게 다가와 공손히 물었다.

"일찍 일어나셨군요. 아침 식사는요?"

"간단하게 주세요. 그냥 요기가 될 만한 것이면 상관없어요."

활기 차게 대답한 아영을 향해 고개를 숙여 보인 티네케는 총총걸음으로 식당 안쪽으로 사라졌다.

계속해서 그답지 않은 진지한 얼굴로 생각에 잠긴 현홍을 보고 있노라니 아영은 슬그머니 짜증이 밀려왔다. 생각 같아서는 다 불어버리고 싶지만 그랬다가는 진현에게 목숨이 남아나질 않을 것 같아서 불안했다. 친군데… 그 정도는 가르쳐 줄 수 있는 것이 아닐까 하는 의문이 잠시 떠올랐다가 사라졌다. 그렇지만 그 정도라는 것이 자신이 생각해도 엄청난 것이기에 쉽사리 입이 떨어지지 않았다. 만약에 잘못 말해서 엄청난 오해와 파장이 생긴다면?

오싹한 생각에 몸을 부르르 떤 아영은 자신의 엄지손톱을 잘근잘근 씹으며 생각을 정리했다.

'말하는 것이 좋을까, 아니면 그냥 이대로 입 다무는 것이 좋을까? 말은 하고 싶어. 입이 근질거리는걸! 아아, 윤아영, 너도 결코 입이 무겁다고는 말 못할 것 같구나. 우우… 잘못 말했다가 진현이 엄청 화낼 것 같기도 하고. 슈린도 말하지 말라고 했고. 그런데 그 녀석은 왜 나 보고 이래라저래라 그러는 거야? 현홍이 이렇게 고민하는 거 보면 정말로 말하고 싶다. 하지만 이 녀석이 걱정하는 부분은 자신의 기억 속에 왜 그 부분이 없냐는 것이겠지. 그게 약으로 사람들을 재워 버린 메피스토 녀석 때문이라니까! 하여간에 그놈이 죽일 놈이야!'

속으로 이런저런 주절거림을 늘어놓던 아영은 문득 생각이 난 것이 있다는 듯 손바닥을 탁 하고 마주쳤다. 하지만 현홍은 자신의 생각에 깊이 빠져 있는 것인지 여전히 멍한 눈초리로 밖을 쳐다보고 있는 중이었다.

'음, 대충 악마의 장난이라고 둘러대 버릴까? 여기서는 흔한 일은 아니지만 아주 있을 수 없는 일도 아니잖아. 최소한 설득력은 있을 것 같은데. 사실 말이야 바른 말이지 악마의 장난 맞지 뭐. 그 녀석이 결국에는 아이리스도 데리고 사라져 버렸어. 그리고 아이비 역시 언제 사라졌는지 모르게 없어져 버렸고. 나중에 만나면 혼을 내버려야지. 물론 이길 수 있어야겠지만.'

결국에는 이 정도 결론밖에 내지 못한 아영은 스스로에게 실망하며 탁자 위에 이마를 대고 엎어져 버렸다.

"두 사람, 여기서 뭘 그렇게 중얼거리면서 있는 거야? 기도해?"

"아, 에오로!"

아영은 반갑게 외치며 손을 흔들었다. 자신을 치료해 준 고마운 소년이었기에 아영은 이미 에오로를 친구라고 낙점 지어둔 터였다. 그녀는 마음만 맞는다면 자신보다 나이가 적든 많든 상관하지 않는 주의였다. 에오로 역시 그다지 거부감은 없었고 무엇보다 아영의 밝은 성격과 자신의 성격이 잘 어울렸기 때문에 쉽게 친해질 수가 있었다. 에오로는 이제 여행을 떠날 차비를 끝마치고 내려오는 길이었다. 그의 어깨에는 커다란 가방이 메어져 있어서 아영은 고개를 갸웃거리며 물었다.

"그 짐 다 네 거야?"

"응? 물론이지. 여행을 할 때에는 짐이 많이 필요하니까. 뭐, 전부 진현에게 신세를 진 것이기는 하지만. 두 사람은 준비 다 한 거야?"

실실 웃으며 묻는 에오로를 향해 혀를 살짝 내민 아영은 자신의 빈 손을 내보였다.

"난 어차피 짐 같은 것 없이 왔어. 전에 다쳤을 때 입고 온 옷은 찢어졌거든. 그러니까 짐이 있을 턱이 없잖아? 나머지는 다른 사람들 것 좀 뺏어 쓰지 뭐. 오호홋!"

입을 가리고 마녀 웃음소리를 내는 아영에게 에오로는 못 말리겠다는 식으로 어깨를 으쓱거렸다. 두 사람이 앉아 있는 탁자에 다가와 무거운 짐을 바닥에 내려둔 에오로는 생각에 잠긴 현홍을 보았다. 그리고는 살짝 아영에게 몸을 붙이며 소곤거리는 귓속말로 물었다.

"쟤 왜 저러냐?"

아영 역시 마치 첩보 영화를 연상시키는 몸 동작으로 한 손으로 입을 가리고는 에오로의 귓가에 속삭여 주었다.

"얼마 전에 그 일 있잖아? 그날의 일이 아직도 궁금한가 봐."

"아아, 하긴. 나도 그때의 일은 아직도 이해가 안 가는걸? 내가 왜 2층 복도에서 자고 있었을까? 에이레이랑 키엘이랑 같이 말야."

"…살다 보면 이런저런 일이 있는 거야."

아영은 황급히 고개를 돌리며 에오로의 의아한 시선을 피했다. 이 사람이고 저 사람이고 그날의 일만 나오면 궁금해했다. 이 여관에 들르는 도시 사람들도 삼삼오오 모이면 그날의 일이 어떻게 된 일일까 하고 토론을 벌이기 일쑤였다. 거의 대부분의 사람들이 집단 환각이네, 악마의 저주네라고 결론 지었고 어떤 소문 중에는 세상의 종말이 다가오고 있다는 것도 있었다. 그날의 사실을 알고 있는 사람이라고는 자신과 진현, 슈린밖에 없었다.

빨리 이 도시 뜨고 싶어라고 속으로 잠시 절규하며 훌쩍이는 아영을 보며 에오로는 고개를 갸웃거렸다. 그리고는 멍한 표정으로 있는 현홍의 어깨를 툭툭 쳤다. 화들짝 고개를 돌리는 현홍에게 에오로는 손사래를 치면서 말했다.

"뭘 그리 생각하는 거야? 어차피 생각해 봤자 알 수 있는 것도 아니고. 그렇게 멍해 있지만 말고 네 짐도 챙겨서 내려와. 다른 사람들도 다 준비 중이야."

"어? 어, 알았어."

불확실한 목소리로 대답한 현홍은 머뭇거리며 2층으로 발걸음을 옮겼다. 푸우 하고 작은 한숨을 내쉰 에오로는 의자 등받이에 편하게 기대면서 두 팔로 자신의 머리를 받쳤다. 그리고 불량스러운 태도로 두 발을 탁자 위에 올리고는 중얼거렸다.

"악마란 말이지……."

"앗, 네가 그걸 어떻게 아는 거야?!"

크게 놀라며 자리에서 일어서는 아영을 보며 에오로는 미간을 찌푸렸다.

"슈린이 말해 줬는데 왜 그래?"

"뭐, 뭐라고?!"

세상에, 말하지 말라고 했던 사람이 누구던가! 아영은 지금 이 순간 배신감에 몸을 떨며 주먹을 불끈 쥐었다.

"말하지 말라고 한 사람은 자기면서 지가 먼저 입을 나불거리다니! 이 남자로서의 지조도 없는 녀석 같으니!"

"…남자한테도 지조는 분명 필요하지만 말야… 뭘 그리 흥분해?"

"몰라! 비밀은 깨는 것이 아니라 지키는 거야! 첫인상부터가 얍삽하게 생겼다고 생각했더니 이렇게 뒤에서 호박씨를 깔 줄이야! 정말이지 실망이야! 하여간에 키 큰 놈들은 쓸 데가 없다니까."

마치 돈 빌려줬다가 떼어먹고 도망간 사람에게 향하는 저주의 그것과 같은 어투로 소리치는 아영의 등 뒤로 소리없이 하나의 그림자가 다가왔다. 핫 하고 짧게 숨을 몰아쉰 에오로는 황급히 아영에게 손을 흔들어 보였지만 흥분한 여성의 두 눈에는 아무것도 보이지 않기 마련이다. 그저 이 순간 자신을 배신하고 먼저 입을 연 배신자에게 저주의 불길을 쏟아낼 뿐. 잠시 후 어디선가 많이 들어본 중저음의 목소리가 들려왔다.

"…누가 얍삽하고 남자로서의 지조도 없으며 쓸데없는 녀석이라는 겁니까?"

"누구긴 누구야! 슈린이라는 녀석이지! 그 녀석밖에 더 있……!"

등 뒤에서 스멀스멀 느껴지는 이 한기는 대체 무엇일까. 에오로는 이미 고개를 돌린 채 저 하늘에 떠오르고 있는 태양을 감상 중이었다. 불끈 쥔 두 주먹에서 힘이 빠져나가는 것을 느끼며 살며시 고개를 돌리자 그곳에는 굳은 얼굴로 팔짱을 낀 채 마치 성을 지탱하는 기둥과도 같은 태도로 서 있는 슈린이 보였다. 축 늘어진 긴 검은 머리카락과 입가에 걸려진 쓰디쓴 미소, 그답지 않게 이마의 한 모서리에는 열십자의 핏대까지 두드러져 있었다.

눈가가 약간 어두워 보이는 것이 피곤한 기색임에는 분명했다. 그의 트레이드마크라고까지 할 수 있는 흰색의 코트를 입고 자신의 짐을 챙겨서 내려온 슈린에게 에오로는 헤헤거리며 손을 흔들었다.

"야, 야, 얼굴 피곤해 보인다. 너답지 않게 웬 미간의 주름이냐 그래?"

눈살을 찌푸리며 에오로를 노려본 슈린은 슬쩍 손을 들어 이마를 꾹꾹 누른 후에 에오로의 옆에 자리를 잡고 앉았다. 매서운 눈으로 에오로를 쳐다보며 슈린은 입을 열었다.

"그 자세, 그게 대체 뭐냐? 누가 식탁 앞에서 다리를……."

"아, 알았다고. 잔소리 좀 그만 해."

넌더리가 난다는 듯 머리를 휘두르며 다리를 아래로 내린 에오로는 작은 목소리로 투덜거렸다. 순간은 슈린의 기세 때문에 겁을 먹었지만 내가 왜 눈치를 봐야 해라고 속으로 소리친 아영은 거친 동작으로 의자를 슈린의 곁에서 멀리 끌어당겼다. 하지만 슈린은 여전히 의자에 앉아 팔짱을 끼고 있을 뿐 눈길조차 주지 않았다. 그 태도가 또 눈에 거슬렸을까. 아영은 뭔가 속에서 불끈 솟아오르는 것을 느끼며 이를 꽉 악물었다.

"흥! 뭐가 잘났다고 큰 소리람. 자기는 그렇게 예의를 잘 차리나?!"

누가 들어도 슈린에게 하는 말인 것을 알 수 있을 정도로 크고 또박거리게 말한 아영을 보며 에오로는 투덜거리던 입을 다물었다. 그리고 주먹으로 입을 막으며 슈린의 옆얼굴을 힐끔 쳐다보았다. 아니나 다를까, 아까보다 더 어두워진 얼굴에다가 몸 전체에서는 검은 오로라가 스멀거리며 피어 오르는 것이 심상치가 않았다. 잘못하다가는 큰 싸움 나겠다 싶어 에오로는 황급히 아영의 팔을 잡아당기며 속삭였다.

"야, 왜 그래? 슈린한테 감정있어?"

아영은 고개를 돌려 슈린을 노려보며 단호한 어조로 소리쳤다.

"감정있어! 대체가 저 잘난 척하는 태도는 뭐란 말야? 처음 봤을 때부터 기분이 나빴다고. 마치 1만 미터 상공에서 사람을 깔보는 듯한 태도로 말하지를 않나, 혼자서 모든 것을 다 아는 양으로 말하지를 않나! 경어만 쓰면 다가 아니라고! 그 어투 뒤에 얼마나 그 사람을 깔보는 태도가 있는지 알잖아? 차라리 욕을 하는 것보다 못해! 거기다가 나보고 말하지 말래놓고 에오로한테 말한 것은 뭐야? 남아일언중천금이라는 단어가 아깝다!"

"으으, 아영아!"

너무나도 단도직입적인 태도로 욕을 하니 이것을 뭐라 대처해야 할지 가늠이 잡히질 않았다. 에오로는 이마에 식은땀이 맺히는 것을 느끼며 아영의 입을 막으려 혼신의 힘을 다했다.

직접적으로 모욕적인 말을 들은 슈린은 더하면 더했지 못하지는 않았다. 얼굴에 핏기가 사라지는 것을 본인 스스로도 느낄 수가 있었다. 여자에게 이렇듯 심한 모욕을 들었던 적이 있었나 하는 의문도 잠시. 가까스로 힘이 들어간 주먹을 애써 숨기며 슈린은 입을 열었다.

"최소한 그런 말을 하시려면 본인부터 잘하고 보심이……."

"당신보다는 차라리 내가 나아! 욕을 하려면 뒤에서 하지 말고 앞에서 하는 것이 더 낫듯이 감정 숨기지 말고 솔직하게 살라고! 나도 건방지고 버릇없다는 소리는 들어도 최소한 음흉하다는 소리는 안 들어!"

에오로는 자신의 두 눈을 파내고 싶었다. 지금까지 살아오면서 슈린에게 이렇게 막말을 하는 사람은 처음 보기 때문이었고 하얗게 질린 슈린의 얼굴도 도저히 볼 것이 못 되었기 때문이다. 아영은 잔뜩 화가 났는지 씩씩거리며 숨을 몰아쉬기까지 했다. 상기된 얼굴로 슈린을 매섭게 노려보던 아영이 마침내는 탁자까지 주먹으로 내려치며 소리쳤다.

"난 당신과 같은 사람만 보면 화가 나! 언뜻 보면 성자나 수도승처럼 자신에 대한 절제심과 남에 대한 이해심으로 가득 찬 것처럼 보이지만 결코 그렇지 않은! 그러면서 다른 사람에게는 결코 마음을 열지 않아! 당신과 같은 사람이 동료라고? 차라리 뱀과 같이 동료를 하지!"

"아영아, 말이 심해!"

듣다못한 에오로가 낮게 소리를 쳤지만 아영은 아랑곳하지 않았다.

"그때 왜 진현을 도와주지 않았어?!"

"뭐……?"

슈린은 창백한 표정을 한 채 약간 숙이고 있던 고개를 들었다. 매서운 눈으로 그를 쏘아보며 아영은 계속해서 말했다.

"난 다 알아! 당신은 일부러 진현을 도와주지 않았어! 그때 메피스토의 약 기운이 거의 떨어져 가서 몸을 움직일 수 있었다는 것 모를 줄 알아? 그런데 왜 움직이지 않았지? 아니, 진현은 구하지 못하더라도 그 순간 누구의 이목도 끌지 못한 아이리스 정도는 구할 수가 있었어. 그런데 왜 하지 않았어! 겉으로는 누구나 다 이해하고 배려하는 척, 다 아는 척 굴어봤자 당신도 결국 그 정도야!"

"말도 안……."

"말도 안 된다고? 자신에게 물어보지 그래? 그때 나는 정령의 도움을 받지 않고도 잠에 빠져들지 않았고 몸도 움직일 수 있었어! 그런데 당신은? 마음만 먹었으면 아이리스를 메피스토에게서 떨어뜨려 놓을 수가 있었고 그 아이도 끌려가지 않았을 거야! 바보, 멍청이 같으니라고! 진현을 도와줄 수 있었으면서 도와주지 않았고 아이리스를 구할 수 있었으면서 구하지 않았지!"

에오로는 지금 아영의 외침을 이해할 수 없었다. 당연하게도 슈린에게서 들은 부분은 단 일부분뿐. 그저 악마와의 싸움으로 도시가 일부 파괴되고 아영과 자신, 진현이 휘말렸다는 것 정도였으니까. 하지만 아영은 슈린이 모든 것을 다 말했다고 판단해 버렸고, 그녀 특유의 다혈질적인 생각으로 말하고 있었다. 그녀의 생각이 과연 진실인지는 슈린조차도 알 수가 없었다.

지금 그는 귓가에 들리는 아영의 목소리에 머리가 어지러운 것만을 느꼈으니까. 무슨 소리인가, 저 말이. 자신이 모든 것을 방관한 채로 그렇게 있었다는 것? 일부러… 일부러 그렇게 내버려 두었다는 것인가?

　손으로 입을 가리고 고개를 숙인 슈린을 보며 아영은 입술을 질끈 깨물었다. 사실 이 정도까지 하려던 것은 아니었지만 말은 주워 담을 수가 없으니 이미 감당할 수가 없게 되어버렸다. 하지만 결코 거짓말은 하지 않았다고 그녀는 생각했다.

　다만 그것이 그녀 자신의 주관적인 생각이라는 것이 문제였지만. 아영의 길고 긴 말들이 슈린의 머리 속에 차례대로 나열되었다. 머리 속이 혼란스럽게 되어가는 것을 느끼며 슈린은 자리에서 벌떡 일어섰다. 에오로는 흠칫 놀라며 슈린에게로 고개를 돌렸지만 잔뜩 찌푸린 슈린의 얼굴에서 무언가를 읽어낼 수는 없었다. 머리가 어지러워서 단숨에 쓰러져 버릴 것만 같았다.

　"슈, 슈린……."

　황급히 자신의 팔을 붙잡는 에오로의 손길이 느껴졌지만 지금 자신에게 필요한 것은 그것이 아니었다. 매섭게 에오로의 손길을 뿌린 친 슈린은 그대로 발걸음을 옮겨 여관을 나섰다. 등 뒤에서 무어라고는 소리치는 에오로의 목소리가 들렸지만 자세한 것은 알 수 없다. 새하얗게 질려 버린 머리 속에는 이제 더 이상 어떤 생각도 떠오르지 않았다. 더 이상은 감당할 자신이 없었다. 메피스토의 말이 귓가에 떠돌았다.

　"자네처럼 자신을 절제하고 무엇이든 이성으로 억제하려고 하면 탈이 나게 되어 있어. 아름다운 새라고 해서 계속하여 새장 속에만 가두어두면 초라하고 볼품없어지듯이 마음 역시 마찬가지이지. 때로는 자유롭게 해주는 것도 좋아. 이게 자네의 아픈 곳에 대한 내 처방이네."

　환하게 떠오르는 태양도 더 이상 눈에 비치지 않았다. 이걸로 끝인가 하는 생각이 들어 실소밖에 나오지 않았던 것이다. 아주 어렸을 적 부모를 잃고 살아온 자신에게 사람들이라는 것은 그저 일상의 생활에서 어쩔 수없이 대해야 하는 불가항력적인 것에 불과했다. 자신의 스승과 자신의 친구인 에오로를 제외하고 그 외의 사람들에게 그 이상의 의미를 부여한다는 것은 조금 무리였다.
　어째서인지 사람들이 무서웠다. 자신의 모든 것을 보이면 상처 입을 것만 같았다. 누군가가 소중해진다는 것이 두려웠다. 사람인 이상 언젠가는 죽으니까, 소중하다면 그 사람의 죽음이 자신에게 상처가 될 것 같아서. 욱 하고 숨을 몰아쉰 슈린은 비틀거리며 어딘가로 발길을 향했다. 아직 해가 뜨지 않아서 사람들은 거의 없었지만 이른 아침 일찍이 자신의 일터로 나가는 사람들은 비틀거리며 벽을 짚고 힘겹게 걷는 슈린을 이상한 눈길로 쳐다보았다.
　무얼까, 이 이상한 기분은… 그리고 느낌은. 슈린은 속으로 자신에게 질문을 던지기 시작했다. 정말로 그때 진현을 구하지 않았니? 대답은 들려오지 않았다. 정말로 아이리스를 구할 수 있으면서 그러지 않았니? 역시나 그의 마음속에는 공허한 침묵만이 흐를 뿐 대답은 없었다.
　"윽……!"
　그리고 그에게 있어서 침묵은 긍정이었다. 지독한 혐오감이 치밀어 올랐다. 왜, 왜 그랬을까? 피가 스며져 나올 정도로 입술을 질끈 깨물고 슈린은 눈을 감았다. 자신이 왜 그랬는지, 어째서 그때 움직이지 않

있는지 그것에 대한 정답 역시 그 자신만이 알고 있을 따름이었다. 슈린은 다시 천천히 걷기 시작했다. 어디로든 좋았다. 사람이 없는 곳으로 가고 싶었다. 어디로든……. 더 이상 사람들을 만난다는 것은 그에게는 두려움, 그 자체였다.

그렇게 하여 겨우 그가 도착한 곳은 여관 뒤편에 있는 마구간이었다.

자신은 움직일 수 있었다. 마취약의 효과가 서서히 풀려가던 그 시점 그는 움직일 수 있었고 주월의 등장으로 느슨해진 사람들의 이목을 피해 아이리스를 구할 수 있었을 것이다. 아니, 그렇게 하지 못했더라도 시도 정도는 해볼 수 있었겠지. 그러나 그 자신은 그렇게 하지 않았다. 그저 망연히 바라만 보고 있었을 뿐이다. 무능력하게.

푸륵거리는 말들의 콧소리가 들렸다. 어둑한 마구간 안에서 검은 몸체에 하얀 점 무늬의 말 한 마리가 천천히 걸어나왔다. 만약 나무로 만들어진 울타리가 없었다면 슈린에게까지 걸어왔을지도 모른다. 지금까지 여행을 하면서 줄곧 슈린을 태워왔던 치트로스에는 고개를 좌우로 흔들며 주인을 바라보았다. 비록 인간의 말은 못하는 짐승이기는 하지만 주인의 마음은 이해하는 것일까. 서글픈 눈동자로 자신을 바라보는 치트로스에의 콧잔등을 슈린은 조심스럽게 쓰다듬어 주었다. 그리고 힘겹게 팔을 움직여 나무 울타리를 치우고는 치트로스에의 고삐를 잡아당겼다.

이대로는… 정말로 자신이 무너질 것만 같아서 겁이 났기에. 더 이상은 이곳에 있을 자신도 무엇도 없었기에. 고삐를 쥔 손에 힘이 들어가지 않았지만 애써 가다듬으며 치트로스에를 자신에게로 끌어내던 슈린은 문득 시선을 느꼈다. 가만히 자신을 응시하는 듯한 시선. 하지만 인기척은 느껴지지 않았다. 천천히 고개를 들어 시선이 느껴진 쪽을 바라보니 그곳은 역시나 마구간 안이었다. 아직 해가 완전히 뜨지 않아 어둑한 안쪽에서 그 어둠보다 더 깊은 색을 가진 말이 있었다. 치트로스에 결코 뒤지지 않을 몸집과 무엇보다 인상적인 것은 마치 사람인 것처럼 보이는 시선.

슈린은 눈을 크게 뜨며 헤세드와 시선을 마주쳤다.

"왜, 왜 그런 눈으로……."

누구에게 질문을 하는 것인가. 슈린은 흠칫 놀라며 자신에게 되물었다. 푸른색의 보석을 박아놓은 것과 같이 파란 눈동자만 뺀다면 모든 것이 다 검은색 일색인 그 말은 아무런 움직임 없이 그저 슈린을 쳐다볼 뿐이었다. 다른 말들처럼 콧소리도, 다각거리는 말발굽 소리도 내지 않았다. 우두커니 그 자리에 선 채로 아무 말도 하지 않았다. 원래 말은 말을 하지 못한다는 것도 잊어버릴 정도였다. 흡사 사람이 자신을 쳐다보는 것처럼 그런 느낌이 들었다.

침을 꿀꺽 삼키는 소리가 이리도 크게 들리던가. 슈린은 애써 세차게 뛰는 심장을 진정시키려 했다. 죄를 짓고 재판관 앞에 선 죄인처럼 슈린은 마치 자신이 그런 입장에 놓인 것이 아닐까 착각하기에 이르렀다. 거대한 어둠처럼 숨죽인 채로 슈린을 바라보던 헤세드가 천천히 움직이기 시작했다. 그러나 그것은 목뿐이었다. 헤세드는 살며시 고개를 젓고 있었다.

그것이 왜 안 된다라는 표현처럼 보였는지…… 슈린은 이해할 수가 없었다.

"헤세드도 알고 있나 보군요."

귀에 익은 목소리에 화들짝 놀라 고개를 돌리니 그곳에는 헤세드를 그대로 옮겨놓은 것과 같이 검은 옷차림의 사내가 벽에 기대어 있었다. 하지만 햇살과도 같은 금발은 생동감이 넘쳤고 새하얀 피부 역시 달랐다. 그러나 위압감은… 헤세드를 능가하고도 남았다.

진현은 천천히 숙이고 있던 고개를 들었다. 암갈색의 눈동자가 자신을 응시하자 슈린은 한 발자국 뒤로 물러났다. 그날의 일이 다시금 기억이 나버렸던 것이다.

하지만 진현은 아무 말도 하지 않았고 천천히 발을 움직여 슈린에게로 다가올 따름이었다. 그의 한 손에는 커다란 짐이 들려 있었다. 슈린은 짐짓 당황하며 진현을 보았다. 약간은 창백하다고 할까, 무표정한 느낌의 진현의 입술이 달싹여졌다.

"슈린 군, 생각을 다시 하심이 어떠십니까?"

언제나 이렇다. 말을 하지 않아도 그는 자신의 속마음까지 꿰뚫어 보는 것인지……. 잔뜩 찌푸린 미간을 더욱 굳히며 슈린은 이를 악물었다.

"내가 무슨 생각을 하는지… 당신이 안단 말입니까?"

그의 물음에 진현은 고개를 살짝 저어 보였다. 그의 미간이 구겨진 비단처럼 살짝 접혔다.

"알 수 없지요. 하지만 대충 짐작은……."

"짐작? 웃기지 마십시오. 사람 마음을 꿰차고 앉아서 완전히 손바닥 뒤집듯이 읽어내는 당신이 아닙니까!"

"슈린 군?"

갑작스럽게 과격한 말이 슈린의 입에서 튀어나오자 진현은 약간 당황하고 말았다. 그리고는 자신이 무언가 잘못 말했는가 싶어 곰곰이 생각하는 사이 슈린은 뭐가 그리 분에 겨운지 연신 주먹을 세게 쥐었다 편 후 치트로스에의 고삐를 잡아당겼다. 하지만 치트로스에는 약간 몸을 움직일 뿐 앞으로 걸어나오지 않았다.

자신의 말에 결점이 없었다는 것을 확인한 진현은 작게 숨을 내뱉고는 입을 열었다.

"아무리 주인이라도 불확실한 결정을 내리는 것을 보고 있을 수 없나 보군요, 치트로스에는."

"윽!"

울화가 치밀어 올랐다. 왜 자신이 이런 사람에게 휘둘려야 하는 것인가 하는 생각에. 처음 봤을 때부터 지금까지 자신은 진현에게 도움이 된 적도, 필요가 된 적도 없었다. 아니, 애초에 진현 자체가 그런 것을 할 수조차 없을 정도로 완벽한 인물이었기 때문인지도 모른다. 슈린은 그게 분했던 것이다. 자존심? 아니, 그것보다는 조금 더 근본적인 것에 문제가 있었던 듯싶다. 슈린은 그리 생각했다.

그러나 한 번도 슈린이 그런 말을 한 적도, 속뜻을 내비친 적도 없었기에 진현이 그것을 알 리가 없었던 것이다. 진현은 그의 말대로 그리 완벽한 사람은 아니었다. 말하지 않은 이상 완벽하게 알 수도 없었고 이해할 수도 없었다. 그러나 여느 사람들이 그렇듯 대부분 약간의 겉모습만을 가지고 진현을 완벽한 이라고 지칭해 버렸다. 그것은 슈린역시 마찬가지였다. 슈린은 천천히 숨을 몰아쉬며 진현을 보았다.

형을 닮았다. 처음 만났을 때부터 지금까지 줄곧 진현을 보면 그 생각밖에 들지 않았다. 정말로 우습게도……. 갑자기 고개를 숙인 채로 킥킥거리며 웃는 슈린을 보고 진현은 고개를 갸웃거렸다. 천천히 웃음을 멈추고 고개를 드는 슈린의 얼굴에는 표정이 없었다.

"우습게도… 언제까지 등을 보면서 걸어가야 하는 것인지."

작게 한숨을 쉰 그는 하늘을 바라보았다. 파리하게 변해가는 새벽 하늘을 보면서 슈린은 눈을 감았다. 무언가 떨어져 내렸다.

진현은 방금 무언가를 본 듯한 자신의 눈을 의심했지만 잘못 본 것은 아니었다. 슈린의 고운 얼굴 선을 따라 작은 물줄기가 흘러내렸다. 윽 하는 신음 소리가 나오려는 것을 가까스로 참은 진현은 입을 다물어 버렸다. 살며시 감긴 두 눈에서 흘러내리는 것은 분명 눈물이었다. 투명한 것, 다이아몬드보다 더 아름답고 애틋하며 또한 사랑스러울 수도 있지만 마음에서 고여 내리는 물방울이었다.

슈린의 입술이 작게 움직였다, 마치 복화술을 하는 인형처럼. 하지만 감긴 두 눈동자는 뜨이지 않았다. 얼굴은 하늘을 향해 있었고 무어라고 속삭이듯 슈린의 가느다란 목소리가 공기 속에 스며져 들었다.

"형이 있었습니다."

"……."

진현은 대답하지 않았다. 그럴 필요성도 느끼지 않았고 또한 슈린 역시 대답을 바라고 말을 한 것이 아닐 것이라는 것을 진현 역시 알고 있었다. 그의 생각처럼 슈린은 잠시 숨을 고른 후 계속하여 말을 이어나갔다.

"아주 예전, 도적 떼들이 마을을 습격하였을 때 부모님께서는 돌아가셨지요. 그 당시 저는 겨우 걸어다닐 수 있을 정도의 나이였습니다. 약했지요. 그 이상도 이하도 아니었습니다. 고아가 되었을 당시까지… 형이 있었습니다. 아마도 살아 있다면 당신과 비슷한 나이일 겁니다."

묵묵히 이어지는 슈린의 말에 진현은 잠자코 듣기만 했다. 그때 그의 눈빛이 약하게 흔들렸다는 것을 슈린은 알 수 없었다.

"그는 당신과 많이 닮았었던 것으로 기억합니다. 외모적인 면을 떠나서 성격이나 그 외의 모든 것이 형을 연상케 할 정도였지요. 당당하고 자신에게 한 치의 의심도 품지 않는 모습이나 그 자리에 서 있는 것만으로도 사람을 굴복시킬 수 있을 것 같은 위압감. 당시 어린 그에게서도 그런 것을 느낄 수 있었습니다. 우습게도 당신을 처음 만났을 때… 저는 자칫하면 당신에게 이렇게 말할 뻔했지요. 〈형〉이라고…….”

마지막 말을 할 때 슈린의 눈물을 조금 더 굵게 흘러내렸다. 그 자신도 그것을 느꼈던 것인지 슈린은 피식 웃으면서 고개를 저었다.

"어째서인지 저는 당신에게 지고 싶지 않았습니다. 물론 그것은 지금도 그렇지요. 일말의 자존심이라고 할까요?"

"…그것은 아닙니다."

"예?"

"아니오, 실언을 했군요."

진현은 고개를 저었다. 자존심 때문이 아니라 소중한 형에게 도움이 되지 못했던 것을 나에게 대신 풀려고 한 것이겠지. 하지만 그는 그렇게 말하지 않았다. 하지만 만약 정말로 자신이 이곳에 사는 사람이었다면 슈린의 형이었을지도 모른다는 생각을 할 정도였다. 어쩌면 나와 저리도 닮았을까. 강한 겉모습에 나약한 자아. 아무에게도 말하지 않는 비밀을 깊이 숨기고 부서지는 마음을 애써 감추며 살아가는 불쌍한 존재라는 것이……. 모든 것이 닮아 있었다.

처연한 얼굴로 자신을 바라보는 슈린이 이제야 약간은 그 나이다운 것 같다고 생각하며 진현은 마음속으로 작게 미소 지었다. 하지만 이대로는 해결되지 않는 문제가 남아 있었다. 저 마음은 스스로가 치료하지 않으면 불가능한 것. 할 수 없다는 생각을 하며 진현은 자신의 손에 들린 가방을 슈린에게 넘겼다. 그것은 슈린이 여관 안에 두고 나온 그의 짐이었다. 무슨 의미인지 슈린 역시 잘 알고 있었다. 그는 이를 악물며 진현을 바라보았고 진현은 조심스럽게 말했다.

"당신은 저와 비슷합니다."

"뭐가……."

의아한 목소리로 되묻는 슈린에게 진현은 살풋 미소 지어주었다.

"자신의 상처는 꽁꽁 동여매어 마음속에 감추어두면서 남의 상처를 어루만져 주려고 하는 것. 그것은 스스로가 치료하는 수밖에 없지요."

묵직한 짐을 받아 든 슈린은 고개를 숙이고 말았다. 도움이 되고 싶었을 뿐이야라고 작게 중얼거리며. 분명 진현의 귀에 슈린의 목소리는 들리지 않을 정도로 작았지만 진현은 묵묵히 미소만을 지으며 슈린의 머리를 쓸어 내려주었다. 언젠가 스스로 그 상처를 남에게 보여줄 정도가 된다면 지금의 슈린과는 많이 달라져 있을 것이다. 지금의 자신처럼. 고개를 숙인 채로 무언가 중얼거리던 슈린이 급히 몸을 돌렸다. 어쩔 수가 없다. 이대로는 아무것도 안 된다는 생각밖에 들지 않았다. 그렇기에 지금 그는 결정을 내려야 했다.

빠른 손놀림으로 자신의 짐을 안장에 연결시킨 슈린은 약간 당황스러워하는 치트로스에의 고삐를 잡아끌었다. 그러나 혼자서 가능할까? 마지막의 마지막까지 그런 의문이 머리 속을 떠돌고 있을 때 자신의 귓가에 서늘한 느낌이 감돌았다. 약간 차가운 쇠의 느낌에 흠칫 고개를 들어보니 자신의 곁으로 가까이 다가온 진현의 얼굴이 보였다. 손을 들어 서늘한 감촉이 느껴지는 자신의 왼쪽 귓불을 만져 보았다. 손끝에 느껴지는 느낌은 분명히 쇠의 그것, 그리고 또 하나는…….

"자수정은 마음의 평화를 의미하지요. 예전에 누군가에게서 받은 것입니다만, 그것을 얻은 후 저 역시 마음의 평화를 얻었습니다. 당신에게도 도움이 되었으면 좋겠습니다."

그것은 귀고리였다. 진현은 자신의 귀에 걸려져 있던 많은 귀고리 중 뚫을 필요가 없이 걸 수 있는 것을 슈린에게 하나 주었던 것이다. 멍한 시선으로 진현을 보며 귀고리를 만지작거리던 슈린은 미간을 찌푸리며 입술을 깨물었다.

"저는 당신과는 다릅니다……."

"물론이지요. 인간이니까."

"예?"

진현은 천천히 손을 내밀었다. 그는 아직까지 귀고리를 만지작거리고 있는 슈린의 손을 살며시 잡으며 낮은 목소리로 말했다.

"인간이니까, 다른 것은 당연합니다. 그러니 당신도 당신만의 방식에 따라 답을 찾으십시오."

슈린은 대답하지 못했다. 정말로 그럴 수가 있을까 하는 확실하지 못한 생각 때문에. 그러나 진현은 조용히 슈린의 뺨을 쓰다듬으며 살풋 웃었다.

"기다리겠습니다. 당신이 진정으로 스스로가 바라던 것을 찾았다고 생각하시면… 그때 당신 스스로 찾아오십시오."

"어떻게 찾는다는 말입니까? 저는 아무런 능력도……."

"당신의 마음이 원하는 곳으로 간다면 찾을 수 있을 겁니다. 길은 열어줄 테니."

슈린은 강하게 고개를 저었다. 하지만 이상하게도 방금 전까지 끊어지도록 아슬아슬하게 이어져 있던 결심이 점점 선명해져 가는 것을 느꼈다. 정말로 귀고리가 힘을 주는 것인지는 몰라도 진현의 미소와 말

자신만의 답을 찾아 29

은 슈린이 스스로 결심을 굳히기에는 충분한 밑거름 역할을 했다. 물론 두려운 것은 어쩔 수가 없었지만 이미 발은 떼어졌다. 묵묵히 고개를 숙이고 있던 슈린이 조심스럽게 자신의 품을 뒤졌다. 이윽고 그의 손에 들려져 나온 것은 천을 둘둘 말아놓은 두루마리. 아마도 그의 스승이 맡긴 그것이리라.

그것을 내려다보며 슈린은 쓰게 웃었다.

"결국 스승님의 명령을 이수하지는 못했군요. 하지만……."

그는 진현에게 그것을 내밀었다. 무엇을 의미하는지는 말하지 않아도 잘 알 것이라는 생각에 의심은 없었다. 말없이 그것을 받아 든 진현 역시 쓴 미소를 내비쳤다.

"부탁드리겠습니다. 제가 못한 일을 에오로는 할 수 있을 겁니다."

이걸로 슈린에게 위험은 사라졌다. 슈린과 자신을 응시하던 눈동자가 살기로 바뀌어졌다는 것을 진현은 느낄 수 있었다. 이것을 가지고 있지 않은 슈린이 더 이상 암살자들에게 쫓길 일은 사라진 것이다. 그들은 프로들이고 귀찮은 일은 하지 않았다. 표적이 바뀐 이상 괜히 슈린을 위협할 리 없다.

진현은 두루마리를 꼭 쥐며 고개를 끄덕였다. 그렇지만 걱정이 되는 것은 어쩔 수 없나 보다. 이대로 보내는 것에 정말로 후회는 없는 것인가 하고 자신에게 질문을 했다.

그러나 슈린은 이제 망설임을 가지고 있지 않았다. 이상하게도 두루마리를 다른 사람에게 건네줌으로써 자신의 고민이 말끔히 사라져 가는 것처럼 느껴졌다. 천천히 고개를 끄덕인 슈린은 단호한 태도로 치트로스의 등에 올라탔다. 다른 사람들에게도 인사를 하고 싶지만 언젠가는 만날 것임으로 그런 것은 별로 필요하지 않을 것 같았다. 진현은 굳은 표정으로 슈린을 올려다보다 문득 자신의 눈에 희미하게 비치는 무언가를 보고 눈을 동그랗게 떴다.

푸른색의 무언가가 그의 눈에 비쳤다. 그리고 진현은 웃었다. 그의 얼굴에서도 이제 고민 같은 것은 찾아보기 힘들었다. 천천히 치트로스에의 고삐를 놀리며 길가로 나가는 슈린을 보며 진현은 짧게 말했다.

"다녀오십시오, 슈린 군."

그 말을 들은 것일까. 뒤도 돌아보지 않고 말을 몰던 슈린이 조심스럽게 고개를 돌렸다. 하지만 그가 선택한 방향에서는 이미 고개를 한껏 들이민 태양이 있었기에 표정을 읽기에는 무리가 있었다. 하지만 이상하게도 그가 웃고 있다고 생각되는 것은 왜일지. 작고 담담한 어조의 목소리가 들려왔다.

"다음에 만날 때에는 많이 바뀌어 있을 겁니다. 그리고 그때에는……."

고개를 갸웃거리며 뒷말을 기다리던 진현에게 슈린은 더욱 작은 목소리로 말했다.

"그때에는…… 지지 않을 겁니다."

"예?"

무슨 뜻으로 저런 말을 하는 것인지 알 수 없는 진현을 내버려 둔 채 슈린은 천천히 말의 속력을 높였다. 멍한 표정으로 그의 뒷모습을 바라보던 진현은 어쩔 수 없다는 듯 머리를 긁적거렸다. 하지만 곤란한 표정으로 아니었다. 어느새 슈린은 인형처럼 보일 정도로 멀어져 가고 있었다. 그와 함께 보이는 것은 어렴풋한 형태. 진현은 생긋 웃으며 발걸음을 옮겼다. 이곳에서도 부를 수 있던 것인가 하고 중얼거린 진현은 다시 한 번 고개를 돌려 멀리 사라져 가는 슈린을 보며 속삭였다.

자신만의 답을 찾아

"그럼 수고해 줘, 청룡青龍."

슈린과 함께 보이는 것이 이상하게도 푸른 빛깔의 비늘이 아름다운 용, 그것처럼 보인 까닭이 무엇일까.

"말도 안 돼, 그 자식!"

예상했던 것처럼 흥분하여 날뛰는 에오로를 말리는 현홍을 뒤로한 채 진현은 묵묵히 볼을 부풀리고 있는 아영을 보았다. 그녀는 뭔가 마음에 들지 않는다는 듯 그렇게 의자에 앉아서 뚱한 표정을 짓고 있었던 것이다. 진현은 실실 웃으며 아영의 갈색 머리카락을 쓸어 내리며 무릎을 굽혔다.

"뭔가 불만이 있는 것 같은데, 아가씨?"

"쳇!"

아영은 자신의 머리 위에 얹혀 있는 진현의 손등을 찰싹 소리나게 때리며 작은 목소리로 말했다.

"무슨 사내 녀석이 그리 소심해? 그 정도 말했다고 홀랑 가버리다니! 내가 잘못 본 거군!"

"호오… 아영이가 슈린 군에게 관심이 있었구나."

"캬악! 김진현!"

잡아먹을 듯이 손톱을 세우며 달려드는 아영을 요리조리 피하며 진현은 에오로에게 다가갔다. 화가 머리끝까지 치밀어 올랐는지 몸까지 부들부들 떨고 있던 에오로는 이를 바득바득 갈고 있었다. 대체 무슨 생각으로 그런 행동을 했는지 알 수가 없었기 때문이다. 아니, 그것보다도 자신에게는 아무런 말도 없이 떠났다는 것이 더 화가 났다. 동료가 아닌가! 무엇보다 자신과 슈린은 한 스승 밑에서 배우고 자라온 사이였다. 이상하게 배신감이 들어 화를 주체할 수가 없었다. 손에 들고 있는 두루마리를 집어 던지려고 할 때 진현이 살며시 에오로의 어깨를 붙잡으며 귓가에 속삭였다.

"아서요, 에오로 군. 지금 그것을 손에서 놓는다면 당장에 이곳으로 암살자들이 들이닥칠 겁니다."

화들짝 놀라 고개를 돌리자 진현이 희미하게 웃고 있었다. 그는 천천히 자신의 머리카락을 쓸어 넘긴 후에 검지손가락을 자신의 입가에 세워 들었다.

"이 두루마리는 슈린 군이 당신에게 맡긴 것입니다. 암살자들의 목표는 이제 슈린 군이 아닌 당신. 몸조심하지 않으시면 곤란할 겁니다, 에오로 군. 그 두루마리를 결코 당신의 몸에서 떼어놓지 마십시오. 아시겠습니까?"

얼떨결에 고개를 끄덕인 에오로가 미간을 찌푸렸다. 아영이 슈린에게 심한 말을 했을 때 조금만 자신이 더 말렸다면 떠나지 않았을지도 모른다는 생각이 들었다. 그 생각을 아는지 모르는지 진현은 방 안에 모인 다른 일행들 쪽으로 고개를 돌렸다. 무엇을 생각하는지 표정을 읽을 수 없는 니드. 그에게 무슨 일이 있었는지 대략은 들었다. 하지만 그마저도 보낼 수는 없었다. 특히 지금의 니드는……. 그의 시선을 느낀 것인지 니드가 고개를 들었다. 진현은 시선을 맞추지 않았다. 폭탄을 안고 있는 사람을 내버려 둘 수는 없다는 결론을 내리며.

자신을 묵묵히 바라보는 시선에 그 방향으로 고개를 돌리자 그곳에는 셀로브가 있었다. 어두운 얼굴에다가 자신의 힘을 제대로 이해하지도 못하는 어린 마족. 이런 말을 입 밖에 꺼냈다가는 난리가 나겠지만 사실은 사실이다.

진현은 슬슬 저 녀석에게도 가르칠 것이 있다는 생각을 했다. 그의 어머니에게서 자신이 배웠듯. 받은 것은 돌려주는 것이 진현의 성격이었다. 새로운 일행인 아영이 동료로서 들어왔지만 일행의 수는 늘지 않았다. 슈린은 그만의 답을 찾아 여행을 떠났다. 언젠가는 돌아오겠지만 그때까지 이 중의 누군가는 없어질 것이다, 아마도.

가만히 손끝을 잡는 온기는 키엘의 것이었다. 황금빛의 눈동자는 보는 이로 하여금 마음을 차분히 가라앉혀 주었다. 때에 찌들지 않아서. 천천히 손을 내밀어 키엘의 머리카락을 쓰다듬어 주는 진현의 귓가에 하이 톤의 목소리가 들려왔다. 에이레이였다.

"이제 슬슬 출발을 해야겠지?"

그녀는 언제나 담담하고 마음의 동요가 적은 훌륭한 동료였다. 암살자라는 전직을 가지고 있지만 그것은 이미 옛날의 일. 에이레이는 아마도 지금의 동료들에게서 벗어나지 못할 것이다. 그녀는 이미 사람의 「마음」이라는 것에 빠져 버렸으니까. 에이레이의 깊은 암녹색 머리카락이 찰랑거렸다.

길게 기지개를 켠 아영이 식탁에 비스듬히 기대어앉은 후 자신의 길다란 머리카락을 손으로 잡아 묶기 시작했다. 그녀의 곁에서만 불던 바람이 넓게 퍼져 방 안을 가득 메웠다. 창문도 열어놓지 않았는데 불어오는 바람에 셀로브는 눈을 동그랗게 떴다.

"우혁이 오빠를 찾아야 해. 그리고 난… 메피스토에게도 빚이 있어."

'저 녀석……'

한순간 아영의 눈빛에는 살기가 스쳐 지나갔다… 라고 하려 했지만 이상하게 빠르게 사라져 버렸다. 그렇게 짙은 원한 감정은 없는 것인가 하고 생각한 진현은 머리를 긁적거렸다. 에오로를 진정시키려고 진땀을 빼던 현홍이 살며시 웃었다. 그 웃음은 뭘까? 니드의 일 때문에 상당히 마음을 쓰는 것 같다고 다른 사람들이 말했다. 그런데 저 웃음은 상당히 편한 듯한 그런 미소. 진현이 고개를 갸웃거리고 있자 현홍이 조용히 진현을 바라보며 말했다.

"정리는 끝났어. 슈린은 반드시 우리들에게로 돌아올 거야. 그리고 문제는 천천히 해결하면 돼. 너무 어렵게 생각하면 쉬운 일도 어려워지는 법이라니까."

단순 무식. 진현은 이런 생각에 이마를 짚었지만 틀린 말은 아니었기에 킥킥 웃으며 고개를 끄덕였다. 그런 생각을 한 것은 다른 이들 역시 마찬가지였는지 아영과 에이레이는 고개를 숙여 키득거리며 웃기 시작했다. 그 모습에 양 볼이 살짝 붉어진 현홍이 불만스러운 어조로 소리쳤다.

"에이, 나 단순한 것은 나도 잘 알아, 웃지 마! 어서 출발 준비나 하라고!"

"쿡, 알았어."

가장 먼저 방을 나선 것은 문 바로 옆에 서 있던 셀로브였다. 그에 이어 뚱한 표정으로 현홍이 짐을 들고 밖으로 나가자 니드가 키엘을 보듬어안고는 문을 나섰다. 그런 직후 가만히 있던 에오로가 입을 열었다.

"…슈린이 마지막에 한 말이 뭐였죠?"

자신을 빤히 쳐다보며 질문을 하는 에오로에게 진현은 잠시 동안 아무 대답도 하지 않았다. 여기서 어떻게 답을 하면 좋을까. 마지막에 그는 일행들을 걱정하지 않았다. 보통이라면 분명히 조심하라는 말 정도

했을 테지만 그는 잘 알고 있었던 것이다. 걱정이라는 것이 필요가 없는 일행들이라는 것을. 마지막의 말은 아니지만 진현은 대충 적당한 대답을 하기로 했다.

"자신이 못한 일을 에오로 군은 할 수 있을 것이라고 했습니다."

에오로는 그저 살짝 고개를 끄덕인 후 천천히 밖으로 나갔다. 마지막에 그가 손에 들고 있던 두루마리를 힘껏 쥐는 것을 다른 사람들은 볼 수 있었다. 에오로의 발걸음 소리가 줄어드는 것을 확인한 후에 에이레이가 곤란하다는 듯이 이마를 짚으며 조용한 목소리로 말했다.

"거짓말을 하는군."

"후훗, 알아채셨습니까?"

"완전한 거짓말은 아니잖아."

눈을 동그랗게 뜨며 진현이 자신을 쳐다보자 아영은 손사래를 치며 투덜거렸다.

"능력은 없어도 눈치는 있어. 거기다가 심장 소리가 들렸거든."

"뭐?"

"에오로의 질문에 대답을 할 때 진현의 심장이 약간 빠르게 뛰었지. 평상시보다 약간은 빠르게 뛰다가 다시 천천히 가라앉았어. 재미있게도 그런 심장 박동 소리는 거짓말쟁이만이 낼 수가 있다고 해. 물론 진현은 그 변화가 아주 미묘해서 알아채는 데 상당히 힘들었지만."

이번에는 에이레이와 진현 모두가 놀란 눈을 하고 아영를 바라보았다. 그렇지만 아영은 천천히 허리를 숙여 몸을 앞으로 내밀며 별것 아니라는 표정을 지었다.

"진현도 오감은 뛰어나잖아? 에이레이도 마찬가지이고. 어쩔 수가 없는 거야. 사람의 죽음과 가깝게 지내는 사람들의 특징이지."

"네가 하는 검도는 사람의 죽음과 밀접하지 않아."

"검도劍道는 그렇지. 하지만 내가 하는 것은 검술劍術이야. 잊었어?"

진현은 아무런 대답도 하지 않았다. 검술과 검도의 차이. 그것은 사람을 베는 것과 그렇지 않다라는 것이다. 검도는 사람을 살리는 활인술이지만 검술은 사람을 베고 거기서 자신이 원하는 것을 얻는 살인술이기 때문에. 약간은 시무룩한 표정의 진현을 보며 아영은 깔깔 웃어 댔다.

"뭘 그리 이상한 표정을 짓는 거야? 난 그저 느끼기만 할 뿐이야. 정작 사람은 아직까지 죽인 적이 없다고. 그리고… 죽이지 않을 작정이야."

에이레이는 어깨를 으쓱거린 후 몸을 돌려 문을 나섰다. 메피스토와의 싸움에서 원래의 옷이 찢어져 버린 아영은 어느새 이 세계의 옷을 입고 있었다. 그녀와는 약간 이미지가 떨어지는 차분한 검은 티셔츠와 바지. 하지만 목걸이와 귀고리 외에 할 수 있는 곳이라면 모조리 다 액세서리가 걸려져 있었다. 아영이 천천히 의자에서 일어나자 진현은 그녀의 어깨에 팔을 걸치며 조용히 말했다.

"그 결심, 쉽지만은 않을 거야."

아영은 생긋 웃으며 진현의 손을 꼭 쥐며 대답했다.

"흥, 죽이지만 않으면 돼. 죽지 않을 정도로만 패주는 것은 가능하지."

"하하, 역시 윤아영이로군."

진현은 그답지 않게 호쾌하게 웃으며 아영과 함께 방을 빠져나왔다. 물의 도시 루인에서의 하루도 이것으로 끝이다. 여기서도 생각하지 못한 일로 시간을 끌어버렸다고 생각했지만 의외의 수확도 있었다. 우선은 찾아야 할 대상 중 한 명인 아영을 찾았다. 그리고 주월이 이 일에 개입함으로써 데저티드 드래곤deserted Dragon의 문제와 테펜 체에—디브 비 세트의 문제는 그쪽으로 옮길 수 있다. 이것만으로도 크게 일이 수월해졌지만. 한 가지의 크나큰 문제가 발생한 것이 있다면 마신이 다시 일을 꾸미기 시작했다는 것.

귀찮게 되었다. 진현은 살며시 눈을 감았다. 현홍의 말처럼 어렵게 생각하면 되는 일도 안 된다. 쉽게… 쉽게 생각할 수밖에.

Part 12
스란 비 케스트

스란 비 케스트 1

"아직까지도 놈들을 죽이지 못했다니! 멍청한 것들 같으니라고!"
"죄, 죄송합니다."

언뜻 보기에도 직위가 꽤 높아 보이는 화려하고 하얀 로브Robe를 걸친 프리스트Priest가 눈살을 찌푸렸다. 그는 들고 있던 찻잔을 방바닥으로 집어 던지며 역정을 냈다.

"너희 같은 것들을 믿고 손 놓고 있는 것이 아닌데! 그놈들이 이제 수도에 도착하면 끝장이란 말이다!"

지아루에 위치한 네그라스 신의 신전. 그곳은 예전부터 네그라스 신이 총애하는 그리핀들과 붉은 달이 뜨는 것으로 네그라스 신의 신전들 중에서도 꽤나 위세가 있는 곳이었다. 하지만 그것은 모두 조작된 허위들. 붉은 달은 자연적이라 하여도 두 마리의 그리핀들은 사술邪術을 사용하여 위조되고 날조된 것들이었다. 그것을 진현 일행에게 들킨 후

하이 프리스트 아리오는 밤잠을 제대로 잔 적이 없을 정도였다. 항상 마음에 걸렸고 언제라도 국왕 직속의 근위병들이 들이닥치지나 않을까 하는 생각에 노이로제까지 걸렸다.

이대로는 안 된다. 수십 년 동안 자신이 쌓아온 직위와 명예와 부귀 등을 이제 와서 날릴 수는 없었다. 그것을 얻기 위해 자신은 악마와 계약까지 하였고 그것은 돌이킬 수 없는 것. 분함에 겨워 몸까지 부들부들 떨리기 시작했다. 그리고 그의 화가 치밀어 오름에 따라 그의 앞에 무릎을 꿇고 머리를 조아리는 사내들 역시 안색이 달라졌다. 만약에 할 수만 있다면 수명까지 늘릴 것이다. 그는 자신의 부귀를 손에 넣고 그것을 굴릴 수 있을 때까지 굴리고 싶었다.

인간이라는 것은 본래 이런 것. 아무리 많은 명예와 돈이 손에 들어와도 그것에 만족하지 못하는 것이 인간.

컴컴한 방 안에는 몇 개의 촛불만이 다였지만 아리오의 창백한 얼굴을 다른 이들에게 보여주는 데는 별 무리가 없었다. 엄지손톱을 잘근잘근 물어뜯으며 아리오는 생각을 정리했다. 눈앞에 뒹구는 이런 녀석들을 가지고는 아무런 승산도 없다. 더 이상 시간을 지체하기 전에 그 녀석들을 잡아 없애야 한다. 비밀은 새어 나가지 말아야 해. 무슨 희생을 치러서라도 그 녀석들을 잡아 죽여야 한다고!

거기까지 생각이 미친 그는 이미 인간으로서의 이성을 잃어버리고 있었다. 악마보다 더 악마같이 잔혹한 생각에까지 결론이 미쳐 버리자 아리오는 싸늘하게 웃었.

'걸리적거리는 벌레들은 죽여 버리면 돼' 라고 중얼거린 그는 천천히 의자에서 몸을 일으켰다. 그리고 조심스럽게 자신의 책상 위에 있는 벨을 손가락으로 두드렸다.

따리링, 띠링.
작지만 경쾌한 음이었다. 그리고 그것이 시작이었다.
"으아악!"
"크억!"
"사, 살려줘!"
아리오는 눈을 감았다. 썩어서 쓸모없어진 쓰레기는 버린다. 그것이 규칙. 그는 코끝에 느껴지는 비릿한 피 냄새에 씨익 하고 잔인한 미소를 지었다. 언제부터 자신이 피 냄새에도 무감각해졌던가. 하지만 그들을 없애지 않으면 비밀은 새어 나가고 그렇게 되면… 그 악마에게 자신마저도 죽임을 당할 것이다. 그리고 육체는 산산조각이 나고 영혼을 갈가리 찢어져 지옥의 불길 속으로 떨어져 버릴 테지. 그렇다면 차라리 지금 이 순간에 악마가 되리라. 그는 결심을 굳힌 채 손수건을 꺼내 얼굴에 묻은 핏자국들을 닦아냈다.
발치에서 뒹구는 시체들은 형체를 알아볼 수조차 없었다. 고기 조각이라고 부르는 것이 더 적당한 표현이리라. 방금 전까지 몸을 떨며 주인에게 먹이를 바라는 개처럼 머리를 조아리던 자들은 이미 숨이 끊어진 상태였다. 마치 교향곡처럼 울려 퍼지던 피의 비명들도 더 이상은 들리지 않았다. 어둠 속에서 천천히 「그들」이 걸어나왔다. 회심의 미소를 지은 아리오는 다시 의자에 앉아 등을 기대었다. 악마가 될 수밖에 없다면 악마를 고용하는 것도 문제는 아닐 터. 비록 정말로 악마는 아니지만 악마와도 같은 잔인함과 힘을 가진 이들이라면 그 녀석들을 죽일 수 있을 것이다. 비밀을 아는 자들을.
"청소하기 힘들 것 같아. 우리가 청소해 줄까?"
어린 소녀의 목소리. 아리오는 쓰게 웃으며 고개를 저었다.

"우리 임무는 무언가를 훔치는 것이지 청소가 아냐."
"그래, 하지만 우리들이 다 나설 필요가 있을까?"
이번에는 어느 정도 나이가 있는 중년의 목소리와 그보다는 어릴 법한 청년의 목소리가 들려왔다. 아리오는 마른침을 삼키며 조용히 말했다.
"그 녀석들을 우습게 보면 곤란하지. 보고를 들어보니 꽤나 능력있는 녀석들이라고……."
"그건 이런 쓰레기들의 기준이겠지."
차가운 목소리. 하지만 나이는 젊다. 아리오는 싸늘한 한기에 몸을 떨었다. 자신과 계약한 악마에 비하자면 터무니없이 강하긴 하지만 이들은 분명 인간. 그런데 이 정도의 한기를 몸에서 내뿜을 수 있다니. 그림자 속에서 나와 몇 초도 되지 않는 순간 방 안의 사내들을 죽이는 실력. 그것도 손을 쓴 것은 단 한 명뿐이었다. 다른 이들은 그것을 마치 감상이라도 하듯 팔짱을 끼면서 구경했다. 그림자의 숫자는 대략 열 명. 검은 어둠과 친친 몸을 둘러싸고 있는 천 조각 때문에 얼굴을 확인할 수는 없다. 그리고 그들은 웬만한 사람에게는 얼굴을 보이지 않는다.
그들 역시 얼굴을 보이며 생활하지만 진짜 정체를 아는 사람은 아무도 없다. 어디서 무엇을 하고 사는지, 부모가 누구인지, 출생이 어디인지 아무것도. 그들의 정체를 아는 사람은 모두가 죽는다. 그들은 자신의 적을 죽일 때에만 얼굴을 보인다고 한다.
저들은 프로다.
원하는 것을 훔치는 일에는 다른 누구도 따를 자가 없는 그런 이들. 그것이 비록 인간의 목숨이라고 해도. 약간의 독특한 재능만을 가지고 있을 뿐 인간임이 분명한 그들이 어떻게 그 정도의 실력을 가지고 있는지 아리오는 일순 궁금해졌다. 궁지에 몰려서 의뢰를 했지만 정말로 마지막의 마지막이 아니라면 근처에조차 가고 싶지 않았는데.

하나의 그림자가 천천히 움직였다. 아리오는 몸을 움찔거릴 뿐 아무런 행동도 취하지 않았다. 섣부른 행동은 오히려 화를 자초할 수도 있다. 다른 이들보다 조금 앞으로 나온 그 그림자는 천천히 손을 앞으로 내밀었다. 그의 손에는 한 장의 종이가 들려져 있었다.

그것은 아리오가 특별한 루트를 통해 저들에게 접근할 때 썼던 의뢰를 적은 종이였다. 낮고 딱딱한 음성이 들려왔다.

"당신이 한 의뢰는 받아들인다. 받지 못한 나머지 의뢰금은 그 녀석들의 목을 들고 와서 받도록 하지. 거짓은 없다. 우리는 우리가 하고 싶은 의뢰만 한다. 당신의 의뢰가 특별히 마음에 들 뿐이야."

"아, 물론이지. 나머지 의뢰금은 준비해 두겠다. 그, 그럼…… 언제까지 그들의 목을?"

"여름의 잔상이 사라지기 이전에."

그 말을 끝으로 방 안에는 아리오 혼자만이 남아 있게 되었다. 멍하니 허공을 쳐다보고 있던 아리오는 허무함 때문인지 식은땀이 줄줄 흘러내리는 이마를 짚으며 허허 웃었다.

*   *   *

일행들은 멍한 얼굴로 수도의 입구를 바라보고 있었다. 지금까지 보아온 도시들은 정말로 비교 자체를 거부하는 규모의 위용에 한순간 넋을 잃고 만 것이다. 이제 완연한 여름이었기에 후끈한 열기가 묻어나는 바람에 머리카락이 흩날렸다. 수도의 입구가 빤히 보이는 언덕 둔치에서 일행들은 잠시 말을 멈췄다. 대륙을 가로지르는 젖줄, 피니스비 라임이 도시의 바로 옆으로 스쳐 지나갔다. 마치 그 강을 일부러 옆에 두고 싶어하는 양으로 바짝 붙은 성의 외곽은 단단한 암석으로 쌓아 올려진 것이었다. 웬만한 대포를 날려도 뚫는 것은 무리겠어라고 중얼거린 것은 현홍이었다.

날씨는 화창했다. 마치 여행하는 일행들을 보살펴 준다고 해도 과언이 아닐 정도로. 사실 이런 장관을 흐린 날씨 속에서 보기는 싫었다. 그런 생각이 들 정도로 도시의 규모나 외곽 성벽 등은 상상을 초월한 것이었다. 외성벽은 자신의 품에 안긴 도시를 보호하는 듯했고 그런 성벽을 여름의 기운이 물씬 흐르는 초록빛 숲이 병풍처럼 두르고 있었다.

일반적인 6차선 도로 정도의 넓이를 가진 길은 도시의 정문으로 이어져 있었다. 드문드문 도시 쪽으로 걸어가는 사람들의 모습이 보였다. 아직은 이른 시간이라 그리 많은 수는 아니었다. 새파랗게 변해가는 하늘과 거대한 수도의 위용이 묘하게 한 폭의 풍경화와 같은 이미지를 표현했다. 현홍은 와아~ 하고 탄성을 지른 후에 두근거린다는 표정으로 두 손을 꼭 쥐었다.

"너, 너무 멋져! 그리고 싶어!"

"음, 나중에 시간 봐서 그리게 해줄게."

"정말?!"

현홍은 오랜만에 진현이 자신의 생각에 긍정의 뜻을 표현하자 믿기지 않다는 듯 고개를 돌렸다. 하지만 진현은 아무 말 없이 그저 눈앞에 펼쳐진 절경을 감상하고 있을 뿐이었다. 인간에 의해 인간을 위해 인간의 손으로 만들어진 거대한 도시를. 그리고 살짝 미간을 찌푸렸다. 빛 때문인지 자세히 보이지는 않았지만 투명한 비누 방울처럼 막 같은 것이 도시 전체를 두르고 있었다. 눈여겨보지 않는다면 결코 알아차릴 수 없었을 것이다. 여유있게 경치를 구경하던 에이레이도 그제야 보았는지 얼굴을 살짝 구기면서 조용히 말했다.

"뭐지, 저건?"

"응, 뭐가 말야?"

"저기 투명한 막이 쳐져 있어."

에이레이가 손가락을 가리키자 현홍은 미간을 잔뜩 찌푸린 채 도시를 응시했다. 그리고 손바닥을 탁 소리나게 치며 눈을 동그랗게 떴다.

"어라? 정말이네! 저게 뭘까?"

"음, 결계인 것 같은데. 상당히 강력한."

에오로의 대답에 보충이라도 하듯이 니드가 살풋 웃어 보였다. 이제는 상당히 마음이 풀려진 모습이었다. 그동안 그의 마음을 조금이라도 풀려고 갖은 노력을 다한 현홍과 에오로에게 박수를 보내고 싶을 따름이다.

"마법으로 만들어진 결계야. 일정 수치 이상의 마력을 지닌 자는 애초에 들어올 수조차 없게 만들어진 용도인데 방어도 충분히 가능하다고 들었어. 일국의 수도인데 저 정도 방비는 해야겠지."

"그 일정 수치 이상이 어느 정도인지 아십니까?"

약간은 걱정스러운 어투로 묻는 진현을 보며 니드는 고개를 갸웃거려 보였다.

"글쎄요, 그것이 상당히 랜덤이라고 알고 있습니다. 뭐, 일정 수치를 넘더라도 마법사들의 확인을 거치면 도시로의 통과는 허락됩니다만.

왜 그러시는지?"

"곤란하게 되었군요."

진현은 짧게 한숨을 쉬며 슬며시 셀로브와 자신의 허리춤에 차여진 운을 바라보았다. 니드는 뭐가 뭔지 모르겠다는 얼굴을 하다가 곧 알아차렸다. 그런 조건이 붙는다면 우선적으로 마족인 셀로브와 마법검으로서 상당한 마력을 지니고 있는 운, 그리고 진현이 걸리게 된다. 다른 이들 역시 그것을 생각하고는 골치 아프다는 표정을 지었다. 하지만 니드는 쓰게 웃으며 머리를 긁적거렸다.

"뭐, 적당히 마법사들이 확인만 할 것입니다. 잘은 모르겠지만 말이죠. 아직까지 저는 저 결계의 수치에 다다른 사람을 본 적이 없습니다."

"퉁겨 나오거나 엄청 큰 소리가 난다거나 하는 거야?"

현홍과 함께 말에 타고 있던 아영이 궁금한 얼굴을 했다. 니드는 살며시 고개를 저었다.

"그것도 확실하지가 않습니다. 그 마력의 기준이라는 것이 상당히 높으니까요. 웬만하면 걸리지 않지요. 아니면 도시의 마법사들이 오가는 데 문제가 생기니까요."

하지만 일행들 모두가 〈걸린다〉라는 확신을 가지고 있는 상태였다. 셀로브는 귀찮다는 표정이 역력했다. 하지만 진현은 어떻게 해서든 통과만 하면 된다라고 생각하고는 머리를 긁적이며 헤세드의 고삐를 잡았다. 걱정이 되기는 했지만 저렇게 도시 전체를 두르고 있다면 정문이 아닌 다른 곳으로도 들어갈 수가 없으니 당당히 앞으로 들어가는 수밖에. 일행들 역시 별수없다는 듯 몇 번 한숨을 내뱉은 뒤에 말을 몰아갔다. 속력은 높이지 않았다. 천천히 주위를 구경하고 싶다는 것은 둘째 치고서라도 도시로 들어가는 사람들이 드문드문 있었기에 위험할 것 같아서였다.

짐을 가득 실은 짐마차들이 몇 대씩 눈에 띄었다. 일반적인 여행자들도 많았으나 우선은 눈길을 끈 것은 그들이었다. 말이 몇 마리가 필요한 규모의 마차들도 보였다. 마차를 몰고 있는 사람들은 전부 말을 타고 있는 일행을 신기하다는 듯 쳐다보았다. 그중에서 고양이의 귀를 가지고 황금색 눈을 가지고 있는 키엘을 유심히 쳐다보는 사람도 있었다. 움찔 귀를 까닥인 키엘은 니드의 옷자락을 꽉 움켜쥐었고 니드는 조심스럽게 말을 진현의 옆으로 몰아갔다.

"왜 그러십니까?"

니드는 자신의 망토로 키엘을 감싸 안듯이 하며 조금이라도 더 가려주려고 했다.

"여기서는 조심해야 합니다. 경매가 있으니까요."

"예?"

목소리를 조용히 낮추며 니드가 말을 이어 나갔다.

"일반인들은 접근하기 힘든 곳입니다만, 암묵적으로 이루어지는 경매입니다. 암시장이라고도 하고… 하여간에 그곳에는 대륙에서도 보기 힘든 진귀한 것들을 사고팔지요. 키엘처럼 희귀한 묘족은 그들에게 있어서는 최상급의 「상품」입니다."

눈살을 찌푸릴 수밖에 없었다. 그런 류의 더러운 시장도 이 세계에 있다는 것이 불쾌했다. 그 말을 들은 현홍 역시 밝은 얼굴이 아니었다. 오들오들 떨고 있는 키엘을 살며시 자신의 앞쪽으로 옮겨서 앉힌 니드는 걱정스러운 얼굴로 고개를 숙였다.

"그 사람들은 희귀한 것이라면 물불을 가리지 않습니다. 돈이 남아

도는 거상들이나 귀족들도 있지요. 국왕께서도 그것을 알고 계시는 듯합니다만 처리하기가 힘듭니다. 우선적으로 실권을 지닌 자들도 그곳에 출입을 한다고 하니까요. 종종 엘프들도 잡아서 판다고 합니다."

"인간이 엘프를?"

"예, 그들은 폐쇄적이고 인간들의 눈에 쉽게 띄는 것도 아니니까요. 우선적으로 아름답지 않습니까? 힘이 약한 어린 엘프들을 몰래 잡아다가 판다는 소문을 들었습니다."

"빌어먹을……."

진현은 자신도 모르게 욕지기가 치밀어 오르는 것을 느꼈다.

블랙 마켓Black Market. 그곳에는 없는 것이 없다. 대륙의 모든 진귀한 물건들과 하물며 국보급이 될 만한 유물들도 접할 수 있는 그런 곳. 하지만 결코 좋은 경로로 들어오는 물건들이 아니었다. 대다수가 안 좋은 루트를 통해 이동되어진 것들이었고 그것을 사는 사람들 역시 결코 좋은 이들이라고 할 수 없다. 그곳에 들어가는 이들은 암흑가의 거물들과 정치계의 실권자들. 법으로도 쉽게 처리가 되지 않는 사람들이었다. 이곳에도 그런 것이 있었다니. 그런 생각을 하던 진현은 곧 자조하는 듯한 미소를 지었다.

하긴, 인간이라는 동물이 있는데 그런 곳이 없을 리가 없다. 원하는 것이 있다면 무슨 수를 써서라도 손에 넣고 싶어하는 것이 인간. 어쩔 수 없는 것이 아닌가. 셀로브가 조용히 진현에게 물었다.

"암시장이라, 거기서 무엇을 팔지?"

뭐, 별것없어라고 대답한 진현은 잠시 입을 다물고 생각을 하는 듯 하다가 다시 입을 열었다.

"희귀한 것은 모두. 일반적으로 보물이라든가 수집의 가치가 높으면

높을수록 가격은 올라가지. 경매니까 물건을 보여주고 사고 싶은 녀석들이 가격을 올리지. 처음에 정해진 가격을 붙여놓고 말야. 예쁜 것 좋아하는 놈들이라면 충분히 엘프나 묘족을 사고팔 수 있을 테지. 가격도 만만치 않을 테니 파는 놈도 이득이고."

"흐음. 그런데 그런 것들을 사고파는 것이 왜 불법이지?"

"불법인지 아닌지는 몰라. 하지만 살아 있는 생물을 사고파는 게 너는 정당하다고 생각하냐?"

셀로브는 대답하지 않았다. 그리고 진현도 입을 다물었다. 그런 쪽의 일들과는 개입하지 않는 것은 그의 철칙이나 다름없었다. 원래의 세계에서도 오래되고 희귀한 것들을 수집하는 것이 취미였던 그이지만 결코 블랙 마켓을 이용한 적은 없었다. 어떤 이유에서든 그 루트에 있는 물건들은 하나같이 변칙적인 방법을 이용한 것들이 대부분이었으니까. 일반적인 용병 길드나 도둑 길드와는 차원이 다른 것이다.

에오로는 묵묵히 말을 몰며 이곳저곳 시선을 옮겼다. 그가 사는 마법의 도시 세트레세인도 일반의 도시들보다 규모적인 면에서는 분명 큰 곳이었지만 수도와는 비교할 바가 아니었다.

지금까지 살아오면서 세트레세인을 한 번도 떠나지 않았던 에오로에게 있어서는 상당히 가슴 벅찬 여행이 아닐 수 없었다. 물론 안 좋은 일도 많았고 슈린과는 헤어져 버렸지만, 이제는 자신의 스승의 명령을 이수할 수 있다는 생각에 절로 가슴이 뿌듯해져 왔다. 그래도 아직 방심은 금물이다. 정말로 마지막 장소에 도달했으니 스승의 물건을 노리는 자들이 언제 목숨 건 공격을 해올지 모르는 것. 그런 생각을 한 에오로는 마른침을 꿀꺽 삼키며 자신의 품으로 손을 가져갔다. 반드시 물건을 전하고 말 것이다라는 결심을 굳히며.

"사람들이 많다. 수도라서 그런가?"

현홍의 어깨를 두 팔로 감싸 안으며 아영이 말했다. 숨이 막히는지 캑캑거리는 현홍의 모습에 생긋 웃어 보인 니드가 답해주었다.

"상인들이 존재하는 이유라고 할 수 있으니까요. 대륙에 있는 모든 영지와 도시들에서 이곳으로 물건을 가져오는 것입니다. 인구가 많은 이상 필요로 하는 양도 만만치가 않지요. 하지만 물가는 상당히 싼 편입니다."

"음, 음, 알겠다. 오히려 물자가 풍족하니까 그렇겠지. 물가가 많이 싸면 여행자들은 좋겠다. 그치? 나중에 쇼핑이나 하자, 진현아."

"…내가 네 물주로구나, 아영아."

"어머나, 당근이지. 몰랐어?"

왜 거기서 당근이 나오지라고 묻는 듯한 얼굴을 하는 니드를 보며 현홍은 새어 나오는 웃음을 가까스로 막아야 했다. 설명을 해도 알아들을 수는 없겠지라고 생각하며, 몇몇 사람들의 시선을 받으며 일행들은 어느새 수도의 입구로 들어서고 있었다. 그리고는 다시 한 번 놀라야만 했다. 성문의 좌우로 도열해 있는 경비대원들 때문이었다. 멀리서 보기에도 번쩍거리는 플레이트 아머Plate Armor를 장착해서 입은 모습이 보는 사람으로 하여금 잔뜩 긴장하게 하기에 충분했다. 이것이 수도의 경비대원인가라고 할 정도로 모범적인 모습. 한 치의 오차도 없이 서너 명의 인원이 길을 가운데로 두고 서 있었다.

브레스트 플레이트Breast Plate에는 금과 은을 이용하여 머리 셋 달린 드래곤의 모습이 조각되어 있었다. 회은빛의 망토에도 역시 같은 문양이 수놓아져 있었고 투구는 쓰고 있지 않았지만 그로 인해 위용이 줄어드는 것은 결코 아니었다. 보는 사람은 상당히 멋있다고 생각되게 하는 데 반해 과연 그 실용성이 있을까 하는 의문이 잠시 들었다.

플레이트, 말 그대로 쇠로 만들어진 갑옷이니 무게가 장난이 아닐 것이라는 생각 때문이었다. 하지만 그 의문은 에오로가 풀어주었다. 멍한 얼굴로 경비대원들을 바라보던 에오로가 흠칫하며 입을 열었다.

"경량화 마법이 걸려져 있어서 움직이는 데는 무리가 없어 보이네요. 괜히 긴장했나?"

"그게 뭔데?"

현홍의 질문에 대답한 것은 니드였다. 대마법사를 친구로 두고 있어서 아는 것이 확실히 많다는 것을 자랑이라도 하려는 표정이었다.

"무게를 줄이는 마법이지. 보통 갑옷에 걸기도 하고, 무거운 물건을 옮길 때 걸기도 해. 아니면 저런 갑옷 입고 움직이는 데 엄청 고생할 걸?"

찬찬히 경비대원들의 모습을 감상하고 있던 진현도 피식 웃으며 고개를 끄덕였다.

"플레이트 아머의 평균 무게는 대략 25kg 정도이지. 시대나 양식에 따라서는 조금씩 달라진다고는 하지만 보통 저렇게 풀 세트로 차려입고 걷는 것은 무리야. 무거웠던 갑옷은 50kg을 넘는 것도 있다고 하던데."

"그, 그걸 입고 싸움이 돼?!"

아영은 안색이 창백해지고 말았다. 방어만 잘하면 뭐 하나, 공격을 못하면 이기지를 못하는데. 걷는 것은커녕 혼자서 입는 것도 못하겠다라고 중얼거린 아영은 손가락을 뻗어 경비대원들을 가리키며 물었다.

"그럼, 저 사람들 갑옷은 별로 무겁지 않다는 거네?"

"예, 경량화 마법은 보통 표준의 무게에서 최대 10분의 1까지 줄일 수 있으니까요."

"흥, 그렇다면 대단할 것도 없구나."

샐쭉한 표정을 지어 보인 아영은 어깨를 으쓱거렸다. 하지만 저런 모습은 처음 본다는 식의 신기한 눈동자는 사라지지 않았다. 손질이 잘되어 햇볕을 받아 반짝거리는 롱 소드Long Sword의 칼날은 사람을 홀리게 하기에 충분했다. 진현은 헤세드는 천천히 몰아 일행들의 후미로 빠졌다. 이쯤 되면 다시 긴장의 시작. 과연 어떠한 반응으로 걸릴까 싶었다. 시치미를 뚝 떼고 경비대원들의 삼엄한 시선 속에서 말을 몰아 성문을 통과한 나머지 일행들은 미심쩍은 눈으로 진현을 돌아보았다. 다른 사람들은 정말로 아무런 장애 없이 그냥 통과를 했지만 진현은 어찌 될지……

성문의 바로 안쪽 성벽과 붙어 있는 쪽에는 경비대원들을 위한 처소가 하나 위치해 있었다. 보통의 나무로 쌓아 만든 허술한 곳이 아닌 단단한 돌로 만들어진 처소였다. 헤세드는 머리를 한번 저어 보이고는 천천히 앞으로 나아갔다. 그리고 그때 예상했던 것처럼 일이 발생했다.

"큭!"

"이힝힝!"

잘 간다 싶은 헤세드가 돌연 앞다리를 들어 올리며 껑충 뛰었다. 그것은 진현과 셀로브 때문이었다. 헤세드의 머리까지는 잘 통과했다. 하지만 진현이 도열한 경비대원들을 스쳐 지나가기 직전 하얀 전기 스파크가 튀며 진현과 셀로브가 말에서 굴러 떨어졌다. 화들짝 놀란 일행들이 무어라고 할 틈도 없이 서늘한 검들이 진현과 셀로브를 겨냥했다. 경비대원들은 뜻밖의 상황에 당황하지도 않으며 검을 들어 올려 땅에 떨어진 두 명을 경계했다. 일행들의 얼굴에는 〈저럴 줄 알았다〉라는 의미심장한 빛이 떠올랐다.

말에서 떨어진 충격에 휘둘리는 머리를 진정시킨 셀로브가 곱지 않은 시선으로 경비대원들을 노려보았다. 천천히 옷에 묻은 흙을 털어내며 일어선 진현이 한 발자국 앞으로 걸어나왔다. 경비대원들도 움찔하기는 했지만 뒤로 물러나지는 않았다. 강경한 태도의 그들을 보고도 진현은 아랑곳없이 주위를 둘러보았다. 천천히 성문 주위를 보던 진현이 조용히 한 손을 들어 허공을 짚어가기 시작했다. 그리고 어느 한 지점을 손가락으로 짚었을까? 진현과 셀로브가 말에서 떨어졌을 때 튀었던 불꽃의 스파크가 다시 한 번 팍 소리나게 튀었다.

"음, 이곳이 벽이로군."

별 흔들림 없이 그렇게 말하기는 했지만 그 방어벽을 짚은 진현의 손은 약간 그슬려져 있었다. 일부러 접근을 했기 때문인 듯싶었다. 손가락에서 흘러나오는 핏줄기를 핥으며 진현은 경비대원들과 시선을 마주쳤다. 그제야 일어선 셀로브는 귀찮다는 표정을 지어 보였다.

"이따위 결계나 쳐두다니 하여간에 인간들이란… 홉!"

"아하하, 아무것도 아닙니다."

투덜거리는 셀로브의 입을 손을 막아버린 진현은 생긋 웃었다. 먼발치에서 말에서 내린 일행들이 걱정스러운—얼굴만 그랬고 눈빛은 재미있다, 내지는 고소하다는 것처럼 보이는—얼굴을 하고 있었다. 터벅거리는 소리와 함께 경비대원들의 틈으로 한 사내가 모습을 드러냈다. 드문드문 새치가 섞여 있는 회색의 머리카락과 듬직한 인상을 주는 중년의 남자였다. 척 보기에도 다른 젊은 경비대원들과 비교가 되는 것이 서열이 높아 보였다. 사내는 천천히 진현과 셀로브를 훑어보면서 입을 열었다.

"능력이 좋으신 마법사이십니까? 이 결계의 수치에 걸리신 것은 두 분이 처음입니다. 아, 저는 성문 경비대의 대장 넬슨 카스트로라고 합니다."

"아, 예, 정식으로 길드에 등록된 마법사는 아닙니다만 마법은 조금 쓸 수 있습니다."

"허허, 조금이라고요?"

정중하게 대답하는 진현을 보며 넬슨은 허무한 웃음을 지었다. 그러나 진현의 대답에 따라 경비대원들은 조금 더 움츠러든 모습을 보였다. 자신의 턱에 난 수염을 매만지며 넬슨이 이상한 눈길로 진현을 바라보았다. 잠시 미간을 찌푸린 진현이 조심스럽게 물었다.

"이 결계의 벽에 걸리는 수치가 어느 정도입니까?"

넬슨의 눈빛이 잠깐 흐려졌다. 하지만 곧 눈을 감았다 뜬 그는 조용히 자신의 검을 뽑아 들며 낮은 목소리로 말했다.

"보통은… 길드 마스터 수준이라고 하더군요."

"……!"

움찔하며 눈살을 찌푸린 것은 진현뿐만이 아니었다. 그렇게 높게 잡아두었으니 당연히 아무도 안 걸리지 하는 생각을 하며 진현은 슬슬 골치가 아팠다. 어떻게 변명을 해야 잘 넘어갈 수가 있을까. 셀로브는 마족이지만 그 말을 했다가는 당장에 수도 경비대원 전원이 이곳으로 집결할 것이다. 귀찮은 것은 죽기보다 더 싫어하는 성격의 진현으로서는 복잡한 일은 질색이었다.

넬슨은 말은 그렇게 차분하게 했지만 그가 지금까지 이곳의 경비대장으로 있은 이후에 이런 일은 처음 겪는 것이었기에 내심은 당황하고 있었다. 그가 그런데 다른 경비대원들은 어떻겠는가. 그들은 지금까지 연습해 온 것처럼 반응을 했을 뿐이다.

뭔가 변명할 거리를 찾고 있는 진현을 보며 일행들도 잠깐 지금의 상황이 곤란하다는 것을 깨달았다. 수도로 들어오는 다른 상인들이나 여행객들은 경비대원들이 칼을 뽑아 들고 있자 놀란 눈치였지만 서둘러 도시 안쪽으로 사라졌다. 이목을 끌면 곤란했다. 머리카락을 쥐어뜯으며 고민을 하고 있던 에오로가 손바닥을 탁 치면서 소리쳤다.

"아, 저는 다카 다이너스티의 제자가 되는 사람입니다만!"

순간 경비대원들과 넬슨의 시선이 에오로에게로 꽂혔다. 섬뜩한 기분을 느낀 에오로였지만 속으로 심호흡을 몇 번 한 후에 천천히 발걸음을 옮겨 진현 쪽으로 걸어갔다. 그는 넬슨에게 목례를 짧게 한 후에 천천히 설명을 시작했다.

"음, 저는 대마법사이자 위저드Wizard라는 칭호를 가지고 있는 다카 다이너스티의 제자 에오로 미츠버라고 합니다. 저와 제 일행들은 그분의 명에 따라 수도의 마법사 길드에 물건을 가지러 가는 길입니다. 그리고 방금 결계의 조건에 걸리신 저 두 분은 스승님의 친우가 되시죠. 그러니 어느 정도의 마법 실력은 당연한 것 아닐까요? 저분께서 겸손하셔서 조금이라고 하셨지만 실로 대단한 실력을 가지고 있으신 분들이랍니다. 아, 길드의 마법사 분을 불러오시면 제가 그분의 제자라는 것은 알게 되실 겁니다."

이 나라에서, 아니, 대륙에서 다카 다이너스티라는 이름을 모르는 이들은 아마도 없을 것이다. 넬슨은 조금 미심쩍은 눈초리를 하게 되었다. 하지만 대마법사의 친구라면 분명 그도 마법을 잘할 것이라는 약간은 편파적인 생각이 들어 쉽사리 의심을 할 수도 없었다. 무엇보다 그 타칭 대마법사라는 자의 성격은 익히 들어 잘 알고 있었다. 괜히 그의 화를 얻었다가는 얻는 것은커녕 잃는 것이 많을 게 분명한 사실. 그렇기에 넬슨은 경비대원 한 명을 불러 마법사 길드의 사람을 불러오게 했다.

일행들은 모두가 에오로의 말에 혀를 내둘렀으나 울상인 사람도 있었다. 당연한 것이 아니게 되어버린 대마법사의 진짜 친구인 니드였다. 경비대원들의 경계를 받으며 망연히 진현과 셀로브가 서 있을 때 넬슨의 명령을 받고 사람을 데리러 갔던 대원이 웬 사내를 질질 끌고 오고 있었다.

사실 정말로 그런 것은 아니지만 거의 끌고 온다고 해도 과언이 아니었다. 사내의 양손에는 포크와 나이프가 들려져 있었고 그것으로 보아 식사 도중에 끌려왔다는 생각을 하게 했다. 경량화가 걸렸다고는 하지만 보통의 가죽 갑옷보다는 무게가 있는 갑옷을 입고 전속력으로 뛰어갔다 온 대원은 헉헉거리는 숨을 몰아쉬며 거수경례를 붙여 넬슨에게 보고했다.

"디크 바이트, 명령을 받고 마법사 길드의 길드원을 모시고 왔습니다!"

"수고했다."

모시고? 끌고 왔다고 보고해야 하는 것이 아닌가 하는 의문이 눈앞을 잠시 스쳐 지나갔다. 펄럭이는 로브 자락을 대충 여미며 사내는 입을 불쑥 내밀더니 투덜거리기 시작했다.

"아무리 바쁜 일이 있기로서니 아침밥은 먹게 내버려 둬야 하는 것 아닙니까? 하여간에 요즘 사람들 성질 급한 것은 알아줘야 한다니까. 나는 아침밥을 제대로 먹지 않으면 몸 안의 마나가 급하게 멈추는 느낌을 받는다니까요! 그게 얼마나 불쾌한 느낌인지 아십니까?"

"죄송합니다, 메이지Mage. 하지만 지금 급하게 확인할 것이 있어서 말입니다."

대충 양해의 말을 한 후 넬슨은 그 사내에게 귓속말로 무어라고 속삭였다. 일행들은 킬킬거리며 그 광경을 지켜보았다. 어째 성격이 요상한 듯한 사내를 보니 절로 웃음이 터져 나오는 것이다. 머리카락을 짧게 스포츠 머리로 자른 그 사내는 자신의 갈색 머리카락을 매만지며 양손에 들고 있던 포크와 나이프를 소매 속에 집어넣고는 헛기침을 내뱉었다.

아영이 니드에게 소매에 저런 것을 넣어두면 안 빠지나라는 질문을 막 할 즈음 사내는 진현과 셀로브에게로 천천히 다가섰다. 뭔가 신기한 것을 본다는 식으로 두 사람을 번갈아 쳐다보는 사내에게 에오로가 선뜻 말을 붙였다.

"수도의 길드원이신가 보군요? 에오로 미츠버라고 합니다."

힐끔 에오로를 쳐다본 사내가 눈을 동그랗게 떴다. 그리고는 환하게 웃으면서 에오로의 어깨를 붙잡고는 곧 이어 이곳저곳 더듬기 시작했다. 진현은 눈살을 찌푸렸고 아영은 어머나 하는 탄성을 내뱉은 후에 입을 가렸다. 잠시 동안 패닉 상태에 빠졌던 에오로가 화들짝 놀라며 몇 발자국 뒤로 물러나면서 소리쳤다.

"무, 무슨 짓이에요! 난 그런 취미 없어요!"

에헤헤 하고 짓궂은 웃음을 흘린 사내는 자신의 손에 들린 무언가를 내려다보며 말했다.

"걱정 마, 나도 그런 취미는 없으니까. 내가 좋아하는 것은 예쁜 누님들을 만질 때뿐이거든. 다만, 나는 이것 때문이었어."

"아, 아니!"
 사내의 손에 들린 것은 다카 다이너스티의 두루마리였다.
 진현은 흠칫하며 그에게로 가려 했지만 다시 한 번 결계의 벽에 가로막혀 헛되이 불꽃만 튀길 뿐이었다. 뭐가 뭔지 모르는 경비대원들과 넬슨을 내버려 둔 채로 에오로는 멍하니 자신과 그 의문의 사내를 번갈아 바라볼 뿐이었다. 언제 저것을 가지고 갔는지에 대한 생각도 들지 않을 정도로 혼란스러웠다. 사내는 씨익 웃으며 두루마리를 던졌다 받았다를 반복했다.

"너무 놀랐잖아요."
 뚱한 목소리로 말하며 에오로는 찻잔에 담긴 홍차를 후룩 하고 마셨다. 그의 옆에 앉아서 여유로운 표정으로 소파에 팔을 걸치고 있던 아영이 키득거리며 말했다.
"네 몸을 갑자기 더듬어서? 하긴, 나도 놀라긴 놀랐다만. 깔깔!"
 하지만 에이레이를 비롯하여 다른 이들은 십년감수했다는 표정이었다. 그 두루마리 때문에 지금까지 얼마나 고생을 했는데 갑자기 나타난 사내가 홀랑 가져가니 놀라지 않을 수가 있겠는가. 지금 그들이 있는 곳은 도시 안쪽에 위치한 마법사 길드의 건물이었다. 허름하다고는 할 수 없지만 그래도 제법 오래되어 보이는 건물의 2층에서 오손도손 모여 앉아 있는 것이다. 인원이 인원이다 보니 약간은 좁다 싶었지만 다들 제자리를 찾아 앉아서 안도의 한숨을 내뱉고 있었다. 만약에 두루마리를 노리는 암살자였다면 어쨌겠는가. 진현과 셀로브도 벽에 가로막혀 들어오지도 못했던 그런 상황에서 말이다.
 그렇게 일행들의 간을 콩알만하게 했던 사내는 빙긋이 웃으며 자신의 앞에 놓인 찻잔을 들었다. 앉을 자리가 없어서 벽에 기대어서 있던 진현이 쓴 미소를 지어 보였다.

"당신이 그 물건을 받을 수신인이라니. 조금은 의외였습니다."

"아하하, 저를 처음 보신 분들은 다들 그렇게 말씀하시더군요. 아무래도 제가 자질이 없나 봐요."

호쾌하게 웃으며 머리를 긁적이는 그의 이름은 카이트. 놀랍게도 그는 수도인 스란 비 케스트의 마법사 길드장이었다. 처음에는 당연히 믿지 않았다. 우선은 길드장이라고 한다면 늙어 빠진 영감이라는 추측을 타파하는 젊은이라는 것이 문제였고 성격도… 물론 문제가 되었다. 하지만 그의 안내로 길드의 건물에 왔을 때 일행들은 어쩔 수 없이 수긍하게 되었다. 길드 내에서 마주친 늙은 마법사나 견습 마법사들 모두가 그 성격 이상한 카이트에게 인사를 건네었으니까. 그것도 아주 공손하게. 아무래도 이곳에서의 서열이나 존경을 받는 위치라는 것은 나이가 아닌 능력을 위주로 한 것인가 보다.

현홍은 이 일에 별 관심이 없는지 창밖을 통해 수도의 길을 구경하고 있었다. 어서 관광을 하고 싶은 여행자의 눈빛이라고 해야 할까. 종종 발을 톡톡 바닥에 구르는 것이 못 참겠다는 무언의 표시였다.

카이트는 장 위에 놓인 통들을 하나둘씩 열어보더니 그중 하나를 탁자 위에 올려놓았다. 맛깔스럽게 구워진 과자를 보고 키엘은 환하게 웃으며 집어 먹었다. 그런 키엘의 머리카락을 쓸어 내려주면서 에이레이가 조심스럽게 입을 열었다.

"하지만 그렇게 갑작스럽게 행동하시다니. 그것을 노리는 녀석들이 많아요."

"아아, 당신과 같은 분들 말이죠?"

에이레이의 미간이 순식간에 찡그려졌다. 눈길에 약간씩이지만 살기가 비친다는 것을 안 에오로는 눈을 찔끔거리며 고개를 돌렸다. 하지만 카이트는 그런 그녀의 눈길에 아랑곳하지 않고 편히 소파에 등을 기대며 두 손을 깍지 낀 채 무릎 위에 올려두었다.

"마법사라는 것이 대단한 직종은 아닙니다만, 저는 엄연히 이곳의 길드장입니다. 자랑할 생각은 없지만 그 정도는 알 수가 있지요."

능글맞은 목소리로 말하는 그를 보며 에이레이는 더 이상 아무 말도 하지 않았다. 하지만 조금 기분이 나빠진 것은 어쩔 수가 없었다. 그때까지만 해도 가만히 있던 니드가 조용히 물었다.

"다카와는 만난 적이 있나요?"

"아아, 그분과는 당연히 아는 사이지요. 큰 도시의 길드장들은 다 그럴걸요? 그분은 대륙 최고의 마법사이시며 우리 마법사들의 존경을 한 몸에 받으시는 분이니까요. 그분을 만나뵌 것이 벌써 4년 전이로군요. 그때의 기억은 아직도 생생합니다. 얼마나 감격적이었는지 지금도 몸이 떨릴 정도랍니다!"

정말로 그렇기는 한 것인지 그는 양손을 불끈 쥐면서 몸을 부르르 떨었다. 아무리 생각해도 지금까지 슈린과 니드와 에오로에게서 들었던 그 대마법사의 성격을 생각해 보자면 저런 반응에는 조금 무리가 있지 않을까? 하지만 어디까지나 마법사가 마법사를 존경할 때에 필요한 것은 성격이나 그런 것이 아닌 오직 마법을 얼마나 잘 쓰는가라는 능력뿐인 듯싶다.

"제가 그분을 만났을 때에는 겨우 메이지라는 칭호를 받을 정도였습니다. 지금의 자리에 올라온 건 그분이 아니었다면 있을 수가 없는 일이지요. 그분의 위대하고도 흘러넘치는 그 마나Mana! 아아, 그것을 보고 결심했습니다. 저분처럼 되어야겠다라고 말입니다!"

"아아, 예······."

니드는 아무래도 믿기 어렵다는 눈치였다. 지금까지 보아왔던 자신의 친구를 잠시 생각하는 듯이 눈을 감은 니드는 곧 창백한 안색을 지으며 고개를 저었다. 미스 매치인가 하는 생각을 하며 진현은 찻잔을 들어 올렸다. 하여간에 이걸로 에오로의 일은 끝마칠 수 있게 되었다. 생각보다 너무 간단하게 되어서 뭔가 시원섭섭한 느낌이 들기는 했지만 말이다. 여기서 문제 하나가 생긴다면 에오로의 거취에 대해서일까. 그 문제를 현홍 역시 알아차렸는지 창밖을 향해 있던 고개를 돌려 에오로를 보며 말했다.

"그럼 에오로, 너는 어쩔 셈이야? 세트레세인인가 하는 곳으로 돌아갈 거야?"

입 안에 가득 들어가 있는 쿠키 때문에 잠시 대답하지 못한 에오로는 급히 가슴을 주먹으로 두드린 후에야 손을 들어 머리를 긁적거렸다. 그 자신도 이렇게 쉽게 물건을 전해줄지 몰랐기에 그 다음의 일은 생각하지 못했던 것 같다. 고민하는 얼굴이 되어 있는 그를 보며 아영이 무뚝뚝하게 말했다.

"하릴없으면 우리랑 같이 여행이라도 해. 원래 인생에서 가장 인상 깊은 게 여행이거든. 그리고 너 혼자서 돌아가는 것은 확실히 무리야. 위험할지도 모른다고."

"으음, 하지만 스승님께 돌아가는 것이 아무래도 낫지 않을까 싶은데······. 물론, 걱정은 하지 않으시겠지만 그래도······."

"그렇지만 에오로 군 혼자서 보낼 수는 없습니다. 빼앗아야 하는 물건이 당신을 떠났으니 표적이 되지는 않겠지만, 우리는 아직까지 적이 하나 더 남아 있지 않습니까?"

"윽, 그 신전의 녀석들!"

현홍은 골치가 아프다는 얼굴을 했다. 그런데 요즘 들어 영 습격을 해오지 않네라고 중얼거리며 그는 고개를 저었다. 카이트가 자상한 얼굴로 에오로를 바라보았다.

"다카 다이너스틴님의 제자라면 나도 도와야겠지. 그분께는 내가 연락을 드릴 테니 너무 심려치 말아. 그리고 이 물건을 여기까지 무사히 가지고 와줘서 고마워."

"헤헷, 제가 할 일인데요. 그런데 한 가지 질문이 있는데요."

"응, 뭔데?"

눈동자를 데굴데굴 굴리던 에오로는 심호흡을 한 번 한 후에 조용히 목소리를 낮추었다.

"그 두루마리에 적힌 게 무엇인지 말씀해 줄 수 있으신가요?"

의외의 물음이었던 것인지 방 안은 일순 침묵 속으로 빠져들어 버렸다. 셀로브는 입가에 가지고 가던 와인잔을 멈추고 눈을 감았다. 눈을 동그랗게 뜬 카이트와 진지한 얼굴의 에오로를 번갈아 보면서 니드는 마른침을 삼켰다. 이런 썰렁함 속에 키엘도 쿠키를 집으려고 뻗었던 손을 멈추고 주위 사람들의 눈치를 살폈다.

진현은 가만히 카이트의 대답을 기다렸다. 그 역시도 가장 궁금한 것이 그것이었기 때문이다. 저 두루마리가 카르틴 제국과 유니엄 공국의 전쟁에 연관된 문서라는 것 말고는 아는 것이 없었다. 무엇이기에 어쌔신 길드Assassin Guild에서 목숨을 내놓고 빼앗으려 안달을 하는 것인지, 아니, 정확히 말하자면 누군가의 사주를 받아서이겠지만.

사람들의 이목이 모두 자신에게 쏠리자 카이트는 갑작스레 헛기침을 내뱉었다. 잠시 동안 생각을 정리하는 것인지 아무 말 없이 고개를 숙인 그는 약간의 지루함이 몰려오기 시작할 때쯤에서야 입을 열었다. 약간은 진지한 표정이었고 목소리조차 상당히 낮아서 일행들 모두가 조금씩이나마 긴장할 정도였다.

"사실은 이것은 극비입니다만 여러분들은 이 물건을 여기까지 가지고 오신 분들이고 하니 설명을 드리겠습니다. 하지만 너무 깊이 알려하지 마십시오. 이건 개인의 문제가 아닌 국가 간의 문제입니다. 현재 카르틴과 유니엄의 전쟁 소문이 퍼지고 있다는 것은 잘 알고 계시리라 믿습니다."

물론 모르고 있었던 아영은 두 눈을 토끼처럼 동그랗게 뜨고 주위를 둘러보았다. 하지만 진현은 어깨를 으쓱거릴 뿐 아무런 말도 하지 않았다.

"하아, 다카 다이너스티님께서는 이미 그 사실을 잘 알고 있었습니다. 그분의 능력으로는 충분하지요. 유니엄 공국의 공작이 간악한 마음을 먹고 전쟁을 일으키려고 하는 것을. 그리고 그 배후에는 또 다른 무리가 있다고 합니다만 이 점은 그분도 정확히는 모르시는 듯합니다. 하여간에 그런고로 전쟁이 일어나면 저희 왕국에서는 카르틴에 종군 프리스트들과 마법사들의 원조를 할 생각입니다. 형제의 나라이고 평화 협정이 체결되어 있으니 당연하다고 할 수 있지요."

"그럼, 그 문서는 전쟁에 보내질 마법사들의 명단이거나 그런 내용을 담고 있겠군요."

진현의 질문에 카이트는 짧게 한숨을 내뱉으며 고개를 끄덕였다.

"예, 잘 알고 계시는군요. 하지만 이게 상당히 문제가 많은 것이 저희 나라의 국왕께도 보여야 하는 것입니다. 결제 서류 같은 것이지요."

하지만 뭔가 이상했다. 겨우 그런 것 가지고 암살자들이 두루마리를 노린다는 것이 아무래도 꺼림칙했기 때문이다. 진현의 미간에 골이 더 깊어지는 것을 알아차린 카이트는 손을 내저었다.

"이 이상은 무리입니다. 그냥 전쟁에 관련된 것이라는 것만 알아주십시오. 더 이상 이 내용을 입에 담으면 곤란합니다."

"…알겠습니다."

궁금한 것은 많았지만 저리 말을 하니 더 깊이 캐물을 수가 없게 되었다. 진현은 한 손을 들어 턱을 괸 채 곰곰이 생각을 정리했다. 겨우 그 정도의 내용이라면 어째신 길드의 사람을 보낼 필요가 있을까? 전쟁에 관련되어진 기밀임에는 분명하지만 설명을 들어보니 그다지 중요한 내용은 아닌데… 명단이라, 과연 누가 어떤 뜻에서 이 물건을 노리는 것일까?

카이트는 진현이 진지한 얼굴로 생각에 잠기자 이마에 맺힌 식은땀을 닦아냈다.

따분하다는 얼굴로 길가의 사람들을 보고 있던 현홍이 나긋한 목소리로 말했다.

"아아, 그럼 이제 뭘 한다지?"

"에오로는 할 일 다 했으니까 자유네. 그리고 우리들은 우혁이 오빠를 찾아야 하고… 그런데 어떻게 찾지?"

아영의 질문에 대답을 한 것은 진현이었다.

"우선은 여관부터 잡고 보자. 카이트 님, 이 근처의 좋은 여관 좀 소개시켜 주시겠습니까?"

"아니, 이곳에 머무르셔도 상관없습니다만……."

"그런 실례를 끼칠 수는 없지요. 우선은 인원도 대인원이고요."

66 잃어버린 세계

생긋 웃으며 말하는 진현이었고 그 모습을 보며 카이트는 미안하다는 듯 머리를 긁적였다. 확실히 대인원이기는 했다. 여덟 명이나 되는 인원이니 큰 여관이 아니고서야 이 건물에 머문다는 것은 확실히 불가능에 가까운 일. 무엇보다 대화 도중에도 간혹 들려오는 해괴한 비명 소리나 폭발음 덕분에 여독을 풀기는커녕 오히려 스트레스가 쌓일 것만 같은 곳이었다. 다시금 폭발음과 함께 해괴망측한 비명 소리가 들려오자 아영은 귀를 막으며 물었다.

"여기는 항상 이런가 보죠?"

"아하하, 마나를 주물럭거리는 사람과 실험은 떼어낼 수 없는 관계이니까요. 오늘은 조금 양호한 편이랍니다. 며칠 전에는 어떤 돌아버린 마스터가 실험을 하다가 건물 지붕을 날려먹었다지요. 덕분에 날아간 지붕이 떨어진 대로에는 큰 구멍이 나버렸구요."

"…그래서 대로가 저 모양이었구나."

멀리 날아간 것이 아닌 것도 다행이었고 인가에 떨어지지 않은 것은 더 더욱 천만다행이었다. 현홍은 황당한 목소리로 그렇게 말했고 그가 시선을 두고 있는 곳에는 카이트가 설명을 했던 그 해괴한 실험의 결과물로 어른 키만한 깊이의 구덩이가 있었다. 그 주위에는 목책木柵을 만들어두었다. 이 마법사 길드 건물과 가까이 사는 사람들은 잠도 제대로 못 자겠다, 언제 지붕이 날아올지 모르니. 이렇게 중얼거린 현홍은 짧게 한숨을 내뱉었다.

"음냐, 할 일을 마치고 나니까 어째 속이 빈 것 같은 느낌이 드는데요?"

입맛을 쩝쩝 다시며 말하는 에오로를 보며 진현은 희미하게 웃을 수밖에 없었다. 그런 것을 보통 시원섭섭하다고 하지. 카이트가 일러준 여관으로 가는 길에 에오로는 문득 그런 느낌이 들었던 것 같다. 대로에 난 커다란 구멍 때문에 말들을 끌고 가기가 조금 힘들었다. 대로의 폭은 넓었으나 그에 비례해 구멍도 상당한 크기였고 건물과 구멍의 틈새를 빠져나가는 시민들도 많았기 때문이다. 이래저래 양해를 구해서 말들과 함께 길드의 건물에서 나온 일행들은 터벅거리며 걷기 시작했다.

우선은 여행자들치고는 인원이 많았고 이목을 집중시키는 말 한 마리와 그의 주인 때문에 상당히 많은 시민들의 시선을 받아야만 했다. 하지만 정작 본인은 별로 신경을 쓰지 않는 것처럼 보였다. 심드렁한 표정으로 자신의 말 아인의 고삐를 붙잡고 걸어가는 에이레이가 조용한 목소리로 진현에게 말했다. 그녀의 목소리는 바로 옆에 있는 사람이 아니면 알아듣기조차 힘들 정도로 작아서 다른 일행들의 귀에는 들리지 않았다.

"시선이 느껴져."

진현은 천천히 걸어가며 입술만을 조금 달싹여 에이레이의 말에 답했다.

"예, 수는 모두 셋. 하지만 어쌔신 길드의 사람들은 아닌 것 같습니다만……."

"응. 그들이라면 저렇게 살기 어린 눈초리로 쳐다보지 않아. 무엇보다 아무런 소득도 없는 행동을 하지 않거든. 그들이 노리는 물건은 이미 우리 손을 떠났어. 그렇다면 누굴까?"

진현은 대답하지 않았다. 등 뒤로 느껴지는 짜릿한 살기에 순간 몸이 움찔거리는 기분이 들 정도였다. 상당히 강한 자들이다. 이런 생각을 할 즈음 주위를 둘러보던 현홍이 진현의 소맷자락을 붙들었다.
 "진현아, 진현아, 누가 노려보는 것 같지 않아?"
 저 둔하디둔한 현홍이가 느낄 정도면 일행들 다 느꼈겠군. 진현은 그리 생각하며 한숨을 푹 쉬었다. 이것은 대놓고 공격하겠다는 의지나 다름없지 않은가. 만약 몰래 죽일 작정이라면 저렇게 살기를 내비치지는 않을 것이다. 살기의 강도는 조금씩 달랐지만 분명한 것은 그 대상이 이 일행이라는 것. 하지만 잠시 후 눈 깜짝할 시간도 지나지 않아 그 시선들은 사라졌다. 아무래도 다른 곳으로 자리를 옮긴 것이거나 살기를 감췄겠지. 그러나 그것이 더 신경을 자극했다. 뛰어난 능력자처럼 보이는 세 개의 기가 마치 처음부터 없었던 것처럼 한순간에 사라졌는데 누가 경계를 하지 않을까.
 진현은 느긋하게 풀어두었던 오감을 순간 긴장시키며 주위에 대한 경계를 늦추지 않았다. 키엘은 불안한 시선으로 주위를 둘러보더니 곧 니드의 옷자락을 붙잡으며 그의 망토를 자신의 몸에 휘감았다. 마찬가지로 이상하게 섬뜩한 느낌이 든 니드는 키엘의 손을 꼭 부여잡은 후 아랫입술을 깨물었다. 날씨는 상쾌했으며 시리도록 푸른 하늘은 완연한 여름을 예고했다. 하지만 어딘지 모르게 오싹하도록 불길한 느낌이 드는 것은 왜일는지.

스란비 케스트 2

"윽! 너무 편해서 믿어지지가 않아."

시트를 둘둘 말아서 자신이 마치 동면을 하는 고치가 되었다는 것을 증명이라도 하는 양으로 누워 있던 현홍의 입에서 그런 말이 흘러나왔다. 니드는 쓰게 웃으며 고개를 가로저었다. 하긴, 그 자신도 지금의 상황이 무던히도 편하다는 생각을 하고 있었다. 완벽하게 목적지에 도착한 것은 아니지만 그래도 이곳에서는 꽤나 오랫동안 머물 것 같다는 진현의 말 때문이었다. 이번에는 제대로 머물고 있는 도시의 분위기와 휴식을 즐길 수 있다는 것은 꽤나 달가운 사실이었다. 고생을 할 진현을 생각하면 조금 미안하기는 했지만. 물의 도시 루인에서 수도까지 오는 데 불편했던 것도 아니고 힘들었던 것도 없었기에 니드와 현홍은 지금 아주 여유로운 태도로 시간을 즐기고 있었다.

일찌감치 단잠에 빠져 있는 키엘의 머리를 쓸어주며 니드가 말했다.

"음, 편하기는 하지만 진현은 힘들겠는걸. 그 우혁이라는 사람을 찾으려면 말이야."

침대 위에서 뒹굴거리는 몸을 돌려 천장을 바라본 현홍이 고개를 끄덕였다.

"으응, 어디 있는지 알기는 한다고 하는데 그게 조금 복잡한 곳인가 봐. 복잡한 곳에 우혁이가 왜 있을까? 하지만 나한테도 자세한 이야기는 안 하더라. 자기가 알아서 한다고."

그렇게 말하며 입술을 씰룩거리는 현홍의 목소리에는 약간 불만이 배어 있었다. 왜 그러는지 이유를 알 것 같은 니드는 생긋 웃으며 짓궂은 표정을 지었다.

"하하, 너도 진현이 돕고 싶어서 그러지?"

"헹! 웃기지 마! 그런 녀석, 혼자서 고생 다 하게 내버려 두는 게 더 낫다 뭐! 우리는 우리 일이나 하자고!"

"우리 일?"

"쇼핑 말야. 하는 김에 수도 관광도 하고. 언제 다시 올지 모르니까."

"너도 참 인생을 편하게 사는구나."

한숨을 푹 내쉬며 고개를 숙이는 니드를 보며 현홍은 그의 말이 무슨 뜻인지 곰곰이 생각하는 표정이 되었다. 역시나 그는 초특급으로 둔감한 왕바보였다는 사실을 잊으면 안 되겠다.

그들이 그렇게 열심히 뒹굴거리며 놀 계획을 잡고 있을 때 또 다른 계획으로 머리카락 수가 적어지는 것을 느끼는 이가 한 명 있었다. 어째서 머리카락 수가 줄어드냐 하면 자신이 쥐어뜯고 있는 수가 몇 개, 스트레스로 빠지는 것이 몇 개였기 때문이다. 잠시 밖으로 나와 바람이나 쐬려던 진현은 니드와 현홍이 묵고 있는 방문 앞에서 주먹을 쥔 채 부르르 떨고 있었다.

손에 절로 힘이 들어가 뼈마디에서 우드득 소리가 나는 것도 잠시, 불끈 솟아오르는 이마의 혈관을 지그시 누르며 진현은 발길을 돌렸다. 상대하면 안 돼라는 중얼거림을 뒤로한 채 발길을 돌린 진현이 도착한 곳은 여관의 아래층 홀이었다. 식당과 같은 용도로 마련되어진 널따란 홀 안에는 드문드문 사람들이 테이블을 차지한 채 이른 점심 식사를 하고 있었다. 이 여관은 수도에서도 제법 크고 유명한 축에 들어가는 곳이라고 했다. 그렇기 때문인지 여관으로서의 용도로도 만족스러웠고 술을 파는 주점으로서의 용도로도 제법 괜찮은 편이었다.

진현이 그런 생각을 할 정도이니 다른 일행들은 오죽하랴. 에오로는 침대에 누워 시트의 질감과 침대의 쿠션에 대한 단단한 애착심을 표현하기에 이르렀다.

에이레이와 아영은 욕탕에 빠져 죽었는지 두어 시간이 지났는데도 아직 얼굴을 내비치지 않고 있었다. 여자들의 목욕 시간은 대략 두세 시간이라는 것을 감안할 때 나오려면 아직도 먼 모양이다. 멀리서 40대 중후반쯤으로 보이는 사내가 분주하게 돌아다니는 것이 보였다. 그의 이름은 폴린. 스란 비 케스트 최고의 여관인―그의 말대로라면―〈천사의 날개〉라는 묘한 이름을 가진 여관의 주인장이었다. 그는 분주히 여관 안을 돌아다니며 하인, 하녀들을 재촉하여 일을 하게 했다. 하지만 대부분은 카운터에 앉아 들어오는 손님들을 받는 일을 했다. 수도의 마법사 길드장이 추천해 줄 정도의 여관은 되는 것인지 확실하게 묵으려고 찾아오는 손님들이 많았다.

다른 도시의 여관들처럼 작은 규모가 아니었고 층수 역시 4층씩이나 되었지만 현재 여관방은 거의 남아 있지 않을 정도까지라고 했다. 지하에는 큰 욕탕이 있다고 하고 1층은 식당 겸 홀, 2층부터는 모두가 여관방이었다. 멍하니 테이블 하나를 꿰차고 앉아서 종업원을 기다리고 있으니 다가오는 것은 여관 주인인 폴린이었다. 사람 좋아 보이는 외모에서부터 꽤나 이 직업에 오래 종사하고 있다는 것을 알 수 있게 했다. 말 그대로 진현이 종종 짓곤 하던 〈영업용 미소〉라는 것을 적절하게 구사할 수 있으니 말이다. 40대가 되면 튀어나온다고 하는 인격의 산실인 아랫배와 그에 맞게 적절히 뚱뚱한 몸집이었지만 그리 보기 안 좋을 정도까지는 아니었다.

"아이고, 이거 기다리시게 해서 죄송합니다. 식사를 하실 겁니까?"

앞치마에 손을 닦으면서 자신에게로 다가오는 폴린을 보며 진현은 살짝 고개를 끄덕여 보였다.

"아니오. 식사는 됐습니다. 대신 홍차나 한잔했으면 하는데."

"허헛, 손님 꽤나 고급을 찾으시네?"

과장되게 당황한 표정을 지은 폴린은 조심스러운 눈초리로 진현을 훑어보더니 숱이 적은 머리카락들로 덮인 자신의 머리를 긁적이며 고개를 숙였다.

"그런데 손님, 저희 나라 분이 아니신 듯해서 말입니다……."

진현은 살며시 손을 들어 보이며 고개를 저었다. 예전 지아루에서 사비나에게 설명을 다 들었기 때문에 잘 알고 있다.

"아, 알고 있습니다. 클레인에서는 찻잎이 자라지 않는다고요? 하지만 제국에서 수입을 해서 온다고 하던데, 이 가게에는 없는지요?"

폴린은 약간의 더위 때문에 이마에 흐르는 땀을 어깨에 걸친 수건으로 닦아내며 대답했다.

"있기는 있습니다. 가격이⋯⋯."

"가격은 상관없습니다. 예전에도 맛본 적이 있으니까요. 메니쉬 틴트 부탁드리겠습니다."

"아, 예에."

정확한 이름까지 진현의 입에서 나오자 폴린은 곧장 주방 쪽으로 내달렸다. 그 기세가 워낙 열렬한 태도여서 진현을 비롯한 다른 사람들 전부가 주인장의 뒷모습을 보며 넋을 잃었다. 아무래도 꽤나 가격이 비싼가 봐라고 진현은 속으로 중얼거렸다. 그는 다른 사람들에게는 상당한 구두쇠라고 알려져 있지만 그것은 어디까지나 다른 사람들에게만이었고 자신이 좋아하는 것을 사고 인생을 즐기는 데는 거액이라도 투자하는 사람이었다. 턱을 괸 후에 작은 한숨을 내뱉은 진현은 조용히 눈을 감았다. 시끄럽게 들려오는 사람들의 목소리도 조금씩 귓가에서 사라져 갔다.

생각을 정리할 때면 언제나 이렇듯 주위의 다른 일들은 뇌리에서 잊게 된다. 이곳 수도에서는 꽤나 오랫동안 머물게 될 것 같았다. 우선은 성안의 내부 사정을 알아야 할 것이고—물론 꽤나 변칙적인 방법으로—그에 대한 정보도 끌어 모아야 한다. 지아루에서 접했던 그 정보가 헛된 것이 아니라는 것은 이미 몸으로 알 수 있었다. 불은 대지를 생생하게 한다. 진현의 기운은 아마도 대지의 기운을 맡은 우혁의 기를 더욱 북돋아줄 것이다. 불의 기운을 가진 진현이 물의 기운을 가진 아영을 만났을 때처럼 벌써 몸으로써 그들은 만난 것이다.

하지만 정작 만나지를 못하면 아무 짝에 쓸모가 없다. 진현은 이런 생각에 다시 지병인 신경성 편두통이 도져 오는 듯했다. 제아무리 잘난 자신이라고 해도 무턱대고 궁성에 들어갈 수는 없는 노릇이지 않은

가. 까딱 잘못했다가는 목이 날아갈 수도 있기에 진현은 신중해야 했다.

자신의 금빛 머리카락을 손가락으로 꼬고 있던 진현은 문득 눈에 무언가가 비쳤다는 듯 고개를 들었다. 창문에 비친 자신의 모습을 유심히 지켜보던 진현은 머리를 긁적거렸다. 조금 머리카락이 자라나 있었으니까. 그리고 그 때문에 머리카락 끝에서부터 조금씩 검은색이 올라와 있는 것이 보였다. 미간을 살짝 찌푸린 진현은 작게 고개를 저었다.

어차피 시간이 흐른다는 것쯤은 알고 있으니 별로 신경 쓸 필요는 없지만 뭔가가 묘한 느낌이 드는 것은 어쩔 수가 없었던 듯하다. 차분히 앉아서 차를 기다리고 있노라니 폴린 대신에 참해 보이는 여성 한 명이 쟁반을 들고 나타났다. 암갈색 머리카락을 차분하게 풀어서 양 볼을 발갛게 물들이고 있는 그녀는 조용히 진현의 테이블에 쟁반을 내려놓았다. 나이는 20대 초중반쯤? 앞치마를 매고 있는 모습이 이 집에서 일하는 하녀처럼 보였다. 진현은 고개를 돌려 쟁반을 바라보았다. 하얀 다기들이 창문가에서 내리비치는 햇살을 받아 반짝였다. 벌꿀이 발라진 노릇노릇한 쿠키와 작은 접시에는 레몬 조각들, 그리고 엄지손가락만한 작은 그릇에도 역시나 벌꿀이 들어 있었다.

그 밖에 우유와 설탕도 쟁반 위에 올려져 있었다. 벌꿀은 색을 흐리게 하는데라고 중얼거렸지만 그래도 없는 것보다는 낫다. 진현은 살짝 고개를 들어 올려 여성에게 미소를 지어주었다.

"감사합니다."

"아아, 아뇨."

의외의 인사에 당황했는지 여성은 쟁반을 가슴께로 올려 들고는 꼬옥 쥔 채로 달아나듯 사라졌다. 천천히 찻잔에 홍차를 따른 진현이 막 입가에 잔을 가져갈 때쯤 귀에 익숙한 목소리가 들렸다.

"어이, 어이. 여자한테 실실 미소 좀 흘리지 마."

"주월?"

미간을 꽉 찌푸리고 고개를 들자 역광에 잘 보이지는 않지만 약간은 입가가 묘하게 뒤틀린 얼굴이 눈에 들어왔다. 암청색의 원단 위에 흰색의 용이 꿈틀거리는 차이나식 정장을 떡하니 차려입고 한 손에는 붉은 한지가 인상적인 부채를 든 그 사내는 천천히 부채를 들어 입가를 가리며 고개를 기울였다.

"남은 한창 바빠 죽겠는데 누구는 여자나 꼬시고 앉아 있으니 팔자가 좋구만."

누가 들어도 뼈가 있는 듯한 말투에 진현은 살짝 입술을 내밀며 고개를 돌렸다.

"그런 적 없어."

"흥."

주월은 천천히 자신의 옷자락을 옆으로 젖히며 진현의 앞 의자를 끌어다 앉았다. 주위는 고요했다. 공간에 결계를 쳐서 시간을 제어하는 술법. 삼계를 통틀어 가장 유능하다고 불리는 연금술사鍊金術士 주월이기에 가능한 술법이었다. 하지만 이것은 분명 자신에게도 부담이 가는 것이고 시간을 제어한다는 것이 그리 일방적인 것이 아니기에 주월은 얼른 용건을 보고 떠나야 하는 입장이었다. 하지만 진현은 느긋하게 홍차를 마시면서 눈을 감았다. 촤악 소리나게 부채를 펴 든 후 천천히 손을 움직여 부채질을 하며 주월은 입을 열었다.

"용건은 빠르고 간단하게 마치고 가야겠어. 테펜 체 에—디브 비 세트, 생명과 영혼의 서라고 하지. 하여간에 그것의 소재를 알아냈어."

진현은 가느다랗게 눈을 뜬 후 작게 입을 모아 휘파람을 불었다.

"휘이— 대단한걸. 역시나 주월이야. 고위급 마족이나 신족도 쉽사리 알아내지 못할 정보인데 말야."

"칭찬은 고맙게 듣겠다만, 소재를 알아냈다고 해서 쉽게 손을 델 수는 없을 것 같아. 특히 마족이나 신족이라면."

"응, 무슨 말이지?"

부채질하던 손길을 멈추며 주월은 자신의 흘러내리는 흑단과 같은 머리카락을 쓸어 넘겼다. 눈가에는 약간의 짜증이 스며 있는 주름이 곱게 접혀 있었다.

"이 세계에 있어. 유니엄 공국, 알고 있어?"

의외의 명칭. 진현은 찻잔을 테이블에 놓아두며 두 손을 깍지 껴 앞으로 몸을 숙였다.

"알고는 있어. 그런데 왜 그 나라의 이름이 나오는 거냐?"

"그곳에 있어. 비록 사본이라고는 하나 그 책에서 흘러나오는 기운은 미묘하기 때문에 추적을 하는 것은 어렵지 않았지. 하지만 거기까지가 전부야. 자세한 사항을 알려고 했는데… 도중에 무언가가 방해를 하더군."

"음, 데저티드 드래곤들인가 보군."

하지만 아무리 생각해도 의외였다. 왜 이 인간계에 그 사본이 있는 것일까? 아, 물론 데저티드 드래곤들은 드래곤들의 세계에서도 추방되어 있는 종족이니 이 세계 말고는 머물 곳이 없다고는 하지만, 왜 하필이면 인간의 나라에 있는 것인지 의문이었다. 주월조차도 자세한 사항은 알지 못한다고 하니 진현 자신이 나서도 별 수확은 없을 것이다. 문제가 꼬여가고 있는 것인가라고 작은 목소리로 중얼거리는 진현을 보며 주월은 천천히 고개를 끄덕였다.

"아마도. 유니엄 공국이라는 나라와 이 나라의 바로 옆 제국과의 전쟁 소문은 들었나? 데저티드 드래곤들이 그곳에도 손을 뻗친 것 같던데."

"전쟁을 일으켜서 그들이 얻는 것은 뭘까?"

주월은 팔짱을 끼더니 고개를 저었다.

"모르긴 몰라도 얻는 것이 있으니 그 짓을 하겠지. 아니면 뭐 하러 전쟁을 일으키는 귀찮은 일을 하겠어? 많은 것을 알아내기에는 시간이 너무 짧아. 이거 완전히 수지 타산도 맞지 않는 일이라고. 손해 보는 장사는 안 하기로 마음먹었는데 말야."

쿠키를 한 입 베어 물다가 혀까지 녹여 버릴 것 같은 벌꿀에 눈살을 약간 찌푸린 진현이 킥킥거리며 웃었다.

"너나 나나 요즘 들어 장사 안 되기는 마찬가지로군. 그래도 최소한 너는 보수나 받고 일하잖아. 나는 무보수로 일하고 있다고. 그러고 보니 넌 뭘 받기로 하고 이 일을 도와주고 있는 거지?"

진현은 문득 궁금하다는 눈으로 물었다. 그러나 주월은 떨떠름한 표정을 지을 뿐 대답하지 않았고 곧 자리에서 일어나며 퉁명스러운 목소리로 말했다.

"됐다. 보고는 이걸로 끝. 또 무언가 알아내게 되면 다시 찾아오도록 하지."

"어라, 주월?"

하지만 주월은 그대로 부채를 펴서 파닥파닥 부치며 밖으로 나가 버렸다. 그리고 그와 동시에 다시금 사람들의 소란스러운 목소리가 들려왔다. 홀 안은 사람들의 목소리와 식기가 부딪치는 소리로 요란스럽게 들썩였다.

문을 나선 주월은 샐쭉한 표정으로 여관의 간판을 힐끔 쳐다보았다. 뭔가 떫은 것이 혀끝에 와 닿은 것과 같은 표정을 하고 있던 주월은 고개를 저으며 몸을 돌렸다. 대로의 사람들은 그의 화려한 복장에도 시선조차 주지 않고 아랑곳없이 그의 곁으로 스쳐 지나갔다. 마치 그가 이곳에 존재하지도 않는 것처럼. 밝은 햇살이 눈살을 찌푸리게 만들었던지 그의 고운 미간이 살며시 접혀졌다.

다시 한 번 여관문을 힐끔 쳐다본 후에 주월은 발걸음을 돌렸다.

"…젠장, 그 이유를 가르쳐 주면 너한테 맞아 죽을 게 뻔하니까."

짜증스러운 그의 목소리도 갑작스럽게 생긴 검은 무형의 공간 속으로 빠져 들어가고 말았다. 햇살은 뜨겁게 내리쬐는 여름의 그것이었다.

멍한 눈초리로 창문가에서 주월이 사라지는 것까지 본 진현은 머리를 긁적거리며 다시 자리에 앉았다. 워낙에 저런 반응은 하지 않는 녀석이라 더 궁금한데. 그렇게 중얼거리며 진현은 다시 쿠키를 들어 한 입 베어 물었다. 그래도 단 것은 단 것이었는지 진현의 얼굴이 천천히 찌푸려졌다. 얼른 홍차를 한 모금 입에 털어 넣은 진현의 곁으로 그림자 하나가 다가왔다.

"표정이 왜 그렇지?"

"아아, 에이레이 양."

단맛에 진저리를 치면서도 진현은 입가에 미소 떠올리는 것을 잊지 않았다. 방금 목욕을 마쳤는지 그녀의 암녹색 머리카락에서는 물방울이 맺혀 있었다. 발갛게 상기된 얼굴과 귓불이 조금 귀여워 보였다. 상당히 느긋한 모습이었다. 아마도 그녀의 전직 동료들로부터 더 이상은 위협을 당하지 않을 것이라는 사실이 마음을 안심케 했는지도 모른다. 헐렁한 흰 셔츠 안에는 타이트하게 달라붙은 검은 민소매 티셔츠를 입고 있었다. 상당히 도발적인 모습이랄까? 하지만 정작 본인은 신경 쓰지 않는지 천천히 진현의 앞 자리에 앉으며 물기 어린 머리카락을 쓸어 내렸다. 수건 하나를 어깨에 걸쳐 메고 와서는 그 수건을 요리조리 이용해 머리카락을 위로 올려 묶은 에이레이는 보통의 여성과 다를 바가 없었다.

하지만 그녀는 어디까지나 전직이 암살자였다. 그것을 잊어서는 안 된다. 진현은 이리저리 돌아다니는 하인들이 하얗게 앙팡진 그녀의 가슴에 보내는 시선을 느끼고는 어깨를 조금 으쓱거렸다. 하긴, 꽤 미인이라고 할 수 있으니. 단단한 몸매에 보통의 여성들보다는 훤칠한 키. 잘만 꾸민다면 화장 떡칠한 상류층 여성들보다 더 예쁠 것이다.

"으음, 점심 식사를 하시겠습니까?"

"어, 먹어야겠지. 그런데 요즘 운동을 영 안 해서 몸이 뻐근한데."

접시에 있는 쿠키를 집어 먹으며 에이레이는 그렇게 말했다. 항상 죽음과 어둠을 벗 삼아 몸을 움직이는 그녀이니까 당연할지도. 그렇게 두 사람이 두런두런 얘기를 나누고 있을 때 목욕탕에서 빠져 죽은 줄 알았던 또 다른 여성이 테이블로 다가왔다. 살며시 웃으며 말을 건네려던 진현은 인상을 꽉 하고 찌푸릴 수밖에 없었다.

에이레이는 최소한 위에 셔츠라도 입었다. 한데 아영의 옷차림을 설명해 보자면 속옷이 보일 듯 말 듯한 흰색의 민소매 티에다가 찢어진 청바지를 입고 있었다. 아마도 예전에 메피스토와의 싸움에서 약간 찢어진 것을 개성스럽게 더 찢어서 만든 모양이다. 운동화는 접어서 신고 있어서 마치 슬리퍼와도 같은 역할을 했다. 허리까지 오는 머리카락은 물기가 촉촉이 배어져 있었다. 남자가 여성을 보면서 가장 예쁘다고 생각할 때가 바로 막 샤워나 목욕을 마치고 나왔을 때라고 하던가. 아영이 살짝 기지개를 켜니 셔츠가 위로 말려 올라가 배꼽이 살짝 보였다. 더 이상은 보기 싫었던 것인지 진현은 한 손으로 얼굴을 가리며 테이블에 엎어져 버렸다.

하지만 에이레이와 마찬가지로 아영 역시 자신의 그런 옷차림에 신경을 쓰지 않았다. 그녀는 소란스러웠던 홀 안이 갑작스럽게 조용해지자 왜 그러냐는 눈길로 주위를 둘러보다가 에이레이의 옆에 앉았다. 개운함 때문인지 상당히 기분이 좋아 보였다.

홀 안에 있던 사내들의 눈길이 모두 진현의 테이블 쪽으로 쏟아졌다. 입가에 흐르는 맥주를 인식하지도 못하는 사내라든가 땅콩을 먹다가 자신의 혀를 깨물어 버린 사내 등등, 여관의 주인인 폴린 역시 입을 쩍 벌리고 아영과 에이레이를 쳐다보았다. 외모도 외모지만 아무래도 옷차림에서 너무 파격적인 것이 문제인 듯한데.

"어머, 왜 갑자기 조용해지냐?"

"글쎄 말야."

…여기 이 두 사람도 결국에는 둔한 파였던가. 진현은 골치가 아프다는 듯 한 손으로 이마를 짚었다. 그리고는 애써 미소를 지우지 않은 채 작은 목소리로 말했다.

"아, 아영아, 지금 이 상황에 대해서 뭔가 유추해 낼 수 있는 결론이 없니?"

그러나 아영과 에이레이는 눈을 동그랗게 뜬 채 입가에 물려 있던 쿠키를 손에 받아 들며 고개를 저었다.

"몰라."

동시에 들려온 대답. 결국 진현은 깨끗하게 단념한 채 한 손을 들어서 쓸쓸한 목소리로 소리쳤다.
"여기 주문 받으십시오."

결국 사내들의 탐욕스럽고도 본능에 찬 시선을 받으면서 아영과 에이레이, 진현은 점심 식사를 마쳤다. 다른 이들은 식사할 생각이 없는지, 아니면 푹신한 침대 시트 덕분에 그대로 잠에 빠졌는지 내려올 생각을 하지 않았다. 그리고 지금 이곳에 있는 세 명은 자신의 편의를 위해서가 아니라면 귀찮은 일은 하지 않는 주의를 가진 이들이었다. 푸짐한 점심 식사를 마친 아영은 자신의 배를 두드리며 의자의 등받이에 한 팔을 걸친 채 한숨을 내쉬었다. 심하게 배가 부르면 숨을 쉬기도 곤란하니까. 우아하게 후식으로 커피 한 잔을 마시는 진현은 이제야 조금은 홀 안의 분위기가 진정돼 감을 느꼈다.

사실 원래 자신이 살고 있는 세계에서라면 저 정도의 옷차림은 아무 것도 아니다. 하지만 무더운 여름에도 긴 치마를 입고 다니는 이곳 여성들에 비하면 거의 벗은 것이나 다름이 없었기에 여기 남성들에게는 충격 아닌 충격이겠지. 우아하게 커피 한 모금을 삼킨 진현이 입을 열었다.

"옷을 갖춰 입는 것이 좋겠다, 아영아."
"뭐? 더운걸! 난 더운 건 질색이란 말야!"

인상을 쓰며 소리를 지르는 아영의 모습에 진현은 고개를 저었다. 중상류층 집안의 막내딸로 자라나서인지 아영은 조금(?) 제멋대로 하는 경향이 있었다. 위로는 전부 오빠뿐이어서 독녀인 그녀는 하고 싶은 것 다 하면서 자라왔다. 진현이 약한 여성 타입이 바로 이런 스타일이다. 자기 마음 내키는 대로 밀어붙이면서 활발한 그런 여성. 솔직하고 활발한 것이 그녀 최대의 장점이자 단점이니 어찌하겠는가. 결국 진현은 이 문제를 포기하기로 마음먹고 천천히 에이레이에게로 고개를 돌렸다.

"에이레이 양은 어쩌실 예정인지? 저는 내일부터 조금 돌아다녀야 할 것 같습니다만."

에이레이는 잠시 생각을 하는 듯한 눈치였다가 곧 머뭇거리며 입을 열었다.

"잘 모르겠는데… 하지만 조금 거슬리는 것이 있어서."

"아, 저도 있습니다."

진현은 살짝 고개를 끄덕였다. 그게 뭔데라고 묻는 얼굴로 눈을 동그랗게 뜨는 아영의 귓가에 진현은 작게 속삭여 주었다.

"너도 눈치 챘겠지? 이 여관에 올 때 수상한 녀석들이 우리를 감시하고 있었어."

"아아, 그 살기 말야? 섬뜩하던걸."

아영은 작은 목소리로 답하며 손뼉을 쳤다. 살기라는 것은 정말로 사람을 죽이고 싶을 때만 나타나는 기운이다. 그런데 그렇게 살기를 드러냈다는 것은 아마도…….

"…확실하게 죽이겠다는 말이네."

씁쓸한 목소리로 그렇게 말한 아영은 갑자기 한기를 느낀 것인지 몸을 부르르 떨었다. 진현 역시 떨떠름한 얼굴로 고개를 끄덕였다. 가만히 두 사람을 번갈아 보며 에이레이가 조심스러운 어조로 말했다.

"아무래도 따로 행동을 하는 것은 힘들겠어. 언제 덮칠지 몰라. 그 녀석들 장난이 아냐. 아무리 약하게 봐도 레이크 이상이야."

울컥.

레이크라는 이름이 나온 직후 진현의 이마에는 열십 자 무늬의 핏대가 살짝 돋았다. 그 이름만 들어도 열이 받는단 말야라고 중얼거리는 진현에게 아영이 고개를 갸웃거리며 물어왔다.

"왜 그래? 레이크가 누군데?"

조금 귀찮기는 해도 설명을 하는 것이 나을 듯해서 진현은 엔트의 숲에서 있었던 일들을 조금씩 간추려 가며 아영에게 설명해 주었다. 아영은 주먹을 불끈 쥐었다가 다시 안도의 한숨을 지었다가 하며 그녀 특유의 과장된 몸짓을 하며 이야기를 착실하게 들었다. 그리고 문득 뭔가 궁금한 것이 생각났다는 표정이 되었다.

"잠깐! 암살자들에게 쫓기는 이유는 알았어. 에오로가 가진 물건 때문이었지? 그런데 그 물건은 이제 없어. 그런데 왜 우리 목숨을 노리는 인간들이 있는 거야?"

귀찮아라는 표정이 역력한 진현을 보며 아영은 주먹을 불끈 쥐며 눈을 부라렸다. 결국 진현은 할 수 없이 지아루에서 있었던 네그라스 신전 탈취(?) 사건까지 모두 설명을 해야 했다. 마지막까지 다 듣고 난 아영의 반응은 진현과 마찬가지로 잔뜩 찌푸린 얼굴이 되었다.

"그런 귀찮은 일을 하다니."

"내 말이 그 말이야."

두 사람이 동시에 한숨을 푹 쉬는 모습을 보며 에이레이는 피가 이어지기는 했군이라는 생각을 했다. 다르면서도 닮아 있는 두 사람이 에이레이에게는 참 신기하게 보였나 보다. 정오가 넘어서자 홀 안은 더 이상 남아 있는 테이블이 없을 정도가 되었다. 확실하게 규모도 그렇고 시설도 그렇고 수도의 여관답다라는 생각을 하게 했다. 두 명의 여성을 앞에 둔, 말 그대로 양손의 꽃이라는 표현이 무색치 않게 하는 그런 상황에서 진현은 문득 싸늘한 시선을 느꼈다. 다른 이들이 아닌 자신에게만 내리꽂히는 눈빛. 그 순간 어찌나 흉흉한 시선이던지 진현조차도 흠칫 몸을 떨 정도였다.

시선이 느껴진 곳으로 고개를 돌리니 그곳은 대로의 저편이었다. 창으로 여름의 햇살들이 쏟아지고 있었기 때문에 반사광이 장난이 아니었다. 있는 대로 눈살을 찌푸려 대로를 살펴보던 진현은 두 눈을 크게 뜰 수밖에 없었다. 바로 반대 편의 건물들 사이로 난 작은 골목이 있었다. 어두워서 사람들이 지나치면서 곁눈질도 하지 않는 그런 곳. 그런 골목의 그림자에 몸을 맡긴 한 사내가 검은 천으로 몸을 둘둘 만 채 자신을 쳐다보고 있었다. 이마까지 내린 천 때문에 얼굴은 알아볼 수가 없었지만 큰 키 때문에 남자라는 것을 알 수 있었던 것이다.

진현은 순간 자리에서 벌떡 일어났다. 얘기를 나누고 있던 아영과 에이레이가 화들짝 놀라는 것에도 개의치 않고 그는 다급하게 몸을 돌려 여관의 문을 박차고 대로로 뛰쳐나왔다. 아는 사람들끼리 혹은 혼자서 거리를 걷고 있던 사람들은 갑작스레 사람이 뛰어나오자 흠칫했지만 곧 자신이 가던 길을 갔다. 하지만 그 사내는 보이지 않았다.

눈이 마주쳤었다. 얼굴의 그림자 사이로 싸늘하게 빛나던 그 붉은 눈동자를. 진현은 마른침을 목으로 넘겼다. 그리고 입술을 질끈 깨물며 미간을 좁혔다. 자신이 보았던 그자는 살인이라는 것을 살인으로 생각하지 않는 사람이다. 인간임에는 분명하지만… 에이레이와는 비교도 할 수 없이 사람을 죽여온 자다.

프로. 사람을 죽이고 그 피를 취하는 일에 있어서 따라갈 자가 없는 그런 정통한 살인 기계. 진현은 오싹한 한기에 주먹을 쥘 수밖에 없었다. 정말로 암살暗殺이라는 단어가 어울릴 만한 자. 아마도 신전의 의뢰를 받고 온 것이 아닐까 하는 생각이 들었다. 자신이 그 신전의 사람이라고 해도 더 이상 도망칠 곳이 없는 궁지에 몰렸으니 저런 자들을 고용한다고 해도 문제가 없을 것이다. 최후의 도박이라는 건가? 진현은 쓰게 웃으며 몸을 돌렸다. 여관의 문에 찰싹 달라붙어 눈치를 살피는 아영이 보였다.

오랜만에 짜릿한 기분에 몸을 떨었다. 그 사내에게서 풍겨져 나오는 피 냄새와 죽음의 기운이 진현에게도 전염이 되어가고 있었다. 허리춤에 차고 있는 운의 날이 웅웅 울렸다. 할짝, 혀로 입술을 핥은 진현은 운의 손잡이를 단단히 틀어쥔 채 다시 여관 쪽으로 발길을 옮겼다.

"저 남자는 위험한 것 같은데?"

여관 앞의 대로가 훤히 내려다보이는 건물의 꼭대기에 세 개의 그림자가 존재했다. 마치 검은 어둠과 같은 색의 끝이 다 떨어져 너덜거리는 천을 뒤집어쓰고 있는 그 모습은 정말로 사신과도 같아 보였다. 여름의 뜨거운 햇살에도 아랑곳없이 6층 건물의 꼭대기에서 한 치의 비틀거림도 없었다. 방금 전의 목소리는 세 명 중에서 오른편에 선 자의 것이었다. 하이 톤의 여성의 목소리. 바람에 펄럭거리는 천들이 전장에 휘날리는 찢어진 깃발처럼 으스스한 분위기를 연출했다. 그들은 빛과 어울리지 않았다. 어둠 속에서 막 기어나온 것과 같은 모습이었기에.

중간의 키가 큰 사내에게서 음울한 목소리가 스며져 나왔다.

"저자도 우리와 동류인가."

전혀 높낮이가 없었다. 기계를 이용하여 인위적으로 만든 목소리라는 느낌까지 들 정도였다. 그의 왼편에 서 있는… 유달리 키가 큰 그 사내의 옆에 있어서라기보다는 아이의 그것과 같은 키를 가진 자가 입을 열었다.

"아냐, 아냐, 우리와는 달라. 하지만 피 냄새가 나는데. 향긋한……."

아이의 것이었다, 작은 소녀의 목소리. 방금 입을 연 소녀가 천천히 자신의 손을 내뻗었다. 손목에 걸린 가느다란 팔찌들이 차랑거리는 소리를 냈다. 그리고 눈까지 내려오는 후드를 살며시 걷었다. 놀랍게도 그 안에서 모습을 드러낸 것은 10대 초반의 작은 소녀였다. 에메랄드 빛 눈동자와 금발의 머리카락. 마치 귀공녀를 연상케 하는 모습이었다. 하얀 살결은 백옥과도 같았다. 그녀는 자신의 붉은 입술을 검지손가락으로 문지르며 낮게 말했다. 입술은 호선을 그리고 있었다.

"아아, 어서 저 남자와 싸우고 싶어. 두근거린다고. 그렇지 않아?"

그녀의 에메랄드 빛 눈동자는 크나큰 장난을 실행시키기 직전, 악동의 그것처럼 순진하게 반짝였다. 그러나 뱀처럼 붉은 혀로 입술을 핥고 있는 그 모습은 여느 아이와는 사뭇 달랐다. 그녀는 자신의 피부에 달라붙는 인간의 피를 좋아했다. 막 인간을 죽였을 때 뜨거운 그 피를 만질 때면 그녀는 항상 기분이 좋았고 흥분했다. 그리고 끝까지 반항하며 자신에게 덤벼드는 인간을 죽일 때의 희열은 말로 설명할 수가 없는 것이었다. 천방지축으로 날뛰는 말괄량이처럼 총총 발을 구르는 그녀에게 사내가 다시금 조용히 입을 열었다.

"함부로 일을 처리하지 마라, 에블린Evelien. 단장의 명령을 잊진 않았겠지?"

"어머, 알았어. 너무 정색하지 마. 데스티니Destiny가 화를 내면 무섭단 말야."

그렇게 말하기는 했지만 그녀의 얼굴 어디에서도 두려워하는 기색이라고는 찾아볼 수가 없었다. 환하게 웃으며 데스티니라는 이름을 가진 사내의 팔에 매달린 에블린은 깔깔거리며 아래의 대로를 내려다보았다. 환한 햇살 아래에서 각자 자신의 길을 걸어가는 사람들을 보니 문득 또다시 피를 맛보고 싶은지 그녀의 눈에 살기가 스쳐 지나갔다. 단단한 근육으로 다져진 사내의 팔에 매달려 장난을 치는 에블린을 보며 또 다른 여성은 작게 한숨을 내뱉었다. 그나마 정상다운 것은 그녀뿐일까. 조용히 후드를 벗으니 드러나는 것은 놀라운 미안美顔이었다.

붉은 안료를 칠한 긴 손톱으로 도발적으로 흐트러진 황혼과 같은 빨간 머리카락을 쓸어 넘긴 그녀는 차가운 눈으로 진현이 들어간 여관을 쏘아보았다. 붉게 루즈를 칠한 입술을 만지작거리는 그녀의 손등에는 손가락 한 마디 정도 크기의 장미 문신이 새겨져 있었다.

다시 한 번 불어오는 여름의 바람에 펄럭이는 검은 천 사이로 드러난 사내의 탄탄한 근육질의 팔에도 같은 무늬의 장미가 있었고 에블린의 이마에도 역시나 장미가 새겨져 있었다. 에블린은 살며시 등을 돌리며 붉은 머리카락이 화려하게 흩날리는 여성을 향해 말했다.

"에스메랄다Esmeralda, 데스티니, 어서 가자. 우리 역할은 끝났어. 나머지는 다른 단원들이 할 거야."

사내는 한마디 대답도 하지 않은 채 사뿐히 발을 굴러 옆 건물의 지붕으로 몸을 옮겼다. 만약 보통의 사람들이 본다면 경악했을 것이다. 건물과 건물 사이에는 대로보다는 좁지만 길이 있어서 넓이가 십여 미터는 되었기 때문이다. 마치 하나의 바람과도 같은 움직임. 그의 뒤를 이어 에블린 역시 가볍게 건물들의 지붕을 건너뛰었고 잠시 동안 여관을 쳐다보던 에스메랄다도 다시 후드를 둘러쓰며 몸을 옮겼다. 그런 그들은 아마도 모르고 있으리라. 싸늘한 눈초리로 자신들의 뒷모습을 바라보는 사람이 있다는 것을. 아니, 정확히 말하자면 사람은 아니었다.

셀로브는 와인으로 입술을 적시며 창가에서 천천히 물러섰다. 지금 현재 그의 뇌리에는 저들이 정말로 인간일까 하는 의문만이 가득했다. 보통의 인간과는 힘도, 정신력도, 마력의 크기도 상당히 달랐다. 모르긴 몰라도 진현 정도의 힘은 가지고 있을 것 같았다. 인간이었을 때의 진현 말이다. 하지만 그것만으로도 충분히 자신을 압도할 정도는 되기에 셀로브는 이를 악물며 눈가를 찌푸렸다.

그는 인간이었을 때의 진현에게 졌다. 어둠의 힘도, 빛의 힘도 쓰지 않았을 때의 진현에게. 그렇다면 저들에게도 질 확률이 높다는 말이다. 이것은 그에게는 상당히 큰 문제였기에 손에 들고 있던 잔을 탁자 위에 올려두며 발길을 돌렸다. 침대에서는 에오로가 시트를 끌어안은 채로 입맛을 다시며 잠에 빠져 있었다.

셀로브는 천천히 바닥에 끌리는 로브 자락을 여미며 방을 나섰다. 사실 진현에게 졌을 때는 외려 당연하다는 생각이 들었다. 그런 과거를 가지고 있으니 평범한 인간이 아니라는 것이니까. 하지만 그것은 분명히 자신의 패배에 대한 변명이었고 생각하기 싫은 사실이었다. 잠시 걸음을 멈추어 섰다. 홀에서 들려오는 시끌벅적한 인간들의 목소리에 저절로 미간이 찌푸려졌다. 그때는 할 수 없이 따라나섰지만 자신이 왜 그랬어야 했는가 하는 후회가 들기 시작했다. 비록 어리기는 하지만 그는 마족으로서의 긍지나 자부심이 여타의 상급 마족보다 더 높았다. 아마도 최상급의 마족에 속하는 그의 어머니 때문이리라.

다시 한 번 새로이 시작할 수 없을까? 그는 문득 그런 생각을 했다.

인간들에게 구애받지 않고 그냥 마족으로서의 생활을 영위해 나갈 수 없을까 하는. 왜 자신과 같은 마족이 빛 속에서 인간들과 함께 떠들고 다녀야 하는 것인가. 다른 마족들이 본다면 웃음거리가 될 것이다. 그런 생각을 하니 자존심이 상해서 못내 가슴이 쓰려왔다. 하지만… 하지만 여기서 저들과 헤어진다고 자신이 할 수 있는 일이 과연 무엇일까. 셀로브는 결국 침울하게 눈을 감으며 고개를 저었다. 자신이 할 수 있는 것은 아무것도 없다. 마계로 돌아갈 수도, 어머니를 찾을 수도.

이렇게 무력하다니……

"어, 셀로브네? 여기서 뭐 하는 거야?"

고운 미성에 흠칫 놀라 고개를 돌려보니 그곳에는 현홍이 서 있었다. 방금 목욕을 한 것인지 머리카락에서는 김이 모락모락 나고 있었고 피부는 촉촉해 보였다. 흑진주처럼 동그란 검은 눈동자로 자신을 뚫어지게 응시하는 그를 보며 셀로브는 다시 고개를 돌려 버렸다. 어깨에 수건을 걸친 채 물기가 묻어나는 머리카락을 쓸어 넘기며 현홍이 총총걸음으로 셀로브에게 다가왔다. 셀로브보다는 한참 작은 그였기에 고개를 빼꼼이 들어 올려 셀로브의 얼굴을 보던 현홍은 눈을 깜빡거리다가 걱정스러운 어투로 물었다.

"표정이 안 좋아. 어디 아픈 거야?"

그때 셀로브는 알 수 있었다. 비록 자신이 인간이 아니어서 인간의 감정을 모른다고 해도 단언할 수 있을 정도로. 저 말은 분명 진심으로 자신을 걱정하고 있는 것이었다. 현홍은 작게 한숨을 내쉬는 셀로브를 무슨 일인가 싶어 안절부절못하며 쳐다보았다.

"아니, 아무것도 아냐. 그런데 니드는?"

어쩔 수가 없다. 인간과 어울려서 비웃음을 산다고 해도 지금은 어쩔 수가 없는 일이다. 조금 더 강해지길, 그리고 조금은 더 성장하길 바라는 수밖에. 아직은 이들과 헤어질 때가 아니라고 결론을 내리며 셀로브는 마음을 다잡았다. 어머니를 찾아서 혼자서 떠날 정도가 되면 그때에는……

원래의 그처럼 무뚝뚝한 어조로 되묻는 셀로브 때문인지 현홍은 안도의 한숨을 내쉬며 고개를 끄덕였다.

"응, 방에 있어. 그런데 다행이다. 나는 또 어디가 아픈 줄 알았어. 다른 사람은 몰라도 셀로브나 키엘이 안 좋으면 더 걱정이 되거든."

"뭐?"

"그렇잖아? 셀로브나 키엘은 인간이 아니니까. 아프면 인간인 나로서는 어쩔 수가 없어. 다른 사람들은 인간의 힘으로 약으로 고칠 수 있지만 두 사람은 그렇지 않아서 더 걱정이 돼. 그러니까 혹시나 아프면 빨리 말을 해야 해."

환하게 웃으며 자신의 가슴을 누르는 현홍을 보며 셀로브는 멍한 표정을 지었다. 아주 예전 다른 마족들에게 인간에 대한 이야기를 들었을 때 인간은 이렇지 않았다. 자신밖에 모르고 자신만을 위해 살며 다른 생명에 대한 이해심도 거의 없고 독단적인 판단을 내리며 사는 생물이라고. 그렇게 들었다. 그런데 지금 이 녀석은 뭐냐? 자신이 아픈 것도 아닌데 괜히 걱정을 하고 그 사람을 살피면서 이해한다. 뚫어지게 자신을 응시하는 셀로브에게 현홍은 다시 고개를 갸웃거려 보였다.

"응, 왜 그래?"

"아, 아니, 아무것도."

셀로브는 당황하여 급히 헛기침을 내뱉었다. 인간이라는 것에 대해 조금 더 연구를 하기 위해서라도 이들과는 함께 있어야겠다고 생각하며. 조금은 혼란스러운 기분을 느끼고 있는 셀로브였다. 그런 그를 보며 현홍은 뭔가 생각하는 듯하다가 곧 손바닥을 마주치며 말했다.

"맞다, 에이레이 말야!"

"에, 에이레이가 왜?"

"……."

셀로브는 몇 발자국 뒤로 물러나 현홍의 얼굴을 돌아보았다. 그리고는 미간을 찌푸릴 수밖에 없었다. 현홍이 눈을 가늘게 뜨고 자신을 노려보고 있는 것이 아닌가. 순간 너무 놀라 가슴이 철렁 내려앉는 것을 느꼈다. 자신의 뭔가 잘못을 했나 생각하는 셀로브와는 달리 현홍이 현재 셀로브를 노려보는 까닭은 다른 곳에 있었다.

반응이 수상해. 그는 그렇게 생각하며 더욱 자세히 셀로브의 얼굴을 꼼꼼하게 살펴보았다. 어째 반응이 좋아하는 사람이 누군지 들킨 것같이 행동한단 말야. 거기까지 생각이 미친 현홍은 회심의 미소를 지었다. 어딘지 모르게 가증스럽다고 느낄 정도로 씨익 웃는 현홍에게 셀로브는 짐짓 진지한 태도로 되물었다.

"뭐, 뭐야? 왜 그렇게 노려보는 거지?"

자신의 문제에 대해서는 둔하디둔한 너구리 같은 현홍이라도 해도 알아챌 만큼 지금 현재 셀로브의 태도는 진실되었다. 외려 인간이 아니기 때문에 감정을 숨기지 않는 것일 수도 있겠지. 자신의 어깨에 걸친 수건을 만지작거리며 현홍은 슬그머니 셀로브에게 한 발짝 다가가며 넌지시 말했다.

"…셀로브, 얼굴이 빨개."

"……!"

그 말에 셀로브는 화들짝 놀라며 복도에 걸린 거울에 자신의 모습을 비춰보았다. 하지만 자신이 보기에는 별다른 변화가 없어 보였기에 셀로브는 다시 몸을 돌려 현홍에게 소리쳤다.

"이상한 말 하지 마! 어, 어디가 빨갛다는 거야?!"

"음, 음. 잘못 봤나아아?"

괜히 말을 길게 늘리고 싶어지는걸. 좋아하는 여자 아이가 밝혀져 다른 아이들에게 놀림을 당하는 얼굴의 되어버린 셀로브를 보면 말이야. 현홍은 그런 아이를 놀리는 다른 아이들의 입장이 되어보았다. 아직은 셀로브 자신조차 모르는 것 같으니 각인을 시켜주는 것도 꽤 괜찮을 법한 일이다. 아니면 이대로 평생 자신이 에이레이를 좋아하는지 다른 인간을 좋아하는지도 모른 채 감정을 이해하는 방법도 터득하지 못할 테니까. 물론 조금 오랜 후에 생각해 낼지도 모른다. 나는 그녀를 사랑했다고.

하지만 그때가 백 년 후일지 천 년 후일지 알 게 뭐야. 에이레이는 인간이고 셀로브는 마족이니 살아가는 세월의 차이가 장난이 아니게 갭이 큰데. 원래 소중한 사람이라는 것은 곁을 떠난 후에야 알게 되는…….

흠칫.

현홍은 순간 생각을 멈춘 채 그 자리에 가만히 서 있었다. 방금 무언가가 생각이 나려고 했다. 아니, 머리 속에 한줄기 바람과 같이 어떤 것이 생각이 났는데 그게 너무나도 빨리 지나가 미처 다 보지 못했다고 할까. 하지만 그 생각은 현홍 자신도 모르게 심장을 빨리 뛰게 했고 호흡을 가빠지게 했다. 어떤, 어떤 기억인데……. 하얗게 머리 속이 백지가 되는 것이 느껴졌다. 기억이 날 것 같은데 나지 않는 것처럼 이리도 사람의 가슴을 답답하게 하는 것이 있을까.

멍한 시선을 어딘가로 둔 채 멀거니 서 있는 현홍의 어깨를 셀로브가 툭 하니 쳐주었다. 그리고 그제야 현홍은 가까스로 제정신을 차릴 수가 있었다. 하지만, 하지만 정말로 뭘까? 방금 전의 그 가느다란 기억은. 결국 현홍은 생각을 하는 것을 멈추고 말았다. 아무리 생각하려고 해도 기억이 나지 않는데 별수있나. 자신에게 무슨 비디오 리플레이 기능이 있는 것도 아니고 인간으로서 살아온 세월 중의 일부를 기억하지 못하는 것은 당연하다. 그 정도의 용량이 되지 않으니까.

몇 번 머리를 긁적거린 현홍에게 셀로브는 퉁명스럽게 말했다.

"뭐야? 에이레이 이름을 꺼냈으면 말을 해야 할 것 아냐."

…다시금 고약한 생각이 고개를 들게 하는군, 셀로브. 우울한 기분을 떨쳐 버린 현홍은 새로이 사악한 미소를 머금으며 셀로브를 바라보았다.

"아니, 뭐… 요즘에 에이레이가 부쩍 예뻐지는 것 같지 않냐고. 역시 여자는 사랑에 빠지면 예뻐지는 것 같아."

"뭐라고? 사랑?!"

이걸로 거의 확신을 가지게 되었다. 사랑이라는 단어가 나오고 나서 셀로브의 반응을 살펴보자면 미간을 잔뜩 찌푸리고 그 사나운 눈길에서는 마치 불길이 튀어나올 것 같았다. 또한 당장이라도 달려들어 그에 대해서 꼬치꼬치 캐물을 것과 같은 저 동작이란. 마치 닭이 먹이를 찾았을 때 고개를 홱 돌리는 것처럼 보이는데. 실눈을 뜬 채 노려보는 현홍의 눈길에도 아랑곳없이 셀로브는 자신도 모르게 그만 흥분해 버렸다. …불쌍하기도 하지.

"자, 잠깐! 우리 일행 중에서 에이레이가 좋아할 만한 남자가 있다는 말이야? 에오로? 아니야, 그녀가 연하 취향이라고는 생각되지 않아! 그럼, 니드? 아니, 그것도 아냐! 어쨌거나 유부남이었으니까! 현홍, 너도 아닐 거야! 왜냐고? 그녀보다는 네가 더 예쁘다고 할 수 있으니까!"

…현홍은 두 손에 들고 있는 수건의 끝을 잡아당기며 애써 끓어오르는 살기를 가다듬었다. 으이그, 이 수건으로 저 녀석 목을 감아서 콱 잡아당겨 버릴까 하는 생각도 잠시, 그것을 아는지 모르는지 셀로브의 항변은 계속되었다.

"그럼 대체 누구란 거야?! 나, 나… 나랑은 안 지 얼마 되지도 않았어! 이제 남자는 한 명밖에 없잖아!"

불쌍한 키엘, 너는 남자 취급도 못 받는구나. 속으로 혀를 찬 현홍은 손을 들어 자신의 턱을 쓰다듬으며 마지막 결정타를 날렸다.

"음, 그 마지막 남자가 가장 유력한 후보이며 지금 현재 홀에서 에이레이와 함께 아주 따스하고도 분위기 넘치는 티타임을 즐기고 있……."

우당탕탕!

말이 끝나기가 무섭게 셀로브는 날듯이 계단을 뛰어 내려가 버렸다.

"…는데 아영이도 함께야."

회심의 미소를 지으며 현홍은 손가락으로 승리의 V 자를 그렸다. 아마도 조금은 조급해지지 않을까. 고개를 숙이며 킥킥 웃는 그의 등 뒤로 발자국 소리가 들려왔다.

"이런, 너무 짓궂잖아."

하지만 그 목소리에도 어딘지 모르게 웃음기가 머금어져 있다는 것은 괜한 생각일까. 현홍은 눈가에 고인 눈물을 닦으며 고개를 돌렸다.

"킥킥, 하지만 셀로브는 이렇게 자각시켜 주지 않으면 평생 모를 걸?"

"하긴."

그곳에는 편한 복장으로 갈아입은 니드와 그의 품에 안겨 인상을 쓰고 있는 키엘이 있었다. 키엘이 인상을 잔뜩 찌푸리고 볼을 부풀리는 모습을 보자 왜 그러는지 이유를 알 것 같은 현홍은 쓰게 웃으며 키엘의 머리를 쓰다듬어 주었다.

"셀로브 말 너무 신경 쓰지 마. 키엘도 어엿한 남자인걸."

하지만 키엘은 뚱한 표정으로 셀로브가 내려간 계단을 노려볼 따름이었다. 슬슬 수도의 관광을 시작하려는 것인지 니드는 간편한 옷차림으로 나와 있었다. 끈이 길게 늘어지는 셔츠에 편한 바지, 그리고 액세서리도 단순한 것 몇 개만, 긴 머리카락은 위로 묶어놓아서 움직임이 편해 보였다. 키엘의 옷도 갈아입히고 나온 것인지 깔끔하게 단장을 한 키엘을 보던 현홍은 눈을 깜빡였다. 키엘의 두 손에는 못 보던 모자가 들려 있었기 때문이다. 이유를 묻는 듯한 시선으로 자신을 보는 현홍을 향해 니드는 조용한 목소리로 말해 주었다.

"아무래도 사람들의 시선이 있으니까. 물론 우리야 상관없지만 키엘도 그렇고… 사람들의 이목을 집중시켜 봐야 좋은 것은 없을 테니."

"으음, 그렇긴 하네."

"그런데 정말로 의외야. 인간이라면 딱 질색을 하는 셀로브가 에이레이에게 그런 마음을 가지고 있다는 게 안 믿겨져."

"사랑이라는 감정은 종족이고, 국경이고, 나이고, 성별이고 다 뛰어넘는 거라잖아."

별로 대수로울 것 없다는 듯한 어투로 말하는 현홍을 보며 니드는 기겁을 할 수밖에 없었다. 뭔가 붉어진 얼굴로 한 발자국 뒤로 물러난 니드는 주먹으로 입을 가리며 신음 소리를 흘렸다.
"아니, 세 번째까지는 이해하겠는데… 네, 네 번째는 뭐야? 성별도 초월한다고? 서, 설마 현홍이, 너어……."
"무슨 잡 생각을 하는 거야! 그냥 말이 그렇다고! 말이!!"
현홍은 니드가 괴상망측한 시선으로 자신을 쳐다보자 발끈하여 소리를 빽 하니 질렀다. 하지만 그 자신은 동성 간의 사랑이라고 해서 핍박받거나 이상한 눈초리로 바라봐서는 안 된다고 생각하는 사람이었다. 사랑이라는 이름 하에 있다면 모든 것이 다 용서가 된다고 할까. 물론 그 본인이 그런 문제에 휘말린다면……. 어쨌거나 두 볼을 여름날 우는 개구리마냥 부풀리는 현홍에게 니드는 살며시 다가간 후 손을 모으며 아양을 떨었다.
"아하하, 미안, 미안해. 화, 화났니? 수도 구경시켜 줄게. 아, 그리고 맛있는 것도 사줄 테니까 화 풀어라."
마치 삐친 애인을 달래는 것처럼 니드는 진땀을 빼야 했다.
"…오다가 보니까 빙수 가게가 있던데."
"사줄게! 뭐든 말만 해!"
"…옷가게에서 꽤 마음에 드는 옷도 봤는데."
"사준다고! 어서 준비나 해!"
팔짱을 낀 채 돌아서 있던 현홍은 그제야 생긋 웃으며 팔짝팔짝 뛰었다.
"정말이지? 그럼 준비하고 나올게! 기다려!"
수건을 한 손에 쥔 채 깃발이라도 흔들듯이 방으로 달려 들어가는 그를 보며 니드는 한숨을 푹 내쉬며 어깨를 움츠렸다. 그런 그를 측은

하게 바라보는 것은 키엘뿐이었다.

그렇게 현홍을 보내고 나서 니드는 키엘과 함께 홀로 내려갔다. 점심 시간이어서 사람은 상당히 많아 자리를 잡고 앉는 것도 힘들어 보였다. 먼저 내려간 일행들이 보이자 니드는 환하게 웃으며 그들 쪽으로 걸어갔다. 계단을 내려오기 전에 니드가 씌워준 모자가 귀에 걸리적거려 키엘은 계속해서 손으로 모자를 바로잡았다. 넓은 홀의 구석, 창가의 옆쪽에 위치한 테이블에 아영과 진현, 그리고 셀로브와 에이레이가 보였다.

셀로브는 이상하게도 시무룩한 얼굴이었고, 아영은 뭔지 모르지만 재미있다는 듯 그런 셀로브를 바라보고 있었다. 진지한 얼굴로 에이레이와 대화를 나누던 진현은 니드와 키엘의 모습을 보자 그 특유의 온화한 미소를 지어주었다.

"아, 이쪽입니다. 아니, 키엘?"

진현은 눈을 동그랗게 뜨며 키엘의 모자를 바라보았고 그런 시선에 부끄러웠는지 키엘은 황급하게 니드의 뒤로 숨어버렸다.

"이런, 예쁜 모자로구나. 잘 어울리는데?"

다정하게 웃으며 키엘의 볼을 쓰다듬어 준 진현은 조심스럽게 키엘을 안아 자신의 무릎 위에 앉혔다. 4인용의 테이블이었기 때문에 다른 테이블과 의자를 끌고 와 앉아야 했다. 식탁 위에는 수많은 접시들이 있었지만 거의 다 먹고 남아 있는 것은 후식용 빵과 과자뿐이었다. 배가 부른 듯이 테이블 위에 엎어져 있는 아영을 보니 방금 전에 식사를 끝마쳤던 듯싶다. 배시시 웃으며 자신의 품에 뺨을 비비는 키엘을 예쁘다는 듯 얼싸안고 있는 진현 옆에 니드가 의자를 끌어다 앉으며 말했다.

"이제부터 어떻게 하실 예정인지요? 오늘 하루 무작정 이곳에 있기는 조금 시간이 아까운 것 같은데요. 아직 정오가 조금 넘은 시각밖에 안 되었으니까요."

"그러게 말입니다. 일행들이 워낙에 많으니 쉽게 행동할 수는 없을 것 같군요."

"저와 현홍, 키엘은 지금부터 수도 구경이나 하려고 하는데요?"

"그러십니까? 하지만 세 명이 행동하기에는 위험할 것 같군요. 에이레이 양도 같이 가지 않으시겠습니까? 여성에게는 쇼핑만큼 즐거운 것이 없다고 들었습니다만?"

후식용 과자를 벌꿀에 찍어서 한 입 베어 물던 에이레이는 눈을 멀뚱히 뜨더니 곧 생각하는 표정으로 변했다.

"글쎄, 잘 모르겠는데? 아영은 어쩔래?"

입 안 가득히 빵을 쑤셔 넣는 바람에 목이 메어 잠시 대답을 하지 못한 아영의 등을 진현은 툭툭 두드려 주었다. 아마도 일행 중에 여성만 둘인지라 벌써 가까워졌는지 상당히 친근한 어투로 말을 걸고 있었다. 한참 가슴을 두드린 아영은 오렌지 주스를 한 모금 삼킨 뒤에 한숨을 푹 내쉬었다.

"쇼핑 좋지. 그럼 일행이 니드와 키엘, 현홍과 에이레이, 나까지 총 다섯이 되는데?"

"나도 간다."

아영과 에이레이는 갑작스럽게 들려온 무뚝뚝한 음성에 눈을 동그랗게 뜨며 시선을 옮겼다. 그 목소리는 식사는 하지 않고 와인만 줄곧 마시고 있던 셀로브의 것이었다. 셀로브는 전혀 취하는 기색도 없이 마치 물을 마시는 것처럼 와인만을 마셨다. 아무런 표정의 변화 없이 그리 말하기는 했지만 그 말 덕분에 테이블에 모여 앉은 사람들의 표정에는 많은 변화가 생겨났다. 우선 에이레이는 갑자기 왜 저러나 하는 의문이 섞인 표정이 되어 셀로브를 바라보았다. 니드와 아영은 무엇을 생각하는지 회심의 미소를, 그리고 진현은 씁쓸히 웃으며 고개를 끄덕였다.

"좋도록 해. 네가 이 일행 중 실력이 가장 좋으니까 보디가드 역할도 좋겠지. 여성 분들의 에스코트를 잘하도록."

짓궂은 진현의 말에도 셀로브는 대답이 없었지만 아영은 배를 잡고 까르르 웃어댔다. 아영 역시 눈치는 꽤 좋으니 셀로브의 생각을 다 알고 있는 것이 아닐까. 손으로 빵 조각을 떼어내어 키엘에게 먹여주며 진현은 조용한 목소리로 말했다.

"충분히 조심하는 것이 좋을 거야. 절대로 떨어지지 말고. 불편은 하겠지만… 알겠지?"

나긋한 음성이었지만 그의 말에는 충분히 진지함이 배어 있었고 그로 인해 일행들은 조용히 진현의 얼굴을 바라보게 되었다. 탁자에 팔을 올려두며 턱을 받친 아영은 목소리를 낮추며 물었다.

"그 녀석들이 있는 거야? 그럼 아까 뛰쳐나간 것도?"

불안한 눈으로 자신을 올려다보는 키엘의 머리카락을 쓸어주며 진현은 생긋 웃었다.

"뭐, 대로에서 공격해 오진 않겠지. 아무리 그 녀석들이라고 해도 이 수도 사람들을 다 죽일 수는 없을 테니까 말야. 그래도 조심해서 남 줄 것 없어. 나는 에오로 군과 함께 돌아다닐게."

"진현께서 같이 가신다면 걱정할 것은 없겠군요."

"과찬입니다. 어찌 될지는 모르겠지만 늦은 오후가 되기 전에는 이곳으로 돌아오기로 합시다. 아, 저는 조금 늦을 수도 있겠습니다만."

니드는 고개를 끄덕였고 아영과 에이레이는 조금 불안한 얼굴이 되었지만 진현의 실력을 의심하지는 않았기에 별다른 말이 없었다.

잠시 후 깔끔하게 옷을 갈아입고 나선 현홍과 함께 진현과 2층에서 곤한 잠에 빠진 에오로를 제외한 일행들이 수도로 관광을 나섰다. 확실히 현홍이나 아영 같은 경우에는 이런 곳을 그냥 지나친다는 것은 훌륭한 관광 명소를 돈 주고 그냥 지나치는 것과 같을 것이다. 그 살기를 내뿜는 녀석들이 조금 불안하기는 했지만 셀로브나 에이레이, 아영이 함께 갔으니 별로 걱정할 것도 없을 것 같았다.

다 먹은 접시들을 대충 겹쳐 올리고 있자 하인 한 명이 쏜살같이 달려와 저지했다. 진현은 욱신거리는 어깨를 몇 번 움직이며 2층으로 향했다. 몇몇 여행객처럼 보이는 사람들을 지나치고 나서 자신이 묵고 있는 방으로 들어서자 에오로가 시트를 마치 사랑스러운 애인이라도 되는 양으로 꼭 끌어안은 채 단잠에 빠져 있었다. 짐을 뒤적여 새 옷으로 꿰어 입던 진현은 문득 자신도 쇼핑을 조금 해야 한다고 생각했다. 그처럼 깔끔 떠는 인간이 몇 벌 되지도 않는 옷으로 지금까지 버텼다는 것 자체가 신기한 것이었다. 짐을 뒤지는 도중 자신이 원래의 세계에서 입고 왔던 양복이 눈에 띄었다.

잠시 멀거니 침대에 앉아서 그 옷을 뚫어지게 쳐다보았다. 검은색의 여름용 정장과 넥타이. 곱게 접어서 짐 속에 넣어두었었다. 조금은 그립다는 느낌이 들었다. 지금쯤 어떤 난리가 났을지. 쓸쓸히 웃으며 양복을 접어서 도로 넣어두는 진현의 발치로 무언가가 떨어졌다.

딸칵.

작은 쇳소리가 나서 아래를 내려다보니 그것은 넥타이에 꽂아두던

은색의 넥타이핀이었다. 눈을 몇 번 감았다 뜨면서 진현은 조심스럽게 그것을 집어 들었다. 그리고는 문득 생각났다는 듯이 자신의 이마를 살짝 치면서 탄성을 내질렀다.

"아아, 잊고 있었군. 내 정신 하곤……."

그렇게 말하기는 했지만 곤란한 표정은 아니었다. 오히려 즐겁다는 듯 그는 조용히 한 손에 핀을 쥐면서 눈을 감았다. 입으로는 무어라고 작게 중얼거리며 진지한 얼굴이 된 진현과 동시에 굳게 쥔 주먹에서 붉은 기운이 뻗쳐 올랐다. 마치 진현의 손에 불이라도 붙은 것마냥 아지랑이처럼 피어 오르던 그것은 잠시 후 조금씩 꿈틀거리며 형체를 나타내기에 이르렀다.

황금색과 붉은색의 적절한 조화, 마치 불길 속에서 녹아 들어가는 황금덩어리처럼 그것들은 한데 뭉치더니 서서히 퍼져 나가며 새처럼 두 날개를 활짝 펼쳤다. 곧 방 안은 온통 붉게 물들었고 황혼녘의 그것처럼 눈부시게 바뀌었다.

순식간에 밝아져서일까. 미간을 찌푸리며 에오로는 신음을 뱉어냈다. 그리고는 게슴츠레하게 눈을 비비며 몸을 일으켰다.

"으음, 대체 무슨 일… 으억!"

에오로는 갑자기 방 안이 붉게 변해 있자 너무 놀라 비명조차 나오지 않는 듯 보였다. 새파랗게 질려 버린 그의 얼굴은 일순 붉게 물들었고 다시 황금빛으로 변해갔다. 진현의 손에서 뻗쳐 나온 기운이 점차 사람 크기만한 새처럼 바뀌어가자 에오로는 입을 떡하니 벌린 채 자신의 베개를 껴안았다. 그렇지만 진현의 진지한 얼굴 때문인지 큰 소리를 내지는 않았다. 천천히 눈을 뜬 진현은 침대의 구석에서 눈이 튀어 나올 것처럼 하고 앉아 있는 에오로를 보며 당황한 얼굴이 되었다.

"죄송합니다, 에오로 군. 제가 잠을 깨게 만들었군요."

지금 그게 문제가 아닌데. 에오로는 이렇게 말하고 싶었지만 쉽사리 입이 떨어지지 않았다. 그래서 대신 세차게 고개를 내저었고 진현은 빙긋 웃었다. 황금색의 아름다운 깃털을 가진 새는 조심스럽게 몸을 웅크렸고 그와 동시에 다시 녹아들듯이 꿈틀거렸다. 조금의 시간이 지나자 그것은 새가 아닌 어엿한 사람의 형상을 띠었다. 하지만 역시나 에오로가 이해하기에는 무리가 있었다. 사람이기는 분명 사람인 것 같은데……. 에오로는 그리 생각하며 눈을 심하게 비볐다.

황혼의 그것처럼 쳐다보기에도 눈부셔 보이는 붉은 머리카락을 틀어 올리고 갖은 장신구로 치장해 놓았다. 이곳에서는 도저히 볼 수 없는 희한하게 천이 펄럭거리는 옷을 입은 그 여성은 마치 물속에서 갓 빠져나온 것처럼 고개를 들어 올리며 바닥에 내려섰다. 발은 맨발이었고 발목에 끼여진 장신구들이 요란스러운 소리를 냈다. 투명한 천을 마치 숄처럼 몸에 두르고 있었고, 옷은 어깨까지 내려와서 가슴의 윗부분이 다 보였다. 허벅지까지 벌려진 치마 역시 에오로의 얼굴을 붉게 만들기에는 충분했다.

아슬아슬해 보이는 옷을 갖춰 입은 여성은 살며시 눈을 떴다. 짙은 화장을 하고 있었지만 지워도 상당히 미인일 것이다. 눈가에 칠해진 붉은 안료가 매혹적으로 보였다. 눈동자는 신기하게도 고양이의 눈처럼 보였다. 황금색의 눈을 깜빡인 그 여성은 조용히 팔을 겹치더니 주위를 둘러보았다.

"여어, 오랜만이로군. 잘 자고 있었나, 주작朱雀?"

친근하게 말을 건네며 환하게 웃는 진현에게로 시선을 돌린 그 여성은 잠시 멍한 표정이 되더니 곧 울음을 터뜨리며 진현의 품으로 달려

들었다. 하지만 일반 사람들과는 달리 허공에 뜨면서 진현의 품에 안기고 있었다.

「으앙, 진현! 세상에, 이제야 부르다니! 너무했어!」

"이런, 말만한 처녀가 이렇게 울면 안 되지."

자신의 품에 안겨 뺨에 키스를 퍼붓고 있는 그녀의 등을 토닥이며 진현은 당황한 목소리로 말했다.

왠지 열이 슬그머니 받는데. 에오로는 자신의 품에 안긴 베개가 사람이었다면 허리가 부러졌을 거라 생각이 들 정도로 으스러져라 안았다. 귀고리가 찰랑거리며 내는 소리에 머리가 어지러웠다. 붉은 머리카락에 달린 화려한 장신구들도 요란한 소리를 내며 흔들렸다. 바로 옆에서 듣고 있는 진현 역시 조금 소란스럽다는 듯 한쪽 귀를 막으며 나직하게 말했다.

"자, 자, 진정하라고. 나도 얼마 전에야 알았어."

「너무해! 너무해! 얼마나 섭섭했는지 알아? 너무 무심했어, 진현!」

"미안하다고. 하지만 여기서 이러면 못써. 봐, 구경하는 사람이 있는걸."

진현은 씁쓸하게 웃으며 에오로를 가리켰고 그제야 눈물을 그친 주작은 고개를 돌려 에오로를 보았다. 정면에서 보니까 더 미인이다. 그런 생각에 에오로는 절로 숨이 멎는 듯했다. 아영도 분명 귀엽고, 에이레이도 미인이지만 이 여성의 아름다움에 비할 바는 못 되었다. 약간은 차가워 보이면서도 청초한 모습, 새하얀 얼굴과 붉은 머리카락은 거의 환상이었다. 평생토록 보아온 여성들 중 단연 으뜸이라고 생각될 정도였으니 오죽하랴. 황금색 눈동자는 금세 빨려들 것만 같은 마력을 지닌 듯했다. 아직 보지는 못했지만 엘프Elf가 이런 용모일까?

긴장한 나머지 침만 꿀꺽꿀꺽 삼키는 에오로에게 주작이 천천히 다가왔다. 정확히 말하자면 허공에 둥실 뜬 채로 천천히 날아온 것이었다. 화들짝 놀라 뒤로 물러서는 에오로를 유심히 바라본 주작은 붉은 입술을 곡선으로 그리며 생긋 웃었다. 그리고는 천천히 손을 내뻗어 에오로의 뺨을 쓰다듬었다. 마치 새의 발톱처럼 길게 길러서 날카롭게 만든 손톱이 뺨을 긁자 에오로는 등 뒤에서 소름이 돋는 듯했다.

이, 이건 너무 자극적이야! 속으로 이런 비명을 지르고 있을 찰나 갑자기 주작은 두 팔을 뻗어 에오로를 품에 안으며 소리쳤다.

「어머나, 애 너무 귀엽다! 진현보다는 못하지만 나중에 크면 준수해지겠는걸! 이 누님이랑 같이 놀까, 꼬마야?!」

"자, 잠깐!"

글래머라고 부를 수 있을 정도의 가슴을 가진 여성의 품에 안기다니! 이런 꿈같은 일이 생길 줄이야… 라고 생각한 것도 잠시, 너무 흥분이 되어 주체할 수가 없어진 에오로는 당황한 목소리로 외쳤다. 하얗고 풍만한 가슴에 뺨이 닿자 에오로는 마치 뺨에 불을 붙인 듯한 착각에 이르렀다. 얼굴이 잔뜩 붉어져 마치 불에 달군 쇠뭉치처럼 되어서 정신을 못 차리는 에오로를 보며 진현은 고개를 저으며 손짓을 했다.

"주작, 너무 놀리지 마. 그런데 다른 녀석들은 잘 있겠지?"

귀여운 인형이 생긴 것처럼 한 점의 부끄러움도 없이 에오로의 목을 껴안고 깔깔 웃으며 주작이 답했다.

「응, 물론이지! 백호白狐는 나처럼 심심해 죽겠다는 눈치이고 현무玄武야 뭐, 그 성격이 어디로 가겠어? 이러나저러나 상관없다는 투야. 그런데 청룡은 왜 그 잘생긴 꼬마랑 같이 보낸 거야?」

"슈린 군이 아무래도 불안해서. 사실 그때에는 여기서도 너희를 부를 수 있을지 몰랐어. 처음에 이곳에 왔을 때는 안 되었었거든. 아무래도 적응이 되었나 봐."

슈린의 이름이 나오자 에오로는 정신이 번쩍 들었다. 같이 보내다니? 누구를 말이지? 하지만 궁금증을 표할 새도 없이 주작의 가슴 덕분에 숨이 막혀왔기에 에오로는 다시 환각(?)의 나락으로 빠져들어야만 했다. 팔팔한 청소년에게 이런 자극은 너무 심하다고오! 물론 좋은 것은 좋은 거지만.

"어쨌거나 그만 해. 이제는 자주 불러낼 테니까 들어가 봐. 지금은 밖에 나가봐야 해."

주작은 인상을 팍 찌푸리며 진현에게로 날아왔다. 숨통이 트인 에오로는 자신의 목을 손으로 매만지며 한숨을 내쉬었다. 아무래도 오늘 밤 조용하게 잠자기는 틀린 듯싶다. 주작의 붉은 머리카락을 다정한 손길로 쓸어주며 진현은 나긋한 어조로 말했다.

"지금까지 놔둬서 미안해. 주인이랍시고 필요할 때만 불러내서."

하지만 주작은 미안한 듯한 얼굴의 진현만 봐도 섭섭한 마음이 다 풀렸다는 듯 그의 손을 잡아 입을 맞추며 조용히 대답했다.

「아냐, 내가 도움이 안 된다는 것은 알고 있어. 하지만 위험한 일은 하지 마. 응?」

"그래, 알았다."

고개를 살짝 끄덕이며 대답하는 진현의 얼굴을 걱정스러운 듯 직시한 그녀는 조용히 눈을 감았다. 그러자 그녀의 몸은 마치 여름날의 아지랑이처럼 희미해져 갔고 얼마의 시간도 지나지 않아 사라져 버렸다, 마치 처음부터 없었던 것처럼. 아직도 방금 자신이 겪은 일이 꿈일까 생시일까 생각하는 에오로에게 진현이 머리를 긁적이며 고개를 숙였다.

"아, 정말로 죄송합니다. 주작이 원래 조금 성격이 이상해 놔서."

하지만 에에로는 잠시 멍한 얼굴로 진현의 얼굴을 올려다보았다가 곧 시트를 뒤집어쓴 채 침대에 드러눕고 말았다.

스란비 게스트 3

"

"괜찮습니까, 에오로 군?"
"…아아, 예."
하지만 에오로는 아직까지 주작에게 당한 충격에서 헤어 나오지 못하고 휘둘리는 이마를 짚었다. 정신이 들도록 차가운 물에 몇 번씩이나 세수를 한 다음에서야 풀리는 다리를 일으켜 여관을 나설 수가 있었다. 미안한 표정의 진현은 걱정스럽다는 듯 말했다.
"주작이 장난이 심해서 말입니다. 나중에 혼을 내겠습니다."
뭐, 너무 흥분해서 심장이 보통 이상으로 빠르게 뛰고 하반신에 약간의 마비 증상과 얼굴이 불덩어리처럼 된 것 말고는 별다를 것이 없는 에오로는 쓰게 웃으며 고개를 내저었다. 어쨌거나 두 번은 경험 못할 즐거움이기도 했으니까.
정오를 넘어선 거리에는 사람들이 북적거렸다. 확실히 한 나라의 수도라는 풍모가 여실히 드러나 보일 정도였다. 화려하게 치장한 귀족가의 처녀들은 시녀로 보이는 여성들을 몇 명씩 데리고 쇼핑을 즐기고 있었고 경호원처럼 보이는 사내들도 데리고 다녔다. 약간은 햇살이 뜨거웠기 때문에 양산을 들고 엉덩이를 살랑거리는 규수들을 보며 침 흘리는 사내도 한둘이 아니었다. 어린아이들과 그 부모, 그리고 이 수도에서 살아가는 수많은 시민들.

연인과 함께 주위의 시선은 아랑곳하지 않고 팔짱을 낀 채 걸어가는 여성들은 뭐가 그리 즐거운지 연신 입을 가리며 호호 웃었다. 대로 곳곳에 노점상들이 즐비해 있어서 딱히 시장에 가지 않아도 이곳에서 물건을 살 수 있을 것 같았다. 길의 양 옆으로는 주택가라기보다는 장사를 하는 건물들이 더 많아서 바람이 한차례 휘몰아칠 때마다 간판들이 삐걱거리며 경쾌한 소리를 냈다.

마차 몇 대가 지나가고도 남을 대로를 중간으로 양 옆 길목에는 사람들만 다닐 수 있게 만들어놓은 인도도 있었다. 꽤나 잘 정비가 되어진 것들이라 진현은 탄성을 내지르며 이곳저곳 살펴보았다. 저 멀리로 웅장하게 솟아오른 성벽이 도시를 둘러치고 있었다. 몇십 미터는 족히 될 것 같았기에 처음 본 사람은 그 위용에 짓눌리고 말 것 같았다. 회색 빛의 거대한 성벽에 둘러싸인 아름다운 도시. 그것이 이 클레인 왕국의 수도 스란 비 케스트였다. 마치 회색 대리석 상자 안에 든 화려하고도 아름다운 보석 같다고나 할까.

곳곳에 크고 작은 분수들을 둘러보며 에오로는 머리를 긁적거렸다.

"확실히 수도라는 느낌이에요. 저희 도시도 이 나라에서 제법 큰 축에 드는데 여기에 비하자면 아무것도 아닐 것 같네요."

"그러게 말입니다."

"그런데 진현, 한 가지 궁금한 게 있는데 말이죠."
"뭡니까, 에오로 군?"
자신의 뺨을 긁적거린 에오로는 조용히 고개를 숙이며 입을 열었다.
"슈, 슈린과 함께 보냈다는 것… 아까 그 누님의 동료인가요?"
물어보지 않는 것이 더 이상할지도 모른다. 인사도 없이 자신의 마음속의 갈등 때문에 답을 찾아 떠나간 동료이자 친구가 어찌 걱정스럽지 않을까. 하지만 깊은 대답은 할 수가 없었기에 진현은 천천히 고개를 끄덕이는 것으로 대답을 대신했다. 아무래도 혼자보다는 다른 이와 함께 떠났다는 것이 마음에 놓여서인지 에오로는 자신의 가슴을 지그시 누르며 한숨을 내뱉었다. 진현은 자신의 볼일이 있으면 다른 일행들이 아닌 에오로를 데리고 다녔다. 예전 지아루에서 길드에 갔을 때도 그렇고 지금도 그렇고.

여성을 데리고 다니면 조금 꺼림칙한 일이었고 니드는 일이 생겨도 혼자서 도망도 못 갈 것 같으며 키엘은 어려서 안 되고 셀로브는 다른 일행들의 보디가드 역할, 현홍은 아직 자신의 힘을 제대로 자각하지조차 못하고 있으니까 안 되다는 말이다. 결론은 이 사항에서 예외가 되는 것은 에오로뿐이란 것이다. 에오로 역시 그 일을 나름대로 즐기면서 진현과 다니면 편했기에 기꺼이 진현의 일에 동참을 했다.

어쩌면 지금 현재 진현의 일과 계획을 가장 잘 알고 있는 사람은 에오로일 것이다. 가슴을 깊게 패인 드레스를 입은 여성이 자신의 곁으로 지나가는 것을 유심히 지켜보며 에오로는 팔을 들어 올려 머리를 받쳤다. 벨트에 차인 검이 덜그럭거렸지만 별로 개의치 않았다.

"음, 이제는 어떻게 하실 건데요? 성에 무작정 찾아갈 수는 없잖아요?"

저번 용병 길드에서 들었던 정보가 생각이 나서 질문을 해오는 에오로를 보며 진현은 걸음을 멈추며 대답했다.

"글쎄 말입니다. 아무래도 우선은 성안의 내부 사정이나 지도를 좀 구했으면 합니다만."

"윽, 무단 침입?"

"그럴 수는 없지요. 한 나라의 궁성인데. 하지만 정 어쩔 수 없을 때에는 그럴 수도 있다는 것입니다. 혹시나 모르니 미리 준비를 한다고 해서 나쁠 것도 없지요."

아영은 정말로 우연치 않게도 쉽게 만났다고—그 일에 얽힌 사건들은 많았지만—할 수 있지만 우혁은 곤란했다. 힘으로 될 일도 아니고 그렇다고 말로써도 될 일이 아니었다. 여기서 그가 우혁이라는 이름을 쓰고 있을지도 의문이었기에 무작정 찾아가지도 못하고 있었다. 어찌 되었든 간에 지금 이곳에서 자신은 아무런 직위도 없는, 그저 평범한 여행자였으니까. 골치가 아프다는 듯 머리를 긁적거린 진현은 문득 시선이 느껴져 고개를 돌렸다.

그곳에는 한 무리의 여염집 여성들이 진현은 쳐다보며 한껏 수다를 떨고 있었다. 그녀들은 갑자기 진현이 자신들 쪽으로 고개를 돌리자 꺄악 하고 비명을 지른 뒤에 황급히 자리에서 사라졌다. 멍한 표정의 진현과 그런 그를 대단하다는 듯 쳐다본 에오로는 동시에 어깨를 으쓱거린 후 발걸음을 옮겼다.

* * *

"꺄하하, 이거 너무너무 예쁘다아!"

"이것 봐, 이 액세서리 특이하지 않냐?"

셀로브는 한심스럽다는 눈으로 아영과 현홍을 번갈아 바라보았다. 분명 여성용 장신구들이나 옷가지들을 전용으로 파는 가게였다. 그래서 니드와 키엘은 가게 입구에서 멀찌감치 떨어진 포장마차에서 음식을 사 먹고 있었지만 셀로브는 현홍과 아영, 그리고 에이레이와 함께 어쩔 수 없이 가게 안으로 끌려가야 했다. 아영은 화려한 드레스들을 보면서 탄성을 내질렀다. 그리고 그에 못지 않게 시끄러운 목소리를 내며 현홍은 액세서리들을 보고 있었다. 주인 아주머니는 현홍이 여자인지 남자인지 의심스러운 눈초리였지만 제법 즐거워 보이는 손님들이어서 그런지 연신 옆에서 장단을 맞추어주었다.

여자 셋이 모이면 접시가 깨진다고 어머니가 그랬었지.

입 밖으로 내면 현홍에게 맞아 죽을 것 같아서 속으로 중얼거리는 셀로브는 문득 고개를 돌려보았다. 그의 시선이 닿은 곳에는 에이레이가 커다란 나무 궤짝을 쳐다보고 있었다. 그 안에는 푹신한 천이 들어있었고 여러 가지 귀고리나 팔찌, 액세서리들이 진열되어 있었다. 아무리 어렸을 적부터 성별을 잊고 암살에 몸담고 지내던 에이레이라고 해도 여성임은 분명하다.

하지만 그녀의 성격상 아영이나 현홍처럼 소란을 피울 수는 없기에 조용히 액세서리들을 구경하고 있는 에이레이의 눈은 반짝거렸다. 조심스러운 손길로 귀고리 하나를 집어 올려 눈앞에서 유심히 지켜보는 그녀를 보며 셀로브는 마른침을 삼켰다. 약간은 까무잡잡한 피부이지만 정돈이 잘 되어 촉촉하다는 느낌이었고 얼굴을 살짝 가리우는 암녹색 머리카락이 움직일 때마다 찰랑거렸다. 눈에 콩깍지가 씌면 뭐든 다 예뻐 보인다고 했던가. 작은 행동 하나하나가 셀로브는 이상스럽게

도 마음이 끌렸다.

그리고 스스로도 그 마음이 이해가 되지 않는 모양이었다. 숨을 고른 셀로브는 천천히 에이레이의 곁으로 다가갔다. 여러 가지 장신구를 보며 무엇을 살까 고르는 사람처럼 지켜보던 에이레이는 화들짝 놀라며 고개를 들었다. 애써 마음속의 감정을 겉으로 드러내지 않으려 노력하며 셀로브는 고개를 내려 궤짝 안을 바라보았다. 그리고 눈을 몇 번 깜빡이더니 조심스레 손을 뻗어 무언가를 집어 들었다. 어느새 소란스러움이 줄어들었지만 셀로브는 그것을 모르고 있었다.

눈을 반짝이며 셀로브의 행동을 유심히 지켜보는 두 명의 구경꾼이 있었다는 것을. 셀로브가 들어 올린 것은 심플한 디자인의 은색 체인에 푸른색 보석이 박힌 목걸이였다. 그리고 더불어 작은 귀고리 한 쌍을 집어 든 셀로브는 그것을 천천히 에이레이에게 건네주었다.

"이게 제일 나아 보이는데."

무뚝뚝한 음성으로 그렇게 말하며 셀로브는 다른 한 손으로 에이레이의 손을 잡아 올리고는 손바닥 위에 그것을 올려두었다.

저렇게 무드가 없다니! 아영과 현홍은 지금 에이레이와 셀로브의 뒤에 멀찌감치 떨어져 속으로 울분을 터뜨리고 있었던 것이다. 멍하게 셀로브를 바라본 에이레이는 자신의 손바닥 위에 놓인 목걸이와 귀고리를 바라보았다. 마치 두 개가 한 세트인 것마냥 백금의 체인에 푸른 보석. 아마도 사파이어처럼 보였다. 모조석은 아닌 것 같아서 가격이 꽤 할 텐데 하는 생각에 에이레이는 입술을 깨물었다. 그녀는 그냥 셀로브가 자신에게 잘 어울리는 것을 선택해 준 것으로 알고 있었다.

"얼마입니까?"

"……?"

셀로브는 주인 아주머니에게로 다가가 자신의 소매 속을 뒤적거렸다. 지금 이 상황이 무슨 상황인지도 제대로 가늠이 되지 않는 에이레이를 내버려 둔 채로 주인 아주머니는 셀로브를 데리고 계산대로 걸어갔다.

바보! 멍청이! 아영은 소리나지 않게 발을 구르며 속으로 그렇게 외쳤다. 여성에게 사랑의 선물을 하려면 조금 무드 섞인 말과 함께 자신이 직접 선물을 사서 포장까지 하고 달빛이 아름다운 밤하늘을 바라보며 건네줘야 할 것 아냐! 이런 남자가 들으면 고개를 저을 말을 외친 아영과 마찬가지로 현홍도 같은 생각을 하는지 주먹을 휘둘렀다. 어쩔 수 없이 뒤는 자신이 맡기로 한 아영은 성큼성큼 에이레이에게로 다가갔다. 그때까지도 에이레이는 이것이 선물인지 아닌지 의심하는 얼굴로 셀로브의 등을 쳐다보고 있었다.

"어머나! 좋겠네?"

살살거리며 그녀의 팔을 툭툭 친 아영은 입가를 손으로 가리며 슬그머니 셀로브를 보며 중얼거렸다.

"남자가 여자한테 이런 선물을 주는 것은 분명히 관심있다는 표현 아니겠어? 어머나, 너무 부럽다. 거기다가 비싸 보이는데 말야. 하유, 나는 언제 남자한테 이런 선물 받아보나?"

"에… 응, 응?"

얼빠진 얼굴로 아영의 말에 대답한 에이레이는 순간 뭔가 알아채기는 했던 것인지 얼굴이 확 붉어졌다. 나이스야, 아영아! 이런 말을 하는 듯한 얼굴로 저 멀리서 자신에게 엄지손가락을 들어 올리는 현홍에 힘입어 아영은 계속해서 유들거리는 어투로 말을 이어 나갔다.

"마족이지만 뭐 어때? 돈 많겠다, 저 얼굴로 늙지도 않겠다, 힘도 세겠다. 정말로 삼박자가 딱 갖춰진 조건 아니야? 어떻게 생각해?"
"무, 무슨… 무슨 말도 안 되는 말, 말이야! 그럴 리가 없……!"
"그럴 리가 없다고? 쯧쯧. 에이레이 양, 아직도 남자를 모르는데 말이야. 남자란 자고로 좋아하는 여자에게는 무조건적으로 잘해주고 선물하고 싶어하는 동물이야. 그리고 항상 셀로브의 시선은 너한테로 가 있던걸? 아마도 이번 쇼핑에 따라오기로 했던 것도 아마……."
완전히 모닥불의 불꽃처럼 빨갛게 달아오른 에이레이는 그만 두 손으로 양 볼을 감싸며 가게 밖으로 뛰쳐나가고 말았다. 짝 소리나게 손바닥을 부딪친 아영과 현홍은 회심의 미소를 띠며 그녀의 뒷모습을 바라보았다. 한참이 지난 후 아영과 현홍도 마음에 들어하는 옷과 액세서리를 고른 후에야 가게에서 나올 수 있었다. 그리고 그것들 모두를 셀로브의 돈으로 지불했다. 셀로브가 어디서 돈이 났는지 궁금해하던 현홍이 문득 생각났다는 어투로 물었다.
"그런데 셀로브, 그 돈 어디서 난 거야? 그때 그 동굴에서 가지고 나왔어?"
뭔가 싶어서 귀를 기울이려 한 셀로브는 피식 웃으며 고개를 저었다.
"아니, 진현한테 돈이 든 주머니가 있어서 조금 들고 나왔는데? 그녀석 의외로 돈 많더라. 어디서 다 났는지 보석들도 있어서 말야."
"뜨아악!"
현홍과 아영은 동시에 핼쑥한 표정을 지으며 얼굴을 감쌌다. 마치 공포 영화에 나오는 가면을 쓴 괴한 같은 표정이라고나 할까. 입을 모으고 마치 금붕어 밥 달라는 것마냥 뻐끔거리는 그들을 보며 셀로브는 고개를 갸웃거렸다. 그는 아직 잘 모르는 모양이다. 진현은 자신의 이름 아래에 있는 모든 것들을 소중히 한다. 돈이든 사람이든. 그 앞에 〈자신의〉이라는 의미가 붙는다면 말이다. 셀로브가 들고 나온 돈은 진현의 돈이다. 고로 다른 사람에게는 양도가 불가능한 것이다. 진현은 겉으로는 잘 드러내지 않는다지만 엄청난 소유욕과 독점욕을 가진 사내로서 아무리 헐겁고 쓸모없는 것일지라도 마음에 든 것은 남에게 넘겨주지 않는 자이기도 하다.

그것을 오랜 세월 동안 보아온 아영과 현홍은 경악할 수밖에 없었다. 허락할 리도 만무하겠지만 허락을 구하지도 않은 상태에서 진현의 물건에 손을 댔으니 이 일을 어찌할까. 자신의 수중에 있는 돈은 동전 한 닢 틀리지 않고 세고 있는 그인데……. 아마도 없어졌다는 것을 알면 난리가 날 것이었다. 그런데 현홍은 다시금 그 주머니에는 마법이 걸려져 있어서 진현 말고는 손대지 못한다는 것을 생각해 냈다.

"그, 그런데 그 주머니에… 마, 마법이 걸려 있다고 하던데?"

"음, 본인 이외에는 손을 댈 수 없는 마법이 걸려 있기는 했어. 하지만 별것 아니던데? 아, 물론 인간이 열기에는 역부족이겠지만."

"……."

그렇군. 진현은 아마도 그 자신의 돈주머니에 손을 대는 것이 인간뿐이라고 단정 지었던 듯하다. 소매치기 정도라고나 할까. 혹여 셀로브가 손을 대리라고는 생각하지 않았을 것이다. 말 그대로 밖의 적만 생각해서 안의 적(?)은 잊었던 것이 화근이다. 이왕 엎어진 컵에 어떻게 물을 담겠는가. 현홍은 속으로 여관으로 돌아간 후의 셀로브의 명복을 빌며 고개를 숙였다. 아마도 아영 역시 마찬가지의 생각을 하는지 측은한 눈빛으로 셀로브를 바라보고 있었다.

포장마차에서 배부르게 먹고 나왔는지 키엘의 얼굴에는 포만감이 가득했다. 더구나 그것으로는 모자랐는지 양손에 닭다리를 하나씩 잡고 있었다.

키엘의 입가에 묻은 양념을 손수건으로 닦은 니드가 다른 사람들을 쭉 둘러보며 말했다.

"이제 어디로 구경을 갈까요?"

"음, 음, 무조건 예쁜 곳으로!"

아영은 자신의 손에 들린 주머니를 휘휘 저으며 니드에게 말했다. 그러자 니드는 생긋 웃으면서 고개를 끄덕였다.

"그럼 수도의 중심가에 한번 가보도록 하지요. 그곳에는 아름다운 분수와 정원이 있습니다. 수도를 정한 지 100주년이 되었을 때 만들어진 것이라고 하더군요."

"이 나라가 건국된 지는 얼마나 지났는데요?"

"올해로 438년이 됩니다."

아영의 질문에 대답한 니드는 키엘의 어깨를 두 손으로 짚으면서 말을 이었다.

"한마디로 300년도 더 전에 생긴 분수와 정원입니다만 유적이라기보다는 외려 얼마 전에 생긴 건축물처럼 관리가 잘 되어 있습니다. 저역시 몇 해 전에 와서 봤었는데 세월의 흐름이 실감나지 않더군요. 마치 새로 깎아낸 것처럼 보이지만 실상은 오래된 보석의 기품과 비슷하다고 할까? 가는 길은 쇼핑을 위주로 하는 상점들이 즐비하게 늘어서 있으니까 좋을 것 같네요."

"좋았어! 그럼 그곳으로 출발!"

활기 차게 걸어가는 아영을 선두로 일행들은 천천히 발길을 옮겼다. 사람들의 시선이 이방인처럼 보이는 그들에게로 쏟아졌다. 우선 이곳 사람들의 외모는 동양적이라기보다는 조금은 더 서양적인 외모였다. 뭐랄까, 딱히 확실한 선을 가지고 구분할 수는 없지만 옷 자체나 살아가는 방식적인 면으로 볼 때는 그랬기 때문인지 외모도 그렇게 보였다. 하지만 완벽하게 서구적이지는 못한 면도 종종 보였다. 그렇지만 아영과 현홍은 누가 보더라도 확연하게 다른 점들이 많았기 때문인지 사람들의 시선을 많이 받았다.

키가 큰 남자가 맨 후위에서 마치 일행들의 경호원이라도 되는 양으로 팔짱을 낀 채 묵묵히 걸어가는 모습도 인상적이었다. 정확하게 이들의 직업이나 직위 같은 것을 파악할 수 없어서인지 사람들의 눈에는 호기심이 가득했다. 수도의 사람들이라 여행자들에게는 별 관심 없을 줄 알았던 일행들은 자못 당황했다. 그렇지만 그런 눈길이 오히려 재미있다는 듯 아영이 소리를 높이며 말했다.

"사람들이 다 쳐다본다. 우리가 이상해 보이나 봐?"

"글쎄 말이야. 그런데 수도라서 그런지는 몰라도 미인들이 많네?"

"응, 미남도 많아."

아영은 실실 웃으며 눈이 즐거운 미남을 찾아 연신 두리번거렸다. 사람들의 뜨거운 시선을 받으며 그들은 곧 수도의 중심이 위치한 정원과 그 중앙의 분수를 볼 수 있었다. 그리고는 곧 아영과 현홍은 턱이 빠질 듯이 입을 쩍 벌렸다. 정말로 300년이나 지난 것인지 알 수 없을 정도로 멋들어진 분수였다. 한 바퀴 도는 데 몇 분 이상 걸릴 것 같은 규모에다가 화려한 동상들, 아리따운 천사들이 든 물병에서는 물길이 쏟아져 내렸다. 한여름의 길목에서 물줄기는 햇살을 받아 보석이 떨어져 내리는 것처럼 반짝였다.

에이레이 역시 멍하게 넋을 놓은 채 그것을 바라보았다. 분수를 중앙으로 둔 아리따운 꽃들이 만발한 화원이 정리가 잘된 채 둘러져 있었다. 꽃 속에 파묻힌 샘물처럼 보였다. 반짝이는 물 때문에 눈이 부시다는 듯 눈가에 손을 가져다 댄 에이레이가 탄성을 내질렀다.

"세상에! 이런 곳도 다 있었네."

키엘은 눈을 깜빡거리며 분수대의 물속에 뛰어들 것 같은 얼굴이었다. 그리고 몇 번 이 분수를 본 니드는 그런 일행들의 모습을 흐뭇한 미소를 머금은 채 바라보았다. 아무래도 수도에서 유명한 장소여서 그런지 사람들이 많았다. 공원처럼 조성이 되어 있었기 때문에 띄엄띄엄 벤치들이 마련되어 있어서 사람들은 삼삼오오 모여 앉아 이야기를 나누고 있었다. 하얀 대리석으로 만들어진 분수대가 가장 인상 깊었던 아영은 주먹을 꽉 쥐면 안타까운 어조로 외쳤다.

"너무너무 아까워! 이럴 줄 알았으면 카메라를 챙겨오는 건데! 으윽!"

"그러게 말야! 난 나중에 진현이한테 말해서 여기에 그림 그리러 올 거야아!"

마치 외국 관광을 나서서 카메라가 부서진 사람들마냥 울분 섞인 외침을 내뱉은 아영과 현홍은 발을 굴렀다. 뭔 소리인지 알 길이 없는 셀로브는 분수대를 잘 볼 수 있는 위치에 마련된 벤치에 가서 턱하니 자리를 잡고 앉았다. 쪼르르 셀로브의 옆으로 다가간 키엘도 그의 옆에 자리를 잡았다. 벤치의 등받이에 한 팔을 걸친 셀로브는 고개를 돌려 키엘을 보았다. 모자를 눌러써 황금빛 눈동자가 잘 보이지 않았지만 그 눈동자는 호기심과 함께 불안함이 배어져 있었다. 아무래도 사람이 너무 많은 곳에 있어서 그런 듯했다.

다시 정면으로 고개를 돌린 셀로브가 조용히 입을 열었다.

"너도 불안하기는 한가 보구나."

키엘은 눈을 끔뻑거리며 셀로브를 올려다보았다. 힐끔 키엘을 쳐다보며 셀로브는 계속해서 말했다.

"으음, 아니라고? 하지만 불안해 보여서. 너나 나나 이런 빛과는 어울리지 않아. 아무리 환경이 변해도 몸속에 흐르는 피는 어쩔 수가 없으니까."

살짝 고개를 저은 키엘은 다시 정면을 바라보았다.

"그래, 확실히… 하지만 평화라는 것도 나름대로 즐길 만한 것 같구나."

분수대 근처에서 외판원이 파는 과자를 사 들고 온 니드가 혼잣말을 중얼거리는 셀로브를 보며 물었다.

"예? 셀로브님, 혼자서 뭘 그리 중얼거리시나요?"

눈만 힐끔 위로 쳐다본 셀로브는 턱으로 옆에 다소곳이 앉아 있는 키엘을 가리키며 말했다.

"뭐가 혼자냐. 얘가 있잖아."

"……?"

도무지 그가 하는 말을 이해할 수 없는 니드는 그저 그러려니 넘어가기로 하고 설탕을 조려서 만든 과자를 키엘에게 넘겼다. 키엘은 환하게 웃으면 그것을 받아 들었다. 조금 떨어진 곳에서는 현홍과 에이레이, 아영이 무슨 말들을 주고받는지 화단을 돌아다니며 얘기를 나누고 있었다. 햇살을 받으며 웃고 있는 그들을 보면서 니드는 생긋 웃었다. 그리곤 현홍도 저러니 마치 사춘기 소녀 같잖아라고 중얼거렸다. 아마 들었으면 짱돌 하나가 날아왔을 것이다. 어쨌거나 듣지 않으니 하는 말이지만.

셀로브는 문득 고개를 돌리다가 그 세 명을 바라보고 있는 사내들이 많다는 것을 깨닫고는 발끈해 버렸다. 아영과 에이레이를 바라보며 넋을 놓고 있는 사내들의 옆구리를 쿡쿡 쑤시는 처녀들 또한 많았다. 어떤 눈이 삔 녀석들은 현홍에게까지 음흉한 시선을 던지고 있었다. 미친놈들이라고 중얼거린 셀로브는 천천히 자리에서 일어섰다. 키엘과 함께 마치 부자처럼 다정히 사탕과자를 입에 넣으며 행복한 미소를 짓던 니드가 고개를 들었다.
"무슨 일이신지?"
대답을 할까 말까 잠시 고민한 후 셀로브는 무뚝뚝한 음성으로 퉁명하게 대답했다.
"얼간이들이 많아서. 저대로 내버려 두면 파리들이 꼬일 것 같아."
그렇게 말을 던진 셀로브는 그대로 세 명에게로 걸어갔다. 넋 놓고 그 모습을 보며 망연자실한 표정이 된 니드는 곧장 피식거리며 웃고 말았다.

* * *

"또 그런 곳에 가려는 것은 아니겠지요?"
"그런 곳이라니요? 아하, 사창……."
에오로는 주위의 사람들이 혹시라도 들었을까 하며 좌우를 살폈다. 캑캑거리는 진현의 숨소리에도 아랑곳없이 에오로는 진현의 입을 틀어막고 있는 손을 놔줄 생각을 하지 않았다.
"그런 말을 함부로 여기서 내뱉으면 어떻게 해요?! 조심, 또 조심하라고요!"

대답은 들려오지 않았다. 당연하게도 에오로의 손이 우악스럽게 입을 막고 있으니 할 수 있을 리 없었던 것이다. 차분하게 숨을 고른 에오로는 혹여 주위의 처녀들이 그의 말을 들었을까 걱정하는 표정이 되었다. 그런 경험을 하는 것이 남자로서 당연하다고는 해도 올바르지 못한 행동으로 여기는 사람들이 많았다. 공공연히 알려진 비밀이라고 할까. 다 알고 있으면서도 모른 척 쉬쉬하는 것을 에오로는 싫었지만 그래도 자신 역시 그 생각을 모르는 것이 아니었다. 체면 문제라는 것이지. 자신의 입을 슥슥 닦은 진현은 쓰게 웃으며 고개를 들었다. 따가운 햇살 때문에 몸이 절로 달아오르는 것 같은 하늘이었다.

그러나 파란 하늘은 여름의 아름다운 단편이었고 그것을 욕하고 싶은 마음은 없었다. 도시의 시민들도 마찬가지였는지 무더운 여름의 열기에도 불구하고 하나같이 즐거운 표정들이었다. 아무리 수도라지만 조금은 들뜬 분위기랄까. 무슨 축제를 준비하는 것같이 보였기에 진현은 고개를 갸웃거렸다. 점심을 먹지 않고 나왔기 때문에 배가 고팠던 에오로는 노점에서 파는 고기 구이들을 입에 물고는 진현에게로 다가왔다.

"이으 으으으아 이아으으으?"

"…입에 문 것은 놓고 말씀하시지요."

"푸하! 이거 분위기가 요란스럽네요. 무슨 축제라도 벌어지는가 봐요."

"그러게 말입니다. 지나가는 사람들한테 물어보기로 할까요?"

그래서 진현은 인도를 통해 팔짱을 끼고 걸어가는 노부부에게로 다가가 조심스럽게 말을 건넸다.

"저 실례합니다. 전 수도에 처음 온 여행자입니다만 무슨 축제라도 벌어지는 것인지요?"

중년의 노신사는 사람 좋은 미소를 지으며 고개를 끄덕였다.

"아아, 며칠 후에 있을 아비게일 여신의 축제를 준비하기 위해서 조금 소란스럽다오. 오늘이 7월 1일이던가? 7월 7일에 축제의 막이 오르니 사람들이 분주할 수밖에."

진현은 그의 말을 들은 후 고개를 가볍게 숙여 목례를 한 후 에오로에게로 돌아왔다. 그리고 에오로에게 노인에게서 들었던 말을 들려주자 그 역시도 이제야 알았다는 듯 손뼉을 쳤다.

"아아, 맞다. 여행을 다니다 보니 날짜 감각이 희박해져서 원. 그렇지, 진현!"

"예?"

에오로는 환하게 웃으면서 두 손을 휘둘렀다. 덕분에 손에 든 고기들의 양념이 사방에 튀었고 진현은 얼른 발을 움직여 뒤로 물러났다.

"잘됐어요! 아비게일 여신의 축제날에는 궁성을 개방하거든요! 이틀 동안 몇 시간이기는 하지만 궁성에 일반인들도 들어가는 유일한 날이죠! 국왕 폐하가 얼굴도 보이시고 연설도 좀 하시고 하여간에 그렇다구요! 그럼 일이 수월해지는 것 아니겠어요?"

"아, 정말입니까?"

"물론이지요! 이 축제는 이 나라의 개국 때부터 있었던 유서가 깊은 축제예요! 궁성에 들어가면 그 사람의 행방을 조사하는 일도 할 수 있을 거예요. 아, 하지만 내부 지리는 모르니까 이것은 따로 조사해야 할 테고 개방되는 것은 홀뿐이라서 경비병들을 피해서 봐야 한다는 크나큰 문제가 있겠지만……."

끝 부분을 흐리며 말소리를 낮추는 에오로였지만 진현은 오랜만에 속 시원한 이야기를 들은 사람처럼 미소를 지으며 고개를 저었다.

"아니오, 그것으로 충분합니다. 몰래 안 들어가는 게 어딥니까? 이제는 내부 지도와 성안의 경비병들의 위치만 조금 파악하면 되겠군요."

"에헤헷, 그렇지요."

천우신조일까. 그들이 수도에 온 때 마침 축제가 있어서 일이 조금 쉽게 풀려가고 있었다. 에오로의 일도 확실하게 처리가 되었고 남은 것은 마지막 문장을 가진 우혁을 찾는 일뿐. 그리고 그들의 일도 지금 쉽게 풀려가는 국면이 되었다. 하지만 그들은 모르고 있었다. 조금의 기쁨에 심취해 자신들의 대화를 유심히 듣고 있는 자가 있다는 사실을. 사람들의 시선 속에서 살기도 무엇도 없이 그저 평범했기에 그냥 스쳐 지나갈 수 있는 그런 눈빛의……

대낮의 대로에는 사람들이 많았다. 에오로와 진현은 가벼운 걸음걸이로 이리저리 헤매고 다녔지만 어디를 가나 큰 길목들뿐이어서 조금 고생을 할 수밖에 없었다. 축제 준비의 일환인지 거리 곳곳에서는 현수막과 함께 곳곳에 위치한 길다란 쇠막대에 깃발들을 매다는 사람을 심심치 않게 볼 수 있었다. 그 깃발들에는 백장미와 머리가 세 개 달린 드래곤의 모습이 그려져 있었다. 문득 그 깃발을 올려다본 에오로가 입을 열었다.

"아비게일 여신의 모습이에요."

"예?"

"아비게일 여신은 보통 머리가 세 개 달린 플라티나 드래곤의 모습이라고 하거든요. 우리 나라의 주신이기도 하고요. 왕가에서 믿는 신이 아비게일 여신이랍니다. 정의와 율법을 수호하며 기사들의 옹호자

여서 그런 것 같아요. 하여간에 옛날 전설에 따르자면 이 나라를 건국하신 안젤루스 대왕께서 수도를 정하실 때 아비게일 여신을 만나셨다고 해요. 그리고 원래 이곳은 그녀의 신전이 있던 곳으로서 그 신전을 크게 증축해 저 궁성을 만들었고 저 안 깊숙한 곳에는 아직도 그 신전의 일부분이 남아 있다고 하더군요. 아비게일 여신은 말 그대로 우리나라 사람들이 가장 깊고 높게 숭배하는 여신이지요."

진현은 에오로의 설명을 들으며 살짝 고개를 끄덕였다. 그 자신이 없었기 때문에 알 수가 없다. 지금의 이곳에서 숭배하는 신들이란 모두가 자신이 인간으로 태어난 후의 신들, 즉 젊은 신들이었기 때문이다. 물론 지금의 시간은 생각하자면 그리 짧은 시간도 아니겠지만. 힐끔 깃발에 그려진 드래곤을 쳐다본 후에 진현과 에오로는 다시 걸음을 재촉했다. 대로를 벗어나 꾸불꾸불한 길목을 몇 번이나 지나쳐 왔는지 모른다. 사람들의 웅성거림도 이제는 점차 잦아들어서 들리지 않게 되었다.

한참을 걸어 다리가 슬그머니 아파올 즈음이 되어서야 진현과 에오로는 그들이 목적으로 하는 곳이 보이는 장소에 도착할 수가 있었다. 지금은 훤한 대낮이고 이곳은 좁은 골목길이 굽이치는 곳이다. 만약 밤에 왔다면 모르지만 이곳은 그냥 더러운 골목 그대로의 모습을 보여주고 있었다. 곳곳에 널린 쓰레기들과 낡아빠진 현판들이 삐걱거렸다. 여기가 어디일까 싶어 불안한 시선을 주위에 보내고 있는 에오로에게 진현이 슬그머니 말을 걸었다.

"괜찮습니다. 낮이니까 함부로 행동할 수는 없겠지요. 하지만 여차하면 제 옆에서 떨어지지 마십시오. 폭력을 쓸 수밖에 없는 일이 일어날 수도 있습니다."

진지하게 말하는 그의 목소리에 에오로는 자신도 모르게 고개를 끄덕였다. 진현이 묵묵히 걸어간 그곳에는 너무 낡아서 심한 바람만 불면 떨어질 것 같은 현판이 붙은 가게였다. 만약 주위에 사람들이 조금이라도 있고 무심히 지나친다면 시선 속에도 들어오지 않을 것 같았다. 진현은 천천히 손을 뻗어 문고리를 잡아당겼다.

뼈를 긁는 듯한 나무 소리가 나며 어둑한 가게 안으로 들어서자 에오로는 숨이 턱 막혀오는 것을 느꼈다. 종류를 알 수 없는 냄새들이 뒤섞여 코가 떨어져 나가도록 악취를 풍겨대고 있었기 때문이다. 그렇지만 불평은 할 수 없었다.

진현의 얼굴은 딱딱하게 굳어 있었다. 안은 작은 촛불들만이 몇 개 켜져 있었다. 워낙에 햇빛이 들어오지 않는 건물들 사이에 있는 곳이어서 낮이지만 밤처럼 촛불을 켜지 않으면 한 치 앞도 볼 수 없을 것 같았다.

묘한 술 냄새가 풍겨왔다. 겨우 어둠에 익숙해져 주위를 둘러본 에오로는 다시 고개를 돌려 앞의 진현만을 바라보았다. 어떻게 이런 곳을 아무런 정보 없이 찾아올 수 있는지 궁금했다. 지아루에서 용병 길드에 갔을 때처럼 주위에는 험악한 인상의 사내들이 벽에 기대서 있었다. 안에는 테이블이 몇 개 놓여 있었고 조금 떨어진 곳에는 바가 보였다. 사내들은 진현과 에오로에게는 눈길도 주지 않고 묵묵히 팔짱을 낀 채 시선을 아래로 내리깔았다. 그렇지만 등에 멘 칼과 창들의 그림자가 불빛에 흉흉하게 흔들렸다.

얼굴을 잔뜩 굳힌 채 단호한 발걸음으로 바에 다가간 진현은 개인용 의자 하나를 끌어다가 걸터앉으며 바에 팔을 기대었다. 에오로는 어떻게 할까 망설이다가 그냥 진현의 옆에 앉기로 했다. 탁탁거리는 소리가 들렸다. 그리고는 주방으로 통하는 듯한 통로를 가린 천이 들썩였다. 그곳에서 한 명의 사내가 술병과 컵을 들고 모습을 드러냈다. 그는 무심한 눈길로 진현과 에오로를 힐끔 쳐다보더니 손에 들린 병을 바에 얹어놓았다. 진현은 손을 뻗어 술병을 들었다. 뭐 하려는 건지 묻고 싶었지만 주위의 분위기가 너무 흉흉하고 진현 역시 아무런 표정이 없어서 묻지도 못했다.

술병을 들어 뚜껑을 딴 진현은 사내가 내미는 유리잔에 술을 따랐다. 고즈넉하게 어두운 곳이어서 정확한 색은 알 수가 없었지만 조금 붉은빛이 흐르는 것으로 보아 와인일 확률이 높아 보였다. 에오로가 침을 꼴깍꼴깍 삼키며 촉각을 곤두세우고 있을 때 진현이 입을 열었다.

"의뢰가 있어."

너무 갑자기 말해서 에오로는 화들짝 놀라고 말았다. 간신히 숨을 고르고 있노라니 묵묵히 컵을 닦던 사내가 컵을 놓으며 대답했다. 담담하다고 할까, 다정하다고도 할 수 없지만 차가운 목소리는 아니었다.

"비싼 술인데. 돈이 없으면 옷 벗어야 될 거야."

"농담하지 마, 너야말로 옷 벗고 싶지 않으면."

"와인이 입에 안 맞는 모양이군. 우리 가게에는 그것밖에 없어."

무슨 대화 내용인지 헷갈리는 에오로는 문득 등 뒤로 인기척이 느껴지는 것을 깨달았다. 아까 벽에 기대고 있던 사내들이 진현과 자신을 에워싸고 있다는 것을. 그들은 험악한 눈으로 하나같이 손에는 단검과 칼을 들고 있었다. 황급히 일어나 검을 뽑으려던 에오로의 어깨를 진현이 내리누르며 다시 조용히 입술을 움직였다.

"장난치지 마. 여기 있는 놈들 모가지 날리기 싫으면."

그답지 않게 험악한 말투였다. 뭐라고 할까, 상대를 잔뜩 위압하는 듯한 어투에다가 일부러 조금은 과장되게 센 인상을 주려고 하는 것이 느껴졌다. 물론 그것은 그동안 지켜봐 온 에오로의 생각이었고 다른 사내들의 눈빛은 더욱 험악해져 가고 있었다. 어디선가 나타난 쌈지에서 자신의 파이프에 담배를 채운 사내는 그것을 입에 물며 말했다.

"원하는 게 뭐지?"

"궁성의 내부 지도. 그리고 경비들의 움직임과 교대 시간 등. 자세하면 할수록 좋아."

사내의 눈빛이 조금 흩어졌지만 그는 곧 눈을 감았다 뜨면서 파이프를 손으로 옮겼다.

"비싸."

"가격은 상관없어. 정확하기만 하면 돼. 기한은 사흘. 그때까지 준비해 줘."

스윽.

한 사내의 검이 진현의 어깨 위로 올라왔다. 자칫 잘못하다가는 목이 날아갈 수도 있는 상황에서 에오로는 입이 바짝바짝 마르는 것을 느꼈다. 잔에 담긴 와인을 한 모금 삼킨 진현은 차게 웃으며 눈을 감았다.

"…아무래도 조금은 가르쳐 줘야 할 것 같은데."

"예?"

퍼억!

순간적이었다. 에오로는 눈을 크게 뜨며 진현을 바라보았지만 이미 그는 의자에 앉아 있지 않았다. 뭘까 하며 고개를 돌리기도 전에 진현의 목에 칼을 들이댔던 사람이 바닥에 쓰러져 버렸다. 너무 빨라서 잔상을 확인할 겨를도 없이 주위를 메우고 있던 사내들이 하나둘씩 바닥에 쓰러졌다. 들리는 것은 짧은 신음과 둔탁한 소리뿐이었다. 반짝이는 빛이 보였다는 것은 눈의 착각일까. 진현은 마치 한줄기 바람과도 같이 사내들 사이를 비집고 들어갔고, 그들은 아무런 반항조차 하지 못했다. 아니, 반항은커녕 지금 눈앞에서 일어나는 일들이 무슨 일인지도 모르는 눈치였다. 멍하니 서 있는 사내들을 제압하는 것은 진현에게 너무나도 간단한 일이었다.

보이는 것은 금실과도 같은 진현의 머리카락과 어느새 그의 손에 들린 검의 서늘한 반사광. 다이아몬드를 그대로 검으로 만든 것처럼 투명한 운의 검날이 가슴 시리도록 아름답게 비쳤다. 단 일 분의 시간도 지나지 않아 몇 명의 사내들이 바닥에 뒹굴었다. 그리고 다른 사내들은 천천히 뒤로 물러났다. 치명상을 입히거나 하지는 않았는지 쓰러진 사내들은 그저 작은 신음 소리만을 내뱉을 뿐 목숨에는 지장이 없어 보였다.

차가운 미소와 냉담한 얼굴, 표정의 변화 없이 검을 휘두르는 진현을 보며 에오로는 숨이 멎는 것 같았다. 처음 그를 보았을 때, 그때가 문득 생각이 나서. 아무런 감정의 동요도 없는 눈빛으로 슈린과 자신의 실력을 평가하고 있었다. 다른 몬스터들과 싸우는 모습을 마치 머리 속에 입력시키는 것처럼 보였기에 소름이 돋았었다. 지금의 그는… 바로 그때와 같았다. 입에 물고 있던 파이프가 어느새 반쪽이 나 있는 것을 확인한 사내는 쓰게 웃으며 고개를 끄덕였다.

"뭐, 그 정도면 충분하군. 의뢰는 받아드리겠다. 길드원도 아니면서 행패는 부리지 말아줘."

에오로는 고개를 돌려 그 사내를 바라보았다. 40대 초반 정도일까. 중년의 모습이었지만 키나 몸집이 탄탄해서 조금은 더 젊어 보이는 얼굴이었다. 대만 남은 파이프를 받아 든 그는 그것을 바에 올려놓고는 천천히 안에 마련되어진 의자에 앉았다. 멀찍이 떨어져서 자신을 경계하는 사내들에게 차갑게 웃어 보인 진현이 운을 검집에 넣으며 고개를 돌렸다.

"진작에 그랬으면 다치는 녀석들도 없었을 텐데, 상황 판단이 느리시군."

비꼬는 태도가 영력한 말이었지만 사내는 아무런 말도 없이 씨익 웃어 넘겼다. 에오로는 이곳에 들어서면서 진현이 왜 저러나 싶었다. 확실히 여기가 어디인지도 잘 모르는 에오로는 묵묵히 진현을 바라보았고 작게 한숨을 내쉰 진현은 다시 자리로 와 앉았다. 진현에게 공격을 받지 않은 사내들은 조금 머뭇거리다가 곧 쓰러진 자들을 부축하고는 멀찍이 어둠 속으로 사라졌다. 촛불의 밝히는 범위 내에서는 진현과 에오로, 그리고 바텐더로 보이는 사내뿐이었다. 사내는 새로운 컵을 꺼내 진현의 앞에 놓인 술병을 들어 와인을 따랐다.

"눈치가 빠르군. 어떻게 알았지?"

"뻔하지 않나? 보통의 높은 윗전들은 항상 평범한 모습을 하고 가장 눈에 띄지 않게 살아가는 경우가 많거든. 외려 숨으면 들통나는 법이라서."

"흐음."

사내는 고개를 끄덕였다. 이게 무슨 말이지? 에오로는 궁금하다는 얼굴로 사내와 진현을 번갈아 바라보았고 와인을 쭉 들이킨 진현이 짧게 대답해 주었다.

"수도 스란 비 케스트의 길드 마스터. 도둑 길드의 마스터입니다, 에오로 군."

"예?"

황당하다는 얼굴로 자신을 쳐다보는 에오로에게 사내는 씨익 웃어 주었다. 길을 지나가다가 늘 볼 수 있는 평범한 중년이었다. 만약 다른 곳에서 우연하게 만났다면 절대로 기억 못할 그런 외모를 가진 사내가 길드 마스터라니 놀라울 수밖에. 왜 이리 자신이 만나는 마스터들은 하나같이 이상한 것인가. 지아루의 용병 길드 마스터는 예쁘장한 누님이었고, 수도의 마법사 길드 마스터는 외려 젊은 청년에다가, 도둑 길드의 마스터는 평범한 중년의 사내! 도무지 이해할 수 없다는 듯 에오로는 이마를 감싸 쥐며 고개를 푹 숙였다.

"그냥 마스터라고 부르면 된다. 여기서도 그렇게 불리니까. 하지만 밖에서는 안 돼. 원래 우리 같은 사람들은 밝은 빛 아래서는 숨어 살아야 하거든. 바퀴벌레처럼."

뭔가 이상한 느낌. 그렇게 말하며 웃는 마스터의 목소리가 조금 음울하게 들렸다. 눈을 깜빡이며 마스터라고 불러달라는 사내를 올려다본 에오로는 문득 그의 얼굴에서 처연함이 흘러져 나오는 것을 느꼈다. 도둑이라는 것은 분명히 인정된 것도 아니고 보통의 사람들의 앞에 나서면 안 되는 것이라는 것은 안다. 사람이지만 뭔가 보통과는 다른 사람들. 아직까지 그런 사람들을 만나본 적이 없던 에오로는 도둑이라고 꼭 다 나쁜 것은 아니라고 생각했다. 물론 확신을 내리기에는 이른 상황이지만.

품에서 또 다른 파이프를 꺼내 든 사내는 천천히 담배를 채우며 입을 열었다.

"자네가 부탁한 것은 이틀 정도면 될 거야. 사실은 궁성의 내부 지도뿐이라면 오늘 안에라도 당장 준비가 되겠지만 경비대원들의 교대 시간이나 위치 등은 자주 바뀌어서 파악하기가 힘들거든. 그러니 조금 기다리라고."

진현은 천천히 바 위에 팔을 걸친 후 턱을 괴며 고개를 끄덕였다.

"좋아. 도둑 길드 마스터의 확답이니 그렇게 알지. 그럼 이만 가보도록 할까요, 에오로 군?"

"아, 예에."

자신은 한 것이 아무것도 없다는 사실에 시무룩한 얼굴을 한 에오로는 천천히 자리에서 일어났다. 파이프에 불을 붙인 마스터는 천천히 빈 잔들과 술병을 치우면서 불투명한 어조로 말했다.

"다음부터는 이렇게 찾아오지 말라고. 도둑들한테는 몸이 밑천인데 이렇게 엉망으로 만들어놓고 말야."

"후훗, 명심하도록 하지."

자리에서 일어난 진현은 조심스럽게 손을 뻗어 무언가를 바에 올려놓았다. 그것을 본 마스터는 황급히 고개를 들었지만 진현은 이미 에오로와 함께 가게 밖으로 나간 뒤였다. 거칠어 보이는 손으로 그것을 집어 든 마스터는 피식 웃으며 고개를 저었다.

"상급의 다이아몬드라, 무시 못할 녀석이로군."

"보통 의뢰금은 일을 처리한 다음에 주는 것 아닌가요?"

밖으로 나오니 시간이 꽤 흘렀다는 것을 알 수 있었다. 지저분하게 늘려진 쓰레기들을 요리조리 피하며 에오로가 말했다. 그리고 보통의 다정함이 넘치는 청년으로 돌아온 진현은 부드럽게 웃으면서 고개를 들었다. 높게 쌓아 올려진 건물들의 틈 사이로 파란 하늘이 보였다. 그리고 구름은 시간이라는 것은 자신에게는 없다는 것을 증명이라도 해

보이듯 여유롭게 흘러갔다. 건물들 사이로 햇살들이 쏟아지자 진현은 손을 들어 햇빛을 가리며 중얼거리는 음성을 말했다.

"의뢰금은 아닙니다. 그냥 치료비라고 할까요."

"그런데 안에서는 왜 그렇게 행동하신 거예요? 진현답지… 않았다고 하면 화내실 건가요?"

머뭇거리며 조용히 말을 내뱉은 에오로에게로 진현은 고개를 돌렸다. 그와 눈이 마주친 에오로는 찔끔거리며 손을 내저었다.

"아니, 그냥 평상시의 진현과는 달라서요! 그냥 느끼기에 그렇다는 말이에요."

진현은 조용히 웃었다.

"그렇게 당황하실 것 없습니다. 안에서 제가 과격하기는 했나 보군요. 상황이 상황인지라 말입니다. 저곳에서는 무엇보다 강하게 보여야 하죠. 저 안에 있는 사람들은 다른 이가 자신보다 강하게 보인다면 한 수 접고 들어오는 사람들이지요. 보기에 안 좋았다면 사과드리지요."

"아뇨, 뭐… 그냥 그렇다고요."

머리를 긁적인 에오로는 다시 발걸음을 옮겼다. 사람들의 웅성거림이 들려왔다. 마차의 바퀴가 굴러가는 소리와 말발굽의 따각거리는 소리가 기분 좋게 만들었다. 여름의 풀 냄새가 가득한 바람에 에오로는 심호흡을 하며 기분 좋게 미소 지었다. 그의 뒤로 걸어오는 진현 역시도 바람에 흩날리는 자신의 금빛 머리카락을 쓸어 넘기며 눈을 감았다. 대로가 눈앞으로 보였고 지나가는 사람들의 그림자가 에오로의 숨통을 트이게 했다. 아무래도 자신에게는 어두컴컴한 도둑 길드 안보다는 이렇게 밝고 사람이 많은 곳이 더 잘 어울린다고 생각하며. 물론 보통 사람이라면 그런 곳과 어울리지 않겠지만 말이다.

발걸음도 가볍게 폴짝폴짝 뛰며 걸어가는 에오로를 진현은 미소 지은 얼굴로 바라보았다. 그리고 그때였을까.

"에오로 군! 옆으로!"

진현의 숨 막힌 고함을 들은 에오로는 자신의 등 뒤로 지나가는 서늘한 한기를 느낄 수가 있었다. 그리고 몸에 각인된 본능에 따라 옆으로 몸을 날렸다. 살고자 하는 본능에 따라서.

콰광!

그리 넓지 않은 골목길이었기 때문에 에오로는 곧장 건물의 벽에 몸을 부딪쳐야 했다. 짜릿한 통증이 어깨에 느껴지는 것도 잠시, 자신이 있었던 그 자리의 포석이 깊게 패인 것을 두 눈으로 볼 수 있었다. 무슨 일일까? 돌의 파편과 먼지가 사방으로 휘날렸다. 자신도 모르게 손이 가 검을 뽑아 든 에오로는 주위를 두리번거렸다. 진현 역시 어느새 반대 편 건물 벽에 등을 붙인 채 운을 손에 들고 있었다. 그리고 그의 눈은 건물 위쪽을 향했다.

건물과 건물 사이의 거리가 대략 4미터도 되지 않는 좁은 골목이어서 에오로는 날듯이 뛰며 진현의 옆으로 달려갔다. 그리고 그때를 틈타 다시 한 번 서늘한 바람이 그의 곁을 스쳐 지나갔다.

"크윽!"

재빨리 몸을 굴려 진현의 옆으로 다가간 에오로는 고개를 돌려 자신의 곁을 스친 그것을 바라보았다. 그리고 미간을 찌푸리며 진현의 눈이 향한 똑같은 방향으로 시선을 옮겼다. 4층 정도 높이의 건물 위쪽에 두 개의 그림자가 보였다. 역광으로 인해 제대로 얼굴을 살필 수는 없었지만 어쨌든 두 명이었다. 바닥에는 두 번째로 에오로를 겨냥했던 무기가 그대로 꽂혀 있었다. 하지만 에오로 그 자신은 처음 보는 무기였기에 고개를 갸웃거려야만 했다. 둥근 원이었다. 쇠로 만들어진, 마치 팔찌를 커다랗게 만들어놓은 것처럼 보인 그것은 고리처럼 보였다. 하지만 고리의 겉은 모두 날카로운 날이 달려 있었다.

진현은 입술을 깨물며 낮은 음성을 말했다.

"차크람Chakram이라는 무기입니다."

"차, 차크람이요?"

"던지는 투척 무기이지만 겉에 달린 날 때문에 베는 투척 무기이지요. 어쨌거나 저 날에 베이면 뼈도 잘릴 수가 있으니 주의하십시오."

멍한 얼굴의 에오로와는 달리 진현은 진지했다. 저런 무기는 이곳에서 사용되지 않는 것으로 알고 있었기 때문이다. 옛날 고대의 인도에서 사용되었던 무기가 왜 여기 있는지 모르겠지만 사용법이 어려운 대신에 제대로 사용하면 위력적인 무기임에는 분명하다.

건물 위에서 마치 먹잇감을 바라보는 매처럼 아래를 내려다보던 두 그림자는 천천히 밑으로 몸을 날렸다. 에오로는 흠칫하며 놀랐지만 진현은 운의 손잡이를 다시 한 번 감아쥐며 숨을 몰아쉬었다.

온몸이 저릿할 정도의 살기가 느껴졌다. 어쩌면 에오로는 느낄 수 없을지도 모르지만 진현은 알 수 있었다. 공기 자체를 압박하여 숨을 쉬는 것도 곤란하게 만들 정도. 하지만 에오로 역시 그것을 어렴풋하게나마 느꼈는지 이마에서는 식은땀이 흐르고 있었다. 두 개의 그림자는 마치 하늘 위에서 날리는 깃털처럼 가벼운 동작으로 아래로 내려섰다. 검은 천을 둘러쓰고 있어서 제대로 얼굴을 확인할 수는 없었지만 키로 보면 분명 남자였다. 한 명의 손에는 방금 에오로에게 던진 것과 같은 무기가 들려져 있었고 또 다른 이의 손에는 쇠로 만들어진 부메랑처럼 보이는 무기가 있었다.

약간 구부러진 그것을 보며 진현은 이를 악물었다. 분명 저자가 가지고 있는 것을 보면 전투용의 부메랑이었다. 하지만 구부러져 있는 모양새는 본인에게로 돌아가는 형태. 전투용의 부메랑은 원래 주인에게로 돌아가지 않도록 만들어져 있는 것이 대부분이다. 왜냐하면 실력이 없는 자는 그것을 받지 못하고 타격을 입기 때문이었다. 하지만 그것을 받을 수가 있다면…….

진현이 이런 생각을 할 즈음 차크람을 들고 있던 사내가 몸을 구부려 바닥에 꽂힌 또 다른 차크람을 뽑아 들었다. 그리고는 조용히 그것을 자신의 검지손가락에 걸더니 빙빙 돌리기 시작했다. 두 사람 모두 상당한 실력을 가진 자이다. 진현은 그렇게 생각했다.

"꽤 괜찮은데? 내 부메랑을 피하고 유매의 차크람을 피하다니."

상당히 젊은 목소리가 들렸다. 목소리의 주인공은 부메랑은 든 남자. 그는 자신의 부메랑을 입가로 가져가더니 키득키득 웃기 시작했다. 하지만 그의 곁에 서 있는 유매라고 불린 사내는 아무런 변화가 없었다. 검은 천 속에서 천천히 손이 뻗어져 나와 둘러쓰고 있던 후드를 벗었다. 에오로는 곧 자신의 두 눈을 의심하기 시작했다. 먼저 부메랑을 가진 자는 에오로와 비슷한 또래의 소년이었고, 그 다음 후드를 벗은 유매 역시 자신과 비슷한 또래, 거기다가 두 사람의 얼굴이 똑같이 생겨서였다. 멍하니 자신을 바라보는 에오로의 시선을 느낀 유매는 조용히 입술을 움직였다.

"일란성 쌍둥이지. 신기한가?"

유매의 목소리에는 별다른 고저가 없었다. 그런 그의 어깨를 재미있다는 듯이 두드리며 또 다른 남자가 깔깔 웃어댔다.

"재미있겠지? 재미있는 게 당연하지 않겠어? 킥킥, 이 나라에서 쌍둥이는 불길한 상징인데 말야. 아하하!"

"유젠……."

유젠이라 불린 그는 정신이 조금 이상해 보였다. 일란성 쌍둥이라고는 하지만 성격이 전혀 다른 두 사람을 보며 진현이 묻는 듯한 눈길로 에오로를 힐끔 쳐다보았다. 그의 시선을 느낀 에오로는 검을 든 손등으로 흘러내리는 땀을 닦으며 조심스럽게 말했다. 하지만 그의 눈동자는 유젠과 유매에게서 떨어질 줄 몰랐다.

"저, 저희 나라에서는 쌍둥이가 아주 드뭅니다. 거의 없다고 할 수 있지요. 후우, 그래서인지 몰라도 쌍둥이는 불길함의 상징이라고 언제부터인가 인식되어 버렸지요. 저주의… 저주가 내린다고들 하고. 이란성은 상관없지만… 일란성의 쌍둥이는 어느 한쪽을 죽이거나 가져다 버리는 게……."

"킥킥, 맞아! 맞아! 우리가 태어났을 때도 사람들이 그렇게 말했어!"

유젠은 어느새 허리를 숙이며 손을 휘저으며 웃었다. 그런 그를 유매는 아무런 감정의 동요가 없는 눈으로 내려다보았다. 두 사람은 머리끝에서부터 발끝까지 모두가 똑같아 보였다. 입고 있는 옷의 색깔까지 같다면 구별이 안 갈 정도였다. 타오르는 듯한 붉은 머리카락, 그리고 푸른빛이 도는 회색 눈동자, 옷의 디자인까지 똑같았다. 다만 유매는 차분하게 가라앉은 회색이었고 유젠의 옷은 밝은 아이보리 색이라는 것을 빼면 말이다.

뭐가 그리 우스운지 키들거리고 있던 유젠의 미소가 한순간 뚝 멈췄다. 천천히 고개를 든 그는 싸늘하게 웃으며 진현과 에오로를 바라보았다.

"쿠쿡, 너희를 죽이면 조금 나아질 것 같아. 단장의 명령이거든. 날 기분 좋게 만들어줘. 너무 시시하게 죽으면 재미없잖아?"
 정신 분열중의 환자처럼 유젠은 싸늘한 얼굴과는 반대로 입가의 웃음을 지우지 않고 있었다. 진현은 묵묵히 그들을 바라보았다. 유매라면 에오로도 어쩌면 상대할 수 있을는지 모른다. 하지만 어디로 튈지 모르는 공이 불길한 것처럼 유젠은 조금 벅찰지도. 진현은 천천히 운을 들어 유젠을 겨냥했다.
 "재미있게 해주지. 덤벼봐. 하지만 목숨은 보장 못한다, 꼬마야."

Part 13
저주받은 이들의 결말

저주받은 이들의 결말

에오로는 황급히 옆으로 뛰었다. 이곳은 좁은 골목이었기 때문에 자신의 검이 불리했다. 그래서 황급히 조금이라도 더 넓은 장소로 가기 위해 진현을 스쳐 지나갔다. 방금 전의 가게 앞이라면 그럭저럭 널널한 장소라는 생각이 들어서였다. 진현이 유젠과 싸우기로 결정을 내린 그 순간부터 에오로의 상대는 유매가 되었다. 양손의 검지손가락에 걸린 차크람들이 무섭도록 빠르게 회전했다. 보통의 인간이라면 저렇게 제어하지 못할 텐데……. 에오로는 속으로 혀를 차며 아까 진현과 함께 들어갔던 가게의 입구 앞 공터로 달려갔다. 제발 사람들이 나오지 말아야 하는데라고 생각하며.

하지만 지금 그런 잡 생각을 하는 것은 에오로 자신을 위해서도 절대 도움이 되지 않는다. 그것을 증명이라도 하듯 유매의 오른손에 걸린 차크람이 재빠르게 에오로의 목을 노리고 날아왔다. 화들짝 놀란 에오로는 황급히 검을 중단으로 들어 그것을 막아냈다. 조금이라도 늦었더라면 지금쯤 어깨 위가 허전했을 것이다.

"제기랄!"

속도에서라면 웬만한 사람에게는 뒤지지 않는다고 생각했었다. 하지만 유매의 속도와 민첩함은 자신의 상상을 벗어나는 것이었다. 뒤로 물러났다가 다시 원래의 자리로 돌아오는 속도가 장난이 아니었다. 검술이라면 아직은 먼 얘기인 에오로가 당해내기에는 충분히 버거운 상대였다. 하지만 그에게도 대마법사의 제자라는 간판이 있었고 그것은 그의 자존심을 만들어내기에 충분한 것이었다. 에오로는 이를 악물고 유매에게로 달려갔다. 적의 무기는 언제든 자신에게로 날아올 수 있는 무기이니 차라리 근접전이라면!

유매는 무표정한 얼굴 그대로 차크람을 검지와 중지 사이에 끼운 후 자신에게로 날아 들어오는 검을 막아냈다.

끼잉!

쇠와 쇠가 부딪치는 좋지 못한 소리에 에오로는 미간을 찌푸렸다. 어떻게 이것을 막아낼 수 있는 것인가. 위에서 내려쳤기 때문에 자신의 체중을 모두 실어 공격한 것을 유매는 정말이지 애들 장난감을 대하는 식으로 가볍게 막아낸 것이다.

두 사람 사이에서는 불꽃의 마찰이 팍 하고 일어났지만 둘은 모두 개의치 않았다. 엄청난 힘이다. 에오로는 그렇게 생각했다. 땀이 비 오듯이 쏟아졌다. 지금 유매는 차크람을 말 그대로 가볍게 들고 있다. 그런데 그의 표정은… 정말로 힘든 기색도 없어 보이는 것이다.

"젠장할! 너, 누구야? 어디서 사주를 받은 거냐?!"

유매는 묵묵히 에오로를 쳐다보았다. 하지만 현재 에오로는 엄청난 실수를 하고 있었다. 차크람은 하나가 아닌 둘이었으니까.

"커억!"

조그마한 금속음이 귓가에 울렸다. 에오로는 자신의 복부에서 핏줄기가 사방으로 튀기는 것을 볼 수 있었다. 차크람을 든 오른손이 아닌 유매의 왼손에는 또 다른 차크람이 존재했고 에오로는 황급히 손으로 상처를 움켜쥐며 뒤로 물러섰다. 아무래도 깊이 스치고 지나갔던 것인지 복부에서 흘러나오는 피는 멈출 생각을 하지 않았다.

이런, 바보 같은! 에오로는 자신에게 욕지거리를 내뱉었다. 방심은 금물, 싸움 도중에 방심하면 죽는다라고 늘 들었었는데. 유매는 차크람에 묻은 피를 땅에 떨궈낸 후에 다시금 자세를 가다듬었다.

핏방울들이 땅에 어지럽게 흩어져 있었다. 붉은 점이 찍혀진 것처럼. 머리가 휘둘리는 느낌에 몇 번 고개를 가로저은 에오로는 힐끔 자신의 배를 쳐다보았다. 저 무기의 날카로움 때문인지 출혈이 쉽게 멈추지 않았다. 이대로라면 싸움이 끝나기도 전에 출혈 과다로 죽을 것이다. 턱까지 차 오르는 숨을 몰아쉰 에오로는 자신의 팔 소매를 이로 잡아 뜯었다. 유매는 공격하지 않은 채 마치 싸움을 기다리는 사람마냥 가만히 차크람을 돌리고 있었다.

소매를 잡아 찢은 에오로는 조용히 그것을 복부에 감았다. 하지만 흰 셔츠에 배어져 나오는 피가 시선을 어지럽게 만들었다. 여기서 죽을 수는 없어. 에오로는 그렇게 생각했다. 그는 살고 싶었고 앞으로도 그렇게 할 것이다.

"나, 나는……."

"……."

유매의 검지손가락에서 회전을 하던 차크람은 더 더욱 빠른 가속력을 붙여서 회전했다. 만약 그 날에 조금이라도 닿았다가는 뼈가 잘려 나갈 것 같았다. 에오로는 팔에 힘이 빠져나가는 것을 느꼈지만 개의치 않았다. 그는 천천히 입을 열었다.
"나는 여기서 질 수 없어. …죽고 싶지 않거든."
살고자 하는 자의 힘이란 건가. 유매는 씁쓸한 표정이 되었다. 그는 지금까지 단 한 번도 살고픈 생각이 없었으니까. 하지만 자신의 쌍둥이 동생, 유젠을 두고 갈 수가 없어서 살고 있는 것이다. 말 그대로 마지 못해 목숨을 이어가는……. 처음, 인간들에게 버림을 받았을 때부터 그렇게 생각해 왔다. 유매는 천천히 차크람을 돌리며 한 발자국 앞으로 걸어갔다. 모르겠다, 모르겠어. 자신의 이 저주받은 힘은 어쩌면 버림받았기 때문에 생겼는지도 모른다. 유매는 그리 생각해 왔다.
저주받은 쌍둥이. 갓난 아기였을 때 마을 사람들에게서 들었던 말이 기억에 남겨져 있다. 그것은 어쩌면 집착이었는지도 모른다. 인간이라면 절대로 기억해 낼 수 없는 용량의 범위 밖까지 기억을 가지고 있다는 것은. 유매는 자신의 왼 손등에 그려진 작은 장미 문신을 보았다.「그곳」에 소속되고 나서 그는 생애에서 가장 행복하다고 생각했다.
그곳의 사람들은 자신과 비슷한 『아픔』을 가진 사람들이었으니까. 같지는 않지만 비슷한, 버려진 자신과 유젠을 받아들여 준 단장에게 목숨을 바치기로 결심해 온 것이 벌써 10여 년이 넘었다. 유매는 고개를 들어 에오로를 바라보았다. 처음 보는 인물. 아는 것은 이름뿐이었다.
에오로 미츠버, 자신과 비슷한 또래의 소년. 처음 보는데 왜 죽여야 되지라는 질문은 애초부터 없었다. 이것은 의뢰받은 일이다. 사람을 죽이든 물건을 훔치든 의뢰주가 원하는 것을 하는 것이 자신의 일. 그리고 단장의 명령대로 살아가면 되는 것이다. 힘겹게 검을 들어 올려 자신을 바라보는 에오로의 두 눈을 물끄러미 쳐다보았다. 유매는 눈을 감았다.

자신은 이제 잃어버릴 것이 없다. 애초부터 가진 것이 없었기 때문이다. 하지만 종종 의뢰를 받아 사람을 죽일 때 저런 눈빛을 가진 인물을 죽일 때면 묘하게 신경에 거슬렸다. 죽음 앞에서 체념하는 것이 아닌 살고자 하는 의지로 똘똘 뭉친 자.

"…일이야."

"뭐?"

"너와 너의 일행들을 죽이라는 의뢰를 받았으니 행할 뿐이다. 원망은 말아다오."

에오로는 멍청히 자신의 앞에 서 있는 유매를 바라보았다. 무슨 소리를 하는 것인지 제대로 알아듣기 힘들었지만 중요한 것은 그의 생각에 변함이 없다는 것이었다.

"너, 역시 신전에서의 의뢰를 받았나 보군."

유매는 대답하지 않았다. 의뢰주의 신변을 보장한다는 것도 규율의 하나였으니까. 그러나 무언은 오히려 에오로에게 확답이나 다름없었다. 그는 이를 갈며 욕지거리를 내뱉었다.

"젠장맞을! 우리는 아는 것도 없을 뿐더러 아는 게 있어도 말하고 싶은 생각 없어! 그런데 이따위 녀석들이나 보내다니. 큭!"

다시금 배의 통증에 정신이 나가 버릴 것 같은 에오로는 급히 고개를 숙였다. 헉헉거리는 숨을 몰아쉬는 에오로에게 유매가 말을 건넸다.

"가만히 있는다면 고통스럽지 않게 죽여주마."

"에… 헤헷, 조언은 고맙지만 그러고 싶지 않은걸? 빌어먹을, 포기한다는 것은 곧 죽음이라고 배워서 말야."

말은 그렇게 했어도 도저히 이길 방도가 생기지 않았다. 에오로는 천천히 숨을 몰아쉰 후에 자세를 가다듬었다. 포기하면 그때가 바로 죽는 것이다. 스승의 말이 귓가를 맴돌았다. 단 1퍼센트라도 확률이 있다면……. 에오로는 눈을 가늘게 뜨고 고개를 숙였다. 이길 수 없을지는 몰라도 최소한 다른 이들에게 부담이 되고 싶지는 않아. 지금의 상태라면 어쩌면… 같이 죽는 수밖에 없을지도.

뭐, 최악의 경우가 그렇겠지. 하지만 그것도 나쁘지는 않은데? 에오로는 쓴웃음을 입가에 걸며 검을 힘차게 들어 올렸다. 물론 그것은 자신의 생각이었고 유매가 보기에는 지금 현재 에오로가 당장 쓰러져도 이상할 것 같아 보이지 않았다. 분명 에오로의 배를 벨 때 차크람에 느껴진 감촉이 묵직했기 때문이다.

에오로는 문득 자신의 스승이 가르쳐 준 기술이 머리 속을 스쳐 지나갔다.

"멍청아, 속도에서 너를 앞서는 자에게 계속 속도로 맞설 생각을 하는 거냐?! 바람은 분명히 물의 흐름을 바꿀 수 있지만 고인 물을 흘러가게 할 수는 없다. 그것이 태풍이 아닌 부드러운 바람이라면 더 더욱 그렇겠지. 때로는 정靜이 유流를 이긴다."

무슨 말인지 지금 생각해도 잘 모르겠다. 하지만 조금은, 조금은 이길 수 있는 방법이 있을 것 같았다. 그리고 이것이 아마도 최후의 수단이겠지. 자신이 알고 있는 몇 안 되는 마법 중에서 유일하게 쓸모있는 것을 사용할 때가 되었는지도.

유매는 천천히 차크람을 돌리면서 에오로에게로 다가갔다. 그는 신중했다. 자신이 속한 조직 중에서도 그는 가장 신중한 인물에 속했고 함부로 일을 벌이지도 나서지도 않는 그런 자였다. 동생의 유젠과는 정말로 천지 차이의 성격. 유매는 슬그머니 그가 걱정이 되었다. 진현이라고 했던가. 다른 단원들에게 들은 정보로는 그는 일행 중에서 가장 강한 인물로 일행의 리더격이 되는 자라고 했다. 유젠의 실력을 의심하지는 않는다. 하지만 세상에는 위가 있는 법이다.

거기까지 생각을 마친 유매는 두 손의 차크람을 휘두르며 에오로에게 날아들었다. 빠른 시간 내에 없애고 동생을 돕는다. 그는 그렇게 생각했다. 에오로는 검을 들어 올린 채로 고개를 숙이고 있었다. 방어를 할 생각도, 공격을 할 생각도 없어 보였다. 뭔가가 이상했다.

포기인가? 아니, 방금 전까지 살아남는다고 운운했던 녀석이 이제 와서 포기할 리가 없다. 언제나 저런 류의 인간들은 목숨을 끊어놓기 전에는 검을 놓지 않았다. 유매는 손목의 스냅을 이용하여 차크람 하나를 집어 던졌다. 그것은 마치 먹이를 향해 목을 내빼는 독사처럼 빠르고 정확하게 에오로의 목을 향해 날아갔다.

카캉!

유매는 기겁하며 자신에게로 퉁겨져 돌아오는 차크람을 피해냈다. 하지만 너무 급박했고 그 자신도 생각하지 못했는지 그의 뺨에는 길게 상흔이 남아버렸다. 차크람은 그대로 날아가 건물의 벽에 박혔다. 무슨 일이었는지 제대로 살필 겨를도 없었다. 하지만 에오로는 검을 중단으로 겨누고 있었다. 아마도 차크람이 자신에게로 날아오는 와중에

저주받은 이들의 결말 147

막아낸 것이리라. 그렇지만 검도 제대로 들 수 없어 보이는데 어떻게?

"쿡쿡, 놀란 얼굴이네? 네 차크람은 움직이는 유동체에만 강한 면이 있어. 오히려 가만히 서서 날아오는 방향을 지켜본다면 막아내기 쉽다고 할까? 피할 수 없으면 맞서는 수밖에."

"……."

에오로는 회심의 미소를 지으며 다시 검을 내렸다. 계속 들고 있기에는 팔에 힘이 들어오지 않는다. 출혈 과다의 증상인지 눈앞이 흐릿하게 보이기 시작했다. 막는 것은 이제 한 번, 그 이상은 무리다.

유매는 적잖게 놀란 표정이었다. 지금까지 무표정하게 있다가 저런 얼굴을 보니 그것도 꽤 이상하네? 에오로는 그런 생각을 하며 숨을 내뱉은 후에 검을 들었다.

"…살고 싶은가?"

고저가 없는 나직한 음성이 들려왔다. 에오로는 의외의 질문에 눈을 깜빡이다가 쓰게 웃었다.

"죽고 싶은 인간도 있냐? 아, 물론 있겠지만 난 아냐. 난 아직 젊고 해야 할 일도 많거든. 여기서 죽기에는 18년이라는 세월이 너무나 짧았어. 아직 가보지 못한 곳도 많고, 예쁜 애인 한 명 사귄 적 없이 죽기에는 억울해."

정말로 현재 목이 날아갈지도 모르는 사람의 입에서 나온다기엔 믿기 힘들 정도의 유쾌한 어조로 에오로는 그렇게 말했다.

"쿡!"

유매는 자신도 모르게 웃고 말았다.

"어라, 왜 웃는 거냐? 내 말이 그렇게 우스웠냐?"

저런 생각… 단 한 번도 한 적이 없었어. 아니, 할 틈 따위도 없었다.

그는 언제나 남의 것을 훔치고 살았으니까. 돈이든 보물이든 그것이 목숨이든. 항상 그의 곁에서는 사람들이 죽어갔고 피바람 속에서 자신은 서 있었다. 처음에는 정말로 역겨웠다. 진득하게 불어오는 피냄새가. 자신의 몸에서도 그것이 난다는 사실이 더 더욱 싫었다. 하지만 언제부터였을까? 그것을 인식하지 못하게 되어버렸다. 피 냄새라는 것이 어떤 냄새인지도 잊어버리게 되었다. 마치 그 자신이 피 냄새로 똘똘 뭉쳐진 사람마냥.

에오로는 입가에 미소를 떠올리고 있는 유매를 보며 고개를 갸웃거렸다. 유매는 지금 자신의 손에 들린 차크람을 내려다보았다. 그리고 다시 한 번 빙긋 웃으며 그것을 검지손가락에 걸고 돌렸다. 화들짝 놀란 에오로는 얼른 검을 들어 올려 유매의 표정을 살폈다. 천천히 차크람을 돌리며 유매는 조용히 웃으며 말했다.

"이게… 너에게나 나에게나 마지막 공격이 될 거다. 하지만 유쾌하군. 덕분에… 많이."

에오로는 멍한 눈으로 유매를 바라보았지만 입술을 앙다문 유매는 더 이상 말이 없었다. 그리고 그는 뛰었다. 손가락에 걸린 차크람은 그 어느 때보다 빠르고 힘차게 돌아갔다. 에오로는 그때를 놓치지 않았다. 저 녀석의 말대로 이게 마지막이다. 저 녀석을 쓰러뜨리지 못하면 자신이 죽는다! 에오로는 검을 들어 올린 채 입술을 달싹였다.

"자신의 앞에 선 적들의 몸을 집어삼키는 불꽃이여, 지금 그대 앞에 서 있는 적을 섬멸하라. 그대를 부르는 내가 지금 원하고 바라보니 업화業火의 불꽃이여, 타올라라!"

"각오해라!"

그리고 그때, 에오로는 순간적으로 볼 수 있었다. 유매의 두 눈동자에 깃들여져 있는 슬픔을… 알 수 없는 것에게로 보이는 분노를. 하지만 여기서 멈출 수는 없었다. 에오로는 검을 높이 치켜 올렸다. 그의 검은 거대한 불꽃처럼 타올랐다. 마치 검 자체가 불꽃인 것마냥. 그는 눈을 감았다.

"으아아아악!"

콰과광!

진현은 고개를 돌렸다. 에오로가 뛰어간 방향에서 불길이 치솟아올랐다. 불꽃의 기둥이. 그리고 천천히 사그라들었다. 한줄기의 입자들만이 그 주위를 맴돌았다. 무슨 일이 있었던 것일까. 에오로의 마법인가? 운을 잠시 늘어뜨린 진현은 걱정스러운 눈으로 그곳을 바라보았지만 지금 당장 자신이 어찌할 수는 없었다. 그의 눈앞에는 유젠이 서 있었다. 유젠의 시선 역시 불꽃 기둥이 치솟아오른 그곳으로 향해 있었다. 하지만 그의 눈에는 걱정스러움보다는 오히려 호기심에 가득 찬 것이었다. 진현은 이를 악물었다.

천천히 자신의 오른쪽 어깨에 난 상처를 지그시 내리눌렀다. 그냥 전투용 부메랑이라고 해서 우습게 본 것이 화근이었다. 그는 그렇게 생각하며 속으로 혀를 찼다. 상처는 깊지 않았지만 그래도 어디까지나 상처이니 팔을 움직이는 데는 장애가 있었다. 진현에게로 고개를 돌린 유젠이 환하게 웃으며 손을 내저었다.

"꽤 아프지? 다들 그랬어. 아프다고 소리를 치던걸? 너도 곧 그렇게 만들어줄게. 그런데 왜 비명을 안 질러? 재미없게."

유젠은 신기한 것을 보는 사람처럼 허리를 약간 굽히며 진현을 바라보았다. 어린아이를 상대하는 것 같았다. 진현은 그런 기분을 느꼈다.

그래서 더욱 공격이나 방어가 어려운 것인지 모른다. 어깨의 상처에서 솟아나온 피가 손목을 따라 흘러내렸다. 씁쓸하게 상처를 바라보는 진현에게 유젠은 다시 수다를 떨었다.

"그래도 내 공격을 피하다니 대단해! 데스티니가 분명히 대단한 녀석이라고 그랬지만 엄청나네? 더, 더 즐기고 싶어!"

데스티니? 아마도 이 녀석들은 꽤 조직화된 일당인지도. 진현은 미간을 찌푸리며 유젠을 보았다. 아마 이 녀석은 정말로 어린아이일지도 모른다. 시간에 따라 몸은 자랐지만 머리 속은……. 그와 일란성 쌍둥이인 유매와는 달리 그는 오히려 심약했을 것이다. 에오로의 말을 비추어볼 때 그들은 부모에게 버림받았고 그 충격으로 유아기적 퇴행 현상을 겪었을 수도 있다. 그것이 오히려 지금의 그에게는 더 나았을 것이다. 어린아이의 잔혹함으로 아무런 양심의 가책 없이 인간을 베어넘길 수 있었을 테니.

고통을 모르는 어린아이가 아무렇지 않게 잠자리의 양 날개를 잡아 뜯는 것과 마찬가지로.

"공격 안 할 거야? 그럼 내가 간다!"

콰광!

이게 사람이 내려치는 것인가? 진현은 이를 악물며 운을 잡아 올렸다. 유젠은 어느새 허공 위에 있었고 그대로 두 손으로 부메랑을 잡아 진현의 머리를 내려친 것이다. 물론 그대로 당할 진현이 아니었으니 망정이지 보통 사람 같으면 벌써 두 쪽이 나 있었을 위력이었다. 아니, 운이 마법검이 아니었다면 검과 함께 날아갔을 것이다. 팔의 뼈가 조각조각나는 것 같은 기분이 들 정도였다. 황급히 검을 옆으로 뿌리며 뒷걸음질친 진현의 뒤로 나타난 유젠이 씨익 웃으며 소리쳤다.

"느리잖아! 이게 뭐야?!"

부웅!

부메랑이 허공을 가르는 소리가 귓가에 맴돌았다. 진현은 뼈마디가 뒤틀리는 고통을 가까스로 참으며 건물의 벽에 몸을 기대었다. 속도에 몸이 따라가지 못한다. 이 이상의 민첩함을 보이는 것은 몸에 너무 버거운 것이다. 지금 그는 몸이 자신의 힘을 감당하지 못해내고 있었다. 용량에 비해 그릇이 너무 작다고 할까? 이마에 맺힌 식은땀을 닦은 그는 조용히 운의 손잡이를 거머쥐었다. 생각보다 더 강적이다.

진현은 쓰게 웃으며 유젠을 보았다. 그는 완전히 승기를 잡은 정복자처럼 빙글빙글 웃으며 여유로운 태도로 천천히 부메랑을 던졌다 받았다 하며 진현을 보고 있었다. 그의 얼굴은 얼음장처럼 싸늘했지만 입가의 미소는 여전했다. 진현은 지금 자신이 궁지에 몰렸다는 사실을 인식했다. 으음, 아무래도 곤란한걸. 그렇게 중얼거리며 머리를 긁적인 진현은 천천히 운을 들어 올려 속삭이듯 말했다.

"뭐, 이길 수 있는 방도가 없겠냐?"

잠시 후 검날이 조금씩 떨리기 시작하더니 여느 때처럼 퉁명스러운 어조의 목소리가 들려왔다.

『쯧쯧, 너도 드디어 이런 날을 맞는구나. 그렇지만 너무 걱정하지 마. 네 뼈는 잘 추슬러서 현홍에게 배달해 줄 테니까. 에고고, 나도 주인 복도 없지. 어째 주인이랍시고 되는 놈들이 얼마 못 가서 죽어 넘어가냐?』

진현은 유젠을 쓰러뜨리기 전에 주인 알기를 우습게 보는 이 빌어먹을 검을 부러뜨리고 싶은 생각에 치를 떨었다. 그리고 그는 단호한 태도로 운의 손잡이와 검날을 붙잡아 자신의 무릎에 가져갔다.

『우와악! 잠깐, 잠깐! 농담이야, 농담이라고!』

"…웃기지 마."

『저, 정말이야! 아, 쓰러뜨리는 방법이라고? 고민해 볼게!』

목숨의 위협을 느끼고 황급하게 태도를 바꾼 운은 자신의 검날에 전류를 흘려보냈다. 작게 욕지거리를 내뱉은 진현을 보던 유젠은 두 손을 모아 쥐면서 환하게 웃었다.

"마법검이야? 난 처음 보는데! 우와, 되게 신기하다. 그래, 널 죽이고 서서 그것을 내 것으로 만들어야지! 단장이 가져도 상관없다고 하면. 아, 단장에게 선물해도 좋아할 거야. 비싼 물건이겠지?"

진현은 자신의 생각에 확신을 가졌다. 단장이라… 그런 존재가 있을 정도로 체계화가 되어 있다는 말이로군. 그 순간 기분 나쁜 듯한 어조의 운의 목소리가 들려왔다.

『너, 지면 가만 안 둔다. 난 저런 사이코 같은 주인은 필요없어.』

그의 말에 진현은 별다른 대답을 하지 않았다. 아니, 못했다. 환하게 웃으며 유젠이 그에게로 달려들었기 때문이다. 뭐가 이리 빠르냐고 불평을 할 수조차 없는 움직임. 만약 이 정도의 움직임을 유매라고 하는 자도 가졌다면 에오로는 상대하기가 벅찰 것이다. 옆으로 가볍게 뛴 진현은 조용히 운의 손잡이를 잡아 그대로 내리그었다. 예전에 메피스토와 싸울 때 썼던 그 기술이었지만 유젠은 날아오는 전격을 그대로 맞아줄 정도의 바보는 아니었다. 눈을 동그랗게 뜨며 발을 굴러 건물의 옥상으로 뛰어올랐다. 그 모습을 보며 진현은 거의 넋을 잃었다.

정말로 인간인지 의심스러울 정도의 빠르기와 점프력, 그리고 괴력 같은 힘. 이런 녀석이 인간이면 셀로브도 인간일 것 같은데라고 작게 중얼거린 진현은 다시 옆으로 몸을 날렸다. 유젠의 부메랑이 그가 있던 포석을 맞추었고 그곳에는 다시 깊숙한 구덩이가 생겨났다. 무슨 놈의 날붙이이길래 저런 위력을 가진 것인지.

『아까 저것과 부딪쳤을 때 저릿할 정도였어. 심상치 않아. 보통 쇠는 절대로 아니고… 합금 정도 될까? 마법 금속을 제련한 것일 수도 있어.』

침을 꿀꺽 삼키는 소리가 들려왔다. 진현은 운의 말에 고개를 끄덕이곤 위로 시선을 옮겼다. 유젠은 뭐가 그리 즐거운지 건물의 옥상에 걸터앉아 두 다리를 까닥거리고 있었다.

"수도 공기가 꽤 좋다? 주위에 숲이 있어서 그런가 봐. 나중에 구경할 거야, 유매랑 같이."

"한 가지 물어볼까?"

"응?"

유젠은 고개를 갸웃거리며 아래를 내려다보았다. 진현은 숨을 몰아쉰 후에 천천히 운을 비켜 들면서 유젠에게 물었다.

"질문이 있는데 말야… 네 힘은 처음부터 있었던 거냐?"

이런 순간에 웬 질문이야라고 운은 소리치고 싶었지만 그보다도 먼저 유젠의 흥얼거리는 음성이 들려왔다.

"글쎄, 나도 잘 몰라. 하지만 그런 것 같아. 왜냐하면 갓난아기 때의 기억이 다 있거든. 음음, 맞아. 나랑 유매한테 고함 지르는 남자들과 우는 여자들도 있었어."

유젠은 조용히 먼 하늘을 바라보며 나직한 목소리로 말했다. 마치 꿈결을 되짚는 듯이.

"나랑 유매는 한동안 숨어 지냈어. 엄마는… 그래, 엄마는 우리들이 쌍둥이라는 것을 숨기고 동굴 속에서 키웠었지. 하지만 그것도 얼마 못 갔어. 나랑 유매가 5살 될 때 마을 사람들한테 들켰어. 그런데 우습게도 말야. 그것을 말한 사람이… 아빠라는 인간이었어. 우습지?"

진현은 쓸쓸한 표정으로 유젠을 올려다보고 있었다. 확실히 아이처럼 묻는 질문에는 곧이곧대로 대답을 잘 해주는 모습에 내심 기뻤지만 얘기가 길어질수록 그의 표정을 일그러져 갔다. 유젠은 자신의 손에 들린 부메랑은 마치 나뭇가지처럼 이리저리 흔들면서 말을 이어 나갔다.

"엄마는 울었어. 나랑 유매를 버리고 싶지 않다고 바닥에 엎드려 빌었는데… 그 남자는 엄마의 머리채를 잡아끌고 동굴 밖으로 나갔지. 그리고 엄마는 돌아오지 않았어."

『으으음……』

의미를 알 수 없는 운의 신음 소리가 울려 퍼졌다. 그것을 들었는지 듣지 못했는지 유젠은 환하게 웃으며 고개를 내렸다.

"마을 사람들은 우리들을 끌고 마을 밖으로 나갔어. 그때 얼마나 아프게 잡아끄는지 난 펑펑 울었거든. 어딘지 모르는 곳으로 끌려갔는데 보이는 것은 온통 물뿐인 곳이었어. 그리고 무지하게 높더라. 난 무서워서 떨었지만 유매는 침착했어. 그리고 엄마처럼 바닥에 엎드려 무릎을 꿇고 뭐라고 소리쳤는데… 그건 잘 생각이 안 나. 하여간에 그 다음에 난 숨이 막혔어. 마을 사람들 중 한 명이 내 목을 졸랐거든. 그리고 유매를 마구 때렸어. 화가 났어. 난 잘못한 게 없잖아. 난 소리를 질렀고 내 목을 조르던 남자의 양팔이 날아가 버렸어. 그때 처음 피라는 것을 봤는데… 정말 예쁘게 반짝이더라. 끈적거리는 피가 온통 사방에 널렸지. 사람들은 비명을 질렀지만 하나같이 목이 날아가고 내장이 밖으로 튀어나왔어. 쿡쿡, 그때의 모습이 아직도 눈에 선해. 귀에 울리는 비명 소리들이 정말로 듣기 좋았어. 내 목을 조른 것은 다름 아닌 아빠였어. 팔을 잃고 시체 속에서 뒹구는 그 모습이 어찌나 우습던지."

유젠은 천천히 두 눈을 감으며 속삭이듯 말했다.

"살려달라고 눈물을 펑펑 쏟으며 우는 그 남자의 머리를 발로 밟으니까 머리가 터져 나가 버렸어. 뇌수가 흐르고 눈알이 굴러다녔지. 난 그것을 집어 던져 버렸어, 우리를 집어 던지려던 그 물속으로. 그리고 나랑 유매는 마을을 나왔어. 어차피 산 인간들도 없었거든."

『모, 모두 다 죽였단 말야?』

경악에 찬 운의 외침에 유젠은 눈을 동그랗게 뜨며 고개를 갸웃거렸다.

"당연하잖아? 나랑 유매를 아프게 했으니까 죽어도 싸."

"…하지만 아무것도 모르는 아이들도 있었을 텐데? 죄도 없는……."

진현은 진지한 눈으로 유젠을 올려다보았다. 유젠은 잠시 동안 아무런 대답도 하지 않았다. 그리고는 생긋 웃으며 건물에서 뛰어내렸다. 사뿐히 바닥에 착지한 그는 자신의 붉은 머리카락을 손으로 쓸어 넘기며 말했다.

"죄도 없는? 아냐, 태어난 것 자체가 죄야. 나랑 유매는 그렇게 아프고 고통스러운데 따뜻한 곳에서 엄마랑 아빠랑 하하호호 웃고 떠드는 것 자체가 죄라고! 알아?! 그래서 다 죽여 버렸어! 살려달라고 발버둥쳤지만 어차피 벌레같이 힘없는 인간들이니까. 죽여도 죽여도 다시 늘어나는 게 인간인데 그까짓 것들 죽이면 좀 어때? 나는 한 번도 아빠라는 인간한테 안기지도 사랑받지도 못했어! 엄마는 우릴 보면 울기만 했어! 그래서 죽였어……. 나도 밝은 곳에서 유매랑 같이 떠들면서 놀고 싶었지만 한 번도 그렇게 하지 못했는데! 그저 보통 가정에서 태어났다고 해서 웃고 떠들 수 있는 자격을 가진 것들을 보면 짜증이 나!"

그는 패악스럽게 외친 후 깔깔 웃었다. 운이 이를 가는 소리가 선명하게 들려왔다. 진현은 짧게 한숨을 내뱉었다. 그리고 조용히 검을 들어 올렸다. 저 소년은 더 이상의 가망이 없다. 죄를 지었다는 것을 알면서 살아가는 자는 갱생이 가능하지만 그것조차 모르는 자는…….

묵묵히 검을 들어 올리는 진현에게 유젠이 웃으면서 말을 건넸다.

"그래, 싸워야지. 난 당신이랑 싸우고 싶어. 강한 사람이랑 싸워서 이기면 단장이랑 유매가 칭찬해 줘. 나, 칭찬받고 싶어."

지끈.

진현은 조용히 미간을 좁히며 유젠을 바라보았다. 머리가 슬그머니 아파왔다. 이런 적과 싸우는 것은 언제나 그렇지만 기분이 더러웠다. 정말로 악인도 아니고 상대할 만한 가치도 없지만 싸우는 것 이외에는 답이 없는 그런 적. 유젠은 자신의 부메랑을 몇 번 던져서 받은 후 그것을 진현에게 집어 던지며 소리쳤다.

"어서 널 죽이고 유매한테 칭찬받을 거야!"

왜 그 목소리가 슬프게 들리지?

진현은 그리 생각하며 눈을 감았다. 부메랑이 자신에게로 날아오며 주변의 공기를 모두 찢어놓는 파공음이 들려왔다. 이대로 질질 끄는 것보다는 나을 것이다. 진현은 아랫입술을 악물며 검을 들었다. 운의 투명한 검날은 끝에서부터 빠른 속도로 검게 물들어갔다. 그리고 그것은 진현의 팔을 타고 그의 아름다운 금빛 머리카락 또한 검게 물들여

저주받은 이들의 결말 157

놓았다.

 만지면 검은 물이 묻어 나올 것과 같은 머리카락이 허공에 흩날렸다. 길게 얼굴을 가리우는 머리카락 사이로 보인 진현의 두 눈동자는 질끈 감겨져 있었다. 마치 보기 싫다는 것처럼. 금빛의 머리카락이 검게 물드는 것을 본 유젠이 눈을 크게 떴다. 부드러운 비단결 같은 머리카락이 허공에 수놓아져 갔다. 유젠은 그것을 넋을 잃은 듯이 바라보았다. 진현은 천천히 검을 들었다. 어딘가에 부딪쳤는지도 모르게 자신에게 돌아오는 부메랑을 잡으며 유젠은 이를 악물고 진현에게로 뛰었다.

 "더 이상은 지루해! 싸우기가 귀찮아!"

 부메랑에 날이 붙어 있는 부분을 한 손으로 잡으며 그는 진현의 목을 노리고 들어갔다. 아무리 성격이 이상해도 싸움의 감각은 탁월했다. 그렇지만 지금의 진현은… 부메랑은 덧없이 허공을 갈랐다. 그것을 휘두른 장본인조차도 지금의 눈앞에 진현이 없다는 사실을 인식하지 못한 듯싶었다. 멍하게 그 자리에 서서 유젠은 주위를 둘러보았다. 아무것도 없었다. 진현은커녕 건물들조차도 눈에 들어오는 것은 사방이 까만 어둠뿐.

 끝없이 걸어가도 보이는 것은 어둠뿐이었다. 유젠은 뛰었다.

 어둠, 어둠, 어둠, 어둠······.

 그 예전 유매와 함께 촛불 하나 켜놓지 못하던 동굴 속이 생각났다. 왈칵 솟아오르는 눈물 때문에 시야가 흐려졌다. 여기가 어디야? 유매는 어디 있는 거야? 질문이 혀끝을 맴돌았지만 말이 되어 나오지는 못했다. 마치 처음부터 벙어리였던 것처럼. 아무리 뛰어도 어둠은 끝이 없었다. 발에 걸리는 것도 자신을 막는 장애물도 무엇도. 유젠은 그만 자리에 주저앉고 말았다. 손에 들린 부메랑을 멀리 집어 던진 그는 얼굴을 감싸고 소릴 질렀다.

어디 있어? 다들 어디 있어?! 목소리가 되어 나오지는 않았지만 그의 생각은 공간을 메웠고 다시 귓가에 들려왔다. 그리고 그때.

"끝이다, 유젠⋯⋯."

등 뒤에서 목소리가 들려왔다. 유젠은 눈물이 흘러넘치는 눈으로 고개를 돌렸고 그의 시선에 들어오는 것은 묵묵한 표정의 진현과 자신의 심장으로 날아 들어오는 검은 칼날을 가진 검이었다. 유젠은 아무런 행동도 할 수 없었다.

"잠깐! 뭐 하는 짓이야!"

찢어지는 고함 소리, 에오로의 것이었다. 진현은 눈을 떴다. 황급히 검을 회수했지만 이미 늦었다는 것을 그 자신도 알고 있었다.

푸욱!

살이 뚫리는 둔한 느낌에 진현은 미간을 좁혔다. 유젠은 멍한 얼굴이었고 시선은 허공으로 향해 있었다. 그는 천천히 손을 들어 자신의 뺨에 묻은 핏자국들을 닦아내더니 그것을 보고는 다시 입을 벌렸다. 뭐라고 말을 하려고 하지만 그것이 입 밖으로 나오지 않는 모양이었다. 부들거리는 손을 뻗어 유젠은 자신의 앞에 서 있는 유매의 뺨을 쓰다듬었다. 붉은 핏줄기가 그의 옷을 물들였지만 개의치 않았다. 진현은 고개를 돌리고 목소리가 들린 쪽을 보았다. 골목의 귀퉁이, 온몸이 너덜거릴 정도로 큰 상처를 입은 에오로가 부러진 검을 들고 서 있었다.

그는 건물의 벽을 짚고 서 있었지만 곧 눈을 감으며 무릎을 꿇고 말았다. 진현은 천천히 검을 뽑아 들었다. 그리고 그 순간 검에 꿰어져 있던 유매는 몸을 기울여 유젠의 품에 안겼다. 운의 칼날은 점차 원래의 투명한 빛으로 돌아왔다. 운의 나직한 목소리가 들렸다.

『이, 이런…….』

만감이 교차하는 음성. 진현은 운의 기분을 십분 이해할 수 있었다. 유젠은 멍한 눈으로 자신의 품에 안긴 유매를 내려다보았다. 운의 칼날은 정확했고, 그래서 유매는 심장에서 피가 흘러나오고 있었다.

그는 에오로의 마법에 의해 심한 상처를 입어 움직여지지 않는 몸을 억지로 던졌다. 그리고 자신의 동생, 하나뿐인 그의 몸을 지켰다. 무표정한 유젠의 얼굴을 바라보며 유매는 희미하게 웃었다. 상처투성이인 손을 들어 유젠의 뺨을 쓸어내려 주며 유매는 천천히 말을 이었다. 손가락 끝에 묻었던 피가 길게 호선으로 유젠의 뺨에 그려졌다.

"…이, 이걸로… 저주받은 쌍둥이 중… 하, 한 명은 죽…… 이걸로 너는 이제… 해, 행복해질 수……."

"유, 유… 매?"

유매의 회색 빛 눈동자는 점차 빛을 잃어갔다. 진현은 자신의 머리카락을 쓸어 넘기며 두 사람을 말없이 지켜보았다. 에오로는 바닥을 주먹으로 두드려 댔다. 주먹에서 피가 튀어 올랐지만 그는 상관없어 보였다.

"젠장! 젠장! 빌어먹을!"

"……."

이를 악물며 소리치는 에오로의 목소리에는 분함과 물기가 가득 묻어났다. 적이었지만, 그리고 아주 강했지만 그만큼 슬픈 과거를 가진 두 사람. 에오로는 아직 저런 죽음을 받아들일 만한 강함이 없었다. 마음의 단단함이. 진현은 그리 생각하며 고개를 숙였다. 유젠은 지금의 상황이 무엇인지 잘 모르겠다는 표정을 짓고 있었다. 얼굴은 무표정했지만 그의 두 눈에서는 하염없이 눈물이 떨어졌다. 그것은 여름날의 빗줄기처럼 유매의 얼굴을 적셨다. 그는 희미하지만 분명히 웃음을 띤 얼굴로 유젠을 보았다. 감기는 두 눈을 억지스레 뜨며 그는 조용히 숨을 몰아쉬었다.

"생각나, 어렸을 적… 내가 한 말? 내가, 내가 어른들에게 한… 신의… 신의 저주를 받은 것은 나라고. 그러니까… 큭! 너만은 놓아달라고."

유매의 목소리는 점차 작아져 갔고 그것을 알아듣는 것은 상당히 힘들었다. 그는 조용히 웃으며 눈을 감았다. 그리고 나직한 어조로 읊조렸다.

"…그런데… 이상하게 편… 마치, 어머니의 품에 안겨 있… 있는 것 같아. 이상하, 흐읍. 정말로… 어머니를 만나뵐 수 있다면 좋겠… 다시 한 번… 한 번만 더 만나뵐 수 있으면… 물, 물어볼 말이 있어. 왜… 왜 날 버리지 않았… 너만이라도… 행복하게. …유젠……."

"…유매?"

유매는 더 이상 대답하지 못했다. 에오로는 이마를 땅에 박은 채로 계속해서 알 수 없는 말을 토해냈다. 진현은 조용히 유젠의 얼굴을 바라보았다. 저 모습이 이상하게 누군가와 닮아 보여서, 이상하게 가슴을 쓰리게 했다. 동정 따위는 아니다. 유매는 저 결과를 바라고 스스로 목숨을 던졌으니까. 그저… 자신의 옛 모습과 겹쳐 보여서 안 좋은 기억이 잠시 떠올랐다.

희미한 미소를 머금은 채로 유매는 조용히 잠에 빠졌다. 영원히 깨어날 수 없는 잠에 몸을 누인 채로 하나뿐인 동생의 품에서 눈을 감았다.

　멍하게 그의 얼굴을 바라보던 유젠은 천천히 얼굴이 일그러져 갔다. 이제야 그는 알 수 있었다. 자신이 죽인 자들의 슬픔을, 그리고 남은 자의 아픔을. 하지만 그것은 너무나도 늦은 깨달음이었고 그 대가는 무엇보다 컸다. 천천히, 하지만 단호하게 유매의 몸을 끌어안은 유젠은 눈을 감았다. 자신의 머리를 쓰다듬어 주던 손에서는 더 이상 온기가 남아 있지 않았다.

　"…아, 아니지? 엄마처럼 안 돌아올 건 아니지? 유매? 유매?! 유매! 유매! 유매! 유……!"

　슬픔에 젖어 비통하게 외치는 유젠의 목소리에도 유매는 대답할 수 없었다. 작은 물방울들이 발치에 떨어지는 것을 본 진현은 고개를 들어 하늘을 보았다. 검게 변한 그의 눈동자에 하늘이 비쳤다. 파란 하늘에는 어느새 짙은 회색 빛 먹구름이 끼어 있었고, 그리고 여름날을 알리는 빗줄기가 천천히 쏟아져 내렸다.

　"…신이."

　『뭐?』

　"신이 잘못했다고 사과하고 있어."

　진현은 알 수 없는 중얼거림을 내뱉었다. 뜨거운 태양 빛으로 달아오른 포석은 끝없이 쏟아지는 빗줄기에 차갑게 식어갔다. 동생의 품에서 죽음을 맞이한 유매의 몸 또한 같이. 비인지 아니면 눈에서 흘러내리는 눈물인지 가늠할 수가 없었다. 신의 장난으로 두 사람은 쌍둥이로 태어나 결코 행복하다고 할 수는 없는 생을 살았지만 진현은 한 가지만은 단언할 수 있었다.

　지금 이 순간에… 유매는 행복할 거라고. 하지만 남은 사람의 아픔은? 유젠은 소리없이 울부짖었다. 더 이상은 깨어나지 못할 자신의 형을 끌어안은 채로.
 그리고 여름날의 열기를 식혀주는 빗줄기는 굵어져만 갔다.

Part 14
유니콘이 사는 숲

유니콘이 사는 숲 1

"단장, 유매가 죽었습니다."

데스티니는 언제나와 같이 별다른 감정이 실리지 않은 목소리로 말했다. 그의 앞에 놓인 커다란 바위에는 누군가가 걸터앉아 있었다. 하지만 이곳은 어두컴컴한 숲 속이었고, 그로 인해 모습을 확인하는 것은 분명 힘든 일이었다. 단장이라고 해서 무조건 복종하는 것은 아니었기 때문에 데스티니는 무릎을 꿇지도, 고개를 숙이지도 않았다. 그저 가만히 정면만을 응시한 채 자신이 속한 단團 내에서의 역할인 보고를 하는 중이었다. 희뿌연 연기가 허공을 메웠다. 그의 앞 얼마 떨어지지 않은 곳에서 단장이라 불린 사내는 멍하니 하늘을 바라보았다.

우거진 나무들 사이로 가슴 한 켠이 시리도록 맑은 하늘이 그의 두 눈에 비춰졌다. 파이프 든 손을 내려 무릎 위에 얹은 그는 천천히 입을 열었다.
 "…그런가? 유젠은……."
 "그의 행방은 묘연합니다. 아마도 그를 상대했던 녀석들이 데려가지 않았나 싶습니다."
 담담한 목소리의 데스티니였지만 이상하게도 그의 표정은 밝지 않았다. 무표정에 가까운 그의 얼굴에서도 지금 심정을 알아챌 수 있는 단장이었다. 그는 살며시 입을 열었다.
 "묘한 기분이 들지 않나?"
 데스티니는 대답하지 않았다. 단장은 다시 파이프를 들어 올려 입에 물었다. 그리고 허공을 응시한 채 말을 이어 나갔다. 목이 긴 코트를 입고 있었기 때문에 그의 얼굴은 반은 코트의 깃에, 그리고 나머지 반은 갈색 고글에 가려진 채 보이지 않았다. 그의 은회색 머리카락이 바람에 따라 이리저리 흩날렸다.
 "이상하지? 우리 단에 소속되어 있는 자라면 언제 죽어도 이상할 것이 없는데. 아무래도 그 두 아이는 너무 오래 키워온 것 같군."
 그는 허공을 향해 길다란 한숨을 내뱉었다. 그리고 그와 동시에 회색 빛의 연기 또한 스며져 나왔다. 풀숲의 우석거림이 하나의 음악이라도 되는 것처럼 느껴졌다. 짙은 갈색 고글의 밑으로 희미하게 보이는 두 눈은 가느다랗게 뜨여져 있었다. 그는 조용히 고개를 숙였다.
 "알았다. 그만 가보도록. 그리고… 남은 단원들에게는 쉽사리 움직이지 말라고 전달해."
 "알겠습니다."
 간단하게 대답한 데스티니는 천천히 뒷걸음질치면서 물러났다. 한 나무의 그림자로 몸을 숨긴 그의 모습은 곧 보이지 않게 되었다.

쏴아아아—
　한줄기 강한 바람이 지나침에 따라 나무들이 거칠게 흔들렸고 여름의 향기를 물씬 머금은 나뭇잎들이 사방으로 날려져 왔다. 그는 천천히 손을 뻗었다. 손에는 어느새 초록색의 나뭇잎 하나가 들려 있었고 그는 그것을 코끝에 가져다 댔다. 가슴속이 시원해지는 기분 좋은 냄새가 코끝을 간지럽게 했다. 살며시 눈을 감고 조용히 중얼거렸다.
　"유매……."

　"단장, 나는 종종 이런 생각을 하곤 합니다. 우리에게 죽은 자들이 무슨 생각을 할까 하고. 결국에는 이해하지 못한 채로 지금까지 살아왔습니다. 그리고 지금도 잘 이해는 가지 않습니다만… 잘 생각해 보면 이것은 알 수 있을 것 같습니다. 죽은 자보다는 살아남은 자가 더 아프지 않을까 하고요. 유일하게 저와 유젠을 지켜주셨던 어머니가 돌아가셨을 때의 그 느낌처럼. 돌아오지 못할 자를 기다리는 것은… 상당히 괴롭지 않을까요? 단장은 어떻게 생각하십니까?"

　예전 유매가 했던 말이 생각났다. 그는 조용히 고개를 끄덕였다. 그리고 천천히 손에 들린 나뭇잎을 허공에 놓아주며 입을 열었다.
　"…나도 너와 같은 생각이다. 부디 편히 쉬어라."
　손에서 벗어난 나뭇잎은 자유로움을 얻은 새처럼 공기 중을 떠돌다가 곧 하늘 높이 날아가 버렸다. 그는 조용히 눈을 감고 다시 파이프를 입에 물었다.

*　　　*　　　*

"으갸갹! 아프잖아!"

"얼씨구? 어디선가 엉망이 되도록 얻어맞고 와가지고는 하는 소리가 고작 그거냐?"

아영은 투덜거리는 에오로의 등짝을 철썩 소리가 나게 쳐주고는 고개를 저었다. 뚱한 얼굴을 하고 있는 것은 현홍 역시 마찬가지였다. 그는 입을 삐죽이 내민 채 다른 침대에 걸터앉아 있는 진현을 지그시 노려보았다. 그는 가만히 눈을 감고 있었다. 입가에는 뭔가 알 수 없는 미소 같은 것이 걸쳐져 있어서 고개를 갸웃거리게 만들었다. 이틀 전 처음 이 수도에 왔던 그날, 오후 늦게까지 돌아오지 않던 진현과 에오로는 야밤이 되어서야 서로 부축을 한 채로 여관으로 돌아왔다.

사실 부축을 한 것은 진현이었고 에오로는 거의 걸레같이 너덜너덜해진 채 정신마저 잃고 있었다. 니드와 아영은 대경실색했지만 셀로브와 에이레이는 그 정도인 것이 다행이라는 의미심장한 말을 해댔다. 그리고 이틀. 에오로의 상처는 말 그대로 죽기 바로 일보 직전이었고 진현은 체력 소모가 심한 탓인지 이틀 내내 잠만 잤다. 영영 눈을 뜨지 않으면 어쩌나 걱정을 했지만 다행히도 진현과 에오로는 정신을 차렸다. 바로 지금 말이다.

에오로는 여전히 활기 찬 모습 그대로였지만 진현은 이상해 보였다. 사실 이상한 것은 당연했다. 금색으로 염색한 머리카락은 사라지고 검은 머리카락이 되어 있질 않나, 조금 키가 큰 것도 같은 데다가 머리카락의 길이도 조금 자라 있었다. 처음 볼 때 못 알아볼 뻔했다니까. 이런 말을 중얼거린 현홍이 진현 앞으로 다가가 물었다.

"대체 그 머리카락은 어떻게 된 거야?"

아영과 에오로 역시 그것이 궁금하다는 눈초리로 진현을 보았다. 가만히 눈을 감고 명상에 잠긴 것처럼 보이던 진현이 살며시 눈을 떴다. 두 눈동자조차 검게 변해 있어서 현홍은 침을 꼴깍 삼켰다. 하지만 진현은 입가에 희미한 미소만을 띤 채로 조용히 대답했다.

"마법의 반작용. 너무 심하게 마력을 쓴 부작용 같아. 그리고 지금도 조금… 눈이 흐릿한걸."

"누, 눈이 안 보이는 거야?!"

황급히 되묻는 현홍을 올려다보며 진현은 살며시 고개를 가로저었다.

"과다 출혈일 때 시력이 저하되는 것과 비슷해. 조금 쉬고 나면 나을 거야. 하지만 머리카락은… 아마도 이대로 있게 될 것 같아."

"아아……."

현홍은 눈이 보이지 않게 된다는 줄 알고 심하게 놀랐다가 안도의 한숨을 내뱉으며 어깨를 축 늘어뜨렸다. 사람 걱정하게 하지 말래놓고 누가 걱정을 시키는 것인지. 볼을 부풀린 현홍은 다시 의자에 앉으며 투덜거렸다.

"대체, 대체 누구랑 싸웠길래 이 모양이야? 에오로를 보던 의사가 송장 아니냐고 묻더라! 조금만 늦게 치료했다면 죽을 뻔했다고! 에오로, 너! 실실 웃지 말고 어서 대답해!"

붕대가 둘둘 감긴 자신의 배를 어루만진 에오로는 태평스럽게 베개를 끌어 올려 그것에 몸을 기대며 말했다.

"에헤헤, 말 그대로 우리를 노리는 녀석들이지 뭐. 별다를 것 있겠어? 아무래도 신전에서 보낸 녀석들 같더라고."

"그 녀석들 엄청 센가 보네? 진현이 이렇게 될 정도면."

아영은 걱정하는 눈으로 진현을 쳐다보았다. 진현은 셔츠를 입지 않고 하얀 맨살 그대로 붕대를 감고 있었다. 그는 확실하게 눈이 잘 안 보이는 것인지 여전히 눈을 감은 채로 고개를 끄덕였다. 어깨에 난 상처만 제외하면 사실 진현은 그럭저럭 말짱한 수준이었다. 하지만 진현의 힘을 이 정도까지 끌어올리게 할 정도라면 다른 녀석들도 더 엄청 날지도 모른다는 생각에 아영은 몸을 부르르 떨었다. 탁자에 팔을 걸친 채 턱을 괸 현홍이 입을 열었다.

"엄청 끈질기네? 이제는 다수로 안 되니까 소수 정예로 맞설 생각인가 봐? 다음에 덤비면 어쩐다지?"

"아마도 얼마간은 덤비지 못할 거야. 일당 중 둘이 죽었으니……."

낮게 중얼거리는 그의 말에 에오로는 눈을 깜빡거렸다. 진현의 앞머리카락은 그렇지 않아도 길게 내려오는 편이었지만 검은 머리카락으로 바뀐 후에는 더 길어져서 턱의 밑으로까지 내려왔다. 약간은 일률적이지 못하게 잘려진 머리카락이었지만 왠지 그 모습이 더 매력적이라고 생각되었다. 금발의 그와는 달리 차분하고 어딘지 모르게 가라앉은 듯한 분위기가 섹시하게 느껴진다고 할까? 진현은 천천히 손을 뻗어 침대 머리맡에 놓여진 셔츠를 꿰어 입었다. 그리고 자리에서 일어나는 그에게 현홍이 눈을 동그랗게 뜨며 물었다.

"뭐야, 어디 가려고?"

눈을 감은 채로 고개를 끄덕이는 그를 보며 아영이 소리쳤다.

"그 몸으로 어딜 간다고! 무엇보다 잘 안 보인다며?"

"사물은 분간이 가. 말했잖아. 조금 흐릿하게 보이는 것이라고."

"하지만!"

"걱정 마. 위험한 짓은 하지 않아. 그냥… 인사할 사람이 있어서."

무슨 말인지 알 수는 없었지만 저리도 단호하게 말을 하니 더 이상 말릴 수가 없었다. 시무룩한 아영과 불안하게 자신을 바라보는 현홍을 뒤로한 채 진현은 천천히 방 안을 나왔다. 조용히 눈을 뜬 그는 손을 들어 그것을 바라보았다.

보이지 않는다.

이 말을 할 수가 없었다. 지금 그는 아무것도 보이지 않는 상태였다. 그의 말대로 몸에 걸맞지 않게… 즉, 인간의 몸으로 억지로 힘을 끌어낸 부작용이었다. 이 정도도 버티지 못하는 것이 인간이다. 그는 발록 Barlog의 동굴에서 맹세했다. 자신은 인간이고 그때의 모습은 잠깐 동안이라고. 유젠과 싸울 때 마족이나 신족으로서의 힘을 드러내 싸웠더라면 이렇게 되지는 않았을 테지만 이상하게 마음은 가벼웠다. 두 눈이 보이지 않게 됨으로써 더욱 큰 것을 얻은 기분이었다. 그는 눈이 보이지 않지만 남아 있는 다른 감각으로 눈이 보이는 것처럼 행동할 수 있었다.

얼마 정도는 다른 이들을 속일 수 있겠지. 손가락으로 자신의 눈을 쓰다듬으며 진현은 한숨을 쉬었다. 하지만 조금 귀찮기는 하다. 아주 안 보이는 것은 아니지만 아영에게 설명을 했던 것보다는 심각한 상태였다. 흐릿한 잔상만이 보이는 수준. 차라리 눈을 감고 있는 것이 더 나았다. 최소한 흐릿한 시야 때문에 어지러운 것은 피할 수 있으니까. 눈이 보이는 것보다 체력의 저하가 더 심했지만 지금은 별수없었다. 진현은 후에 주월이라도 만나면 말해 봐야지 하고 중얼거린 후 발걸음을 옮겼다. 눈이 안 보임으로써 가장 민감해지는 것은 청각과 촉각이었다. 그는 통통 울리는 소리로써 계단을 내려갔고 인기척으로 사람을 판단했다.

"진현!"

누군가 자신을 부르는 소리에 진현은 여관 문을 나서려다 말고 고개를 돌렸다. 진현을 불러 세운 것은 니드였다. 그와 셀로브, 그리고 에이레이는 홀에 내려와 뭔가를 얘기 중이었고 그런 그들은 진현을 볼 수 있었던 것이다. 하지만 진현은 알지 못했다. 거리가 조금 떨어져 있는 것도 문제였지만 여러 사람들의 기운에 뒤섞여 알아챌 수 없었다. 그는 속으로 혀를 차며 고개를 돌려 니드를 보았다. 이때, 보았다는 것은 어디까지나 고개를 그쪽으로 향하게 했다는 것일 뿐 두 눈에 보이는 것은 아니었다.

니드는 걱정스러운 얼굴로 진현을 살폈다. 에이레이와 셀로브 역시 어느새 곁에 와 있었다. 에이레이는 진현이 눈을 감고 있자 미간을 찌푸렸고 셀로브는 아무 말 없이 평상시의 그와 마찬가지인 표정으로 진현을 바라보았다. 니드는 걱정하는 것이 분명한 어투로 말했다.

"어, 어디를 가시는 길인가요? 혼자서 괜찮으시겠습니까?"

진현은 살며시 두 눈을 떴다. 탁한 흑진주처럼 변해 버린 진현의 눈동자에 셋은 흠칫하며 몸을 떨었다. 그러나 진현은 은은한 미소를 띠고 고개를 끄덕이며 답했다.

"예, 잠시 볼일이 있어서요. 그리 오래 걸리지는 않을 겁니다."

니드는 다쳐서 이틀을 꼬박 잠만 잔 사람이 일어나자마자 어디로 나간다니까 불안한 표정이었다. 입술을 잘근잘근 깨물고 있던 에이레이가 조심스럽게 말을 건네왔다.

"…누, 누구와 같이 가는 게 어때?"

아마도 그녀는 자신이 따라가고 싶었던 모양이다. 하지만 진현은 정중한 태도로 고개를 저었다.

"괜찮습니다, 에이레이 양. 그리 먼 곳도 아니고 저와 에오로 군을 습격했던 무리들도 한동안은 잠잠할 것입니다. 일찍이 돌아오겠습니다."

"으음······."

진현의 말에 에이레이는 살짝 고개를 끄덕였다. 그리고는 입술을 우물거리더니 곧 2층으로 올라가 버렸다. 니드에게 고개를 숙여 보인 진현은 천천히 발걸음을 옮겨 여관 밖으로 나왔다. 몸으로 느끼는 햇살은 뜨거웠지만 눈으로 볼 수 없으니 사방은 어둠이나 마찬가지였다. 사람들은 보통 원래 눈이 보이다가 보이지 않게 되면 엄청난 혼란에 빠진다고들 한다. 하지만 진현은 그렇지 않았다. 어둠 속에 있는 것이 익숙하기 때문일는지도 모른다. 진현은 조심스럽게 사람들만 다니는 인도를 통해 걸어갔다. 시선이 많이 느껴졌지만 그것은 여느 때와 마찬가지로 자신을 쳐다보는 여성들의 시선이 대부분이었다.

다른 사람들의 시선을 의식해 눈을 뜨고 걷기는 했지만 보이는 것은 없었다. 답답하다는 생각도 잠시, 누군가가 그의 어깨에 살며시 손을 얹었다. 진현은 화들짝 놀라는 다른 사람들과는 달리 희미하게 웃으며 고개를 돌렸다. 익숙한 인기척이었기 때문이다.

"뭐야, 사람 놀라게 하지 말라고, 셀로브."

셀로브는 미간을 잔뜩 찌푸렸다. 진현은 애쓰고 있었지만··· 그의 시선은 초점이 맞지 않았다. 그렇기에 그가 눈이 보이지 않는다는 것쯤 알아채는 것은 셀로브에게 일도 아니었다. 다른 이들이야 진현이 마치 앞이 보이는 사람처럼 행동을 하니 믿는 것이겠지만. 자신보다 더 깊은 칠흑과 같은 머리카락이 바람에 흔들렸다. 그리고 검은 눈동자와 투명한 듯 보이는 하얀 얼굴. 예전의 그와 사뭇 달라 보여 셀로브는 고개를 저었다. 가만히 자신의 얼굴 쪽으로 향해 있는 진현의 시선을 보며 셀로브는 씁쓸한 음성으로 말했다.

"눈, 정말로 안 보이는 거냐?"

나직한 그의 말에 진현은 흠칫 어깨를 떨었지만 곧 피식 웃으며 머리카락을 쓸어 넘겼다.

"후훗, 역시 널 속이기에는 역부족이었나 보군. 하지만 괜찮아. 그냥… 눈이 안 보이는 것뿐이니까."

뿐이니까? 다른 사람이라면 미쳐 버릴 것 같은 그것이 너에게는 그 정도인 거냐? 셀로브는 이를 악물며 천천히 손을 내밀었다. 그의 손가락이 눈동자를 찌를 것 같은 위치에 와 있는데도 진현은 고개를 돌리지도, 눈을 감지도 않았다. 마치 눈앞에 아무것도 없는 사람처럼. 싸늘한 한기가 눈가에 다가오자 진현은 눈을 몇 번 깜빡인 뒤 고개를 숙였다.

"…왜, 왜 그런 거냐?"

"뭐가 말이지?"

"왜 인간의 몸으로 힘을 쓴 거냐는 말이다. 아무리 네가 그런 맹세를 했다고 한들 몸보다 소중할 수 있는 거냐?! 너, 너는 대체……."

"셀로브."

셀로브로서는 도무지 이해할 수가 없는 노릇이었다. 신념이고 맹세고 자신이 없으면 그것들도 다 소용이 없는데. 몸을 엉망으로 만들어 가면서까지 그랬어야 했는지 셀로브는 묻고 싶었다. 그리고 진현은 조용히 눈을 감으며 입을 열었다.

"셀로브, 신념이라는 것을 관철시키기 위해서는 때로는 큰 희생도 치를 수 있어. 그게 인간이라는 생물이지. 너에게는 아직 많은 이해가 필요하겠지만 그것은 시간이라는 것이 해결해 주겠지. 말로써는 백 번 설명해도 모를 거야. 여관으로 돌아가. 언제 그 녀석들이 다른 사람들을 노릴지 모르니까."

느긋한 음성으로 그렇게 말한 진현은 살며시 웃어 보인 후 등을 돌리고 다시 길을 걸어갔다. 그의 말대로 셀로브는 이해할 수 없었고, 이해하지 못하니 화가 났다. 낮게 욕지거리를 내뱉은 셀로브는 이를 악물며 여관으로 들어갔다. 진현은 천천히 걸어가며 고개를 저었다. 아무리, 아무리 설명한다고 한들 셀로브가 알아들을 수는 없다. 그를 이해시키는 방법은 하나뿐이었다. 그저 시간이 지나 셀로브가 많은 것을 보고 듣는 것.

그는 그런 생각을 하며 온 감각을 동원해 길을 걸었다. 거리를 걷는 시민들 중 누구도 진현이 앞이 보이지 않는 사람이라는 것을 알아챌 수 없을 정도였다. 천천히 진현의 발걸음이 닿은 곳은 예전에도 한 번 와보았던 곳. 도둑 길드의 본거지인 펍Pub이 있는 골목이었다. 그는 문득 발에 채이는 커다란 돌덩어리들을 느끼며 고개를 들었다. 이곳은… 유매와 에오로, 그리고 유젠과 자신이 싸운 그곳이었다. 진현은 천천히 주위를 둘러보았다. 알 수 없는 느낌. 묘한 기분을 느끼며 진현은 쇠로 된 낡은 문고리를 잡아 천천히 밀었다. 퀴퀴한 냄새가 코끝을 자극했지만 예전과는 달랐다.

안은 어둡지 않았다. 햇빛이 들어오지 않기 때문에 수많은 촛불들이 벽에 걸려 있었고 그로 인해 가게 안은 상당히 밝았다. 검을 등에 메고 벽에 기대어 있던 사내들은 눈을 들어 방문객을 힐끔 쳐다보았다가 화들짝 놀라며 어딘가로 사라졌다. 예전에는 지저분한 쓰레기들이 바닥에 널려져 있고 보는 사람으로 하여금 불쾌감이 들게 할 정도인 가게

였는데 이틀 사이에 많이 바뀌어져 있었다. 그리고 진현은 조금은, 조금은 그 이유를 알 것 같았다.

"어어, 진현!"

누군가가 반가운 목소리로 진현의 이름을 불렀다. 천천히 고개를 돌린 진현은 생긋 웃으며 인사를 건넸다.

"아, 청소 중이었어, 유젠?"

그는 붉은 머리카락을 흐트러뜨리며 환하게 웃는 얼굴로 고개를 끄덕였다. 밝은 느낌의 상의와 하의를 입은 유젠은 손에 들린 막대걸레를 테이블에 기대어 세우며 진현의 팔을 잡아끌었다.

"어서 와, 그렇지 않아도 아빠가 기다리고 있었어!"

진현은 아무런 말 없이 희미하게 웃었다. 유젠에게 이끌려 간 바에는 마스터가 처음 보았을 때처럼 묵묵하게 컵을 닦고 있었다. 그는 진현의 모습을 보고는 입에 문 파이프를 받아 들며 씨익 웃었다.

"어이, 신송장은 내버려 두고 왔나?"

"후훗, 에오로 군도 거의 다 나았어. 오늘은 부탁한 물건만 받고 갈 거야."

"어? 진현, 놀다 가지 않을 거야?"

시무룩한 표정으로 되묻는 유젠을 보며 진현은 천천히 그의 머리카락을 쓰다듬어 주었다.

"아니, 유젠이랑은 놀다 갈 거야. 체스판을 가지고 오련?"

"응, 응!"

환하게 웃은 유젠은 힘차게 고개를 끄덕인 후 가게 안쪽으로 사라졌다. 그런 그의 뒷모습을 진현은 씁쓸한 얼굴로 바라보았다. 파이프에 담배를 채우며 마스터가 입을 열었다. 그의 목소리는 희미할 정도로 작아서 곁에 있는 진현 말고는 알아들을 수도 없을 정도였다.

"…이 나이에 애 하나를 가지게 되다니. 다른 놈들이 놀라더군. 그건 그렇고… 대단한 운동 신경을 가지고 있던걸, 저 아이?"

"아아……."

진현은 묵묵히 고개를 끄덕였다.

유매가 그렇게 죽은 후 유젠은 거의 제정신이 아니었다. 지금까지 의지하며 살아왔던 쌍둥이 형제에게 하나가 사라진다는 것은 엄청난 변화였다. 유매의 시체를 끌어안은 채 미동도 하지 않는 그를 보며 진현은 어쩔 수가 없었다. 이대로 살게 내버려 둔다면… 분명 그리 오래 살지는 못할 것이라는 생각에서였다. 본디 적에게는 그리 배려적이지 못한 그로서도 유매의 죽음은 많은 생각을 하게 했고 에오로의 부탁도 있었다. 저 정도면 분명히 충분한 벌이라고.

유젠의 기억을 지웠다. 고쳐지지 않는 컴퓨터를 초기화시키는 것처럼 유젠의 기억은 태어났을 때의 암울했던 기억에서부터 유매의 죽음까지 모두를 지워 버렸던 것이다. 그리고 딱히 맡길 데가 없던 그를 도둑 길드의 마스터에게 넘겼다. 유젠의 눈을 떴을 때 그는 마스터의 아들이 되어 있었다. 도둑 길드이기는 했지만 유젠의 운동 신경이나 능력은 어쩌면 도둑에게 딱 맞는 그런 것이었다. 처음 다 큰 아들 하나를 억지로 맡게 된 마스터는 투덜거렸지만 조금 익숙해진 후에는 정말로 아들처럼 그를 대했다. 그리고 다른 길드원들에게도 유젠을 자신의 아들이라고 소개했다. 그것으로 끝이었다.

새로운 인생을 처음부터 다시 시작하게 된 유젠은 즐거워 보였다. 그 나이 또래의 아이와 같았고 행복해 보였기에 진현은 안심했다. 어쩌면… 유매는 이런 것을 바랬는지도 모른다. 모든 것을 잊고 행복하게 살아가는 동생을. 진현과 마스터는 아무런 대화도 없이 조용히 한참 있었고 곧 그 상황이 어색해진 마스터는 자신의 갈색 가죽 조끼를 뒤적이더니 뭔가를 진현에게 넘겨주었다.

슬그머니 그것을 받아 든 진현은 약간 당황했다. 아무리 그리고 해도 눈이 안 보이는 상황에서 글을 읽을 수는 없었기 때문이다. 마스터는 진현이 두 눈이 안 보인다는 사실을 알고 있었다. 유젠을 데려다 주면서 이곳에 들렀을 때 약간은 흠칫거리던 그를 보았기 때문이다.

그는 파이프를 입에 물면서 불투명한 어조로 말했다.

"아아, 네가 부탁한 지도랑 경비대원들의 위치 등이다. 교대 시간도 상세히 적혀 있어. 그것 알아낸다고 꽤나 애먹었다. 그런데 왜 필요한 거냐? 암살이라도 저지르러 가려고?"

그는 마치 진현이 오래된 친구처럼 농담을 건넸다. 마스터와 진현이 만난 지 겨우 사흘밖에 안 되었는데도 말이다. 진현은 눈을 감은 채로 피식 웃으며 그것은 자신의 곱게 접은 뒤에 바지 주머니에 넣어두었다.

"고맙게 됐군. 나중에 술이라도 한잔 사지."

"됐네. 자네가 저번에 두고 간 그것 꽤나 비싸게 팔렸거든? 내가 아직 보는 눈은 정확하다니까. 역시나 최상급 품이었어. 자네한테 쥐어터진 녀석들 치료비를 하고도 우리 도둑 길드가 한 달은 더 먹고 살겠더라."

"다행이로군."

진현은 여전히 눈을 감은 채로 대답했고 그 모습이 마스터에게는 씁쓸하게 보였나 보다. 그는 바 안쪽에서 술병 하나를 들고 와서는 잔에 따르면서 침울한 목소리로 말했다.

"눈은 아주 안 보이는 건가?"

그 물음의 의미를 잘 아는지 진현은 자신의 두 눈가를 매만지며 고개를 끄덕였다.

"거의 안 보인다고 할 수 있지. 기껏해야 밝기의 차이만을 느낄 수가 있어. 흐릿한 영상들로 사물의 위치를 파악하는 게 전부야. 나 역시 이 정도가 될 거라고는 생각하지 못했는데."

"…좋은 정보가 있는데 들어보겠나?"

진현은 갑작스러운 마스터의 말에 고개를 갸웃거렸지만 마스터는 묵묵히 자신의 잔에도 술을 따르며 살며시 입을 열었다.

"이 수도의 남쪽으로 쭉 올라가다 보면 숲이 하나가 있지. 그런데 그 숲은 마령魔靈의 숲이라고 해서 사람들의 발길이 닿지 않는 곳이야. 호기심에 들어간 사람은 사흘 밤낮을 헤매다가 죽기 바로 직전 탈진한 상태에서 겨우 빠져나올 수가 있는 그런 곳이라고 하더군."

"으음, 그런데?"

"그 숲에는 유니콘Unicorn이 살고 있어."

"유니콘?"

진현은 당황한 얼굴을 하며 고개를 갸웃거렸다. 하지만 마스터의 얼굴은 진지하기만 했다. 와인을 한 모금 삼킨 마스터는 짧게 숨을 고르며 말을 이어 나갔다.

"그래, 유니콘. 그게 뭔지 모르지는 않겠지? 그 뿔은 모든 질병을 치료하며 더불어 저주까지 퇴치하는 능력을 가졌다고 하던데 자네 눈도 고칠 수 있지 않을까? 아, 물론 그 숲에서 유니콘을 보았다는 사람이 있어서 하는 말이야."

"…나보고 사흘 밤낮을 헤매다가 죽기 바로 직전 탈진한 상태에서 기어나오라는 말인가?"

유니콘이 사는 숲 181

말은 이렇게 했지만 영 틀린 말은 아니었기에 진현은 호기심이 동했다. 무엇보다 그 뿔의 효과는 한 번 사용한다고 해서 사라지는 것도 아니고 반영구적이니 팔아먹을 수도 있는 좋은 상품이었다. 아마도 그 숲에 들어선 자는 유니콘의 힘이거나 숲 자체의 능력 때문에 헤매는 것 같은데… 그래도 영원히 나오지 못했다거나 하는 말은 없는 것으로 보아 도전은 해봄직하다.

그러나 유니콘이라는 것이 인간에게는 몹시도 배타적이며, 무엇보다 엄청난 힘과 질풍과도 같은 속력을 지니고 있기 때문에 보통의 방법으로는 잡기가 힘들다. 그 힘은 신성한 의미가 더 깊다고는 하지만 처녀에게 무릎을 꿇는다는 것은, 으음……. 어쨌든 무엇보다 그 변덕이 심한 데다가 까다로운 유니콘을 잡기 위해서 필수 요건인 순결한 처녀를 구하는 것이 어디 말처럼 쉬운 일인가?

진현은 그렇게 생각하며 자신의 일행인 두 여성을 머리 속에 떠올렸다가 곧 고개를 저었다. 순결하다는 의미는… 몸뿐만이 아니라 마음도 같은 의미여야 한다. 몸은 순결하지만 마음이 사악한 여자에겐 유니콘이 굴복하지 않는 것만 보아도 좋은 예이지. 에이레이와 아영이 들으면 곧 죽어도 할 말이 없는 생각을 떠올리며 진현은 한숨을 푹푹 내쉬었다.

"뭐라고? 유니콘?! 세상에, 정말로 있는 거야?"

에오로와 진현이 다쳐서 이틀 동안 바깥 구경을 하지 못한 아영의 얼굴에 화색이 돌았다. 그녀는 환상의 산물이라고 불리는 유니콘을 직접 볼 수 있다는 희망에 가득 차 두 볼을 감싸며 팔짝팔짝 뛰었다. 그것은 현홍 역시 마찬가지였다. 그들이 원래 있던 세계에서의 유니콘은 아프리카의 코뿔소가 왜곡되어 전해졌다거나 등등의 소문으로 이루어진 것이었다. 어쩌면 정말로 유니콘이라는 생물이 예전에 있었는지도 모른다. 하지만 사람들에게 점차 잊혀져 가고 그들이 살 조용한 숲이 사라짐에 따라 그들은 그들만의 세계로 돌아가 버렸을 것이라는 상상을 하는 사람은 많고 많았다. 그중의 몇이 바로 아영과 현흥이었다.

다른 일행들의 반응도 꽤나 야단법석이었다. 음유 시인이지만 지금은 정말로 음유 시인이 직업인지 알 수 없는 니드는 감명 깊은 얼굴로 창가를 바라보았다. 마치 당장이라도 유니콘에 얽힌 노래가 그의 입에서 흘러나올 것만 같은 모습으로. 셀로브는 퉁명스러운 얼굴이었지만 아직 한 번도 본 적이 없고 마계에서조차도 본 마족이 드물 정도로 환상의 생물인 유니콘을 직접 보고 싶은 것은 마찬가지였다. 유니콘은 그 숫자도 생태도, 어디에 사는지조차도 거의 알려지지 않은, 말 그대로 정말 환상의 동물이었다.

보는 즉시 감탄이 나올 것 같은 새하얀 백마의 모습에 보옥寶玉처럼 아름다운 뿔은 신비한 능력이 깃들여져 있는 꿈과 환상의 세계에서 살아가는 동물. 아영은 멍한 얼굴로 천장을 바라보며 중얼거렸다.

"유니콘이라니… 이곳에 와서 난 한 번도 여기가 판타지적 배경을 가진 세계라고는 생각해 본 적 없다고. 엘프Elf는커녕 드워프Dwarf도, 호비트Hobbit도, 드래곤도! 하나도 못 보고 원래 집으로 돌아가는 것은 아닌가 하고 걱정했다고! 그런데 유니콘이라니! 너무너무 멋져!"

그거 보기 전에는 안 돌아가려던 것 아니냐고 진현은 묻고 싶었지만 조용히 입을 다문 채 고개를 저을 뿐이었다. 괜히 말한 것이 아닌가 싶었다. 저리도 난리를 치니 혼자서 가려고 해도 절대로 우겨서 따라올 것 같은 예감이 들어서였다. 하지만 모두 다 데리고 갈 수는 없다. 아영과 현홍, 그리고 니드는 데리고 가야 할 듯했다. 흥분한 목소리를 듣고 있노라니 안 데리고 간다면 혼자서라도 간다고 바락바락 우길 것 같았으니까. 에이레이는 유니콘에 대해서는 별 관심 없는 투였다. 외려 그 숲에 대해 걱정하는 투가 역력해 보였다.

"그런데 그 숲… 정말로 유니콘이 살고 있다면 인간들이 들어오는 것을 가만히 내버려 둘까? 유니콘은 배타적이라고 들었는데."

"저도 그게 조금 걱정이 되기는 합니다만 뭐 어쩌겠습니까."

어깨를 으쓱거린 진현은 자신의 배낭에 짐을 챙기면서 말했다.

"하지만 에오로 군이 다쳐서 움직일 수 없는 상황이고 하니 두 무리가 갈라지는 편이 나을 것 같습니다. 음, 저와 함께 그 숲에 갈 분들은……."

혹시나 자신을 놔두고 갈까 봐 아영이 화들짝 놀라며 자리에서 일어나 외쳤다.

"난 무슨 일과 어떤 일이 동시에 일어나도 갈 거야! 날 떼놓고 가면 평생 저주할 테니까 알아서 해!"

"좋을 대로."

"나도, 나도! 유니콘이 너무 보고 싶어!"

"마음대로."

"저, 전 음유 시인입니다. 비록 잊으셨을 것이라고 생각됩니다만 하여간에 음유 시인으로서 그런 아름다운 생물을 볼 기회에 빠질 수는 없다고 생각합니다."

"원하시는 대로."

참으로 한심하다는 표정을 지으며 진현은 고개를 끄덕였다. 그리고 여관에 남아 에오로와 함께 있을 멤버는 에이레이, 셀로브, 키엘로 정해졌다. 키엘 역시 따라가고 싶다는 눈치였지만 조금은 겁이 나는지 머뭇거렸고 셀로브는 당연히 에이레이가 가지 않는데 안 간다는 표정이었다. 사실 그들보다 더 가고 싶다고 발악한 것은 에오로였지만 환자는 절대로 갈 수 없다고 일언지하에 진현이 못을 박아놓은 상태였다. 분한 마음에 시트를 물어뜯고 있는 에오로를 뒤로한 채 진현은 전혀 믿음직스럽지 못한 일행들을 데리고 유니콘의 숲으로 향할 준비를 했다.

사실 지금 그의 마음은 너무나도 무거웠다. 그나마 능력을 가진 아영도 아직 초보임에는 분명했고 현홍은 각성조차 제대로 못한 상황, 니드는… 노코멘트였다. 어깨에 멘 배낭이 이리도 무거울 수가 있을는지. 한숨을 푹푹 내쉬는 그를 이상하다는 눈길로 보는 세 명이었다. 마스터의 말대로 혹시나 헤맬지도 모른다는 생각에 진현은 여관의 주인장 폴린에게 부탁하여 도시락과 여러 가지 식료품들을 준비해 놓은 상태였다. 폴린은 그것들을 건네주면서 방을 뺄까요라고 물었고 진현은 잠시 동안 나가는 것이라고 정중하게 대답했다.

말을 몰 줄 모르는 아영은 현홍과 함께 카오루에 올라탔고 니드는 자신의 말 아시드 엘타의 안장에 짐을 묶으며 진현에게 물었다.

"으음, 혹시 유니콘의 장난으로 길을 잃으면 어떻게 하죠?"

헤세드의 발굽을 살핀 후에 안장에 오르던 진현은 차분하게 웃으면서 니드의 질문에 대답했다.

"나침반은 준비해 두었습니다. 식량도 여유분으로 넉넉하게 들고 가고요. 그리고 유니콘의 장난이라기보다는 숲의 장난이라고 하는 편이 낫겠군요."

"예?"

"유니콘은 인간을 피할 뿐이지 괴롭히지는 않습니다. 모습을 안 보이려 깊은 곳에 숨는다고들 하지요. 그런데 인간이 왜 숲을 헤맬까요? 아마도 그 숲에서는 방향을 찾기 힘든 무언가가 있다고 생각합니다."

설명을 들은 니드는 고개를 끄덕이며 말에 올랐다. 처음 말을 타고 여행을 했을 때에는 정말로 말에서 굴러 떨어질까 하는 생각에 몸을 떠는 초보였지만 지금은 제법 승마술이 많이 는 상태였다. 천천히 마구간을 벗어난 일행은 조심스럽게 말을 몰아 대로를 걸었다. 말을 타고 대로를 걸어다니는 사람들은 몇 있었지만 일행들은 다른 이들보다 더 시선을 받았다. 우선은 선두에 서 있는 진현. 태양 빛처럼 환한 금발이 아닌 칠흑처럼 검은 머리카락이 바람에 흩날리는 그 모습은 환상에 가까운 그것이었다. 마치 생각에 잠긴 듯 눈을 지그시 감고 말을 몰아가는 그의 모습에 수많은 여성들이 넋을 놓았다.

사내들은 그의 외모도 외모였지만 헤세드에게 더 많은 관심을 보였다. 마시장에서도 찾아보기 힘든 거대한 흑마는 당당하게 발걸음을 옮기며 주인을 보필했다. 탄탄한 가슴 근육이나 잘 짜여진 몸매는 말을 볼 줄 모르는 사람이라고 해도 탄성을 내지르게 할 정도로 아름다운 것이었다. 말에게 이런 말을 하면 이상하겠지만 그래도 멋지다는 느낌을 주었다.

현홍과 아영 역시 사람들의 시선을 받았다. 남자인지 여자인지 의심스러운 외모와 가느다란 체구의 현홍은 경쾌하게 말을 몰며 뭐가 그리 즐거운지 연신 싱글벙글이었다. 찰랑거리는 와인 빛의 머리카락과 부드러워 보이는 하얀 얼굴, 그리고 동그랗고 까만 눈동자는 사내들조차도 침을 꿀꺽 삼키게 만들 정도였다. 그와 함께 자신의 긴 갈색 머리카락을 손으로 쓸어 넘기며 주위를 둘러보는 아영은 척 보기에도 생기 발랄한 느낌. 꽤 예쁘장한 외모와 그녀의 분위기가 호감을 느끼게 만들었다. 가장 평범한 니드는 자신의 앞으로 걸어가는 그들을 보며 한숨을 쉬었다. 저들을 보면 자신은 평범의 수준에서 한참 떨어진다는 생각이 들어서였다.

인도를 양쪽에 두고 중간의 대로로 말을 터벅거리며 걷게 했다. 마차와 말들을 위한 길이라고 해도 사람들이 지나가지 않는 것은 아니었다. 그냥 인도는 보다 안전한 길일 뿐. 그래서 속도를 내지는 못했고 약간의 지루함을 느끼며 말을 몰아야만 하는 것이다. 이윽고 그들의 눈에 언제 보아도 질리게 만드는 십여 미터 높이의 거대한 성문이 보였다. 눈을 들어 한참을 올려다보아야 끝이 보이는 회색의 굳건한 성벽 또한 사람들의 시선을 잡아끄는 것 중에 하나였다. 수도의 성문 경비대원들은 처음 보았을 때 당황스럽게 만난 사건의 장본인들을 보자 미소를 떠올리며 살짝 고개를 숙였다.

그들은 엄연한 공무 집행 중이었기 때문에 말을 걸어오거나 하지는 못했지만 분명 아는 척을 했고 그렇기에 일행들 역시 고개를 끄덕이며 답례의 인사를 건넸다. 성문의 경비대장 넬슨은 딱딱한 표정으로 팔짱을 끼고 근엄하게 서 있다가 그들을 보자 부드럽게 웃으며 말을 건네왔다.

"수도를 떠나시는 것입니까?"

진현은 고개를 살짝 숙여 인사한 뒤에 아래를 내려다보며 정중한 목소리로 답했다.

"아니오. 잠시 나갔다가 다시 돌아올 것입니다. 그때에는 저번처럼 되지 않았으면 하는군요."

생긋 웃으며 답하는 진현을 본 넬슨은 눈을 동그랗게 떴다. 며칠 사이에 금발의 머리카락이 검은 머리카락으로 바뀌어 있으니 놀라는 것은 당연했다. 하지만 마땅히 설명해 줄 이유도 없는 진현은 가만히 목례를 한 후에 성문을 빠져나갔다. 아영은 손을 흔들며 경비대원들에게 인사를 했고 그로 인해 몇몇 대원들의 볼을 발갛게 달아올랐다. 현홍은 당장 아영의 행동에 핀잔을 주었다.

"넌 남자면 다 좋지?"

"뭐? 말도 안 되는 소리 마! 잘생긴 남자면 다 좋아! 더불어 돈까지 많으면 금상첨화겠지만. 오호호!"

니드는 쓰게 웃으며 고개를 저었지만 진현과 현홍은 그녀의 말이 정말로 진심에서 우러나온 것이라는 것을 잘 알고 있기 때문에 진저리를 쳤다. 어쨌거나 진현은 도둑 길드의 마스터가 가르쳐 준 대로 성문을 나서서 곧장 남쪽으로 말을 몰았다. 하지만 이 근방이라고 하였고 수도의 성벽 주위에는 숲이 우거져 있었기 때문에 혹시 지나칠지 몰라서 말은 되도록 천천히 몰아갔다. 수도에서의 거리는 상당히 떨어졌지만 그 위용은 줄어들지 않았다. 처음 이곳에 왔을 때처럼 대로를 향해서 꾸역꾸역 들어가는 많은 수의 사람들과 마주쳤다. 그들 중 현홍은 문득 길게 이어지는 마차의 나열들을 유심히 바라보게 되었다.

일반적으로 작은 짐마차들이나 끌고 가는 상인들과는 달리 어디를 보아도 일행처럼 보이는 마차들이 몇십 대씩 수도로 들어가고 있었다. 마차의 천막에는 같은 문장이 그려져 있었기 때문에 현홍은 고개를 끄덕였다. 아마도 꽤나 큰 거상의 마차들이리라. 그리고 마차들의 후미에서 4마리 말이 끌고 있는, 사방을 돌아봐도 번쩍거리는 마차에 시선을 보내었다. 하지만 현홍은 마차의 열려진 창문을 통해 안을 본 순간 인상을 쓸 수밖에 없었다.

"표정이 왜 그래?"

아영은 슬쩍 앞을 쳐다보다가 현홍이 마치 바퀴벌레를 대량으로 본 사람과 비슷한 얼굴을 취하는 것을 보고 고개를 갸웃거리며 물었다. 니드와 진현도 그녀의 목소리에 고개를 돌리며 현홍을 보았다. 현홍은 밥맛이 떨어진다는 표정으로 마차 한 대를 가리키며 낮은 목소리로 투덜거렸다.

"저 마차 안에… 내가 제일 싫어하는 류의 인간이 있어서."

니드와 아영은 현홍이 가리킨 대로 마차를 보았고 곧 현홍과 비슷한 표정을 떠올렸다. 아영은 입을 가리며 토하고 싶다는 얼굴로 말했다.

"우웩! 정말로 싫다."

그들이 본 마차 안은 일반적인 마차 안 구조와는 다르게 되어 있었다. 의자 대신 푹신해 보이는 커다란 쿠션이 있었고 안은 조금 넓었다. 그리고 그 쿠션 위에는 정말로 비위에 좋지 않은, 인간들이라면 고개를 돌려 버리고 싶을 정도로 디룩하게 살이 찐 한 사내가 있었다. 뭐, 거기까지는 봐줄 수가 있다. 그 다음이 문제였다. 사내의 주위에는 거의 벗었다 싶을 정도로 옷을 걸친 여성 몇 명이 그의 시중을 들고 있었던 것이다. 마치 애완용 고양이를 대하듯 여성의 몸을 쓰다듬고, 또 다른 여성이 들고 있는 접시에서 무언가를 먹고, 여성의 마시지를 받으며 음흉한 미소를 흘리고 있었다. 아영은 당장에 실프를 이용해 저 마차를 뒤집어엎고 싶었지만 그랬다가는 같이 있는 여성들도 다칠 것 같아서 차마 그렇게 하지는 못했다.

그 여성들의 얼굴에는 하나같이 표정이 없었다. 마차는 빠른 속도로 성문 안으로 사라졌지만 현홍과 아영은 분노의 불길이 휩싸여 활활 타오르는 중이었다. 니드는 그저 당혹한 얼굴을 한 채로 고개를 돌렸다. 두 주먹을 불끈 쥔 채 속으로 여러 가지 저주를 내뱉고 있던 아영은 진현의 반응이 없는 것을 알자 궁금한 얼굴로 고개를 돌렸다. 진현은 아무런 말도, 행동도, 표정도 없이 그저 멍하게 허공을 응시하고 있었다. 고개를 갸웃거린 현홍과 아영은 말을 몰아 천천히 진현에게로 다가갔다.

"진현아, 화나지 않아?"

보이는 게 없는데 화가 날 리 만무했다. 진현은 그저 당혹스러운 미소를 지으며 고개를 저을 뿐 말은 하지 않았다. 의아해하는 세 명을 내버려 둔 채로 진현은 헤세드를 몰았다. 확실히 불편한걸이라고 중얼거리며.

"진현의 눈은 보이지 않는 거지?"

셀로브는 고고한 손길로 들어 올리던 와인잔을 다시 탁자 위에 올려두었다. 방 안은 고요했다. 지금 현재 방 안에는 셀로브와 에이레이뿐이었으니까. 자신의 침대에 걸터앉아 단검을 꺼내어 손질하며 에이레이는 조용히 입술을 깨물었다. 셀로브는 아무런 말 없이 그 특유의 묵묵한 시선으로 에이레이를 응시했고 에이레이 역시 아무 말 없이 자신의 손에 들린 단검을 내려다보았다. 그 덕분에 지금 현재 방 안은 숨소리만이 가늘게 들릴 정도로 고요했다.

씁쓸한 얼굴이 된 셀로브는 잔을 들어 와인을 목구멍으로 넘긴 후에 작게 한숨을 내뱉었다. 그녀를 너무 무시한 것인가 하는 생각을 하며. 비록 지금은 평화로운 곳에서 평화로운 동료들과 함께하고 있을지라도 그녀의 옛 직업이 암살자라는 것은 잊으면 안 되는 사실이다. 그가 대답이 없자 에이레이는 자신의 단검을 다시 혁대에 꽂으며 입을 열었다.
"…앞으로도 계속… 안 보이는 건가?"
그녀의 목소리에서는 분명하게 걱정스러움이 묻어 나왔고 셀로브는 빠르게 기분이 상하는 것을 느꼈다. 무언가 씁쓸하면서 알 수 없는 분노와 또한 자신에게로 향하는 한심스러움 등 여러 가지 기분이 교차하는 것을 느끼며 셀로브는 담담한 목소리로 답했다.
"나도 잘은 몰라. 하지만 이번 진현이 유니콘을 찾으러 간 것이 잘 풀린다면 다시 보이게 되겠지."
"…그래?"
다시 방 안은 정적 속으로 빠져들었다. 사실 에이레이는 셀로브와 함께 있다는 것이 조금 껄끄러웠다. 얼마 전 아영이 자신에게 했던 말들이 되살아났기 때문이다. 자신을… 좋아한다고. 저 셀로브가? 에이레이는 다시 얼굴이 화끈 달아오름과 동시에 어쩔 줄 몰라 했고 그 모습을 본 셀로브는 고개를 갸웃거렸다.
셀로브는 분명히 동료로서는 괜찮은 사람, 아니, 만족이다. 강하고 능력도 좋지만… 하지만……. 두 볼이 화끈거려서 마치 불에 데인 것처럼 느껴졌다. 고개를 푹 숙인 채 입술을 우물거리고 있는 에이레이를 지그시 바라보던 셀로브가 천천히 자리에서 일어났다.
에이레이는 자신만의 생각에 빠져서 그의 모습을 보지 못했지만 곧 자신을 가리우는 그림자에 화들짝 놀라 고개를 들었다. 어느새 셀로브는 그녀의 앞에 서 있었다. 도무지 입에서 말이 나오지 않는 얼굴의 에이레이와는 달리 셀로브는 가만히 그녀를 내려다보았다. 그리고 조심스럽게 무릎을 꿇어 그녀와 눈 높이가 같게 만들고는 살며시 그녀의 이마를 손으로 짚으며 말했다.

"어디 아픈가? 열이 나는데……."

"아, 아아……."

좋아하는 것은 자신이 아닌데 누군가가 자신을 좋아한다는 말을 듣고 그를 인식하게 되자 오히려 반응을 하게 되는 것이 사람의 심리. 에이레이는 순간 셀로브의 두 눈을 응시하게 되었다. 수백 년을 살아왔기에 인간으로서는 알 수 없는 깊이가 있는 눈동자. 거칠어 보이지만 만지면 기분 좋을 것 같은 검은 머리카락과 파리한 피부. 얼굴에서 불꽃이 튀어 오르는 것을 느낀 에이레이는 자리에서 벌떡 일어났다. 눈을 동그랗게 뜨며 자신을 올려다보는 셀로브를 다시 한 번 힐끔 바라본 뒤에 그녀는 외마디 고함을 지르며 방을 빠져나왔다.

"아, 아프지 않아!"

탕!

문짝이 부서져도 이상할 것 같지 않은 소리를 내며 에이레이가 황급히 방을 벗어나자 셀로브는 도무지 모르겠다는 표정을 하며 고개를 갸웃거렸다. 그는 에이레이의 이마를 짚었던 손을 내려다본 후 조용히 한숨을 내쉬었다.

방에서 나온 에이레이는 자신이 왜 이러나 싶어하면서도 벅차 오르는 숨을 고르느라 애를 먹고 있었다. 자신이 좋아하는 것은 분명, 분명히 그 사람인데…… 그런데 왜 셀로브에게? 이런 생각까지 하자 에이레이는 자신이 자신의 마음을 몰라서 당황해 버렸고 곧 스스로에게 바람기가 있나 중얼거렸다.

괜히 자신에게 그런 말을 해서 이상한 생각까지 하게 만든 아영을 생각하며 조금 투덜거리곤 그녀는 처진 어깨를 한 채로 에오로와 키엘이 잠든 방으로 들어가 버렸다.

침대에는 막 잠에서 깬 사람의 모든 것을 다 보여주는 표정으로―말 그대로 멍하게―에오로가 앉아 있었다. 그의 옆에서는 시트를 둘둘 감은 채로 키엘이 꿈틀거렸다. 새집처럼 부스스하게 허공으로 뻗쳐져 있는 머리카락과는 아랑곳없이 에오로는 눈을 게슴츠레 뜨며 방으로 들어오는 에이레이를 돌아보았다.

"음? 얼굴이 빨간데 무슨 일이라도?"

정곡을 찌르는 에오로의 말에 에이레이는 심하게 고개를 가로저었다. 그녀의 암녹색 머리카락이 사방에 휘날리자 에오로는 갸웃거리며 기지개를 쭉 켜며 중얼거리듯 말했다.

"아니에요? 뭐, 아니라면 아니겠지만. 이제 점심 식사 시간인데 재미있는 사람들은 다 유니콘 찾으러 가버렸고 난 뭘 할까나?"

"하, 하기는 뭘 해. 환자가 침대에 누워 있어야지."

"에이, 몸도 다 나았는데 무슨. 카이트님의 치료가 아니었다면 정말로 죽었을지도 모르겠지만 수도 길드 마스터의 치료니까 걱정하지 말아요. 그런데 그 사람들 지금쯤 숲에 도착했으려나?"

에이레이는 탁자 옆에 있는 의자를 끌어다 앉으며 말했다.

"모르지. 하지만 그리 멀리 떨어져 있는 곳이 아니라니까 잠시 후면 도착할걸. 하지만 역시나 걱정이 되는데."

"숲에서 헤맨다? 숲, 숲이라……."

에오로는 뭔가 생각이 날 듯 말 듯하다는 표정으로 턱을 괸 채 고민에 빠졌다. 그것은 에이레이 역시 마찬가지였다. 진현이 말한 것처럼 헤맨다면, 그리고 그사이에 진현과 에오로를 습격한 인물들이 찾아온다면 그들을 막을 수 있을까? 에이레이는 싸늘한 한기가 몸을 훑고 지나가는 것처럼 두 팔을 감싸며 고개를 숙였다. 또한 그들을 습격한다면… 눈이 보이지 않는 진현과 다른 사람들은 무사할 수 있을까? 알 수 없는 불안을 느끼며 에이레이는 고개를 저었다.

유니콘이 사는 숲 2

"악! 악! 대체 지금 몇 시간째냐고!"
 진현은 바로 옆에서 고함을 빽빽 질러대는 아영의 목소리에 귀를 틀어막았다. 물론 그녀의 기분이 이해가 되지 않는 것은 아니다. 하지만 저렇게 고함 지르면 체력부터 바닥이 날 텐데. 그의 생각처럼 아영은 어깨를 축 늘어뜨리며 바닥에 털썩 주저앉았다.
 "아앙, 나는 도저히 더 이상은 못 가! 배 째!"
 숲의 길은 엉망이었다. 수도를 벗어나 두어 시간 말을 달리자 마스터에게 들었던 것처럼 커다란 숲이 그들을 반겼다. 언뜻 보기에 산맥의 끝자락에 위치해 있는 그 숲은 울창한 나무들로 가득했고 숲에 들어서면서부터 한 줌의 햇빛을 찾아보기가 어려운 곳이었다. 동그랗게 숲만 있는 것이 아니고 산맥으로 이어진 부분에 위치하고 있어 길이 고르지 못했다. 덕분에 말에서 내려 그들을 끌고 조심스럽게 걸어갈 수밖에 없는 상황이었다. 하늘이 보이지 않을 만큼 나무들이 곧게 뻗어나 있었고 여름을 맞이하여 더없이 숲풀이 우거졌기에 마치 밤에 길을 걷는 것과 같은 효과를 주었다.

멀리서 울려 퍼지는 알 수 없는 짐승들의 울음소리와 새들의 지저귐은 일행들의 기분은 더욱 다운되게 하는 데 충분했다. 니드는 힘이 많이 들었는지 온몸으로 땀을 흘리는 아시드 엘타의 콧잔등을 쓸어주며 걱정스러운 눈빛을 했다. 말들이 걷기에는 확실히 숲을 빙자한 이곳은 길이 험했다. 말을 타고 걸을 수도 있기는 하지만 이곳에 있는 모든 이들은 자신의 입장과 더불어 말의 입장도 생각하는 동물 애호가들이었기 때문에 최대한 말을 배려해 주기 위하여 걷고 있었다.

진현은 바위 하나에 걸터앉으며 나침반을 들었다. 나침반은 움직이지 않았다. 희미하게 사물을 분간할 수 있는 그의 눈에도 나침반의 바늘은 마치 못을 박아놓은 것처럼 꼼짝을 하지 않았던 것이다. 짧게 숨을 고른 그는 고개를 들어 하늘을 보았다. 물론 보이는 것은 없었지만 눈이 보인다고 해도 하늘은 보이지 않을 정도로 나무들이 빽빽하게 들어서 있는 곳이다. 이곳은 엔트의 숲과 비슷하다고 느꼈다. 자기장이 비정상적으로 발달해서 나침반도 소용이 없는 숲. 그래서 많은 사람들이 길을 잃고 헤매었겠지. 사람의 몸속에 든 본능적인 감각도 충분히 마비시키니까.

진현의 곁으로 다가온 현홍은 그가 들고 있는 나침반을 내려다보더니 곧 인상을 쓰며 투덜거렸다.

"나침반이 말을 안 듣네? 그럼 이제 어쩌면 좋지?"

현홍의 물음에 진현은 답하지 않았다. 그도 모르니까. 수통의 물로 목을 축인 아영이 입가를 닦으며 말했다.

"후우, 정말로 헤매게 되잖아? 뭐 이런 숲이 다 있어."
"아영아, 정령을 부르면 어때?"
현홍의 물음에 아영은 곧 고개를 가로저어 보였다.
"으음, 이미 아까 불러봤지만 무리야. 숲 자체의 기운이랄까… 잘은 모르겠지만 그런 것들이 뒤섞여서 정령들의 기만 추려내기가 힘들어. 히잉, 정말로 사흘 밤낮을 헤매는 것은 아니겠지?"
울상을 지으며 나무에 등을 기대는 아영에게 니드가 쓰게 웃으며 고개를 저었다.
"설마요. 그렇지 않아도 우리들은 지금까지 지나온 길에 표식을 해 두었잖아요."
정말로 다행하게도 진현은 한 가지만을 생각하는 사람이 아니었고, 나침반이나 몸의 감각이 듣지 않는 경우를 대비하여 지금까지 그들이 지나온 길목에 알아볼 수 있는 표시를 해두었다. 옛 동화에 나오는 남매처럼 바보같이 빵 조각을 떨어뜨리는 것보다 더 효율적인 것을 말이다. 그리고 지금 이 순간에도 진현은 자신의 짐 속에서 대거Dagger를 꺼내어 자신이 앉아 있던 바위에 무언가를 새기고 있었다.
까각, 까각.
듣기 싫은 돌 긁는 소리가 귀에 울려 퍼졌다.
니드는 주위가 점점 더 어두워지자 할 수 없다는 듯 랜턴 하나를 꺼내 들었다. 기름을 채운 다음 부싯돌을 이용해 불을 붙인 니드는 그것을 높이 들어 올렸다. 시간이 얼마쯤 지났는지도 잘 가늠이 되질 않았다. 가끔씩 나뭇잎들이 흔들릴 때마다 그 틈으로 볼 수 있는 하늘은 파란색이었다. 아직은 해가 지지 않았다는 말이 된다. 익숙하지 않는 산길을 걸으려니 영 불편했다. 삭신이 쑤신다는 말을 체험한 니드는 한숨을 쉬며 진현에게로 고개를 돌렸다.

"조금 더 전진을 한 후에 날이 지면 야영을 할까요? 여기서 계속 있을 수는 없으니까요."

바위에 표식을 다 새긴 그는 살짝 고개를 끄덕이며 답했다.

"그렇게 하는 게 좋습니다. 숲의 지형으로 봐서 아직 절반도 들어가지 못한 듯합니다."

"뜨아, 나갈 수는 있겠지?"

"물론이야. 표시가 되어 있는 데로 나가면 되겠지. 정 그렇게 힘들면 너 먼저 나가지 그래?"

"뭐?! 연약한 처녀 혼자서 이 음침하다음침한 숲을 뚫고 나가라는 말이야!"

연약한? 니드와 현홍은 연약이라는 단어의 뜻에 대해서 다시 생각해 보는 얼굴이 되었다. 진현은 피식 웃어넘긴 후에 자신의 말 헤세드를 살펴보러 걸음을 옮겼다. 말들은 모두 지친 기색이 역력했다. 물론 헤세드는 진현도 타고 있지 않고 해서 말들 중 가장 팔팔했다. 천천히 헤세드의 갈기를 쓸어 내린 후 발굽을 살피고 안장의 짐들을 살핀 진현이 입을 열었다.

"자, 이제 슬슬 움직이도록 하지."

현홍은 피곤한 얼굴이었지만 별 투덜거림 없이 자리에서 일어나 카오루의 고삐를 손에 감아쥐었다. 힘들다고 힘들다고 투덜거리는 아영은 몸은 피곤하지만 입은 살았는지 연신 중얼거렸다. 그들 중 가장 힘들어하는 것은 니드였다. 음유 시인은 체력도 없어야 하는 것인지 그는 죽겠다는 말을 얼굴에 잠시 떠올린 뒤 몸을 일으켰다. 진현은 천천히 검을 뽑아 들었다. 그리고 그것으로 잡초 베기를 하듯 앞을 휘휘 저어가며 걸어갔다. 그러자 곧 투덜거리는 음성이 울려 퍼졌다.

『야! 내가 무슨 잡초 베기용 낫인 줄 아냐! 쉬지도 못하게 뭐 하는 짓이야?!』

아예 대답조차 하지 않는 것으로 보아 무시하기로 작정을 했나 보다. 진현은 아무런 말 없이 묵묵히 더 크게 검을 휘저었다. 결과적으로 바위나 나무들에게 몸(?)을 부딪치게 된 운은 나직하게 비명을 내질렀다.

『악! 악! 마법검 죽는다아~! 이 빠져, 임마!』

"웃기고 있네."

아영은 목소리를 높여 깔깔거렸고 니드는 애써 웃음소리를 낮추며 고개를 숙였다. 그렇게 운과 진현의 신경전 아닌 신경전을 보아가며 걸음을 옮긴 일행들의 머리 위로 어느덧 황혼이 깔렸다. 겨우 알아볼 수 있을 정도로 붉은 빛이 나무들 사이로 내리비쳤다. 그리고 그 모습은 상당히 아름다워 보였다. 가려진 천막 사이로 불빛이 새어 나오는 것처럼 고고한 분위기를 이끌어낸 것이다. 현홍은 입을 벌리며 눈을 감았다. 숲의 우석거림과 알 수 없는 기분이 뒤섞여져 묘하게 신비로웠다. 검은 장막을 뚫고 바닥으로 쏟아지는 붉은 햇살은 보는 사람의 마음을 신비롭게 하기에 충분했다.

황혼의 햇살이 쏟아짐과 동시에 어둠은 순식간에 찾아왔다. 원래 고즈넉한 분위기를 내기에도 충분할 정도로 어두운 숲 속이었지만 황혼이 지나감과 동시에 숲은 기괴할 정도로 깜깜해져 버렸다. 니드가 들고 있는 랜턴을 제외하고서라도 현홍과 아영이 동시에 랜턴을 꺼내어 들었다. 그렇지만 보이는 것은 전방의 몇 미터 정도일 뿐, 그 이상은 보이지 않았고 또한 음침했다. 아영은 침을 꿀꺽 삼킨 뒤에 주위를 둘러보며 말했다.

"저, 저기, 얼마쯤 들어왔을까?"

한 번도 숲에서 야영을 해보지 않았던 아영으로서는 지금 현재의 상황이 상당히 걱정이 되었다. 그러나 나머지 세 명은 여행을 하는 동안 험한 산에서도 야영을 몇 번씩 해왔기 때문에 별로 걱정하는 눈치가 아니었다. 눈에 띄는 커다란 바위에 아까처럼 대거로 표식을 새긴 진현이 고개를 들었다. 그의 앞에는 운의 마법으로 떠올린 마법의 광구가 둥둥 떠 있었다. 빛을 받은 그의 검은 머리카락이 아름답게 반짝였다.

"음… 글쎄, 숲 자체가 산맥의 접경 지대에 위치해 있어서 조금만 더 가면 절반 정도쯤의 위치가 아닐까 싶은데."

"그, 그럼… 오늘은 여기서 쉬자. 응? 내일 아침 일찍 다시 출발하면 되잖아."

아영의 목소리에는 간절함이 깃들여져 있었고 그로 인해 다른 사람들은 별수없이 걸음을 멈추고 야영 준비를 했다.

진현과 니드가 주위에서 땔감으로 쓸 나무들을 구하러 갔다. 그리고 종종 쿠르릉거리는 소리와 함께 나무들이 부러지는 소리까지 들렸다. 엄청난 소리가 들리면서 사방에서 새들의 짹짹거리는 소리가 울려 퍼졌다. 그것은 전염되고 전염되어 상당히 먼 곳에서 짐승들의 소리가 울렸다. 아마도 숲의 침입자들에게 보내는 경고가 아닐까. 땔감을 구하는 것이 어려웠는지 진현은 바위라도 잘라내는 마법검으로 커다란 나무를 쓰러뜨렸다. 거기서 몇 번 잘라내니 훌륭한 땔감이 되었다. 물론 그때에도 운의 비명 소리가 숲 속 깊은 곳에까지 퍼졌다는 것은 당연한 것이다.

　장작들을 한아름 들고 현홍과 아영에게로 돌아온 두 사람에게 아영은 쓰게 웃으며 말했다.

　"아마 이 숲에 유니콘이 산다면 만나자마자 머리부터 박고 빌어야 할 것 같아. 무슨 나무들을 그렇게 베어내는 거야?"

　진현은 별말 하지 않은 채로 어깨를 으쓱거리며 모닥불을 지폈다. 불꽃이 탁탁 소리가 나면서 튀어 오르는 모습을 보며 아영은 한숨을 내뱉었다. 이런 숲에서의 야영이라는 것은 원래의 세계에서라면 꿈도 꾸지 못할 일이니까. 현홍은 몇 번씩 해왔기 때문에 익숙하다는 표정이었다. 그는 불 속에 장작 하나를 집어 던져 넣은 후에 짐 속에서 주전자를 꺼냈다. 니드 역시 준비해 온 식료품들을 꺼냈고 수통 하나를 현홍에게로 넘겼다. 아영은 그 모습을 보며 눈살을 찌푸렸다. 뭘까, 이 느낌은.

　자신은 하는 일이 아무것도 없었다. 그녀의 자존심이 발끈거렸다. 할 수 있는 일도 없고 아는 일도 없으니 계속 이렇게 여행을 하게 된다면 자신은 아무것도 하지 못할 것이 아닌가. 입술을 샐쭉 내밀며 아영은 자신의 무릎을 끌어안았다. 최소한 큰 도움은 안 돼도 할 일은 있을 줄 알았는데… 현홍까지 저렇게 익숙하다는 손길로 움직일 줄 몰랐다. 원래 현홍은… 저렇지 않았어. 이런 생각을 하며 아영은 현홍을 바라보았다. 수통에 담긴 것은 물이 아닌 우유였다. 그것을 주전자에 담은 후에 모닥불 옆에 작게 다른 불을 지폈다. 니드는 어딘가에서 주워 온 돌멩이들을 그 불 주위에 동그랗게 돌려놓았고 현홍은 그 위에 주전자를 올렸다.

　우유를 따뜻하게 데워서 먹는 건가, 여름인데? 그렇게 생각한 아영이었지만 곧 그녀는 자신의 몸을 휘감고 사라지는 추위에 이를 악물어야 했다. 숲은 다른 곳보다 춥다는 사실을 새삼 떠올린 그녀에게 진현은 빵과 잘 말린 고기 비슷한 것을 내밀었다. 잠시 그를 올려다본 아영은 아무런 말 없이 그것을 받아 들었다. 아무리 생각해도 묘한 기분이야. 그녀는 그렇게 중얼거렸다.

누군가에게 필요가 없다는 것이 자신으로 하여금 이상한 생각을 하게 한 것이다. 지금 이 순간에 자신이 없어도 이들은 이렇게 잘해 나갔겠지 하는. 하지만 곧 그녀는 고개를 휘저었다. 빵을 한 입 물어 우물거리며 아영은 고개를 숙였다. 그런 그녀의 모습에 니드가 의아하다는 목소리로 물어왔다.

"어디 불편하신가요?"

"으음, 아니, 그냥……."

퉁명스럽게 답하는 아영을 현홍은 눈을 동그랗게 뜨며 쳐다보았다.

"왜 그래? 너무 피곤해서 그런 거 아냐? 저녁 먹고 얼른 자."

"그런 게 아냐."

"응?"

아영은 무릎에 자신의 턱을 올려놓으며 중얼거리듯 말했다.

"뭐라고 할까, 기분이 이상해서. 지금 이 시점에서 난 아무 도움도 안 되잖아. 그리고 다들… 뭘 하라고 시키지도 않고. 내가 못한다는 것을 다 알고 있듯이 말야. 물론 난 못하지만……."

아영은 거기서 말을 멈추고 입을 조금 우물거렸다. 그녀를 쳐다본 현홍은 피식 웃으며 컵에 우유를 따랐다. 하얀 김이 공기 중에 퍼지며 고소한 냄새를 퍼뜨렸다. 그것을 조용히 아영에게 건네주며 그는 다정한 목소리로 말했다.

"그런 생각을 했어? 나도 처음에는 그랬어. 아무도 나에게 무엇을 하라고 시키지 않았지. 물론 나도 무엇을 할지, 어떻게 할지 모르고 있었어. 그렇지만 인생의 상당 부분은 경험이라는 것을 통해 알게 되잖아? 처음부터 무엇이든 잘하는 사람은 없어."

진현은 양손으로 컵을 쥔 채 부드러운 미소를 입가에 떠올리며 현홍의 이야기를 들었다. 니드 역시 무언가 감명 깊은 이야기를 듣는다는 얼굴로 현홍과 아영을 번갈아 보았다. 살며시 눈을 감은 현홍은 마치 화롯가에서 옛이야기를 들려주는 사람마냥 나긋나긋한 어조로 말을 이어갔다.

"나도 처음에는 일행들에게 아무 도움도 되지 못했지. 하지만 언젠가부터 사람들에게 도움이 되어가고 시키지 않아도 알아서 할 수 있게 되었어. 사람이 태어나서 처음 걸음마를 스스로가 아닌 다른 사람에게 배우듯, 말을 하는 것을 스스로가 아닌 다른 사람에게 배우듯 말야. 이 세상을 살아가는 사람들 중에서 무엇인가를 다른 사람들에게서 배우지 않고 스스로 하는 사람이 과연 몇이나 될까? 아영, 너한테 일을 시키지 않은 이유는 네가 지금 우리들이 하는 일을 모른다고 단정 지어서 생각한 게 아냐. 할 줄 안다면 스스로가 알아서 할 것이고 그렇지 않다면 가만히 있겠지라고 생각해서야. 무슨 뜻인지 알겠니?"

"…대충."

"좋아. 네가 지금 우리들이 하는 일을 보고 무언가를 배웠다면 다음 야영을 할 때에는 말하지 않아도 알아서 하겠지? 만약 우리가 너한테 억지로 시킨다면 너는 기분이 안 좋았을 거야. 그래서 다들 아무 말도 하지 않은 거고."

"알았어."

아영은 고개를 끄덕이며 컵 안에 든 우유를 마셨다. 니드는 짐 속에서 모포 하나를 꺼내어 들고 와서는 아영에게 내밀었다. 그것을 받아 든 아영은 천천히 고개를 숙여 고맙다는 말을 대신했다. 묵묵히 식사를 마친 진현이 입을 열었다.

"오늘은 일찍 쉬고 내일 새벽에 출발하기로 하지. 첫 번째 불침번은 내가 설 테니까… 니드도 쉬십시오. 아영과 현홍도."

"하암, 너무 이른 것 같기는 하지만 많이 걸어서 다리가 부었을 것 같아. 그럼, 난 이만."

깔끔하게 기지개를 켠 현홍은 입맛을 다시며 모포를 펼쳤다. 그리고 그 속으로 들어가서는 잠시의 시간도 지나지 않아 수마睡魔의 세계로 빠져들었다. 저렇게 빨리 잘 수 있는 것도 재주라면 재주다. 니드는 대충 주위를 치운 뒤에 진현에게 시간이 지나면 자신을 깨우라고 말하고는 모포를 둘러썼다. 숲에서 잠을 잔다는 것은 별로 유쾌하지 않은 경험이다. 우선 땅은 울퉁불퉁한 데다가 땅의 기운 때문에 추웠고 바람을 막을 수 있는 것도 없어서 체온을 빼앗기기 십상이니까. 하지만 어느 정도 숲에서의 야영에 익숙해진 니드와 현홍은 금세 잠이 들었다.

그러나 숲에서 잠을 청하는 것에 익숙하지 않은 아영은 피곤함에도 불구하고 모포를 가슴까지 끌어 올리고는 눈을 말똥말똥 뜨고 허공을 바라보았다. 잠이 오기는 오는데 딱딱한 땅에 배기는 허리에다가 당장이라도 벌레가 기어나오지 않을까 하는 걱정이 겹쳐서 쉽사리 잠이 들지 못하는 것이었다.

모닥불이 꺼지지 않도록 종종 장작을 불 속에 집어 던진 진현은 문득 모포 부스럭거리리는 소리와 중얼거리는 소리를 들었는지 피식 웃으며 조용한 목소리로 말했다.

"잠이 안 오니, 아영아?"

화들짝 놀란 아영은 잠시 숨을 고르다가 상반신을 일으켜 앉았다. 그녀는 모닥불 때문에 붉게 반짝이는 진현의 모습을 뚫어지게 쳐다보았다. 검은 머리카락이 얼굴 위로 축 늘어져 있는 그의 모습은 굉장히 아름다웠다. 여자인 자신이 봐도. 바람 한줄기가 그를 스쳐 지나갔고 사람을 홀릴 듯이 하늘거리는 칠흑의 머리카락을 보며 아영은 피식 웃었다.

"으음, 땅이 고르지 않아서인가 봐."

"억지로라도 눈을 붙여두는 게 좋아. 새벽에 출발할 테니까."

아영은 고개를 끄덕였지만 다시 모포 속으로 들어가지는 않았다. 진현은 무심한 손길로 모닥불을 헤집었다. 티끌처럼 작은 불꽃들이 허공으로 날아오르다가 곧 소진해 버렸다. 아름다웠다. 그리고 그 불꽃에 비치는 진현 역시 아름다웠다. 무엇이 더 아름다운지는 모른다. 둘 다 자연적인 아름다움이라는 것은 같지만. 아영은 자신의 무릎을 끌어안은 채로 모닥불과 진현을 번갈아가며 바라보았다.

처음 저 사람을 보았을 때는 어쩌면 좋아하는 감정이 있었는지도 모르겠다. 하지만 사촌이라는 것 알고 난 후 가깝게 지내면서 그 감정은 조금씩 바뀌어갔다. 오히려 저 남자를 알면 알수록 좋아할 수가 없었다.

자신이 좋아할 만한 사람이 아니다. 아니, 그런 범주를 넘어서는 사람이라고 생각해서였다. 고요한 숲 속에서 아영은 기괴한 기분을 느끼며 진현의 정면에서 그를 보았다. 아름답게 흘러내리는 검은 머리카락이 불꽃으로 인해 더 인상적이었다. 밤하늘보다 더 깊은 그의 머리카락과 그와 반대로 하얀 얼굴, 살며시 감고 있는 두 눈. 조각상과 같은 아름다움이었지만… 그래서 좋아할 수가 없다. 진현은 자신과 관계된 모든 사람을 소중히 여기는 것은 분명하다. 그렇지만 그가 진정으로 소중히 여기는 사람은……. 그녀는 천천히 고개를 돌려 죽은 듯이 잠을 자는 현홍을 쳐다보았다.

그리고는 고개를 숙여 키득거리며 웃기 시작했다. 문득 들린 웃음소리에 진현이 고개를 갸웃거리자 아영은 살짝 고개를 저은 후에 모포 속으로 들어갔다. 아침에 식사할 때는 조금 도와줘야지 하고 중얼거리며. 그런 그녀를 바라본 진현은 곧 피식 웃으며 다시 모닥불에 장작을 집어넣었다. 그리고 곧 심심해졌다. 불침번이라는 것은 몇 시간 동안 모닥불만을 바라보며 홀로 앉아 있는 일이다. 정말로 도 닦는 사람이 아니고서야 심심해지는 것은 당연한 일. 그는 작은 주전자를 꺼내어서 물을 담았다. 물이 어느 정도 끓은 후 찻잎을 넣은 그는 컵에다가 그것을 따르며 허공을 올려다보았다. 물론 고개만 들어 올린 것뿐이다.

『음냐, 아영은 네 사촌 여동생이라고 했지?』

그때까지 가만히 있던 운의 목소리가 들렸다. 그는 자는 다른 사람들을 생각해서인지, 아니면 주위에 혹시나 있을지 모르는 몬스터 Monster들을 생각해서인지 낮은 목소리로 말했다. 심심하던 차에 잘 되었다 생각하며 진현은 고개를 끄덕였다.

"음, 외가 쪽의 먼 사촌이야. 촌수로 따지면 8촌 내지는 9촌 정도 될 걸? 그러니 처음에는 당연히 몰랐지. 우리 어머니는 아버지께 시집을 오시면서부터 외가 쪽과는 연을 끊고 살았으니까. 쫓겨났다고 하는 말이 옳겠지만."

『복잡한 집안 관계였나 보네.』

"응? 그렇지."

진현은 씁쓸히 웃으며 컵을 입에 가져갔다. 복잡하다 못해서 얽히고 설킨 관계라고 할까.

『어땠는데?』

아마도 운은 궁금했었는지 진현이 자세하게 말해 주지 않자 곧장 물어왔다. 별로 하고 싶은 이야기는 아니었지만 다른 사람들은 자고 있으니 별 상관 없을 것 같아서 씁쓸한 표정으로 운에게 말해 주었다.

"어머니는 한국, 말해도 모르겠지만… 하여간에 조금 가문이 있으신 분의 딸이었지. 여기로 따지면 귀족? 뭐, 내가 사는 세계에는 이미 그런 것은 사라진 지 오래였다지만 가문 자체로는 유서가 깊고 고지식한 집안이었어. 아버지는 다른 나라의 사람이고. 아버지 역시 한 나라에서 제법 이름있는 집안의 아들이었고 계승자였지만 그 두 나라가 사이가 안 좋은 나라였어. 그러니 어머니 집안에서 결혼을 허락해 줄 리 만무했지. 말했지? 고지식하다고."

『원수 집안의 아들과 딸이 사랑에 빠졌다? 무슨 동화 같다.』

그 말에 진현은 고개를 숙이며 킥킥 웃어댔다. 그 두 집안 자체가 원수는 아니어도 비슷하기는 했다. 한참을 웃은 후 진현은 계속 말을 이어 나갔다.

"후훗, 하여간에 어머니는 결국 집을 나오셔서 아버지가 사는 나라로 가버렸어. 그와 동시에 집안에서는 파문? 그 비슷한 것을 당했지. 하지만 문제는 여기서도 발생했어. 아버지 집안에서도 어머니를 쉽게 며느리로 받아주지 않았던 거야. 비록 결혼은 했지만 정식으로 한 것도 아닌… 그 집안에 이름도 오르지 않은 채로 사셨어. 돌아가실 때까지."

『돌아가셨어?』

"으응, 아버지가 사고로 돌아가신 후 몇 년 뒤에 병으로 돌아가셨지. 그때까지 참 힘들게 사셨던 걸로 기억해. 아버지도 없는 곳에서 자신을 인정해 주지 않는 집안 사람들을 보며 어떤 마음이셨을까?"

운은 잠시 동안 말이 없었다. 하지만 위로 같은 것은 하지 않았다. 위로가 필요없다는 것을 잘 알고 있어서였고, 위로를 한다고 아픔 비슷한 감정이 사라지지는 않을 것이라는 것을 알고 있었기 때문이다. 진현은 갑자기 지그시 감고 있던 눈을 뜨며 차갑게 웃었다.

"동화나 소설 속에 나오는 원수 집안의 자식들이 사랑하면서도 결국에는 언 해피엔딩으로 끝나는 것이 이런 이유일 거야. 두 사람은 결혼을 해봤자 거기서 〈그리고 그들은 영원히 행복했답니다…〉라는 결말이 아닌 어느 쪽에 가도 인정받지 못하는 삶을 살았을 테니까. 차라리 함께 죽어서 〈그리고 그들은 죽음으로써 영원히 같이 있게 되었답니다…〉라는 결말이 더 현실적이지. 정말 현실이라는 것은… 동화처럼 아름답지 않아."

『……』

꼭 자신의 일처럼 말하는 느낌이 드는 것은 왜일까? 운은 그런 생각을 했다. 마치 자신의 이야기를 하는 것처럼 진현은 허공을 올려다보며 그렇게 말하고 있었다. 컵을 쥐고 있는 두 손에 힘이 잔뜩 들어가 있는 그를 보며 운은 더 이상 아무 말도 할 수가 없었다. 하지만 곧 진현은 허무한 듯 쓰게 웃으며 자신의 머리카락을 쓸어 넘기며 운을 내려다보았다.

"그냥 그렇다는 말이야."

낮은 목소리로 그렇게 말하는 진현의 얼굴은 절대로 〈그냥〉이라는 말을 쓸 수 없었다. 뭔가 창백한 듯하면서도 지독하게 서글픈 느낌. 마치 금방이라도 울 것 같은 얼굴이었지만 입가에는 미소가 떠올라 있었다. 운은 입을 다물었고, 진현도 더 이상 말하지 않고 고개를 들어 다시 하늘을 보았다. 나무들에 가려져 아름답게 반짝이는 별들은 볼 수 없었지만 그래도 희미한 빛이 잎사귀 사이사이로 내비쳐 고요한 숲을 더욱 아름답게 만들었다. 한 사람과 하나의 검은 그렇게 고요한 숲을 말없이 바라보았다.

"음냐? 벌써 아침이야?"
"정확히 말하자면 새벽이죠. 어서 일어나서 세수하고 밥이나 먹고 출발해요."

빙긋 웃으며 말하는 니드 덕분에 아영은 휘둘리는 머리를 간신히 진정시키며 자리에서 일어났다. 으으, 너무 추워! 이런 말이 입 밖으로 나오려고 했다. 새벽의 공기는 차가웠고, 자고 일어나서 체감 온도는 더 떨어져 있었다. 오들오들 떨면서 아영은 짐 속에서 빗을 꺼내어 빗기 시작했다. 불편한 곳에서 잠을 잔 탓에 허리와 어깨, 등이 쿡쿡 쑤셔오는 것을 느꼈다. 그녀에 비해서 현홍은 아직까지 정신을 못 차리고 있었다. 주위는 아직 어두컴컴했지만 새벽 특유의 기운을 느낄 수 있었다.

진현은 니드가 깨우기도 전에 먼저 눈을 떠서 아침 식사를 준비했다. 니드는 속으로 무섭다고 중얼거렸다. 사실 불침번을 교대할 때에도 한참이 지난 뒤에서야 자신은 겨우 정신을 차렸으니까. 저렇게 벌떡벌떡 일어날 수만 있다면 여행하는 게 즐거울 수도 있을 것 같았다. 거의 우는소리를 내며 모포를 둘둘 말아 가슴에 껴안은 현홍은 눈을 감은 채로 뭔가 웅얼거렸다. 말들은 하룻밤 동안 푹 쉬어서 기운이 넘쳐 보였다. 겨우 겨우 현홍을 깨워 아침 식사를 마친 일행은 곧 다시 전진할 차비를 갖추고는 일어섰다.
"우엥, 아침이 오는 게 싫어."
아직도 잠에서 덜 깼는지 휘청거리는 현홍에게 진현은 혀를 차며 따끔하게 한마디 했다.
"아침이 와서 깨어난다는 것은 네가 살아 있다는 증거니까 즐거워해."
"으에에……."
칭얼거리는 그를 뒤로한 채 진현은 앞서 걸어갔다. 그들은 지금 빙빙 도는 게 아니라 무조건 앞으로 전진하고 있었다. 그것이 아무래도 길을 찾기가 쉬우니까. 표시를 한다고 해도 어느 지점에서 왼쪽으로 꺾었는지 오른쪽으로 꺾었는지를 모르면 아무 짝에도 쓸모가 없지 않은가. 그래서 그들은 우선적으로 처음 발을 디딘 곳으로부터 쭉 걸어가기로 마음먹었다. 끝은 있을 터이니 만약에 찾지 못하면 왼쪽이든 오른쪽이든 숲을 돌아서 그쪽에서 다시 출발을 하면 된다. 사각은 있지만 어느 정도 확신할 수가 있다. 안전에 대해서는 말이다.
말들을 끌고 조금을 가니 숲이 조금씩 밝아지는 느낌이 들어 모두들 주위를 둘러보았다. 그리고는 곧장 입을 쩍 벌리며 넋을 잃어버렸다.
그곳은 천국이었다. 아마 가장 처음 생각나는 단어가 있다면 그것은 천국 내지는 낙원이었을 것이다. 은은하게 낀 안개가 있었기에 더 신비로워 보였다. 주변은 온통 푸른 숲이었지만 방금 전 그들이 지나온 길처럼 어둡지는 않았다. 오히려 환하게 밝아서 눈이 부실 정도. 종류를 알 수 없는 꽃들과 나무들이 만발했고 이제 막 하늘 위로 고개를 내민 태양 빛은 그곳만을 축복하는 듯 보였다. 덩굴이 감긴 고목은 몇백 년을 있었는지 가늠조차 되지 않았다. 지금 그들이 있는 곳과 반대 편의 그곳 사이에는 깊지는 않지만 넓은 폭을 가진 시냇물이 흘렀고 그 때문에 허공에는 어슴푸레 무지개가 걸쳐 있었다.

털썩.

이상한 소리가 나서 옆으로 고개를 돌린 현홍은 땅에 주저앉아 눈을 크게 뜨고 있는 아영을 보게 되었다. 그리고 그 자신도 곧 다리에 힘이 풀려 더 이상 서 있을 수가 없었다. 파랗게 변해가는 하늘과 태양이 서서히 빛을 내려 쏟고 있는 숲 어디에도 더 이상의 어둠은 존재하지 않았다. 저 멀리에는 작지만 아름답게 물이 쏟아져 내리는 폭포가 보였다. 형형색색의 나비들과 새들이 허공을 날아다니면서 빛을 뿌리는 것 같았다. 진현은 이곳을 보며 유니콘이 존재한다는 사실을 완전히 믿어버렸다. 사실 이 숲을 들어섰을 때만 해도 반쯤은 속아 넘어간다는 입장으로 왔었다. 하지만 이곳이라면… 이곳이라면 유니콘도 엘프도 드래곤도 모두가 다 살고 있다는 확신이 들었다. 그만큼 현재 그들의 눈에 펼쳐진 곳은 아름다웠고, 신비로운 광경이었다.

문득 진현은 눈을 크게 뜨며 주위를 둘러보았다. 지금… 이 장면이 보이는 것이다. 어깨를 흠칫거리며 고개를 돌려 자신이 걸어왔던 숲을 바라본 그는 다시 놀랐다. 그곳은 원래처럼 보이지 않았다. 그리고 일행들의 얼굴도 무엇도 다! 자신의 눈에 보이는 것은 이 장면, 이곳뿐! 숨을 몰아쉰 진현은 지금의 사태를 이해할 수 없었다. 왜, 왜 이곳만 보이는 것인가. 하지만 이 물음에 답을 해줄 이는 아무도 없었다.

쓰러지지는 않았지만 얼굴은 쓰러졌다는 표정인 니드는 비틀거리며 옆에 있는 나무를 짚고 기대었다. 그는 마치 지금 눈앞의 풍경이 현실이 아니라는 듯 눈을 몇 번 깜빡인 후 조용히 입을 열었다.

"화, 환상의… 숲, 인간의 발길을 거, 거부하며… 그곳은 신의 축복을 받은 곳. 푸른 새벽 속에서 안개에 뒤덮인 그… 곳은 유니콘의, 성스러운 유니콘의 숲."

띄엄띄엄 감격에 겨워하는 그의 목소리에 진현은 미간을 찌푸렸다. 왜 이 숲만 보이는 것일까. 아무리 생각해도 답을 내리지 못한 진현은 문득 무언가가 바짓자락을 잡아당기는 것을 느꼈다. 고개를 내리니까 자신의 왼편에 서 있던 아영이 손을 들어 올려 무언가를 가리키는 것처럼 보였다. 어딘지 자세히는 모르겠지만 어쨌든 숲이 보이니까 무어라도 보이겠지 싶어 진현은 고개를 들었다. 그리고는 다시 굳어져 버렸다. 아영이 차마 말도 안 나와 손가락으로 가리킨 그곳에 바로 〈그것〉이 있었다. 아영과는 다르게 너무 쉽게 찾아서 말도 나오지 않은 진현이었다.

그것은 분명히 말이었다. 보통의 말보다는 크기가 조금 작을까? 조랑말 크기의 그것은 반대 편 시냇가에서 그 아름다운 곡선을 가진 목을 아래로 내려 여유롭게 물을 마셨다. 모든 것이 흰색이었다. 색을 가진 것이 있다면 미간 사이에서 나선형으로 꼬아 올려진 뿔이랄까. 루비의 색과 비슷한 그것은 햇빛을 받아 한줄기의 불꽃 검처럼 보였다. 그 뿔은 환하게 비치는 햇살 속에서 두 눈을 똑바로 뜨고는 바라보지 못할 정도로 반짝였다. 하얀 발굽으로 대지를 딛고 서서 고고한 모습이었다. 반쯤은 투명해 보였다. 마치 슬라이드를 틀어놓은 것처럼 반투명한 그것은 뭔가 인기척을 느꼈는지 살며시 목을 들어 자신들 쪽을 바라보았다.

눈동자는 까만 색이었다. 모든 것을 받아들이듯, 모든 것을 흡사해 버리듯 검은 밤하늘과 같은 두 눈으로 인간들을 바라본다. 그 눈에 무엇이 깃들여져 있을까? 하얀 갈기와 꼬리는 비정상적으로 길었다. 조금만 더 길었으면 땅에 닿겠는데라고 중얼거린 진현은 묵묵히 유니콘을 보았다. 당장에 달아나지 않았다.

조금 멀리 떨어진 그곳의 높은 곳에 서서 아랫것들을 바라본다는 눈빛이었다. 당당하고 고고했으며 단아한 멋이 있는 그런 눈빛. 바람이 한차례 불어왔다. 하얀 갈기는 마치 밤하늘에 꼬리를 내리며 길게 떨어지는 유성의 빛줄기처럼 보였다. 니드는 혹시나 유니콘이 달아날까 봐 초조해하는 눈치였다. 그리고 아시드 엘타의 고삐를 잡아당기며 앞으로 한 걸음 나섰다. 하지만 그는 뒤로 벌렁 나자빠지고 말았다. 푹신하도록 길게 자란 풀 때문에 큰 소리는 나지 않았지만 니드는 미골이 아프다는 듯 엉덩이를 문지르며 뒤를 보았다.

말들은 꼼짝하지 않았다. 마치 그대로 석상이 되어버린 것이 아닐까 걱정이 될 정도로. 그들의 시선은 모두 유니콘에게로 가 있었고 진현은 입술을 깨물며 고개를 저었다.

"새들의 제왕이 독수리이듯 어쩌면 말들의 제왕은 유니콘일런지도 모르죠. 그런 그들이 제왕 앞에서 함부로 움직일 수는 없을 겁니다."

"그, 그런……!"

니드는 진현을 올려다보았다가 다시 말들을 보았고 마지막으로 고개를 돌려 유니콘을 보았다. 그 자리에서 유니콘은 꼼짝도 하지 않았다. 바람에 따라 꽃들과 풀들이 이리저리 흔들렸다. 졸졸 흘러가는 물소리 말고는 정적만이 흘렀다. 고요함을 깬 것은 작은 말발굽 소리였다. 화들짝 놀란 사람들의 시선이 그곳으로 모였다. 아영은 입을 가리며 경악했고 현홍은 자신의 두 눈에 비친 것이 무얼까 하는 얼굴이었다. 진현은 대신 눈을 가늘게 떴으며 니드는 무언가 알 수 없는 소리를 중얼거렸다.
　그것은 유니콘과 똑같이 생겼지만 크기만 작은… 말 그대로 새끼 유니콘이었다. 태어난 지 얼마 지나지 않은 것처럼 보이는 그 유니콘은 자신이 처음 보는 모습에 처음 맡는 냄새 때문인지 불안한 듯 귀를 펄럭거렸다. 아무리 새끼여도 유니콘은 유니콘인지 그것의 미간에도 작은 뿔이 나 있었다. 사실은 뿔이라고 부르기도 힘들 정도로 작았다. 기껏해야 손가락 하나 정도의 크기? 뿔의 색은 진주의 그것과 같았다.
　어미인지 아비인지는 몰라도 큰 유니콘은 고개를 아름답게 휘어 새끼의 입을 핥아주었다. 이 아름답고도 가슴 한 켠이 따뜻해지는 광경에 모두들 넋을 놓았다. 하지만 진현은 뭔가 생각하는 얼굴이 되었다가 다시 입술을 꼭 깨물고는 결심을 한 듯 고개를 끄덕였다.
　그는 천천히 발걸음을 옮겼다. 유니콘의 새끼는 화들짝 놀라 귀를 쫑긋 세웠지만 또 다른 유니콘은 별로 개의치 않는 모습이었다. 목을 들어 진현을 유심히 지켜보았다. 니드와 아영, 그리고 현홍은 어쩔 줄 몰라 했지만 쉽사리 일어서서 진현처럼 걸어가지는 못했다. 그러기에는 너무 놀라 버렸으니까.
　첨벙, 첨벙.
　물은 생각대로 깊지 않았다. 정강이까지 오는 시냇물을 조심스럽지만 단호한 태도로 걸어간 진현은 걸음을 멈추었다. 그는 정확히 유니콘과 일행들 중간에 서 있었다. 가까이 와서 보니 유니콘의 모습은 더욱 아름답다는 것을 느꼈다. 온몸에서는 광휘가 흘러나왔고 빛에 반짝이는 그 모습은 확실히 환상의 동물, 꿈을 쫓는 사람들의 동물이라는 칭호가 딱 맞아 보였다. 진현은 조용히 고개를 숙이며 말을 건넸다.
　"고요한 당신의 침소에 찾아든 것을 대단한 실례로 여깁니다. 이 점

용서해 주시길 바랍니다."

니드는 진현이 말에게 말을 걸자 멍한 표정을 지었다.

"말은 말을 못 알아듣는데 진현은 말에게 말을 거네? 이게 무슨 일이야?"

"…시, 신성한 동물이니까. 인간의 언어는 알고 있지 않을까? 드, 드래곤도 인간의 언어로 말을 할 줄 알잖아?"

더듬더듬 말하는 현홍이었지만 진현의 행동은 이해가 되지 않는다. 그저 보고 싶어서 온 것 아닌가? 왜 말을 걸지? 이런 의문이 머리 속을 가득 채우는 가운데 진현이 두 번째로 입을 열었다.

"무례를 용서하신다면 한 가지 부탁을 드리고 싶어서 찾아온 것입니다."

"나는 자네가 알고 있는 것처럼 유니콘이네."

진현을 제외한 모두는 어깨를 움찔할 정도로 놀랐다. 목소리가 들리지 않았다. 아니, 들렸나? 그들의 귓가에서는 속삭이는 듯한 음조로 나직한 말소리가 들려온 것이다. 그것은 분명한 말이었고 인간의 언어였으며 처음 듣는 목소리였다. 몇 살인지 가늠은 가지 않지만 여성의 목소리. 고고하면서도 다정하고 한없이 냉정할 것 같으면서도 깊이가 있는. 어쨌거나 새끼 유니콘의 어미인 그녀에게서 다시금 목소리가 들려왔다. 뭔가 공기 중에 퍼지는 듯 아련한 느낌이어서 들린다는 표현을 쓰기에는 무리가 있었지만.

"나는 유니콘, 그대들의 환상 속에 거주하는 자. 실제하면서도 실제하지 않으며 인간들과 함께 걷지만 마지막에선 사라져야 할 자요."

의미 모호한 그녀의 말에 현홍은 고개를 갸웃거렸다. 그러나 진현은 여전히 꼿꼿한 자세로 정면을 응시한 채 서 있었다. 그는 조용히 고개를 숙이며 말했다.

"당신의 말씀이 무슨 뜻인지 알고 있습니다."

"그것을 알고 있으면서 날 찾아온 건가?"

"…무례인 줄 알고 있습니다. 하지만 저 역시도 급박했기에 어쩔 수가 없었습니다. 용서하시길."

유니콘은 아무 말이 없었다. 그녀는 고개를 들어 하늘을 올려다본 뒤에 진현을 지그시 쳐다보았다. 그 눈길이 참으로 직접적이었기에 노려본다고 해도 과언이 아닐 정도였다. 그러나 진현은 움찔하지도 않았으며 오히려 그 눈동자를 똑바로 응시하기까지 했다.

"자네들과 나는 접촉해서는 안 돼. 그게 섭리이고 또한 법칙이다."

서글픈 어조였다. 마치 뭐라고 할까… 원하지 않는 일인데 어쩔 수 없기 때문에 행한다는 느낌. 현홍은 그런 느낌이 들어서 입술을 깨물었다. 그리고 그것을 아영과 니드도 느꼈는지 주먹을 꽉 쥐고 자신들 앞의 진현과 유니콘을 보았다. 새끼 유니콘은 자신의 어미가 무슨 말을 하는지 영 모른다는 눈치로 그녀의 뒤에 서 있었다. 눈을 살며시 감은 진현은 잠시 말을 할까 말까 하다가 곧 체념한 듯 입을 열었다.

"이유를 여쭈어도 되겠습니까?"

유니콘은 그 질리도록 까맣고 투명한 눈동자를 몇 번 깜빡인 뒤에 조용한 어조로 친절하게 대답해 주었다. 그렇다, 친절하게. 유니콘은… 자신보다 한참 낮은 지성의 인간을, 자신보다 한참 적게 살아가는 인간을 보면서 무시해 버리는 것이 아니라 친절하게 그의 말에 대답을 해주고 있는 것이다.

"말했지 않소. 나는 유니콘… 그대들의 환상 속에서 살아간다고. 환상은 환상이기 때문에 아름다운 것이오. 그것이 현실이 끌어내려지면 얼마나 차가워지는지 알고 있소?"

"…그런 것 같습니다."

"그럼, 이번에 내가 묻겠소. 왜 인간들의 발길을 거부하며 올곧게 살아가는 이 숲에 들어온 것인지."

"제 자신을 치료하기 위해서입니다."

아영은 눈을 동그랗게 떴다. 아픈 곳이 있었나? 있다면 잘 안 보이는 눈뿐일 테지만, 눈이라면… 휴식을 취한 뒤에 다시 원상태로 돌아갈 수 있다고 하지 않았던가? 유니콘은 잠시 고개를 갸웃거리며 진현을 본 뒤에 작게 한숨을 쉬었다. 그러자 마치 이곳 자체가 그녀인 양 나뭇잎들이 흩날리는 바람이 한차례 불기 시작했다. 현홍은 화들짝 놀랐고 주위를 둘러보았다.

"그대는 너무 지쳐 있구려. 어쩌면 그대가 진정으로 다친 곳은 눈이 아닌 마음일지도 모르겠소. 내 말이 과한 것이오?"

"정확하십니다, 유니콘이여."

니드는 대체 저 둘이 무슨 대화를 나누는지 알 수가 없었다. 내용도 그렇고, 바람 소리 때문에 쉽사리 대화 소리가 잘 들리지 않는 것이었다. 방금 전까지만 해도 괜찮았는데 왜 이러지 싶어 고개를 저은 후 사방을 둘러보았지만 변한 것은 없었다. 그저 바람 소리가 들린다는 것뿐. 하지만 이상한 것은 바람이 부는데도 물은 흔들리지도 않는다는 것이다. 물론 나뭇잎들도. 단지 바람이 거세게 불어오는 소리가 들렸다. 아영은 귓가를 두 손으로 막으며 니드에게 말했다.

"바, 바람이……."

현홍은 흩날리는 자신의 머리카락을 손으로 움켜쥐었다. 그렇다. 바람이 부는 곳은 시냇가의 반대 편에 있는 자신들 쪽이었다. 그리고 물에 들어가 있는 진현이나 유니콘에게는 바람이 불지 않았다. 경계처럼 보였다. 분명히 자신들이 있는 곳은 그 어두컴컴한 숲이다. 그리고 눈앞에 보이는 것은 아름다운 절경. 마치, 마치… 저 둘의 대화를 들어서는 안 되는 것처럼 바람이 울고 있었다.

"자네가 안고 있는 사실은 저들은 들어서는 안 되는 것일 테지? 비밀로 하고 싶은 것 아니오?"

마치 투명한 장막이 처져 있듯 바람에 둘러싸인 일행들의 모습을 보며 진현은 살짝 고개를 끄덕였다. 유니콘은 한결 편안해졌다는 듯 말을 이어 나갔다.

"자네는 자네가 감당하기에는 너무나도 커다란 힘을 가지고 있군. 하나 그 눈은… 자네 스스로가 자신에게 한 맹세를 지키기 위해서 행한 결과. 그런데 고쳐지기를 바라는 것은 과욕이 아닌가?"

그녀는 담담한 목소리로 진현의 실수를 지적했다. 진현은 겸허한 자세로 고개를 숙인 후 낮은 목소리로 답했다.

"…또 다른 맹세를 지키기 위해서입니다."

"또 다른 맹세? 그것이 무엇인가?"

진현은 고개를 들어 올려 뒤를 보았다. 분명하게 보이지는 않았지만 저곳에는 그들이 있다. 자신이 지키고자 하는 인간들이. 다시 유니콘을 보며 진현은 말했다.

"…소중한 사람들을 지켜내야 한다는 맹세입니다."

"……."

그의 말에 유니콘은 잠시 동안 침묵했다. 그리고 그녀는 천천히 앞으로 걸어나왔다. 첨벙거리는 물소리는 들리지 않았다. 아니, 물에는 아예 닿지도 않은 것이다. 그녀의 하얀 발굽은 물 위에 있었고, 그렇기에 그녀의 몸에는 한 방울의 물도 튀지 않았다. 천천히 자신에게로 다가오는 그녀를 보며 진현은 조용히 무릎을 꿇었다. 예전의 그라면 동급일지도 모르는 그녀였지만 현재 자신은 인간이었고 무한에 가까운 생을 살아가며 심원한 지혜를 가진 유니콘의 그녀는 분명 자신보다 위임에 틀림없다. 일정한 선이 있어서 그런 것은 아니다. 다만 자신이 유니콘을 보고 존경스럽다는 생각이 들었기에 이렇게 행동하는 것이다.

그리고 유니콘은 그에 따라 정중하게 그를 맞이했으며 대화를 나누었다. 그가 자신을 현실로 끌어낼 것 같지는 않았기에. 그런 판단이 섰기 때문이다. 둘은 스스로의 판단에 충실했다. 그녀는 천천히 자신의 붉은 뿔을 진현의 이마에 가져갔다. 밝은 광채가 한순간 뿔의 끝에서 반짝였을까? 진현은 감았던 눈을 뜨며 그녀를 올려다보았다.

그녀는 어느새 사람의 외양으로 변해 있었다. 투명하면서도 새하얀 빛을 가진 천을 몸에 휘감고 백발에 가까운 은빛 머리카락을 길게 늘어뜨린 그 모습은 인간의 아름다움과는 달랐다. 성스러우면서도 또한 눈물이 날 만큼 포근했다.

이마에는 붉은 보석이 박혀 있었다. 그것이 그녀의 뿔이라는 사실은 누구든지 유추해 낼 수 있는 것. 손을 뻗어 진현의 이마에 가져다 댄 채로 그녀는 붉은 입술을 달싹였다.

"나는 그대의 눈은 고쳐 줄 수 있을지는 몰라도 그대의 아픈 기억과 과거까지는 고칠 수 없소. 그것은 그대 스스로 고쳐야 하는 것. 하지만 그대는 언젠가 모든 것이 치유될 것이오. 미래를 내다보는 유니콘 족의 수장으로서 당신에게 예언을 하나 하지. 힘들게 이곳까지 온 선물이라고 할까."

빛으로 둘러싸여 얼굴을 쳐다보는 것도 힘들었다. 그렇기에 진현은 그대로 고개를 숙인 채 그녀의 말을 귀담아들었다. 유니콘 족의 수장

유니콘이 사는 숲 219

이라는 말에서는 내심 놀라움을 금치 못했다.

"빛과 어둠을 동시에 가진 것은 당신뿐만이 아니오. 주위를 둘러보고 그런 자를 찾고, 그자를 경계하시오. 당신의 앞길은 빛과 어둠이 동시에 있소. 그리고… 곧 위대한 자가 세계에서 사라질 것이오."

진현은 그녀의 마지막 말에 흠칫 놀라며 고개를 들었다. 그녀의 표정에는 별다른 변화가 없었다. 다만 그 아름다운 얼굴에는 약한 수심이 깃들여져 있어서 보는 사람으로 하여금 걱정이 들게 만들었다. 그녀는 고개를 들어 하늘을 보았다. 창백한 회청색의 하늘은 투명한 아이스 블루의 빛을 띠어갔다. 그런 하늘을 올려다보며 그녀는 계속해서 말을 이었다.

"…많은 자가 그의 죽음을 슬퍼할 위대한 자. 그자 역시도 빛과 어둠을 간직한 자. 그의 죽음을 당신과 당신의 동료 중 한 명이 두 눈으로 지켜보게 될 것이며 그의 유지를 잇게 될 것이오. 그리고 그 앞길은 당신이 생각하는 것과는 전혀 다를지도 모르오. …운명의 수레바퀴는 멈추지 않소."

"그, 그 위대한 자는?"

그녀의 입가에 작은 미소가 걸쳐졌다. 그리고 그것이 말을 할 수 없다는 뜻임을 어렴풋하게 느끼며 진현은 고개를 저었다. 그녀는 천천히 진현의 이마에 가져갔던 손길을 거두면서 조용히 뒤로 물러났다. 천천히, 하지만 단호하게 그녀는 뒤로 걸었다. 바닥, 아니, 물을 덮는 긴 옷자락은 물속으로 스며들지 않았고 맨발인 그녀의 하얀 발만이 움직였다. 진현 역시 꿇고 있던 무릎을 펴 일어섰다. 그녀는 조용하게 발소리조차 내지 않았다. 다만 들리는 것이라곤 사락거리는 옷자락 스치는 소리가 전부였다. 자신의 아이가 있는 곳까지 뒷걸음질만으로 걸어간 그녀는 어느새 유니콘 본래의 모습으로 돌아가 있었다.

그렇다. 저게 그녀의 본래 모습. 인간의 모습을 취하지만 그녀가 인간일 수는 없듯이 유니콘은 유니콘이며 인간은 인간이다. 하지만 인간은 유니콘을 신비롭게 경외하며 유니콘 역시… 역시 인간을 사랑한다. 어쩌면 두 존재는 닿을 수 없기에 서로를 애틋하게 찾는 것이 아닐까. 불러도 들리지 않는 이름을 부르며. 인간이 없다면 유니콘은 없을 테고 유니콘이 없다면 인간의 환상도 그저 설탕의 한 조각이 물에 녹아 사라지듯 사라졌겠지. 그녀는 먼발치에서 진현을 보았다. 하지만 진현은 그녀가 아닌 그녀의 옆에 작은 꼬마 유니콘을 보았다. 그리고 웃었다.

"…유니콘과 인간 사이에서도 희망은 있군요."

진현의 말뜻을 잘 아는지 유니콘은 고개를 끄덕였다. 그녀는 자신의 새끼를 목으로 감싸 안듯이 끌어당기며 말했다.

"어떤 관계든지 희망은 있소. 그것을 어떻게 발전시켜 나가느냐의 문제이겠지."

"당신을 제외한 다른 유니콘들은?"

문득 궁금하다는 듯 묻는 그를 유니콘을 서글픈 눈동자로 바라보았다. 그 눈빛은 진현으로 하여금 절로 고개를 숙이게 만들었다. 구슬픈 듯한 목소리로… 하지만 당연하다는 듯한 그녀의 목소리가 들렸다.

"예전의 세계에서… 인간들의 의심과 조화를 모르는 행동에 요정이 사라져 갔듯 유니콘들도 하나둘씩 이 세계에서 등을 돌렸지. 이런 말이 있지 않은가? 인간이 요정을 믿지 않는다고 한 번씩 말할 때마다 요정이 하나씩 죽어간다……."

아마 이 말을 아영이나 현홍이 들었더라면 당장에 눈물부터 흘렸을지 모른다. 그러나 진현은 눈물 대신 고개를 들어 슬픈 눈으로 유니콘을 응시했다.
 "이 세계에 남아 있는 유니콘은 수를 꼽을 정도이오. 아직은 인간들의 위에서 그들을 아래로 내려다보는 드래곤들과 달리 유니콘은 그러하지 못했지. 서글프게도. 요정의 오만할 정도의 자유로움도, 드워프의 자존심 강한 독단도, 드래곤의 오롯한 당당함도, 엘프의 조화로움도… 우리 일족은 무엇 하나 가진 것이 없었고 어중간한 상태였소. 그렇기에 누구보다도 먼저 이곳을 떠난 종족이 바로 우리오."
 "……."
 "모든 종족이 사라져도 인간만은 사라지지 않고 오히려 다른 종족이 사라진 자리를 채우고 앉았지. 어쩌면 그렇게 저돌적으로 살아가기에 인간은 가장 나약한 종족임에도 불구하고 신의 사랑을 받는 것이 아닐까 생각이 들 정도요. 어떠한 종족이든 인간을 사랑하지만 그 인간과 같이 있는 것을 두려워하는 것도 그 까닭일지도……."
 그녀는 그렇게 말하며 고개를 들어 하늘을 보았다. 진현은 천천히 고개를 숙였다. 그녀로서는 아마도 이것이 인간과의 마지막 대화일지도 모른다. 그녀 역시 얼마 남지 않은 유니콘으로서 조만간 이곳을 떠나게 되겠지. 그것이 어쩔 수 없는 운명. 진현은 고개를 들어 그녀를 보았다. 희미해지는 그녀의 모습을 보며 문득 그는 그것을 붙잡고 싶다고 느꼈다. 그리고 자신도 모르게 한 발자국 앞으로 내디뎠지만 차마 달려가지는 못했다. 이것은 어쩔 수 없는 것. 그들이 순수하게 유니콘으로서 남기 위해서는 인간과의 접촉은.
 미간을 찌푸리며 자신을 바라보는 진현에게 유니콘은 고개를 저었고 나긋한 어조로 말했다. 그리고 그것이 마지막이었다.
 "너무 걱정하지 마시오. 아직은 떠나갈 생각이 없으니까. 난 인간을 좋아하거든. 그리고… 아마도 모든 종족이 그러할 것이오. 당신들은 너무 사랑스러운 종족이야. 그러하면서도 치밀어 오르는 분노 또한 같이 느끼게 하는 아주 희한한 종족이오. 이토록 지독한 애증을 불러오는 종족이 또 있을까? 그대와의 대화는 즐거웠소. 드래곤이었다면 상상도 못했겠지. 하하, 때로는 유니콘이라는 것이 기분 좋아지는군. 잘 가시오, 유니콘의 친구여. 필요할 때 유니콘의 이름으로 도움을 구한다면 그대를 도와줄 것이오."

진현은 조심스럽게 고개를 숙였다. 시원한 바람이 한차례 불어 그의 머리카락을 쓸어 내리며 하늘 저편으로 사라졌다. 저 멀리서 자신에게로 달려오는 니드와 아영, 현홍이 보였다. 눈앞에는 더 이상 아름다운 풍경이 존재하지 않았다. 다만 조용하고도 모든 것을 집어삼킬 것 같은 어둠이 있을 뿐이었다. 하지만 그것은 예전과는 달리 포근한 느낌이었으며 진현의 입가에 절로 미소를 짓게 만들었다. 나무들 사이로 보이는 하늘이 시리도록 맑았다.

Part 15
여름날의 축제

여름날의 축제 1

현홍은 침대에서 벌떡 몸을 일으켰다. 멍한 얼굴로 게슴츠레한 눈을 몇 번 비빈 그는 고개를 돌려 창가를 바라보았다. 완전히 컴컴한 것도 아니고 푸르게 밝아오고 있는 것이 이른 새벽임에 분명했다. 원래의 세계에서라면 죽었다 깨어나도 이른 시간에는 눈을 뜨지 않았겠지만 지금 그는 다른 곳에 와 있었다. 그는 고개를 들어 올려 주위를 둘러보았다. 항상 투덜거리며 대낮이 되어서야 일어났던 그의 방이 아니었다. 처음에는 정말로 익숙하지 않았다. 그래서 잠에서 깨어난 직후 이것이 꿈이 아닐까 생각하며 다시 시트를 둘러쓴 적이 많았다. 그것은 지금도 비슷한 기분이었다.

그러나 언제부터인가 이런 상황에 익숙해져 가는 자신을 발견할 수 있었다. 인간이라는 것은 정말이지 적응력이 뛰어난 생물이다라는 생각을 새삼 하게 되었다고 할까? 부스스한 머리를 긁적이며 현홍은 천천히 침대 밖으로 발을 빼내 신발을 챙겨 신었다. 반대 편의 침대에서는 니드와 키엘이 사이좋게 잠들어 있었다. 허리를 쭉 펴서 기지개를 켠 그는 어두운 방 안을 더듬거려 가며 촛불을 밝혔다. 유니콘의 숲에 다녀온 지 벌써 사흘이 지났다. 진현의 눈은 완전히 나았다.

창문가로 터벅거리며 걸어간 그는 소리가 나지 않게 조심하며 창문을 열었다. 시원한 새벽 공기가 폐까지 깨끗하게 씻어 내려주는 것 같았다. 이른 새벽부터 거리에는 많은 사람들이 분주하게 지나가는 모습이 보였다. 현홍은 창틀에 두 팔을 걸친 채 그것을 내려다보며 생긋 웃었다.

오늘은 축제의 시작을 알리는 날이란다.

"에오로 군, 다쳤다가 깨어나시더니 발놀림이 영 아닙니다?"
파르스름한 빛을 띠는 공기를 가르며 하얀 기운이 뿜어져 나왔다.
쉬익!
시리도록 차가운 호선이 공기를 가르며 또다시 호곡선을 그렸고 에오로는 재빨리 허리를 뒤틀어 뒤로 검을 돌렸다. 은빛의 섬광이 다시 둥글게 그의 몸을 감싸 안았다. 멋져 보이기는 했지만… 당장에 진현의 잔소리가 떨어진다.
"늦습니다! 그러다가 누구 검에 목 날아가실 겁니까?"
움찔한 에오로는 얼른 검을 회수하며 숨을 골랐다. 온몸은 이미 땀으로 흠뻑 젖어 있었다. 허리춤의 칼집에 검을 넣었다고 생각하며 다시 살며시 뽑아 든다. 그리고 앞으로 검을 내밀고 옆으로 뿌린다. 다시 회수하면서 뒤로 돌고 위에서부터 내려친다. 허리를 뒤틀어 다시 위로 올려치… 지 못하고 삐끗한 에오로의 귀에 또다시 따끔한 목소리가 들렸다.
"그만."
"으윽!"
아직 아침이라 불릴 만한 시간도 되지 않은 이런 때에 진현과 에오로는 여관의 마구간이 있는 뜰에서 열심히 훈련에 몰입하고 있었다. 사실 훈련을 하는 것은 에오로였고 진현은 옆에서 느긋하게 팔짱을 낀 채 그 모습을 지켜보며 이리저리 잔소리를 해대고 있는 것이다. 새벽잠에 힘겨워하는 에오로를 질질 끌고 나온 진현은 곧장 부러진 에오로의 검 대신 운을 건네주며 훈련에 돌입했다. 물론, 에오로는 별로 할 말이 없었다. 지난번의 유매와의 싸움에서 정말로 죽지 않은 것이 천만다행이자 천우신조인 그로서는 말이다.
지금도 아주 신기한 일이다. 어떻게 이길 수가 있을까? 그는 당시 유매가 자신과 함께 죽으면 가장 큰 효과라고 생각했었지만 우연치 않게도 유매는 그의 공격을 피하지 못했다. 자신의 검은 운처럼 마법검이 아니어서 직접적으로 외부의 마법을 걸자 부서져 버렸다. 꽤 좋은 검이었는데 하고 운을 내려다보며 아쉬워하고 있는 에오로에게 진현이 미간을 찌푸리며 말했다.
"뭘 생각하고 계신 겁니까? 싸움에서의 방심은 곧 죽음입니다. 지난번 싸움에서 그것을 톡톡히 경험하셨으리라 생각됩니다만."
턱으로 흘러내리는 땀을 손등으로 훔치며 에오로는 민망하다는 얼굴로 고개를 끄덕였다. 검에 마법을 걸어 찔러 올릴 생각을 한 것도 정말로 자신의 머리로는 감당하기 힘든 일이었다. 칼날에 안 맞아도 마법의 여파에서는 벗어나지 못하니 좋은 방법이기는 했다. 하지만 분명 두 번은 못할 짓이다. 보통의 검보다 상당히 길지만 그에 반비례하여 엄청나게 가벼운 운의 손잡이를 굳게 움켜쥐며 다른 한 손으로 어깨를 두드렸다. 몸은 완전히 나았지만 그동안에 검을 안 잡고 있어서 조금 감각이 둔해져 있었다. 그리고 진현은 따끔하게 그것을 지적하고 있었다.

그런 그들의 모습을 보며 재미있다는 듯 키득거리는 사람도 있었다. 아니, 마족도 있었다. 원래 잠이 없는 것인지 셀로브는 새벽부터 일어난 두 사람을 따라 마당에 내려와 그 모습을 지켜보고 있는 것이다. 건물 벽에 기대어 있는 그의 복장은 평상시와는 사뭇 달랐다. 평퍼짐한 로브는 벗어 던지고 어깨까지 내려오는 검은 머리카락은 깔끔하게 묶고 있었다. 저러니까 정말로 평범한 청년처럼 보이는데? 에오로는 그를 힐끔 쳐다보면서 그런 생각을 했다.

활동하기 편해 보이는 베이지 색 셔츠에 갈색 바지, 그리고 롱 부츠. 셔츠는 소매를 팔꿈치까지 걷어 올리고 팔짱을 낀 채로 벽에 기대어 있었다. 진현은 이마를 짚으며 고개를 가로저었다. 아무래도 이대로는 에오로의 실력을 늘릴 수 없다고 판단한 것일까. 그는 키득거리고 있는 셀로브를 손가락을 까닥거리며 자신에게로 불러들였다. 에오로는 멍청히 그 두 사람… 아니, 한 사람과 한 마족을 바라보았다. 진현은 에오로를 가리키며 셀로브에게 뭐라고 말을 해댔고 셀로브 역시 고개를 끄덕거리다가 다시 고개를 저어가며 입술을 움직였다.

한동안 에오로에게는 잘 들리지 않을 정도의 낮은 목소리로 말을 주고받던 둘은 곧 고개를 끄덕였다. 그리고 셀로브는 천천히 에오로에게로 다가갔다. 멀뚱히 자신을 바라보는 에오로에게 셀로브는 고개를 절절 흔들며 퉁명스러운 어투로 말했다.

"너도 참, 저런 녀석에게 배운다니 고생길이 보이는구나."

엥, 뭘 말이지? 이런 의문을 담은 눈을 한 에오로를 아랑곳하지 않고 셀로브는 주먹을 굳게 쥐었다. 그의 주먹에서는 희미한 기운이 피어 올랐다. 그리고 천천히 그 기운은 길게 형상이 만들어지기 시작했다. 길다란 것이 마치… 검 같은데? 에오로가 이런 생각을 할 즈음 셀로브의 손에는 그의 생각대로 길고 가는 검이 들려져 있었다.

"어라, 레이피어Rapier?"

"맞아. 나처럼 빠른 속도를 가진 자가 쓰기에는 멋진 검이지. 가볍고 한 번에 급소를 노려서 공격할 수가 있으니까."

에오로는 고개를 끄덕였지만 지금 그로서는 왜 셀로브가 저 검을 꺼내어 드는지 도통 이해하기 힘들었다. 화려한 손잡이를 가진 레이피어를 한 손에 쥐며 셀로브는 천천히 자세를 잡았다. 에오로의 영문을 모르겠다는 얼굴을 보면서 진현이 담담하게 말했다.

"대무對武입니다. 상대는 물론 셀로브이고. 잘해보십시오."

"예에?!"

에오로는 경악성을 토하며 진현과 셀로브를 번갈아 보았다. 그리고는 당장에 다시 고함을 질렀다.

"저는 인간이에요!"

"…저도 인간이기는 합니다만 거기서 그 말씀이 왜 나옵니까?"

"저더러 셀로브랑 대무를 하라고요? 차라리 절 죽이세요!"

"검을 지닌 검사로서 손에 검을 들고 죽는 것도 꽤나 좋은 일이겠군요. 열심히 하십시오."

묵묵히 눈을 감으며 고개를 끄덕이는 진현에게 뭐라고 반박성의 말을 하려던 에오로는 자신의 눈앞으로 날아오는 무언가에 기겁을 하며 검을 들어 올렸다.

채챙!

쇠와 쇠가 부딪치는 소리가 들리면서 에오로는 저릿한 팔의 감각에 두 눈을 크게 떴다. 셀로브가 어느새 자신의 앞에서 검을 맞대고 있는 것이다. 그는 한 손으로 자신의 레이피어를 잡고 여유로운 미소를 띤 채 자신을 내려다보고 있었다. 에오로는 양손으로 검을 잡고 있는 자신을 보다가 이를 악물며 슬그머니 자신의 위로 내려 붙이는 검을 쳐올렸다. 셀로브는 순식간에 두어 발자국 뒤로 물러났다. 멍한 표정의 에오로와 반대로 셀로브는 희미하게 웃으며 말했다.

"스피드도 부족하고 힘도 부족하군. 두 가지 모두가 너보다 위인 상대에게는 어떻게 대항할 생각이냐?"

담담한 그의 말에 에오로는 땀이 송골송골 맺혔다. 셀로브의 위압감은… 지금까지 자신이 상대했던 적들과는 비교도 되지 않는 것이었다. 비록 모습은 인간의 형태라고 해도 그의 힘은 마족의 그것. 분명히 상대도 되지 않겠지만 좋은 경험은 될 것 같았다. 마른침을 삼킨 에오로는 단단히 검을 감아쥐더니 낮게 소리쳤다.

"잘 부탁드립니다!"

셀로브가 살짝 고개를 움직이는 것이 보인다. 그는 조용하지만 단호한 태도로 에오로에게 다가왔다. 에오로는 그의 움직임을 겨우 볼 수가 있었다. 마치 물이 흘러가는 것처럼 옆으로 미끄러지는 셀로브를 보며 에오로는 자신도 모르게 탄성을 내지르고 말았다. 저, 저게 사람이야? 아, 마족이지. 이런 쓸데없는 잡생각을 한 대가로 에오로는 셀로브가 휘두른 레이피어에 머리카락이 조금 잘리고 말았다. 그는 뒤로 빠지며 기겁한 목소리로 외쳤다.

"저, 정말로 죽일 셈이에요?!"

"검을 들고 멍하게 넋 놓고 있으면 곧 죽음이라는 좋은 경험을 시켜 줄 수 있겠지. 정신 차리고 덤비지 않으면 내일 뜨는 태양을 볼 수 없을 거다."

…진심이다. 에오로는 질린 표정을 지었다. 진현은 그러든가 말든가 하며 관조하는 눈길일 뿐. 으흑, 내 주위에는 다 이상한 사람밖에 없어! 눈물 섞인 투덜거림을 속으로 내뱉은 에오로는 이를 악물며 셀로브 쪽으로 발을 옮겼다. 마치 길다란 풀이 바람에 휘날리듯 부드럽게, 부드럽게… 하려고 했지만 역시나 다치고 난 다음의 움직임이라 어색했던 모양이다.

"발놀림 봐라. 죽기에 딱 알맞군."

"너무해요!"

셀로브는 에오로의 검을 밑으로 내려치고는 그대로 옆으로 뿌렸다. 에오로는 순간 비틀거렸고 굉장한 힘이라고 생각할 틈도 없이 셀로브는 그의 등 뒤에서 레이피어로 에오로의 등을 두드렸다. 살짝 치고 빠진 셀로브는 빙긋 웃었다.

"한 번 죽었어."

"으윽!"

에오로는 한 손으로 등을 문지른 후에 다시 검을 부여잡고 셀로브에게로 뛰었다. 그대로 찔러 들어올 줄 알았던 에오로가 의외로 검을 들어 올려 자신을 내려치자 셀로브는 눈을 동그랗게 떴다. 점프력은 꽤 상당하다고 느꼈다, 인간치고는. 하지만 아직 자신을 상대하기에는 멀고 먼 실력. 피식 웃은 그는 옆으로 빠진 후 서늘한 검광을 이으며 내려오는 검을 그대로 퉁겨 올렸다. 에오로는 어깨가 박살나는 느낌에 이를 악물며 검을 회수했다. 그러나 곧장 셀로브의 질타가 날아

들었다.

"멍청아! 그때에는 뒤로 물러나지 말고 검을 옆으로 뿌려! 회수하면 어쩌자는 거냐? 옆구리에 칼 한 방 맞고 싶냐? 한 바퀴 돌란 말이다. 크게 빈틈이 생기겠지만 그건 적도 마찬가지다!"

"이익!"

셀로브의 말대로 에오로는 땅에 착지하기 이전에 곧장 검을 옆으로 틀어 빙글 돌았다. 머리가 어지러웠지만 엄청난 소리가 들려왔다.

부우웅!

운의 긴 검신 때문에 셀로브는 뒤로 몇 발자국 물러나야 했고 에오로는 지면에 발이 닿자마자 비틀거렸다. 한쪽 발끝으로 통통 튄 에오로는 간신히 넘어지지 않고 균형을 잡기는 했지만 너무 옮겨간 까닭인지 기둥에 이마를 박아야만 했다.

쾅!

"꽤액!"

진현은 가만히 그 모습을 바라보다가 어깨를 으쓱거렸다. 자신의 레이피어를 사라지게 만든 셀로브는 천천히 하늘을 보았다. 푸르게 밝아오는 하늘을 보며 그는 풀어져 버린 머리카락을 쓸어 넘긴 후에 땅에서 잘려진 끈을 찾았다. 두 손으로 이마를 감싸 쥐고는 땅에 주저앉아 끙끙거리는 에오로를 돌아본 셀로브는 다시 진현을 보면서 피식 웃었고 진현은 쓰게 웃으며 고개를 저었다.

"으흑, 혹난 것 같아."

"같아가 아니라 혹났어."

현홍은 빨개진 에오로의 이마를 보며 당황한 얼굴을 했다. 이른 아침이라 홀에는 사람이 별로 없을 것이라는 기대를 깨고 많은 사람들이 테이블을 차지하고 앉아 있었다. 수도라서 지나가는 여행객들도 많았고, 또 아침 일찍 출발하는 사람들도 있어서 그런 듯했다. 6시나 7시쯤 되었지만 여름의 아침은 일찍 시작된다. 겨울이라면 아직도 깜깜할 텐데 태양은 어느새 높이 걸려져 있었고 밖은 훤했다. 수도의 번잡스러운 하루가 다시 시작된 것이다. 이곳에 머문 지도 오늘로 엿새가 되었기 때문에 여관에서 일하는 하인, 하녀들과도 제법 친하게 되었다. 주인장인 폴린과도 마찬가지였다. 그는 이렇게 오래 머무는 여행자들은 그동안에 별로 만나보지 못했다는 듯 일행들에게 친절하게 대해주었다.

진현은 여관의 홀 구석에 가서는 무언가를 들고 왔다. 그것은 마치 신문처럼 넓고 큰 종이였는데 신문과 마찬가지로 여러 가지 글이 적혀져 있었다. 종종 그림도 눈에 띄었다. 폴린은 그것을 신문이라고 말했다. 현홍과 진현은 조금 놀라워했다. 이마를 문지르면서 에오로가 설명을 해주었다.

"신문은 여러 가지 정보가 적혀 있어요. 적은 돈을 내고 사 볼 수가 있지요. 하지만 신문이 있는 곳은 수도뿐이에요. 종이 값도 종이 값이고 많은 여행자들이 들르는 곳이니까요. 그리고 우선은 도시 크기가 엄청나니까요. 다른 도시에는… 음, 시청에서 시민들에게 나눠 주는 정보지가 있어요."

"그렇군요."

진현은 아침 식사 주문을 받으러 온 폴린에게 돈을 건넸다. 에오로의 설명대로 신문은 1디아르밖에 되지 않아서 부담이 없었다. 간편하게 아침 식사를 주문한 진현은 신문을 읽어 내려가다가 문득 눈을 가

여름날의 축제 235

늘게 뜨며 피식 웃었다.
 "응, 왜 그래?"
 현홍은 진현이 잔뜩 인상을 쓰며 차갑게 웃자 눈을 동그랗게 뜨며 물었다. 셀로브 역시 고개를 돌려 진현을 보았다. 진현은 신문을 접어 테이블 위에 올려두며 조용하게 말했다.
 "너랑 니드가 신전에서 벌였던 일이 신문에 실려 있는데?"
 "뭐라고?!"
 화들짝 놀라 고함을 지른 현홍은 곧 주위의 시선이 자신에게 꽂히는 것을 보며 입을 틀어막은 뒤에 고개를 숙였다. 에오로는 진현이 내려 둔 신문을 펼쳐 들며 이리저리 읽다가 곧 그것을 테이블 위에 펼치며 한곳을 검지손가락으로 짚으며 읽어 내려갔다.
 "지아루의 네그라스 신전에서 탈취 사건이 일어나다. 성스러운 붉은 달이 뜨는 밤, 정체를 알 수 없는 자들이 신전의 물건을 탈취하여 달아나는 것을 목격. 신의 노여움 때문인지 흰색의 그리폰은 모습을 드러내지 않았다. 신전 측에서는 가난한 시민들이 한 짓이라고 단정. 자비로운 마음으로 그들을 용서했음을 시민들에게 알렸다. 그 후에 네그라스 신전에서는 대규모의 기도회가 열려 노여워하는 신의 안정을 기원했다. 도시의 시장은 탈취범들을 용서한 네그라스 신전에 크나큰 감명을 표하며 위로금을 기증……."
 현홍은 황당한 표정이었고 진현은 그저 말없이 쓰게 웃었다. 그 일을 자세한 내막까지는 모르는 셀로브는 별 관심이 없는 얼굴을 했다. 하지만 당사자인 에오로는 분하다는 듯 주먹을 부르르 떨면서 테이블을 내려쳤다.
 "우, 웃기지도 않아! 그게 대체 누구 잘못인데!"

"에오로 군, 목소리가 큽니다."

진현은 따끔한 지적에 에오로는 입을 다물었지만 샐쭉한 표정을 지우지는 않았다. 아무래도 통 마음에 들지 않는 표정인 그에게 진현은 두 손을 깍지 낀 채 고개를 약간 숙이며 입을 열었다.

"어쩌면 그들에게도 좋은 기회였을 테지요. 시장으로부터의 도움도 받고 신전의 자애로움을 널리 알릴 기회였으니까. 축복을 만들어낼 정도로 영악한 그들이 그것을 그냥 넘길 리는 없지 않습니까? 어찌 보면 당연한 일입니다. 외려 소문이 조금 늦게 퍼진 감이 있군요."

"차라리 그냥 높은 곳에 고발해 버리면 안 되나요? 이대로 저렇게 망발을 일삼도록 놔두다니… 정말 기분 나쁜걸요!"

"후우, 저 역시도 불쾌하기는 합니다만… 그렇게 말을 한다면 일이 더 복잡해지지 않겠습니까? 우선 신전은 문을 닫게 될 테고 축제 덕분에 그 도시로 모여들던 사람들의 발길은 끊기겠지요. 도시는 쇠퇴할 테고 그 도시에 원래 살던 사람들 역시 살아가기가 힘들 겁니다. 관문에 위치한 도시이니 없어지지는 않겠지만……."

현홍은 골치가 아픈 듯 이마를 짚었다.

"정말이지 어디까지 사람을 힘들게 할까? 만약 이대로 계속 그 사기가 계속된다면 더 많은 동물들이 희생되겠지. 그리고 우리들도… 신전과 결단을 내리지 않으면 이대로 암살자들에게 쫓길 텐데."

골치가 아픈 듯이 중얼거리는 그가 이런 말을 내뱉었을 때 주문했던 아침 식사가 날라져 왔다. 빵과 수프, 고기 종류와 우유 등. 식탁 중앙에 있는 후추를 자신의 앞에 놓인 야채 수프에 뿌리면서 진현이 담담하게 말했다.

"뭐, 그 문제는 넘어가고. 우선은 오늘 당장 할 일이 있어. 아시고 계시겠지요, 에오로 군?"

"예? 아, 예."

팬케이크를 입 안으로 집어넣기 직전 에오로는 고개를 끄덕였다. 다만 알지 못하는 셀로브와 현홍만이 고개를 갸웃거릴 뿐이다. 버터 용 나이프로 빵에 딸기잼을 바른 현홍이 당장 물어왔다.

"할 일이라니? 무슨 일인데?"

"뭐, 중요한 일은 아니고… 볼일이 조금 있어. 아마 오후 늦게 돌아올 것 같은데."

"…위험한 거야?"

진현은 고개를 저었다. 그리고 컵에 담긴 우유를 한 모금 마신 후에 빙긋 웃어 보였다.

"아니, 구경 가는 거야. 오늘 축제가 있지?"

"으응. 그런데?"

"오늘은 궁성이 개방되는 날이라고 하더군. 하지만 너와 다른 사람들은 내일 구경하도록 해. 오늘은 오지 마."

언뜻 들으면 기분이 나쁠 것 같은 말이었지만 저렇게 진지한 어조로 말을 하니 안 들어줄 수가 없는 말이다. 단호하게 말을 한 진현은 다시 식사를 하기 시작했다. 현홍은 다시 물어볼 분위기가 되지 않아 은근슬쩍 에오로에게 눈길을 돌렸지만 에오로 역시 묵묵하게 식사만을 하고 있었다. 궁금한데 대답을 안 해주네라고 중얼거린 현홍은 셀로브를 보았지만 그 역시 뭐가 뭔지 모르겠다는 눈치였다. 뭔가 일이 있겠지 싶어 현홍은 그냥 넘어가기로 했다. 하지만 은근히 걱정이 되는 것은 어쩔 수가 없었다.

그렇게 조용한 분위기에서 식사를 마친 진현과 에오로는 그대로 여관을 나섰다. 늦게 들어온다는 말만을 남기고 사라지는 두 명을 보면서 현홍은 와인을 홀짝거리는 셀로브에게 고개를 돌렸다.

"무슨 일일까?"

셀로브는 어깨를 으쓱거린 후에 대답했다.

"글쎄, 무슨 일이 있는 것 같은데? 유니콘의 숲인가 뭔가에 다녀온 후 진현은 에오로에게 검술을 제대로 가르치기 시작했고, 에오로도 제법 진지한 자세야. 어쨌거나 자신들이 알아서 할 일이라니까 어쩔 수가 없지. 그건 그렇고 오늘은 뭘 할 거지?"

사실, 수도에 와서 진현과 에오로를 제외한 나머지 인원들은 모두 심심했다. 할 일이 너무나도 없었던 것이다. 수도 구경도 구경이고 쇼핑도 쇼핑이지만 이제 일주일이 다 되어가는데 뭔 할 일이 남아 있겠는가. 현홍은 이제 여관 주위의 수도 지리와 번화가의 위치는 다 알다 못해 외웠다. 그것은 다른 사람들도 마찬가지였고, 그들은 너무나도 심심하다 못해 지루하기까지 했다. 현홍은 셀로브를 한번 쳐다봐 준 후에 한숨을 푹 쉬고는 다시 턱을 괴며 고민에 빠졌다.

오늘은… 뭘 할까?

*　　　　*　　　　*

"그런데 꼭 그렇게 오지 말라고 하실 필요가 있었나요?"

에오로는 두 팔로 자신의 머리를 받친 채 고개를 돌려 진현에게 말했다. 여관에서 들고 나온 신문을 4분의 1 크기로 접어서 걸으며 그것을 읽고 있던 진현은 고개를 들어 에오로를 보았다. 그는 지그시 에오로를 바라보다가 곧 신문으로 시선을 돌리며 대답했다.

"혹시나 모르기 때문입니다. 만약 저희가 궁성을 돌아다닐 때 저희 일행들을 만나서 좋을 것은 없지 않겠습니까? 산통을 다 깬다는 것은 그럴 때 하는 말이죠."

"으음, 그래도… 차라리 다 말해 주면 되지요."

"에오로 군께서는 그들 중 이번 일에 도움이 될 만한 인물이 있다고 생각하십니까?"

"……"

에오로는 대답이 없었고 진현도 고개를 끄덕였다. 사실 궁성에서 소리 소문 없이 우혁을 찾을 때 필요한 인물이 어디 있는가? 셀로브는 조금 필요성이 있지만 다른 일행들을 지켜야 하기 때문에 일부러 놔두고 온 것이었다. 결국 진현의 뜻을 잘 이해한 에오로는 말없이 그를 따라 걸었다. 하나밖에 없던 칼이 부러져 버렸기 때문에 에오로는 허전한 벨트를 만지작거렸다. 스승에게 물려받았다거나 그런 것은 아니지만 검을 잡았을 때부터 지금까지 동거동락한 검이라서 그 빈자리는 상당히 컸다. 진현이 그런 에오로를 데리고 간 곳은 대장간이었다. 부러진 그의 검을 대신할 새 것을 구입할 생각에서였다.

하지만 에오로는 진현에게 손을 내저었다. 수도에 올 때까지 그에게 받은 빚이 너무나도 많았다. 제법 괜찮은 검을 구하기 위해서는 꽤 많은 돈이 나간다는 사실을 아는 에오로는 진현에게 이렇게 말했다.

"괘, 괜찮아요. 그런 고가의 물건까지 받을 수는 없어요. 염치없게 어떻게……."

신문을 접어서 길가에 있는 쓰레기통에 넣은 진현은 고개를 저었다.

"검 없이 어떻게 생활하실 작정이십니까? 마법으로서는 아직 에오로 군은 초보 아닙니까? 차라리 검에 의지하는 편이 낫지요. 이건 다

저를 위해서 하는 일이니 그렇게 부담스러워하지 않으셔도 됩니다."

정곡을 찔린 에오로였지만 마지막 말에는 조금 고개를 갸웃거렸다. 뭐가 진현 자신을 위한 일이란 말인가? 진현은 말로 하지 않아도 그 질문을 들은 사람처럼 대장간으로 들어가며 말했다.

"하아, 다 제가 편하기 위해서 하는 일이라는 것이죠. 조금이라도 도움이 되는 사람을 데리고 다녀야 하지 않습니까?"

단호하게 말을 하니 더 이상 반박할 말도 없어진 에오로는 얼굴에 〈미안함〉이라고 적어놓은 것처럼 되어 연신 머리를 긁적거렸다. 후끈한 대장간의 열기를 느끼며 진현은 웃통을 벗고 보기에도 질리는 근육질의 사내에게 말을 건넸다.

"죄송합니다만 검을 좀 볼 수 있겠습니까?"

모루 위에 쇠를 두드리고 있던 그 사내는 고개를 들더니만 몸을 일으켰다. 목에 걸린 수건으로 땀을 닦은 그는 진현과 그의 뒤에 서 있는 에오로를 보더니 곧 고개를 갸웃거리며 퉁명스러운 어조로 말했다.

"대로로 가면 무기 상점이 있을 테니 거기로 가보쇼."

사내는 다시 자신의 일감을 잡고는 망치질을 했다. 에오로는 잠시 멍한 표정으로 사내의 등을 바라보더니 한 발자국 앞으로 나서며 입을 열었다.

"몰라서 안 간 게 아니라 원래 무기라는 것은 직접 만든 사람의 설명도 들어가면서 사야 하니까 여기로 온 거예요. 무기 상점에 있는 것들은 대부분 돈밖에 없는 귀족들이 폼으로 사러 가는 거죠."

진현은 자신이 할 말을 대신 해주는 에오로를 힐끔 보더니 정중한 태도로 뒤로 물러났다. 아마도 자신이 할 일은 없을 것이라고 생각했던 모양이다. 규칙적인 음률로 쇠를 두드리던 사내의 손이 멈췄다. 그는 고개를 들어 에오로를 올려다보더니 다시 자리에서 일어섰다. 에오로는 윽 하고 뒤로 조금 물러섰다. 덩치가 어마어마하게 커서 한참을 올려다봐야 할 정도인 사내는 허리에 손을 척하니 얹은 후 가소롭다는 눈으로 에오로를 보았다.

"나무칼 가지고 노는 견습 기사는 아닌가 보군, 꼬마야. 그래, 어떤 검을 원하냐?"

"원래 쓰던 검이 롱 소드였으니까 길이는 그 정도면 될 것 같아요. 날 잘 들고 좋은 검이면 상관없어요."

에오로는 배시시 웃으며 그렇게 말했고 사내는 허허 웃더니 대장간 귀퉁이의 상자를 들어 에오로에게로 가져왔다.

쿵!

묵직한 소리로 보아 상당히 무거워 보이는 그것을 바닥에 내려놓은 사내는 이마의 땀을 닦으며 궤짝을 열었다. 안에는 검이 몇 개 있었지만 에오로는 도통 모르겠다는 표정으로 그것을 내려다본 후 무릎을 구부리며 그 앞에 앉아 검을 살펴보았다. 그런데 사실 그는 검을 볼 줄 몰랐다. 전에 쓰던 검도 누군가에게 받은 것이고, 그가 대장간에서 일한 것도 아니었기에 당연하다고 할 수 있었다. 사내는 자신을 조지라고 소개한 다음 검을 하나씩 에오로에게 보여주며 설명을 늘어놓았다.

"여기 있는 검들은 다 손질이 잘 되어 있는 검들이야. 그러니까 지금 당장 목을 베어내도 싹둑 잘릴 정도로 매끈한 녀석들이지. 하루하루 정성 들여 손질을 해놓기도 해놓았고 이도 말짱하고. 무엇보다 내가 만들었으니까 좋은 검이야. 오죽했으면 무기 상점에 파는 게 아까워서 가지고 있겠냐."

높은 자존심이 깃들어 있는 설명이었지만 에오로는 고개를 끄덕이며 그의 말을 들었다. 조지는 검들을 고르다가 하나를 그에게 건네주었다.

"너한테는 요 녀석이 좋겠다. 여기 있는 녀석들 중에서 제일 어리지. 초보가 쥐기에 적합하게 만들었지만 상관없을 것 같다. 한번 뽑아볼래?"

에오로는 고개를 끄덕이며 그것을 받아 들었다. 묵직했다. 그것은 검집이 나무가 아닌 쇠로 되어 있었기 때문이다. 불편하지 않을까 싶었지만 수련 삼아 좋을 것 같았다.

스르릉.

꽤나 부드러운 소리를 내며 검은 쉽게 뽑혀 나왔다. 검신은 매끄러웠고 조지의 말대로 손질이 잘 된 검 그대로의 모습이었다. 크게 화려하지도 않고 평범한 롱 소드였다. 그렇지만 손에 감기는 감각도 괜찮았고 무게도 적당했기에 에오로는 고개를 끄덕이며 그것을 진현에게 보여주었다.

"이거 괜찮지 않아요?"

팔짱을 낀 채 킥킥 웃으며 조지와 에오로의 등을 바라보고 있던 진현은 에오로가 든 검을 유심히 지켜보더니 곧 고개를 끄덕여 주었다.

"좋군요."

"그럼 이걸로 정했어요."

조지는 껄껄 웃으며 궤짝을 닫은 뒤에 숫돌과 수건을 챙겨주었다. 하지만 이미 예전에 쓰던 것이 있는 에오로는 그것을 정중히 거절했다. 조지에게 검의 값을 치르고 나온 진현은 팔짝팔짝 뛰면서 검집을 벨트에 연결하는 에오로를 보며 쓰게 웃었다. 저 나이 때에는 아직 손에 익숙한 검이 없기 마련이다. 오히려 다른 무기를 쥐어도 쉽게 적응을 하지. 그게 좋은 점이기도 하고. 진현은 그렇게 생각하며 고개를 끄덕였지만 곧 검을 뽑아 든 채로 검무를 추는 에오로를 말려야 했다. 너무 좋아하는 것도 문제랄까. 대로의 시민들이 경비대를 부르지 않은 게 천만다행이라 여기며 진현은 에오로를 질질 끌고 골목길로 접어들어 갔다.

"에헤헤, 너무 좋아서 그만……."

"두, 두 번 좋아하셨다가는 사람 잡겠더군요."

진현은 한숨을 쉬면서 그를 끌고는 도둑 길드가 있는 골목으로 접어들었다. 그곳은 이제 거의 복구가 되어 있었다. 하지만 에오로가 마법으로 날린 그 구멍은 아직도 여전했다. 사람의 키만한 그 구멍을 보며 에오로는 순간 흠칫했다. 아무래도 그때가 생각나는 모양이었다. 그것은 진현 역시 마찬가지였다. 건물의 벽에 칼날이 긁힌 자국들과 마법의 여파로 생긴 검은 그을음을 보면서 에오로가 쓴 얼굴로 말했다.

"…이상하게 쓸쓸하네요."

진현은 대답하지 않았다. 그로서는 워낙에 그러한 죽음을 많이 봐왔기 때문이었다. 같은 아픔을 많이 접하면 둔해지니까. 하지만 에오로는 죽음이라는 것을 접하는 것이 서툰, 아직은 철모르는 소년이었고 그렇게 쓸쓸하게 죽은 유매를 생각하면 잠도 잘 오지 않았다. 한차례 바람이 그들의 곁을 스치고 지나갔다. 진현의 검은 머리카락이 허공에 휘날렸다. 어디선가 온 것인지 모를 꽃잎과 풀잎들이 바닥에 떨어졌다. 그것이 이상하게도 조화弔花처럼 보이는 것은 왜인지. 가만히 무릎을 꿇은 에오로는 두 손을 모으며 기도했다. 누구에 대한 것이냐고 물을 필요도 없었다.

휑한 바람이 다시 한 차례 그들의 곁을 지나간 후 에오로는 몸을 일으켰다. 잠시 헛기침을 한 후 담담한 얼굴로 하늘을 올려다보고 있는 진현에게 물었다.

"유매는… 유매의 시신은 어떻게 하셨죠?"

참으로 힘들게 말한다는 기색이 역력한 목소리였다. 진현은 살짝 고개를 옆으로 틀어 에오로의 얼굴을 보지 않은 상태에서 대답했다.

"아비게일 신전에 마련된 공동 묘지에 묻었습니다. 마스터가 수고를 좀 해주었죠."

"그렇군요……."

침울한 에오로와는 달리 진현은 말 그대로 아무렇지도 않은 얼굴이었다. 무슨 일도 없었다는 듯, 그는 그렇게 발걸음을 돌렸다.

삐걱.

여전히 뼈를 긁는 듯한 나무 마찰음은 여전했다. 하지만 내부는 상당히 바뀌어져 있었다. 전에 들렸던 것처럼 밝았고, 무엇보다도 더 깨끗했으며 여느 펍과 다름없는 분위기로 만들어진 것이다. 그것은 아마 전적으로 한 사람의 몫이 컸겠지만. 에오로는 처음 왔을 때와 전혀 다른 내부의 모습에 입을 다물 줄 몰라 했다. 멍한 그를 내버려 둔 채로 진현은 안으로 들어섰다. 하지만 어디까지나 바뀐 것은 모양새일 뿐이다.

사람들은 바뀌지 않았고, 만약 전혀 모르는 이가 이곳에 발길을 한다면 어디서인지 모르게 단검이 날아와 꽂혔을 테지. 전에 왔을 때도 보았던 사내들은 이제 진현에게 거리낌이 없었다. 몇 명은 마시고 있던 술잔을 높이 들어 올려 인사를 했고 진현은 손을 살짝 들어 올려 보였다. 에오로는 그런 그의 모습에 더 놀랐다. 깨끗해진 테이블에서 사내들은 포커를 치거나 체스를 하는 등 예전의 그들이었다면 상상도 못할 정도로 건전한 놀이를 즐기고 있었다.

　도둑 길드가 아닌 것 같아라고 중얼거린 에오로는 바에 서서 파이프 담배를 피우고 있는 마스터를 보며 얼른 고개를 숙여 인사했다. 마스터는 에오로를 보며 짓궂은 미소를 흘렸다.

　"어이, 산송장 오셨구먼?"

　진현은 생긋 웃었고 에오로 역시 그 말이 무슨 뜻인지 잘 알고 있기 때문에 머리를 긁적거리며 의자에 앉았다. 마스터는 에오로에게는 주스를, 진현에게는 와인을 주면서 말했다.

　"그러고 보니 오늘이 행동하는 날 아닌가?"

　와인 한 모금을 마신 진현이 고개를 끄덕였다.

　"오후에 궁성을 개방하면 그때 움직여야겠지."

　"준비는 다 했나?"

　"대충은. 후훗, 잘못하면 암살범으로 몰려서 목이 날아가겠지만."

　그는 담담한 목소리로 그렇게 말했지만 에오로는 속으로 뜨끔하면서 주스를 마시다가 사레가 들리고 말았다. 바에 엎드려서 캑캑거리는 그를 완벽하게 무시하면서 마스터는 컵을 닦기 시작했다.

　"도움이 필요하면 말하라고. 도와줄 수 있는 일이라면 뭐든 해줄 테니까."

　"감동해서 눈물이 다 나겠군. 하지만 별로 도움 같은 것은 필요없어. 그래서 다른 일행들도 떨궈놓고 일하는걸."

　"일인가?"

　"일이지."

　도무지 이해하기 힘든 그들의 말을 들으며 에오로는 고개를 갸웃거렸다. 그렇게 셋에서 온화한 분위기로 대화를 주고받고 있을 때 마스터의 뒤쪽, 처음 그가 걸어나왔던 그곳의 천이 다시 들썩였다. 에오로는 뭔가 싶어 고개를 돌렸다. 그리고는 그대로 굳어버렸다. 황혼의 그것처럼 붉은 머리카락이 찰랑거렸다. 그는 품에 체스 판과 말들을 들고 나타났다. 여전히 빙글거리며 웃고 있었다. 진현은 힐끔 에오로를 보았다. 에오로는 미간을 잔뜩 좁히고 있었고 그의 왼손은 어느새 칼자루에 가 있었다.

유젠은 진현을 보고는 환하게 미소를 짓다가 그의 옆에 있는 에오로를 보며 고개를 갸웃거렸다. 진현은 살짝 에오로의 어깨를 쳐준 다음 부드럽게 웃으며 입을 열었다.

"내 일행이야. 성함은 에오로 미츠버. 인사하시죠, 에오로 군. 유젠입니다."

진현에게 소개를 받은 유젠은 고개를 끄덕인 후 환하게 웃으며 에오로에게 손을 내밀었다.

"안녕? 난 유젠이라고 해. 장래에 도둑 길드 마스터가 될 거야."

마스터와 진현은 동시에 쓴 표정을 지으며 하하 웃었다.

그의 미소는 예전, 싸움에 취해… 피에 취해 짓던 그 광기 어린 미소가 아니었다. 그 나이 때의 소년이 취할 수 있는 가장 평범한 미소, 바로 그것이었다. 에오로는 머뭇거리며 유젠의 그 미소와 손을 한 번씩 번갈아 바라본 후 씁쓸한 얼굴로 그 손을 잡았다.

"난… 에오로 미츠버. 만나서, 만나서 반가워."

"응! 나도 반가워. 사실 여기는 내 나이 또래가 없어서 심심했는데. 잘됐다!"

에오로는 사실 유젠이 이렇게 되었다는 것을 진현에게 들어서 알고 있었다. 무엇보다 기억을 지워달라고 했던 것은 자신이었으니까. 사실 정말로 기억을 지울 수 있는 능력이 진현에게 있었는지 어땠는지 몰랐다. 그저 막연히 멀어져 가는 의식 속에서 그렇게 부탁하고 그는 정신을 잃었었다. 그리고 난 후… 이렇게 전혀 다른 의미로 환하게 웃는 유젠을 보자 에오로는 그 당시의 상황이 다시 머리 속에 떠오르는 것 같았다.

광기에 젖은 유젠의 웃음소리, 그와 반대로 담담해 보이는 유매의 얼굴. 피에 젖은 손으로 동생의 뺨을 쓰다듬으며 끊어지는 숨을 고르는 유매와 멍한 얼굴의 유젠이 계속해서 스쳐 지나갔다. 유젠은 자신이 가지고 온 체스 판을 테이블 위에 올려놓으며 에오로에게 말했다.

"체스 할 줄 알아? 나 이거 진현한테 배우고 나서 엄청 열심히 연습했다? 이제는 진현도 이길 수 있을걸?"

"하핫, 아직 멀었다. 나한테 이기려면 더 노력해야 할걸."

"쳇! 진현이 너무 잘하는 거라고! 하나도 안 봐주고."

입술을 샐쭉 내미는 그에게 진현은 검지손가락을 좌우로 까닥거려 보였다.

"승부에 봐주는 게 어디 있어. 에오로 군? 체스 하실 줄 아십니까?"

"예? 아, 예."

에오로는 체스 판이 있는 테이블로 걸어가 의자에 앉았다. 체스 판 옆의 검은 말과 하얀 말들 중 그는 검은 말을 집어 들었다. 그러자 그의 반대 편에 자리를 잡고 앉은 유젠은 하얀 말을 집어 들며 판을 정리했다. 아직까지 눈앞에 있는 인물이 그때의 유젠인지 잘 모르겠다는 표정을 하는 에오로의 뒤로 진현이 천천히 걸어왔다. 그는 에오로의 어깨를 한 손으로 살며시 짚으며 귓가에 속삭였다.

"뭘 그리 고민하십니까?"

"…전 잘 모르겠어요. 아직까지… 아직까지 그의 얼굴이 계속 보여요."

에오로는 낮은 목소리로 그렇게 대답하며 자신의 말들도 판 위에 정리해 놓았다. 하얀 말의 유젠이 선공이고 그는 퀸을 집어 말을 움직였다. 에오로 역시 손을 움직여 폰을 움직였다. 그러나 그의 손은 가느다랗게 떨리고 있었고 지금 현재로써는 그가 이기긴 어려워 보였다. 아무리 실력이 나은 자라고 해도 처음부터 게임에 임하는 자세가 흐트러져 있으면 지게 되는 것이니까. 아무런 대화도 없이 조용한 분위기에서 체스 게임은 시작되었다. 계속된 말들의 움직임에 진현은 짧게 혀를 찼다. 이제 몇 수 후면 에오로의 킹은 유젠의 나이트의 칼날에 목을 잃게 될 것이다. 물론 저 칼날을 피할 수 있는 방법이 없는 것은 아니었다.

그러나 지금의 에오로에게는… 얼마 남아 있지 않은 말들을 바라보며 에오로는 혼잣말처럼 중얼거렸다.

"…모르겠어. 왜 그때 그가 내 검을 피하지 않은 것인지. 날 이길 수 있었는데."

진현은 팔짱을 낀 채 그런 그를 묵묵히 보았다. 그리고 조용한 어투로 말했다.

"칼날을 피하는 방법은 많았겠지요. 그러나 그는 마지막에 진정으로 이겼지요."

무슨 말이냐는 듯 유젠은 그런 그를 올려다보았지만 진현은 계속하여 말했다.

"후우, 아침에 셀로브가 말했지요. 뒤로 물러나지 말라고. 그도 그랬습니다. 그렇기에 진정으로 자신의 뜻을 관철시킨 그는 진정으로…

승리한 자입니다."

에오로는 힐끔 곁눈질을 해 진현을 보았다. 진현은 조용한 미소를 떠올리고 있었다. 그런 그를 보니 피식 웃음이 나왔다. 그리고 다시 고개를 돌린 에오로는 체스 판을 보았다. 체스 판의 킹은… 마치 그 자신처럼 보였다. 나이트와 폰, 룩에게 보호를 받고 있는 모습. 꽁꽁 숨어서 적 앞에서 벌벌 떨고 현실 앞에서 벌벌 떠는 모습. 그는 폰을 잡았다.

그와 동시에 유젠은 눈을 동그랗게 떴다.

탁!

체스 판의 말을 놓는 소리가 경쾌했다. 유젠의 킹이 옆으로 쓰러졌다.

"체크 메이트야, 유젠."

"어라라? 이런 방법이 있었나?"

유젠은 도무지 이해가 가지 않는다는 듯 체스 판을 내려다보면서 머리를 긁적거렸다. 그의 뒤에 서 있던 마스터가 다시 에오로의 폰을 원래의 자리로 물리고서 그 방법을 설명해 주었다.

"여기서 네가 나이트로 한 발자국 앞으로 안 나서서 그래. 쯧쯧, 생각이 짧았어. 그런데 참 멋진 방법인데? 폰에게는 전혀 신경을 쓰지 못했어."

마스터의 칭찬에 에오로는 배시시 웃었다. 그리고 그는 자신의 킹을 검지와 엄지로 만지작거리며 말했다.

"…피하지 않았거든요."

그 녀석처럼. 킹을 던졌다가 받은 에오로는 생긋 웃었다. 유젠은 아무리 생각해도 이해가 가지 않는 듯 연신 마스터에게 질문을 던졌고 마스터는 그의 머리를 흩뜨렸다. 붉은 머리카락이 화려하게 허공에서 움직였다.

*   *   *

"으으으, 너무너무 심심하다아아!"

아영은 자신의 침대에 엎드려 베개를 끌어안으며 그렇게 말했고 에이레이는 실소를 머금었다. 아영의 갈색 머리카락들이 하얀 시트 위에서 엉겼다. 그리고 멍하게 있던 그녀는 갑자기 벌떡 일어나 앉더니 베개를 마구 두드리기 시작했다. 흠칫 놀라 왜 그러냐는 듯한 에이레이의 눈길에도 아랑곳없이 샌드백 치듯 주먹으로 베개를 때리며 아영은 고래고래 고함을 질렀다.

"에라이, 나쁜 김진현 같으니라고! 오늘 축제라고 좋아라 했더니만은 뭐? 궁성에 오지 마?! 들어오기만 해봐라! 내가 가만두나! 으아아, 열받아!"

"그렇게 계속 치다가는 베개 터지겠다."

하지만 그런 에이레이의 말에도 불구하고 아영은 마치 베개가 진현이라도 되는 듯이 모서리를 물어뜯다가 침대 위에 놓고 발로 잘근잘근 밟았다가 그것도 모자라서 코브라 트위스트까지 해댔다. 그녀를 보며 에이레이는 고개를 가로저었다. 무슨 특별한 일이 있었겠지라고 설명을 해도 지금 아영의 귀에는 들리지도 않을 것 같다. 보고 있던 작은 책을 덮은 에이레이는 낮게 한숨을 쉬면서 고개를 들어 천장을 보았다. 또 무슨 일일까. 무슨 일이기에 자신들의 접근을 막는지 궁금함이 커지기는 했지만 쉽사리 몸을 움직이지는 않았다.

진현이 그렇게 말한 만큼 못 들은 척 넘기기에는 무리가 있었다. 그는 암묵적으로 이 일행의 리더, 누구보다도 다른 사람들의 의지를 받는 인물. 그런 그가 쓸데없는 일은 하지 않을 것이라는 생각도. 결국 제풀에 지쳐 침대에 드러누워 헥헥거리는 아영을 돌아보며 에이레이가 생긋 웃으며 말했다.

"궁성에는 오지 말라고 했어도 밖에 나가지 말라는 말은 하지 않았어. 내일도 궁성은 개방하니까 그때 가기로 하고, 오늘은 그냥 쇼핑이나 다닐까?"

몸이 지쳤어도 입은 살았는지 연신 중얼거린 아영은 이마에서 흐르는 땀을 닦으며 몸을 일으켰다. 이윽고 여성 두 명은 각자의 돈과―사실 진현이 준 것들이다―옷을 챙겼다. 비참하게 방바닥 긁는 것보다야 백배 나을 것이라는 결론을 가지고. 아영은 밖의 날씨를 힐끔 쳐다보더니 간편한 복장을 했다. 무릎까지 오는 반바지에 운동화, 흰색의 반팔 셔츠가 그것이었다. 아마 대로에 나가면 눈길을 제법 끌 옷차림이었지만 정작 그녀는 별로 개의치 않아 보였다. 에이레이 역시 자신의 머리카락을 위로 틀어 올려 핀으로 꽂았다. 원래 살던 곳이 사막 지방이었기 때문에 더위는 잘 타지 않았기에 옷은 평상시에 입던 옷이었다.

가죽 주머니에 돈을 넣고 허리에 벨트에 묶은 에이레이가 아영에게 물었다.

"아직 이른 시간이지만 오늘은 축제니까 대로가 많이 번잡하겠지? 어디 가볼까?"

"글쎄, 원체 다 가봐서. 안 가본 곳 없나? 으음, 맞다. 신전은 아직 구경 안 해봤는데."

"그럼 수도에 있는 신전들 중에서 가장 큰 아비게일 여신의 신전에 가보도록 하자. 여행자들이라고 하면 친절하게 구경시켜 줄 거야. 보통 신전에서는 다 그렇게 하거든."

아영은 빙긋 웃으며 고개를 끄덕였다. 홀로 내려온 두 여성을 보며 현홍이 눈을 동그랗게 떴다. 어디를 보나 나갈 차림이었으니까.

"어디가? 진현이 궁성에는 가지 말랬어."

진현의 이름이 나오자 아영은 곧장 심술이 되살아났는지 역정을 부리며 소리쳤다.

"쳇, 치사해서 안 가! 걱정 마, 그냥 쇼핑이나 할 생각이야. 그리고 오늘은……."

아영은 씨익 웃으며 자신의 옆에 있는 에이레이의 팔을 잡아 팔짱을 끼면서 손가락으로 V자를 그렸다.

"오늘은 우리 둘이서 오붓하게 데이트할 거야. 다른 사람들도 알아서 놀아. 오호호."

자리에서 일어서려던 셀로브는 엉거주춤 그 자세로 얼어버렸다. 물론 늦은 아침을 먹고 있던 니드 역시 마찬가지였다. 그들은 머리 속이 새하얗게 백지화가 되는 것을 느꼈다.

땡그랑.

니드는 기어코 손에 들고 있던 나이프를 놓쳤고 셀로브는 황망한 얼굴이 되어 두 여성을 바라보았다. 아마도 그들은 머리 속에서 굉장한 생각을 하고 있을 것이다. 화석화가 되어가는 두 명을 툭툭 친 현홍은 머리를 긁적였다. 자신이 사는 세계의 한국에서는 여학생들끼리도 장난 삼아 그런 것이 많으니 그는 익숙했다. 오죽하면 외국 사람들이 한국에 와서 기겁을 했겠는가.

손을 잡고, 팔짱을 끼고, 서로서로 각지 낀 손으로 길거리를 돌아다니며 마치 연인처럼 행동하는 것이 보통의 여성들에게는 당연시되어 가고 있는 현실. 그것을 알 리 없는 니드와 셀로브의 얼굴은 가히 장관이었다. 에이레이조차도 아영의 말에 화들짝 놀라 얼굴이 살짝 붉어졌으니까. 대체 뭔 생각들을 하고 있는 거야 하고 속으로 중얼거린 현홍이 손을 내저었다.

"조심해, 알았지? 에오로랑 진현을 공격한 녀석들이 너희들 가만 내버려 둘 리가 없어."

"아이고, 걱정도 팔자. 그 녀석들이 메피스토 정도가 되지 않는 한 지는 일은 두 번 다시 없어."

"응? 메피스토가 누군데?"

흠칫.

역시나 자신은 입이 가볍다는 것을 실감한 아영은 자신의 입을 한 손으로 가리며 어색한 미소를 띠었다. 그리고는 에이레이의 손을 잡고 황급히 여관을 빠져나갔다.

"호호홋, 아무것도 아냐!"

요상한 웃음소리와 함께 그 두 사람의 모습은 저 멀리로 사라져 버렸다. 문밖으로 나와서 그녀의 뒷모습을 바라보며 고개를 갸웃거린 현홍은 니드와 셀로브를 보며 인상을 썼다. 두 사람은 아직도 아영의 말에 대해 심각하게 고민하는 폼이었다. 말 그대로 석상 두 개가 턱하니 있는 것이나 다름없다고 할까. 현홍은 심심하게 되었다고 생각하며 한숨을 쉬었다. 아무래도 이곳에 있을 동안에 놀이 기구라도 사와야겠다. 체스도 좋고 장기도 좋고. 시간을 보낼 수 있는 것이라면 말이다.

아영은 팔짝팔짝 뛰면서 대로를 걸어갔다. 마치 동네 어린아이가 장난질 치듯이 즐거워하며 빙글빙글 도는 그녀에게 에이레이가 빙긋 웃으며 말을 걸었다.

"뭐가 그리 즐거워?"

마치 춤을 추듯이 두 팔을 들어 올린 채 한 발로만 빙글 몸을 돌린 아영은 하늘을 올려다보았다. 새하얀 뭉게구름과 푸른 하늘, 시원하게 불어오는 바람. 축제 때문인지 대로에는 시간에 비해 많은 사람들이 왁자하게 떠들었다. 자신에게 꽂히는 사람들의 시선도 기분 좋게 만드는 원동력. 그녀의 갈색 머리카락이 허공에서 아름답게 휘날렸다. 갈대처럼 바람에 따라 이리저리 흔들리는 그것은 상당히 매력적이었고 그녀의 성격을 고스란히 드러내 보였다.

자유로움. 누구도 그녀를 구속할 수 없을 듯 보이는 것은 왜일까. 아영은 자신의 머리카락을 쓸어 올리며 말했다.

"다른 아이들이 기분 좋다고 말하니까. 상쾌하지 않아?"

무슨 말인지 모르겠다. 그런 표정으로 에이레이가 자신을 보자 아영은 다시 한 번 앞으로 폴짝 뛴 후에 뒤로 등을 돌렸다. 그녀는 환하게 웃으며 손을 내밀었다.

"말했잖아. 나는 자연과 조화를 이루어 이 세계를 만들어 나가는 아이들과 친하다고. 그 아이들도 축제를 좋아하거든."

"…정령들 말이야?"

"응!"

에이레이는 고개를 들어 하늘을 보았다. 보이는 것은 아무것도 없었다. 그렇지만 아영은 마치 그들과 무도회를 벌이는 사람처럼 즐거워했다. 예전에 에이레이가 자신의 일족이 사는 마을의 장로에게서 들은 얘기가 있었다. 아주 오래전에는 정령과 인간들은 친숙했었고, 그들은 서로를 생각하면서 세계를 만들어갔다고 한다. 하지만 어느 순간에서부터인가 인간은 눈에 보이지 않는 그들을 없는 것처럼 인식해 버렸고 자신들만의 터전을 가꾸었다. 자연스레 그들의 사이는 멀어져 갔다.

『잃어버린 세계』. 그 세계 이후 한 번의 정화와 새로운 세계가 펼쳐졌다. 그것이 바로 지금 이곳이다. 하지만 마치 예전의 세계를 답습해 나가듯 다시 인간과 정령들은 멀어져 갔다. 정령들은 더 이상 인간을 돕지 않았다. 그러나… 인간이 정령을 아름답고 애틋하게 여기듯 그들 또한 그러했나 보다. 몇몇 소수의 인간들만은 그들과 어울렸다. 정령들과 인간은 처음의 그 연을 영원히 끊기는 힘든 사이였다. 아영은 환하게 웃으며 자신에게만 보이고 자신과 얘기를 나눌 수 있는 그들을 정말 친구로 생각했다.

만약에 다른 인간들도… 정령이 보통의 상태에서도 보인다면 저렇게 대할 수 있을까? 에이레이는 그렇게 생각했다. 그리고는 곧 고개를 저었다. 그것은 아니다. 아영, 그녀만의 정신과 생각일 뿐인 것이다. 에이레이는 정령들이 그녀에게 모습을 보이고 그녀를 위하는 것이 어쩌면… 당연하다고 생각했다. 밝고 자신들처럼 자유로우며 눈에 보이지 않는 모든 것을 배려하는.

"에이레이, 어서 가자!"

"응."

에이레이는 웃으며 고개를 끄덕였다. 친구라고? 그거 꽤나 좋은 단어인 것 같아라고 속삭이며.

여름날의 축제 2

"흐음, 정말로 잘될까요?"

에오로는 마스터가 건네주는 망토를 받아 들었다. 일이 틀어져서 도망을 쳤는데 얼굴이 보였다면? 그날로 그들은 현상 수배범이 되는 것이다. 그러니 날씨가 조금 더워도 얼굴을 가려야 했다. 벨트에 차인 검을 확인한 후 허벅지에 대거 몇 개를 묶었다. 필요한 일이 있을지도 모른다. 망토라기보다는 그냥 기다란 천이어서 에오로는 대충 머리에 뒤집어쓰려고 했다. 그러자 진현이 손을 들어 그를 제지했다.

"수많은 사람들 중 그렇게 꽁꽁 가린 사람이 오히려 더 눈에 띌 뿐입니다. 대충 어깨에만 두르고 얼굴을 가리는 것은 본격적으로 움직일 때입니다."

그는 그렇게 설명하며 자신의 어깨에 천을 둘렀다. 마치 머플러처럼 보였다. 그것을 약간 끄집어 올려 입술을 가린 진현은 바에 올려진 운을 집어 올렸다. 운은 사실 벨트에 차기에는 조금 길었다. 보통의 키를 가진 사람이라면 땅에 다일 정도였다. 물론 진현은 훤칠한 키이니 그럭저럭 어색하게 보이지 않는 것이었다. 그것을 내려다보며 어쩔까 하는 표정을 짓는 진현에게 마스터가 말했다.

"검을 가진 사내가 둘이나 있으면 경비병들의 눈길을 끌지 않을까?"

진현은 고개를 끄덕였고 곧 운을 얼굴 가까이 들어 올려 입술을 움직였다.

"모습을 바꿔. 폴리모프Polymorph 정도는 할 수 있겠지?"

당장에 운의 고함 소리가 가게 안을 가득 메웠다.

『저엉도?! 넌 폴리모프가 몇 레벨의 마법인지 알기나 해? 클래스 B1 이하로는 어림도 없는 마법이다 이거야!』

다행히도 가게 안의 사내들은 마스터가 이미 다른 곳으로 보낸 뒤라 눈총을 받거나 하지는 않았다. 그리고 마스터 역시 예전에 진현이 방문했을 때 운이 마법을 쓸 수 있고 자아가 있는 검이라는 것을 알고 있었기에 별로 놀라는 눈치가 아니었다. 갑작스럽게 들려온 고함 소리에 에오로는 두 손으로 귀를 막았다가 손을 떼며 쓴 미소를 지었다.

"아하하, 맞는 말이에요. 중급에 속하는 마법이죠."

하지만 진현에게는 마법의 난이도는 별 상관이 없었다. 그저 쓸 수 있나 없나의 필요성의 차이일 뿐. 고래고래 고함을 지르면서도 운은 모습을 바꿀 수밖에 없었다. 진현이 잡소리는 그만 하고 어서 바꾸지 못해라는 뜻이 담긴 눈으로 자신을 노려보며 더불어 주먹을 쥔 채로 뼈마디가 으스러지는 소리를 냈기 때문이다. 앵앵거리는 울음소리를 내며 운은 간단하게 자신의 모양을 줄여 검 모양의 브로치 형태로 변했다. 하지만 진현은 그 모습이 영 마음에 안 드는 눈치였다. 다시 한 번 센스있게 바꾸라고 말하고 싶었지만 그랬다가는 정말로 삐칠 것 같았기에 진현은 한숨을 내쉬며 그것을 천의 목 언저리에 달았다.

준비가 끝나자 진현은 마스터에게 인사를 한 뒤에 에오로와 함께 도둑 길드의 문을 나섰다. 태양은 어느새 지친 몸을 이끌고 서쪽으로 몸을 누이고 있는 중이었다. 붉게 깔리는 황혼을 미간에 손을 가져간 채 올려다본 에오로는 환하게 웃었다. 하늘 위로 날아오는 하얀색 비둘기들이 궁성의 개방을 알리는 신호탄 노릇을 했다. 진현과 에오로는 조심스럽게 대로로 발걸음을 옮겼다. 그리고는 순간 멈칫하고 말았다. 생각보다 대로를 메운 시민들이 많았기 때문이다.

여행자 복장도 있었고 거의 대부분은 하층이나 중류층의 시민들이었다. 그런 사람들이 한데 뭉쳐 대로는 완벽하게 아수라장이었다. 축제라고는 하지만 너무 심한 것이 아닌가 하는 눈으로 미간을 찌푸린 진현에게 에오로가 입을 가린 천을 끌어내리며 조용하게 말했다.

"이 축제는 굉장히 성대해요. 저희 클레인 왕국은 일 년 중에 축제가 많기로 유명하지만 그중에서 단연 으뜸으로 꼽히는 것이 아비게일 여신의 축제이지요. 그리고 무엇보다 서민들에게… 평생을 가도 구경하지 못할 궁성을 이렇게 볼 수 있다는 사실은 굉장히 큰 기쁨이 아닐까요."

"흐음, 그렇지만 이래서야 궁성까지 무사히 갈 수 있을지 그것이 더 걱정이군요."

"에헤헤, 깔려 죽지 않으면 다행일 것 같아요. 그렇지만 저희들은 지름길을 알잖아요?"

에오로는 배시시 웃으며 품에서 접힌 종이를 꺼내어 들었다. 그것은 마스터가 건네준 것으로써 궁성까지 가는 지름길을 표시해 둔 지도였다. 도둑을 친구로 알고 있으면 이런 것도 좋은 것 같군요라고 웃으며 말한 진현은 에오로에게 그것을 받아 들어 펼쳐 보면서 고개를 끄덕였다. 다시 지도를 품에 집어넣은 그는 에오로와 함께 대로가 아닌 골목길로 몸을 돌렸다. 아스라하게 대로의 웅성거림이 귓가를 울렸다. 골목길의 중간중간 대로를 볼 수 있는 부분을 지날 때면 엄청난 숫자의 사람들이 제자리걸음을 하듯 길을 걷는 것을 볼 수 있었다.

진현은 왠지 미안한 마음이 들어 사람들을 보며 쓰게 웃을 수밖에 없었다. 마치 바쁘다고 고속도로에서 갓길을 이용하는 것 같다고 할까. 마음속으로 고개를 숙인 진현과 에오로는 빠르게 움직였다. 뛰지는 않았지만 마음은 뛰는 것과 같을 정도였다. 두 사람은 새를 노리는 매처럼, 숲길을 달리는 사슴처럼 날렵하고도 우아하게 길을 돌아다녔고 그 결과 조금 시간이 지난 후 궁성을 바라볼 수 있을 정도로까지 가깝게 도착하게 되었다.

그리고 에오로는 감격해 버렸다. 검을 쥔 자가 아니라도 국민이라면 누구나 다 보고 싶어하는 궁성이다. 그것을 동경하지 않는 사람은 아마도 없으리라. 에오로는 그렇게 궁성을 올려다보며 두 손을 마주 잡았다. 올려다보고 있노라면 고개가 뻐근할 정도의 높이이지만 지금 그에게는 그것이 중요한 것이 아닐 것이다. 회색의 굳건한 성곽은 보는 이로 하여금 경외하게 만들기에 충분했다. 그 와중에서도 진현은 궁성의 규모 및 넓이 등을 자신이 사는 세계의 다른 성들과 비교하고 있었다.

'넓이나 규모는 영국의 윈저 성을 넘어가겠군. 외려 첨탑 등을 보건대 독일식 건축일 확률도 높고. 이곳의 세계관이나 배경은 유럽과 비슷하니 궁성의 사용 용도나 구조도 그 비슷하겠어.'

클레인 왕국의 국왕이 사는 궁성은 대단히 효율적이면서도 공격적으로 보였다. 전투적인 목적이 가장 눈에 잘 띤다고 할까. 그렇지만 외관에서 볼 때의 미적인 요소 역시 배제하고 있지 않아서 처음 저 성을 만들 때 꽤나 많은 이들이 고생을 했을 것이며 설계를 한 사람 역시 대단한 인물이라는 것을 알게 해주었다. 궁성은 피니스 비 라임이라는 강에서 뻗어 나온 작은 물길을 앞에 두고 있었다. 그리고 아치 형의 다리가 수도의 도시와 성을 잇고 있었는데 그 다리의 규모라는 것이 엄청나 일반 고속도로 정도의 넓이였다. 상당히 견고했으며 또한 아름다웠다.

다리 곳곳에 설치되어 있는 쇠막대에서 아비게일 여신의 깃발과 클레인 왕국의 깃발이 번갈아가며 걸려져 있었다. 성벽은 일정한 간격을 두고 탑으로 강화되었고 꼭대기는 요철이 있는 흉벽으로서 유사시 적의 침입을 막는 전투용이라는 것을 알 수 있었다. 중간중간 하늘을 찌를 듯이 솟아나 있는 첨탑들은 오싹한 전율을 던져 주었다. 본디 회색빛일 성은 지금은 황혼의 마력에 힘입어 아름다운 붉은빛으로 반짝였다. 외곽의 성벽 때문에 원래 성으로서의 역할을 하는 안은 볼 수가 없었지만 외관보다 못한 규모는 아닐 것이라는 진현의 추측이었다.

진현은 감격해서 눈을 반짝거리는 에오로를 잡아끌고 대로로 나섰다. 아치 형의 다리 위에 있는 사람들은 생각보다 많지 않았다. 하지만 뒤를 돌아보니 조금이라도 일찍 궁성을 보려 하는 사람들이 파도처럼 육박해 오고 있었다. 식은땀이 절로 나는 광경이었다. 붉은색과 파란색, 그리고 구름들이 뒤엉킨 하늘을 배경으로 서 있는 궁성은… 진현에게도 묘한 기분을 선사했다.

다리에서 성을 잇는 성문은 아직까지 굳게 닫혀져 있었다. 그 앞으로는 수도의 성문 경비대원들보다 더 화려하고 무장을 확실하게 한 병사들이 3열 횡대로 서서 사람들을 제지했다. 많은 사람들이 서서 초조하게 문이 열리기만을 기다렸다. 아이를 어깨에 무등 태운 사내, 그리고 환하게 웃으며 사내의 손을 잡고 있는 여성, 늙은 노인들과 이제 막 사춘기에 접어들었을 소년과 소녀들. 옷차림은 그리 화려하진 않았지만 분명 이곳의 시민들인 그들은 일 년 중에 가장 화려한 옷을 꺼내어 입었을 것이다.

사람들의 얼굴은 기다림에 대한 짜증보다는 기대감과 즐거움으로 환했다. 진현은 문득 그 모습이 보기 좋다고 느꼈다. 아마 이 축제를 만들고 궁성을 개방하기로 한 왕은 성군이었을 것이다. 왕에게 있어 혹여 모를 암살의 위협과 문제의 발생 등을 뒤로한 채 순수하게 국민들의 즐거움을 위해서 성을 개방하기란 어려운 것일 테니까.

펑!

무언가 터지는 소리에 흠칫 놀라 하늘로 고개를 들어 올리니 오색빛의 불꽃이 사방으로 퍼져 나가는 것이 보였다. 사람들의 얼굴이 오렌지 색과 흰색, 푸른색 등으로 물들어갔다. 그리고 하나의 폭죽을 시작으로 성의 내부에서 쏘아 올려졌을 폭죽들이 황혼의 하늘을 더욱 아름답고 화려하게 만들었다. 에오로는 기절하지 않은 것이 더 신기하다는 듯 두 주먹을 위로 힘차게 들어 올리며 환호성을 내질렀다.

"우와아!"

사람들의 거대한 함성 소리가 폭죽이 쏘아 올려지는 소리보다 더 커다랬다. 당연하게도 말이다. 물론 진현은 폭죽의 아름다움보다는 이 시대의 과학 기술로 폭죽을 만들 능력이 되는가 어쩌는가 같은 생각을 머리 속에 늘어놓고 있었지만 말이다. 화려하게 터지는 폭죽들은 그 모양도 다양했다. 작은 물방울 모양에서부터 터진 후에 바닥으로 떨어지면서 새로운 색깔로 바뀌는 것들, 한 번이 아닌 작은 폭죽처럼 여러 번 터지는 것들. 하나같이 보는 사람의 마음을 두근거리게 만들 정도로 아름다웠다.

퍼펑! 펑! 펑펑!

굉장한 소리에 귀가 멀어버릴 것 같았지만 지금 사람들은 귀의 아픔은 생각지도 않은 채 연신 하늘을 보며 손을 흔들고 환호성을 질렀다. 거기에 에오로가 들어가는 것은 당연했다. 그 역시 이 나라, 마법과 기사도의 나라 클레인의 국민이었으니까. 이윽고 병사들이 좌우로 물러서며 성문이 움직이기 시작했다. 병사들은 양을 모는 번견처럼 규칙적이고도 확실한 움직임으로 사람들을 통제했다. 그리고 천천히 사람들을 몇 단위로 나누기 시작했다. 한꺼번에 몰려들면 혹시나 다치는 사람들이 있거나 성의 장식물들이 파괴될 위험성이 있어서였다.

진현과 에오로는 지름길을 이용한 덕분에 두 번째 무리에 속할 수 있었다. 성문은 저렇게 큰 것이 어떻게 움직일까 하는 생각을 하게 할 정도로 무겁고도 웅장한 소리를 내며 열렸다. 안으로는 말을 탄 기사들이 도열해 있었다. 마치 전쟁에서 승리하고 돌아온 구국의 영웅을 맞이하는 것 같은 모습이었다. 에오로는 화려한 갑옷과 보검, 아름다운 백마에 탄 채로 깃발을 들고 서 있는 그들을 보며 입을 쩍 벌렸다. 황금빛과 은빛으로 반짝거리는 그들을 눈부셔서 못 쳐다보겠다는 듯 눈을 가리며 에오로가 들뜬 목소리로 외쳐 댔다.

"괴, 굉장해! 너무 멋있지 않아요, 진현?"

"뭐, 그렇긴 하군요."

퉁명스러운 진현의 대답에 에오로는 고개를 갸웃거렸지만 다시 눈을 돌려 정면을 바라보았다. 그리고는 연신 와아와아 하고 탄성을 질렀다. 성문을 들어서자 가장 먼저 보이는 것은 너무나도 넓은 규모의 정원이었다. 종류를 알아내는 것만으로도 며칠은 걸릴 것 같은 수많은 꽃들과 식물들, 나무들. 정원 중앙의 새하얀 대리석으로 지어진 퍼걸러Pergola가 보였다. 그와 더불어 오래되어 보이지만 그 때문에 더 아름답고 고풍스러워 보이는 분수. 여기서는 진현도 놀랄 수밖에 없었다.

중앙으로 들어가기 위해서는 계단을 올라가야 한다. 그런데 계단을 좌우로 분수대가 설치되어 있었다. 말 그대로 계단식 분수였다. 화려한 동상들이 도열해 있고 일직선으로 뿜어 올라가는 분수. 층층이 폭포처럼 흘러 내려온 분수의 물들은 수로를 통해서 궁성의 정원을 한 바퀴 돌았다. 반짝이는 실록과 시원스럽게 뿜어 올라져 가는 물줄기들이 하나가 되어 시원함을 느끼게 할 정도였다.

카메라가 있었으면 좋겠는데. 진현은 그렇게 중얼거리고야 말았다. 세계를 돌아다니며 웬만큼 유명한 유적지와 아름답다는 건축물들을 돌아본 진현 역시 궁성의 아름다움에 경의를 표하고 싶었다. 얼마의 세월이 걸려 이것을 만들어낸 것일까. 이 나라의 역사만큼 이곳을 지켜온 성은… 아름다움과 고귀함, 그리고 우아함 등에서 사람을 압도했다. 다른 사람들 역시 그와 비슷한 감정, 아니, 그 이상의 감정을 느꼈다. 여성들은 붉어진 얼굴로 정원과 분수를 보며 한숨을 내뱉었다. 일상적으로 살아가는 서민들에게 이런 광경은 확실히 꿈에도 나올까 말까 한 것이니까.

번쩍거리는 기사들과 병사들의 경계를 받으며 사람들은 계단을 올라 궁성 안으로 들어가게 되었다. 기어코 기절하고 싶다는 표정을 짓는 이들도 보였다. 천장이 보이지 않았다. 보통 집에 들어가면 가장 먼저 보여야 할 것들 중 하나인 천장은 고개를 들어 한참을 봐야 보일 정도였다. 돔 형식의 천장은 화려한 벽화들로 채색되어졌고 중앙으로 엄청난 규모의 수정 샹들리에가 있었다.

안은 마치 아침의 태양을 마주 보는 것처럼 환했다. 만약 저 샹들리에가 떨어진다면 홀의 삼 분의 일쯤은 가릴 것이다라고 중얼거리는 사람도 있었다. 커다란 샹들리에 옆으로 작은 것들이 수없이 달려 있었고 수천 명을 수용하고도 남을 거대한 홀 안에 서 있는 사람은 너무 작아 보였다. 에오로는 비틀거렸고 진현은 한숨을 쉬며 그의 어깨를 붙들었다.

고딕 양식의 창문들은 아름다운 색유리들로 되어 빛이 내리비치자 주변을 자신의 색으로 물들였다. 에오로가 흥분을 하여 제정신을 못 차리는 가운데 진현은 재빠르게 사방을 둘러보며 지도의 위치와 일치하는지 확인을 시작했다. 어디에 계단이 있고 병사들이 있으며 통로는 어디로 통하는가 등. 계단계단마다 무장을 한 병사들이 몇 명씩 서 있었다. 아마도 혹시나 모를 일을 대비해서겠지. 진현은 잇소리를 내면서 고개를 저었다.

고개를 들어보니 중앙에 상당한 크기의 발코니가 보였다. 그곳은 4층이나 5층 정도의 높다란 곳에 위치해 있었고 지금은 아무도 없었다. 화려하게 휘장들과 깃발들이 내려와 있는 것으로 보아 저곳에 국왕이라는 자가 모습을 드러낼 것 같아 보였다. 사람들이 구경할 수 있는 곳은 여기까지가 다일 것이다.

그러나 평범한 시민들에게는 이것으로도 감지덕지일 것이고 국왕의 연설을 조금 들은 후 밖으로 내보내지겠지. 몇 사람이서 껴안아야 간신히 안을 것 같은 기둥들이 수십 개였지만 무너지지 않는 것이 이상해 보이는 천장을 목이 빠져라 올려다보는 에오로의 어깨를 진현은 툭 쳐주었다.

화들짝 놀라 자신에게로 고개를 돌리는 에오로에게 진현은 조용조용히 속삭였다.

"주위를 둘러보십시오. 수많은 병사들이 있어도 이렇게 넓은 곳을 완벽하게 방비할 수는 없을 겁니다. 궁성의 경비대원들도 수가 한정되어 있으니까요. 가장 허점이 있을 것 같은 곳을 제게 알려주십시오."

"예? 아, 예!"

에오로는 곧장 사람들의 시선을 피해 주위를 둘러보았다. 하지만 진현의 말대로 너무 넓고 사람들도 많아서 찾기가 힘들었다. 끙끙거리면서 발돋움을 하다가 고개를 숙여 눈살을 찌푸려 대며 주위를 둘러보아도 사람들은 의심하지 않았다. 왜냐하면 같은 행동을 하는 사람들이 너무나도 많으니까. 좌우로 크고 작은 계단들이 2층으로 올라가는 통로겠지만……. 진현은 슬그머니 어깨에 두르고 있는 천을 끌어 올려 입을 가렸다. 어떻게 하면 될까. 이곳을 소리 소문 없이 둘러볼 수 있다면 좋을 텐데. 사람들의 웅성거림과 병사들의 발걸음 소리, 무기들이 부딪치는 소리로 머리가 아플 지경이었다. 진현은 욱신거리는 이마를 한 손으로 짚으면서 그 매서운 눈으로 사방을 둘러보았다. 하지만 아무리 보아도 빈틈이 보이지 않았다.

젠장, 누가 대장인지는 몰라도 병사들 배치 한번 잘 시켰군. 진현은 그런 생각에 절로 이가 갈아졌다. 몇 무리의 사람들이 홀 안으로 들어온 뒤에 그 거대한 홀과 정원을 잇는 문이 닫혔다. 성문이 열릴 때처럼 거대한 소리가 안을 울린 뒤, 2층 중간중간 앞으로 돌출된 발코니에 길다란 나팔을 든 사람들이 있었다. 화려한 옷을 입은 그들은 나팔을 들어 일제히 불어댔다.

뺨바바밤! 뺨바밤!

진현은 얼른 귀를 막고 미간을 찌푸렸지만 사람들의 시선은 일치 단결하게 정면을 향했다. 정확히 말하자면 정면의 위, 그러니까 발코니로 말이다. 술렁거리던 사람들도 모두 입을 다물었다. 그리고 발코니 안쪽에 길게 드리워져 있는 붉은 장막이 좌우로 갈라졌다. 그것을 보니 이상하게 울컥하는 진현이었지만 그것이 무엇 때문인지는 그 스스로도 잘 몰랐다. 그는 화려한 것을 좋아하지만… 귀족적인 것은 이상하게 내켜 하지 않았다. 이윽고 완전히 벌려진 커튼의 뒤에서 한 무리의 사람들이 발코니로 모습을 드러냈다. 그리고 사람들은 두 팔을 번쩍 들며 환호했다.

"우와아아! 국왕 전하 만세!"

"국왕 전하 만세! 클레인 왕국 만세!"

국왕이라고? 진현은 흠칫 놀라 고개를 돌려 그 발코니를 보았다. 국왕이 나올 것이라는 것은 당연히 알고 있었다. 하지만 그가 놀란 이유는… 아무리 봐도 국왕 같아 보이는 사람이 없어서였다. 발코니로 몸을 들이민 사람들은 여자 두 명과 남자 두 명, 그리고 그 뒤로 적당히 떨어진 곳에 화려한 옷의 귀족들과 병사들, 기사들이 힐끔 보였다. 진현은 미간을 찌푸리며 그들을 자세히 살펴보았다.

화려한 복장의 여성은 대략 40대 초, 중반. 하지만 짙은 화장과 매혹적인 눈매는 조금 더 그녀를 젊어 보이게 만들었다. 어깨가 파인 가슴이 거의 들여다보이는 드레스를 입고 금발의 머리카락을 틀어 올려서 핀과 장신구로 장식을 해놓았다. 목걸이나 귀고리 등 엄청난 가격으로 보이는 보석들을 주렁주렁 매달고 있어서 진현의 미간을 좁히게 했다. 그리고 그녀의 약간 뒤에 선 여성은… 20대 초반 내지는 중반. 아니, 그보다는 더 어려 보일 수도 있을 것 같다. 금빛의 머리카락으로 보아 앞의 여성의 딸쯤으로 보였지만 그녀와는 다른 분위기를 가지고 있었다.

온화한 미소라던가 단아한 느낌이랄까. 에오로는 멍하게 입을 벌린 채 그 여성을 넋 놓고 쳐다보고 있었다. 진현은 중앙에 선 자를 보았다. 아마도 그가 국왕이리라. 그러나, 그러나 뭔가가 석연치 않아 보였다.

초췌한 듯한 인상. 마치 병에 걸린 병자처럼 보였다. 당장이라도 쓰러지지 않는 게 이상했다. 만약 저기에 선 자들이 왕족이라면 중년의 여성이 어머니일 텐데 그녀와는 전혀 다른 연한 푸른색의 머리카락과 희미한 미소. 나이는 20대 후반이나 30대 초반쯤? 그리 화려하지는 않지만 귀족이나 왕족이 입을 법한 옷을 걸치고 보석이 박힌 홀을 들고 있었다. 그러나 그것이 그와는 어울려 보이지 않았다. 에오로가 감탄한 어조로 말했다.

"저분이 저희 나라의 국왕이신 케테르 폰 라인 클레인이실 거예요. 헤에, 스승님께 들었던 설명대로 생기신 것 같아요."

언뜻 들으면 국왕 모독이다 싶은 내용을 뱉어내며 에오로는 신기하다는 듯 눈을 깜빡였다.

"어떻게 들으셨습니까?"

"전혀 국왕같이 안 생긴 사람을 찾으면 그분이 국왕이라고 하셨어요."

진현은 쓰게 웃으며 고개를 끄덕였다. 국왕의 뒤로 한 사내가 더 서 있었다. 뭔가 잔뜩 인상을 쓴 채로 불만이 있어 보이는 사내. 꽤 준수해 보이는 외모였고 금발 머리카락이었다. 진현은 문득 궁금한 것이 생겼다는 어투로 에오로에게 물었다.

"그런데 이상한 게 있어서 그렇습니다만, 다른 세 명은 누구입니까?"

에오로는 고개를 저어 보였다. 궁성에 온 게 처음인 그였고 왕족을 만나본 일이 없으니 당연한 것 아니겠는가. 그때 그들의 옆에 서 있던 노인이 헛기침을 쿨럭거린 뒤에 자신이 짚고 있던 지팡이로 위를 가리켰다.

"크흠, 자네들이 생각하는 것처럼 중앙에 계신 분이 국왕 폐하이시고 그 옆의 화려한 금발 머리카락의 여성은 선대 국왕 폐하의 두 번째 부인이셨지."

"그렇다면 지금은?"

에오로의 질문에 노인은 검버섯이 피어 있는 손으로 이마를 벅벅 긁으며 계속 설명을 늘어놓았다.

"왕후께서 돌아가신 후에 당연히 왕비가 되어 정실 자리를 차지했지. 하지만 그전에 이미 태자로서 국왕 폐하께서 내정되어 계셨고… 때문에 그녀의 아들인 길티어 왕자는 찬밥 신세가 되셨지. 허허, 이 말은 내 혼잣말이네."

진현은 정중하게 고개를 숙이며 조용한 어조로 물었다.

"그렇다면 뒤의 고아하신 여성 분은 공주님이십니까?"

"자네, 꽤 안목이 좋구먼? 잘 맞췄네. 맞네. 우리 나라의 공주님이신 미르테님이시지. 어머니와는 전혀 다르지? 그녀의 오빠인 길티어 왕자와도 다르시지. 똑똑하시고 아름다우시며 기품까지 갖추셨어. 물론 길티어 왕자께서도 잘생기고 능력이나 수완도 좋으신 분이라곤 하지만 덕이 없으셔서, 쯧쯧. 하여간에 현재의 왕비님은 국왕 폐하의 계모이시지. 공주님과 왕자님은 배다른 동생 분들이시고."

　노인은 그렇게 설명을 마쳤다. 감사하다는 인사를 한 진현은 다시 고개를 들어 발코니의 네 사람을 보았다. 발코니의 난간을 부드럽게 짚고 선 국왕은 자신이 들고 있는 홀을 천천히 들어 올렸다. 그러자 사람들의 웅성거림은 조금씩 사그라져 들었고 어느 정도 분위기가 가라앉자 그는 살며시 웃으며 입을 열었다. 하지만 그의 목소리는 너무나도 작고 가늘었기 때문에 귀를 기울여야 간신히 들릴 정도였다.

　"친애하는 클레인 왕국의 시민들을 만나뵙게 되어 영광이오. 오늘은 고아하시고 만민에게 평등하신 아비게일 여신이 정하신 축젯날. 그대들이 부디 궁성에 내방하여 즐거운 시간을 보내길 바라시고 계실 것이오."

　국민들에게 저렇게 다정하게 말할 수 있는 국왕은 얼마 되지 않을 것이다. 진현은 꽤나 사람 좋을 것 같아 보이는 국왕을 올려다보았지만 곧 고개를 저었다. 사람은 좋지만 능력이 좋은지는 의심스러웠다. 아무래도 귀족들이나 장관들이 말하면 그냥 실실 웃으면서 고개를 끄덕일 것 같아 보였으니까. 첫인상으로 사람을 판단하는 것은 좋지 않지만 아무래도 인상이 국왕의 자리에 오래 있을 법한 사람으로는 보이지 않았다. 왕으로서 가져야 할 카리스마도, 사람들을 압도하는 위압감도 존재하지 않았다. 말 그대로 자상하고 사람 좋은 평범한 청년이라고나 할까.

　그러나 이곳 사람들은 확실하게 좋아하는 기색이 역력했다. 사람도 좋고 능력도 좋은 것인지 인기가 높아 보였다. 한 나라를 이끌어 나가는 능력에 인기는 확실히 필요있지만 완벽하지는 않다. 어쨌거나 국왕이 누구든 어떤 인물이든 자신과는 상관이 없었다. 그의 가장 큰 관심은 우혁을 찾는 일. 사실 그것이 아니었다면 여기까지 사람들에 치여가면서 오지도 않았을 그였다. 에오로는 뭐가 그리 감동스러운지 연신 주먹을 쥐었다 폈다 하면서 진현을 돌아보았다.

"우와아, 국왕 폐하를 이렇게 멀리서나마 뵙게 되다니! 나중에 세트레세인에 돌아가면 자랑해야겠어요!"

"예, 예."

건성으로 고개를 끄덕인 진현은 한숨을 뱉으며 어깨를 으쓱거렸다. 이러고 있을 시간이 어디 있을까. 하지만 주위에는 사람도 많았고 함부로 움직였다가는 딱 암살범으로 몰리기 좋아 보였다. 병사들이 눈에 불을 켜고 사람들 주변을 둘러싸고 있는데 빠져나가는 것은 거의 불가능한 듯싶었다. 그 역시도 이 정도로 경비가 삼엄하리라고는 생각하지도 못했기 때문이다. 속으로 이 가는 소리를 내며 머리를 굴리고 있는 그에게 브로치 상태가 된 운의 목소리가 들렸다.

『이것 봐, 어쩔 셈이야?』

"…모르겠어. 도저히 빠져나갈 곳이 없어 보여. 병사들이 소수 정예로 통로라는 통로는 다 위치해 있는걸. 원래라면 경비가 없을 곳까지 모두 다. 아무리 작은 규모의 계단을 한 명의 병사가 지키고 있다고 해도 그 한 명은 눈이 썩었겠냐? 나랑 에오로 군이 따로 움직여도 무리야. 젠장."

그답지 않게 조금은 화난 기색이 역력해 보이는 음성이었다. 그런 그에게 운은 조금 머뭇거리다가 작은 목소리로 말했다.

『안 보이면 들어갈 수 있겠지?』

"그걸 말이라고 하……."

진현은 입을 다물었다. 운 역시 말이 없었다. 두 사람의 대화를 가만히 듣던 에오로 역시 아무 말 없이 운과 진현을 번갈아 보았다. 진현의 어깨가 흠칫거렸다. 그는 주먹을 쥔 손을 들어 올렸다. 몇 번 쥐었다 편 후 천천히 운이 모습을 바꾼 브로치를 잡아 뜯듯이 떼어내 손에 쥐었다. 절대로 부러질 리는 없지만… 그는 분명히 있는 힘을 다하는 것이라고 생각되는 힘을 실어 운을 꼭 쥐었다.

사람들의 웅성거림과 진현의 손에 쥐어져 있기 때문에 잘 들리지는 않았지만 곧 컥컥거리는 숨 막혀 하는 소리가 들려왔다. 하지만 에오로는 별로 말리고 싶어하는 기색이 없었다. 그 역시도 진현의 기분과 비슷했으니까. 진현은 생긋 웃으며 주먹을 들어 올려 집어 던질 포즈를 취했다. 그러자 운의 비명과 함께 고함 소리가 진현과 에오로의 귀를 때렸다. 모습에 따라 목소리도 작아져 있어서 다른 사람들에게 들릴 정도는 아니었다.

『자, 잠깐! 언제 물어봤냐?! 물어봤어?! 물어봤으면 당연히 대답했지! 그 정도 생각도 못하냐?!』

"…쿡쿡, 물어보기 전에 우리가 궁성에 잠입 아닌 잠입을 한다고 했을 때 넌 뭐 했냐? 졸았냐? 너야말로 미리 말했으면 이 고생은 안 했을 거다. 어쨌거나 지금까지 즐거웠다. 잘 가라."

진현은 단호한 태도로 팔을 어깨 뒤로 당겼고 운은 당장 몸만 있다면 진현의 앞에 무릎을 꿇고 빌 음색으로 애걸했다.

『미안해, 미안해! 용서해 주라! 다시는 안 그럴게요, 형님! 주인님! 나의 왕이여!』

별 쓸데없는 단어까지 몽땅 말한 뒤에야 진현은 천천히 팔을 내려

손을 폈다. 브로치 상태에서도 능력은 줄어들지 않는 것인지 운은 부들부들 떨고 있었다. 아마도 꽤 겁이 났나 보다. 에오로는 킬킬거렸고 진현은 온화한 미소를 띠며 나긋한 어조로 말했다.

"말을 알아들었으니 다행이로구나. 네 죄는 나중에 여관에 돌아가면 묻도록 하겠다. 어쨌든! 나중에 국왕의 연설이 끝난 후 나와 에오로 군에게 투명화 마법을 걸어. 알아듣겠지?"

『……..』

"…던져 줄까?"

『…알았다고. 쳇!』

운의 투덜거림을 뒤로하고 에오로는 진현에게 엄지손가락을 펴 보였다. 오는 것은 귀찮았지만 꽤나 일이 쉽게 풀릴 것 같다. 국왕은 보이는 그대로 별로 건강이 좋지 않았는지 종종 기침을 토해냈고 결국에는 얼마 지나지 않아 다시 천막 뒤로 모습을 감췄다. 공주와 여왕, 왕자 역시 그의 뒤를 따랐다. 진현이 언뜻 보았을 때 여왕은 비록 자신의 자식은 아니지만 공식적으로는 아들이나 다름없는 그가 안 좋은 기색인데도 걱정하는 눈치가 아니었다.

어쩌면 당연할까? 그가 이른 나이로 죽는다면 다음 왕위 계승자는 그녀의 아들인 왕자가 될 테니까. 속으로는 빨리 죽기를 바라고 있을지도 모른다. 왕권의 계승을 둘러싸고 벌어지는 혈족들의 싸움은 옛적부터 국민들의 눈에만 보이지 않을 뿐, 피 터지는 것보다 더 심하면 심했지 못하지는 않았으니까. 인륜도 때론 장애물로 여길 정도로. 진현은 차가운 눈으로 발코니를 올려다보았다. 피처럼 붉은 커튼이 인상적이었다. 사람들은 홀의 이곳저곳을 돌아다니면서 구경했다. 뭐, 사실 동상들이나 벽화들이 전부였고 마땅히 구경할 것도 없었지만 분위기를 즐기는 사람들이었다.

그리고 두어 시간이 지난 후 문이 열리면서 병사들이 사람들을 밖으로 내보내기 시작했다. 섭섭한 눈빛을 하며 사람들은 밖으로 걸음을 하면서도 계속하여 뒤를 쳐다보았다. 오늘 밤 그들은 이 거대하고 아름다운 홀에서 춤을 추는 꿈을 꿀까? 진현과 에오로는 일찍 들어온 만큼 문을 통해 나가는 것이 상당히 느렸다. 그만큼 홀을 메우고 있던 사람의 수는 대단했다. 에오로는 천천히 병사들의 눈치를 보면서 사람들의 후미로 빠졌다. 진현 역시 발걸음을 느릿하게 바꾸었다.

사람들은 그런 그들을 이상하게 보지 않았다. 사실, 투명화 마법을 거는 것도 꽤 사람들의 시선을 의식하는 것이다. 왜냐하면 갑자기 눈 앞에 있던 사람이 감쪽같이 사라진다면 누가 이상하지 않게 여기겠는가? 그래서 진현과 에오로는 우선 정원으로 나가기로 했다. 궁성으로 통하는 길이 이 정문밖에 없는 것도 아닐 테고 다른 길로 슬그머니 들어오는 방법을 선택한 것이다. 사람들의 뒷부분에서는 병사들이 서 있지 않았다. 양 옆과 앞부분에서 병사들이 파이크를 휘두르며 인도를 할 뿐이었다. 홀의 문은 처음처럼 굳게 닫혔다.

쿵!

그리고 그 앞으로 몇 명의 병사들이 도열했다.

그들이 눈으로 인식하기에 상당히 먼 곳까지 걸어왔을 때 진현은 운에게 나직이 말했다.

"자, 이제 마법을 걸어."

『말 안 해도 건다, 걸어.』

중얼거리는 운의 목소리도 잠시. 진현은 고개를 들어 하늘을 보았다. 붉은 황혼의 기운은 서서히 사라져 갔고 검은 어둠이 하늘을 물들여 가고 있었다. 푸르스름한 하늘을 올려다보며 진현은 잠시 기다렸다. 그리고 고개를 내린 후 발걸음을 멈추었다. 병사들의 고함 소리와 사람들의 웅성거림이 멀리서 들려왔다. 하지만 어느 누구도 걸음을 멈추어 선 진현에게 고함을 지르거나 하지는 않았다. 자신은 누구에게도 보이지 않았으니까. 하지만 여기서 한 가지의 문제가 발생했는데 진현과 에오로 역시 서로를 보지 못하게 된 것이다.

잠시 황망히 서 있던 진현은 운에게 원래대로 돌아가라고 말했다. 그는 당장에 본래의 크기대로 변한 운을 허공에 살며시 휘저었다.

딱! 무언가 부딪치는 소리와 함께 곧장 에오로의 짧은 비명이 허공에 퍼졌다.

"아야!"

"…죄송합니다. 참, 이 마법도 조금은 불편한데요. 서로의 모습도 보이지가 않으니… 어쨌거나 에오로 군, 목소리를 줄이시고 운을 잡으십시오."

손에 쥔 운이 몇 차례 흔들린다 싶더니 곧 울먹이는 듯한 에오로의 목소리가 들렸다.

"아우, 잡았어요. 이제 어쩌죠?"

에오로는 운에 부딪힌 정수리를 쓰다듬었다. 운조차도 보이지가 않으니 말 그대로 허공을 잡고 있는 것과 마찬가지였다. 뭔가 묘한 기분을 느끼면서 에오로는 주위를 둘러보았다. 병사들은 많이 돌아다녔다. 사람들은 한 명도 빠짐없이 궁성의 밖으로 나가게 되었고 그 후 성문은 굳게 닫혀졌다. 문득 저 문을 다시는 못 나가면 어쩌나 하는 생각까지 한 에오로였다. 여름에 부는 바람치고는 제법 쌀쌀한 감이 도는 바람이 슬그머니 정원을 감싸 안았다. 수많은 꽃잎들과 나뭇잎들이 허공에서 춤을 췄다. 아름다운 풍경이었지만 어두워져 가는 궁성의 정원은 굉장히… 긴장하게 만들기에 충분했다.

 침을 삼키는 소리를 들은 것일까. 킥킥거리는 작은 웃음소리가 들린 직후 진현의 담담한 목소리가 들렸다. 그와 함께 손에 잡고 있던 운이 슬그머니 끌어당겨졌다. 에오로는 그것을 따라 살짝 걸음을 옮겼다.

 "너무 긴장하지 마십시오. 어쨌거나 다른 이들에게는 모습이 보이지 않으니까요. 궁성은 넓습니다. 서둘러 일에 착수합시다."

 에오로는 고개를 끄덕이려다가 그래 봤자 못 볼 것이기에 낮은 음성으로 답했다.

 "예."

 "아이고, 코야!"
 "에오로 군, 목소리……."
 "죄, 죄송해요."

 에오로는 화들짝 놀라면서 진현의 등에 부딪힌 코를 문질렀다. 진현의 모습이 보이지 않으니 종종 자신의 앞을 걸어가는 진현의 등에다가도 얼굴을 박아댔다. 미안하기도 하고 부끄럽기도 해서 에오로는 얼굴이 저절로 붉어졌다. 진현은 자신이 전혀 보이지 않을 텐데 용케 손을 잡거나 어깨를 붙드는 등의 행동을 했다. 아직 수련이 멀고도 멀었다고 생각한 그는 얼른 건물의 벽에 등을 기대었다. 그들은 어느새 궁성 안으로 들어와 있었다. 사실 그것은 어렵지 않았다.

 홀로 통하는 정문을 제외하고는 작은 문이 원체 많아서였다. 길게 이어지는 회랑을 통해 아까 보았던 중앙 홀까지 도달한 진현과 에오로는 병사들이 옆을 스칠 때마다 간이 콩알만해지는 진귀한 경험을 하고 있었다. 홀을 둘러싸는 복도는 모두 대리석으로 청소하는 궁인들이 번쩍거리게 청소를 해놓아서 자칫하다가는 넘어질 정도였다. 만약 병사들이 아무도 없는 곳에서 콰당 하고 사람 넘어지는 소리가 들리면 어떻게 할까.

순간 그때의 병사들 표정이 보고 싶어진 에오로는 한번 넘어져 볼까 하다가 그랬다가는 누구 칼에 목이 날아갈지 모르기에 그냥 잠자코 있기로 했다. 병사들은 모두 4명이나 5명이서 짝을 지어 돌아다녔다. 종종 혼자서 돌아다니거나 2명씩 짝을 짓는 사람도 보였다. 척척 발소리도 구령에 맞게 걸어다니는 것이 예사롭지 않았다. 계단으로 올라가는 길이나 계단이 끝나는 부분에도 병사들이 서서 경계하고 있어서 상당히 삼엄한 경계망이라는 생각을 했다.

진현은 마스터에게서 받은 궁성 지도를 펴 보면서 자신들이 있는 위치가 성의 딱 중앙 부분이고 왼편으로 가서 3층에는 귀빈들과 다른 손님들의 방, 오른편으로 돌아서 연결 다리를 통해 갈 수 있는 별궁에는 왕족들의 방이 있다는 것을 알아냈다. 4층에는 국왕의 방이 있었다. 궁성의 뒤뜰로 나가서 쭉 질러가면 경비대원들의 처소가 있다는 것까지 확인한 진현은 그것을 다시 셔츠 주머니 속에 넣었다.

우혁은 어디 있을까? 이렇게 막연하게 돌아다니기에는 무리가 있었다. 궁성의 방이라는 방은 모조리 다 열어볼 수도 없지 않은가. 아마도 정말로 그랬다가는 몇 날 며칠이 걸릴지도 모르는 일. 진현은 입술을 깨물며 생각에 잠겼다. 궁성이라니, 궁성에 왜 우혁이 있는지는 대충 가늠이 갔다. 이 세계에 떨어질 때는 좌표의 측정 없이 무작위로 떨어졌다. 그러니까 우혁은 우연하게도 이 궁성에 떨어졌을 확률이 높다. 이렇게 가정을 한다면… 궁성에서 그가 머무는 곳은 어디일까?

진현은 미간을 찌푸리며 생각에 잠겼다.

그는 능력이 많다. 한국에서도 제법 이름있는 명문대학의 법학과 학생. 공부도 수쥬급이었고 검술 실력도……. 진현의 두 눈이 크게 뜨여졌다. 그거다. 만약 이곳에서 그가 할 일이 있다면! 그것은 그의 뛰어난 검술 실력을 유감없이 발휘할 수 있는 궁성 경비대원. 진현은 왜 이제야 그것을 생각해 냈는지 자신을 책망하며 이마를 딱 소리나게 때렸다. 갑자기 허공에서 묘한 소리가 들리자 에오로의 당황한 목소리가 들렸다.

"어, 어, 진현?"

"우혁이 어디에 있을지 대충 알겠습니다. 확실한 것은 분명 아니겠지만 뒤져 본다고 해서 손해 볼 일은 아니겠지요."

에오로는 잠시 당황한 표정을 짓다가 허공에 말을 건넸다.

"거, 거기가 어딘데요?"

"궁성 경비대원들의 처소입니다."

침묵. 진현은 고개를 갸웃거렸다. 에오로는 마치 그대로 얼어붙어 버린 것인지 대답이 없었다. 결국 진현은 벽을 조금 더듬은 뒤에 에오로의 팔로 느껴지는 것을 잡았고. 그 위로 가서 어깨를 토닥이며 작게 설명하기 시작했다.

"자, 괜찮습니다. 그리 어렵지는 않을 겁니다. 경비대원들이 머무는 곳이라고는 하지만 그것은 어디까지나 휴식을 취하기 위함일 테니까 그곳에 경비대원들은 얼마 없지 않겠습니까? 살며시 훑어보는 것뿐입니다. 이해가 되십니까, 에오로 군?"

"…이성으로는 이해가 돼도 본능으로는 이해가 안 되는데요."

"이해하셨군요. 자, 그럼 뒤뜰로 나가도록 할까요?"

진현은 에오로의 어깨를 몇 번 쳐준 뒤에 몸을 돌렸다. 마음은 바빴지만 뛰지는 않았다. 일부러 요란한 소리를 낼 필요까진 없는 것. 부디 자신의 생각이 들어맞기만을 바라면서 진현은 천천히 벽을 따라 걸었다. 탕탕거리는 갑옷 입은 병사들의 발걸음 소리가 복도를 울렸다. 이른 저녁 시간이다. 아마도 얼마 후면 국왕과 왕족들의 저녁 식사 시간이 있겠지. 뒤뜰로 가는 긴 회랑을 지나니 궁성을 들어왔을 때 보았던 악 소리나게 거대한 정원을 축소해 놓은 크기의 뜰이 보였다. 진현은 오히려 이쪽이 더 마음에 들었다. 뭐라고 할까… 화려함은 없지만 단아한 듯한 면이 마음을 끈다고 하는 것이 맞을 것이다.

사면이 다른 곳으로 통하는 회랑으로 둘러싸여 있지만 하늘을 올려다볼 수 있게 위는 트여져 있었다. 고개를 들어보니 아치 형의 계단들이 눈을 어지럽혔다. 화단은 중앙의 퍼걸러를 감싸듯이 빙 둘러져 있었고 길다란 쇠막대 위에 걸려진 랜턴들이 상당히 많았기에 황혼의 저녁처럼 상당히 밝은 축에 들었다. 멋들어진 장면이었다. 에오로는 잠시 고개를 휘휘 젓고는 조용조용하게 입을 열었다.

"휘유, 멋진데요? 두 번 오고 싶어지는 곳이에요."

"동감입니다."

서로가 보이지 않기 때문에 허공에 대고 말하는 식이었지만 두 사람은 그렇게 말을 나누며 씨익 웃었다. 저 멀리 정원의 반대 편 별관처럼 보이는 건물의 창문이 보였다. 커다란 창문들 사이사이로 사람들의 그림자가 어지럽게 움직였다. 아마도 저곳이 경비대원들이 처소인 듯싶었다. 진현과 에오로는 그곳을 향해 발걸음을 옮겼다. 아니, 옮기려 했다. 하지만 갑자기 회랑의 저편 복도 끝에서 불빛이 움직였다. 길게 드리워지는 그림자를 보니 절로 움직임이 멈추어질 수밖에. 진현과 에오로는 눈을 동그랗게 뜬 채로 그 자리에 석상처럼 서 있을 수밖에 없었다. 이곳은 잔디가 나 있는 정원. 그러니 발자국 소리가 안 들릴 수도 있지만 풀 스치는 소리는?

불빛은 천천히 짙어져 갔다. 그리고 에오로는 눈을 가늘게 뜨며 과연 누군가 살펴보았다. 입을 쩍 벌린 그는 황급히 고개를 저었다. 아마 진현도 같은 표정이리라. 복도의 끝에서 모습을 드러낸 것은 다름 아닌 미르테라고 불렸던 공주였다. 수려한 외모와 금발 머리카락 때문에 쉽게 잊혀지는 외모가 아니었다. 이 나라의 공주가 왜 한밤중에 정원 같은 곳에 어슬렁거리는 거지? 그것도 궁인들은 다 어디로 가고 혼자서! 아, 지금은 없는 게 더 낫구나. 에오로는 만약 물을 수만 있다면 질문들을 던지고 싶었다. 이마에서 흐르는 식은땀을 닦을 생각도 하지 못하는 그에게 입을 벙긋거릴 기운도 없었다.

한 손에는 랜턴을 든 채로 공주라기보다는 그저 귀족 집안의 처녀 정도로 보이는 다소곳한 드레스를 입고 그녀는 모습을 드러냈다. 길게 내려오는 금발 머리카락이 불빛에 아름답게 반짝였다. 그녀는 오른손에 든 랜턴을 조금 들어 올리며 정원을 돌아보았다. 주위의 다른 불빛 때문에 랜턴이 필요없다는 것을 깨달은 그녀는 그것을 정원 한 켠에 내려놓은 채로 정원의 퍼걸러 쪽으로 걸어갔다. 그리고 그와 동시에 진현과 에오로는 더욱 바짝 굳어버렸다. 그 퍼걸러 쪽으로 자신들이 걸어갔었기 때문에 결론은 공주와 부딪칠 확률도 높다는 것이다.

"지, 진현? 어… 어쩌죠? 어떻게 하면 돼요?"

"…저한테 그것을 물어보서 봤자, 아, 아니, 조금 뒤로 물러나는 것이 좋을 것 같군요. 조심하십시오."

진현과 에오로는 발소리를 최대한 줄이려고 애쓰면서 뒤로 조금씩 물러났다. 밤바람이 조금 싸늘했는지 미르테 공주는 숄을 조금 끌어당겨 어깨를 감싼 후에 퍼걸러의 안에 마련된 의자에 앉았다. 천장에도 무슨 불이 있는지 오렌지 색 불빛이 그녀에게로 내리비쳤다. 에오로는 먼발치에서 그녀를 보며 한숨을 작게 내쉬었다. 약간 수심이 있어 보이는 하얀 얼굴과 굳게 다문 입술이 참으로 아름답게 보였다. 무슨 걱정이라도 있는지 예쁘장한 입술을 벌린 채 연신 한숨을 내뱉은 그녀는 고개를 들어 어느 한쪽을 돌아보았다.
 그곳은 방금 전까지만 해도 진현과 에오로가 보고 있었던 경비대원들이 머무는 처소였다. 궁성의 외진 곳이라고 해도 다름이 없는 그곳을 지그시 쳐다보며 공주는 다시 한 번 한숨을 내쉬었다. 에오로는 문득 궁금한 것이 생겼다. 공주가 경비대원의 처소가 무슨 상관이 있을까?
 혹시나 옛 동화에 나오는 것처럼 공주와 배경없는 기사의 이루어질 수 없는 사랑일까? 그런 허무맹랑한 생각을 하고 있을 때 한 손에 꼭 쥐고 있는 운이 살짝 흔들렸다. 그리고 허공에서는 정말로 귀를 기울여 듣지 않는다면 미풍에 흩어져 사라질 것 같은 목소리가 들렸다.
 "에오로 군, 옆을 돌아 빠져나갑시다. 저 아가씨의 모습을 보아 하니 꽤 오랜 시간 저런 청승맞은 태도로 있겠군요."
 "…왕족 모독은 사형이라는 것을 아시나요?"
 "제가 모시는 왕족은 아닙니다."
 짧고 간결하게 말하는 그를 보니 따질 말도 생각나지 않았다. 맞는 말이기는 하지. 에오로는 천천히 진현의 뒤를 따랐다. 정확히 말해서는 운이 이끄는 대로 걸어간 것에 불구하지만. 정원은 그리 넓지 않았기 때문에 공주가 앉아 있는 퍼걸러에서 얼마 떨어지지 않은 장소를 지나가게 되었다. 진현과 에오로의 긴장감은 극도에 달했고 팽팽하게 당겨진 활시위와 같았다. 그들은 쥐를 노리는 고양이처럼 발끝으로만 살금살금 걸어갔다.

바삭거리는 풀 소리가 들릴 때마다 에오로는 누군가가 목뒤를 잡아당기는 착각을 하기에 이르렀다. 공주의 두 눈이 아직도 처소 건물에 꽂혀 있는 것은 정말로 다행일는지도 모른다. 몇 그루 세워져 있는 키 낮은 나무들의 지나 진현과 에오로는 어느덧 정원을 거의 다 벗어나게 되었다. 이때 에오로가 속으로 땅이 꺼질 듯한 한숨을 내뱉은 것은 당연한 것이다. 만약 여기서 들키게 된다면? 자신은 궁성 무단 침입자라는 중죄인으로 낙인찍히게 될 것이고, 그러다가 왕족 암살범까지 몰린다면…… 생각하기도 싫다. 에오로는 운을 잡지 않은 손을 들어 자신의 목을 매만졌다. 정말로 그랬다가는 형장의 이슬이 되어 목이 날아가거나 대롱대롱 매달리게 되겠지.

그들은 이제 정원을 벗어나 처소의 창문 가까이 다가가게 되었다. 그리고 그때.

"…누, 누구시죠?"

흰 눈이 펑펑 내리는 한 겨울, 얼음 동동 띄운 냉수를 뒤집어써도 지금보다는 못할 것이다. 분명히! 에오로는 하얗게 질린 얼굴로 뻣뻣하게 고개를 돌렸다. 의자에 앉아 있던 공주가 퍼걸러의 기둥을 한 손으로 붙잡은 채 자신들을 보고 있었다. 오, 신이시여! 에오로는 속으로 이런 비명을 내질렀다. 하지만 마법에 걸려 있는데 어떻게?

공주의 두 눈은 지금 못 볼 것을 본 사람처럼 크게 뜨여져 있었고 기둥을 잡고 있는 팔은 상당히 떨리고 있었다. 그런데 그녀의 두 눈에는 약간 초점이 맞지 않았다. 그러니까 정확하게 자신을 보고 있지는 않은 것이다. 어, 어떻게 알아챌 수가 있었지? 수많은 의문들과 이제는 죽었다는 생각들로 패닉 상태가 된 에오로는 머리카락을 쥐어뜯었다.

진현도 그와 같은 생각을 하고 있는 중이었다. 공주가 마법을 꿰뚫어 보는 능력이 있던가? 아니, 그럴 리는 없다. 그녀에게는 마력이라는 것이 느껴지지 않았으니까. 그런데 어떻게 자신들을 눈치 챌 수가 있단 말인가. 진현은 문득 머리 속을 스치는 생각에 황급히 발 밑을 내려다보았다. 그리고는 멍한 얼굴이 될 수밖에 없었다. 창문으로 흘러나오는 불빛으로 인해 자신과 에오로의 발 밑에는 길게 그림자가 드리워져 있었던 것이다. 눈이 잘못되지 않은 인간들이라면… 이걸 못 볼 수는 없겠지. 그림자 생각을 못한 진현은 속으로 혀를 찼다. 에오로 역시 그것을 알아채고는 망연한 얼굴이 되었다.

병사들은… 바닥이 아닌 정면만을 쳐다보고 다니니 못 볼 수도 있다. 무엇보다 그때마다 진현과 자신은 커다란 기둥의 그림자에 몸을 숨겼으니까, 본능적으로. 하지만 지금 그들은… 완전히 자신을 보라는 것과 같이 불빛 속으로 뛰어든 부나방과 같은 꼴이 되었다. 공주는 더 이상 참지 못하게 된 얼굴이었다. 사람은 분명 보이지도 않는데 그림자만 덩그러니 있으니 오죽 놀랐을까. 진현은 체념한 얼굴로 운을 내려다보았다.

『…그, 그림자까지는 나도… 새, 생각 못했네에.』

당황한 목소리. 진현은 여관으로 돌아가면 이번에야말로 용광로에 쑤셔 넣을 것이라고 굳게 다짐을 했다. 물론 그것은 이곳에서 무사히 빠져나갈 수 있다는 가정 하에.

"경비병!"

공주의 낭랑한 비명 소리가 별빛이 아름답게 내리비치는 정원을 가득 메웠다. 에오로는 울고 싶었다. 하지만 그와 반대로 손은 어느새 검의 손잡이에 가 있었다.

여름날의 축제 3

"오우, 공주님. 외모와 마찬가지로 비명 소리도 아름다우시네."
"아직 농담하실 여력이 있으신 것 같군요."
"죽기 직전에 온갖 농담은 다 해보고 죽고 싶었어요오."
　진현은 피식 웃으며 검을 들어 올렸다. 이대로 잡힐 수는 없는 노릇 아닌가. 잡혔다가는 여기서 아무런 권력과 세력도 없는 그의 변명은 듣지도 않고 아마도 궁성의 감옥에서 죽기 전까지 고문당한 후에 교수대에 목이 매달리게 될 것은 뻔한 일이다. 쓰게 웃으며 에오로 역시 검집에서 힘차게 검을 뽑아 들었다. 싸울 생각은 없지만 사람이 사는 도중에 불가피한 일은 있기 마련인 것. 잠시 후 진현과 에오로는 서로의 모습도 볼 수 있게 되었다. 여기까지 온 이상 이판사판이라는 식으로 운은 마법을 풀어버렸다. 아무도 없던 허공에서 두 명의 남자가 나타나자 공주는 그대로 기절해 버렸다. 꽤나 심장이 약한 공주님이신가

보다.

어깨에 두르고 있던 검은 천을 끌어 올려 입과 머리카락을 가린 진현을 보며 에오로 역시 천으로 머리와 얼굴을 감쌌다. 공주의 비명 소리가 아마 이 궁성 전체에 울려 퍼졌겠지. 이제는 작전 실패라는 것이 확실했고 걸음아, 날 살려라 도망가는 것이 최선책이었다. 경비 처소에서는 불빛과 사람들의 그림자가 다급하게 움직였다. 무장을 챙기고 있겠지. 사방의 복도에서 듣기만 해도 소름이 쫙 돋는 발자국 소리들이 요란하게 울려 퍼졌다. 아마도 일개 대대가 이곳으로 집결하는 듯 보였다. 진현은 차가운 눈으로 주위를 둘러본 후에 퍼걸러로 뛰어갔다. 에오로는 검을 들고 주위를 경계하면서 뒤로 발걸음을 옮겼다.

진현은 바닥에 쓰러진 공주의 허리를 안아 올렸다. 에오로가 곧장 기겁한 목소리로 외쳤다.

"무, 무슨 짓이에요, 진현! 공주님은 왜!"

그러나 그와는 반대로 진현은 담담한 목소리로 기절한 공주를 내려다보며 대답했다.

"우리 두 사람만의 힘으로 이 궁성을 빠져나가는 것은 무리입니다. 인질이 필요하지요. 이 공주님에게는 미안한 말이지만 잠시만 이용하는 것입니다."

"정말로 암살범으로 몰려서 교수대에 목이 매달리고 싶은 거예요? 진현! 그렇게 되면 정말로 빼도 박도 못하게 된다고요!"

에오로는 도무지 진현이라는 이 사람이 겁이 없는 것인지 간이 배 밖으로 튀어나왔는지 의심할 수밖에 없었다. 다른 사람도 아니고 최고위 왕족인 공주를 인질로 잡아서 성을 빠져나가자고 하다니! 지금 경비대원들에게 붙잡혀도 교수형이 당연한 판국에 공주를 인질로? 넋이 빠져서 멍한 에오로와는 상관없이 처소의 문이 벌컥 열리면서 경비대원들이 정원으로 들이닥쳤다. 사방의 네 갈래 복도에서도 수를 셀 수 없을 정도의 많은 사내들이 번쩍거리는 갑옷과 쳐다보기만 해도 가슴이 베여질 것 같은 검과 창을 들고 나타났다. 에오로는 힘이 쭉 빠진다는 표정을 지었다. 물론 천에 가려져 다른 이들에게는 보이지 않겠지만.

검을 쥔 손에는 힘이 들어가지 않았다. 경비대원들은 빠르게 거리를 벌리며 포위망을 좁혔다. 어두운 밤, 붉은 불빛, 그리고 화려하게 보이는 갑옷들과 검. 정신이 없는 에오로는 늘어진 검을 들어 올릴 생각조차 하지 못했다. 수많은 사내들 중 다른 병사들과는 달라 보이는 사내 한 명이 앞으로 나섰다. 병사들은 신중했다. 공주가 웬 괴한의 품에 안겨 있는 모습은 충분히 도발적이고 그들의 눈에 불꽃을 튀게 만들었지만 함부로 달려들지는 않았다. 잘 정비된 모습에 진현은 눈살을 찌푸렸다. 힘들 수도 있다고 생각하며.

희끗희끗한 새치가 보이는 머리카락의 중년 사내가 타 병사들보다 조금 더 앞으로 걸어나왔다. 그는 충분히 안정된 거리에서 입을 열었다.

"네놈들은 누구냐!"

뭐, 입에서는 당연하게도 험악한 목소리가 새되어져 나왔지만 그의 손에는 은빛으로 반짝이는 검이 들려 있었다. 다른 병사들과는 갑옷이 아닌 예복을 입은 모습이 기사 아니면 무관일 것이라고 생각한 에오로는 고개를 돌려 진현을 보았다. 진현은 왼팔에 공주를 든 채로 운을 조금 늘어뜨려 들고는 정면을 매서운 눈으로 바라보았다. 그는 천천히 주위를 메운 병사들을 살펴보더니 차가운 어조로 말했다. 천에 가려져

여름날의 축제 287

있기 때문에 그의 원래 목소리보다는 조금 더 허스키한 음성이었다.
"알려줄 필요는 없지. 뒤로 물러나."
"뭐라고! 네놈이!"
"아니면 공주의 목이 날아가는 진귀한 장면을 보고 싶은 건가?"
에오로는 자신의 혀를 깨물고는 고개를 숙였다. 완전히 납치범이야! 저 사람 혹시 전직이 저거 아냐?! 적국에서 왕족을 죽이기 위해 보내는 암살범보다 더 살기 어린 목소리로 진현은 그렇게 말해 버렸다! 말해 버렸다라고 에오로는 생각했다. 어쩌면 저렇게 천연덕스럽게 당연하다는 어투로 말할 수가 있는가. 그 말을 들은 병사들의 눈에 이채가 스쳐 지나갔다. 그것은 자신도 모르게 뒤로 몇 발자국 물러나게 만들었다. 앞으로 나섰던 중년의 사내는 노한 목소리로 고함을 질렀다.
"성스러운 국왕의 성에 그 더러운 발을 들이민 것도 모자라 감히 왕족의 옥체에 손까지 대다니! 어디서 감히 치졸한 협박을 할 셈이냐!"
에오로는 목에 핏대까지 세워가며 소리치는 사내를 보고는 이를 악물 수밖에 없었다. 아아, 죄송해요. 제가 대신 사과드릴게요. 원래 저희는 그냥 사람만 찾으러 왔을 뿐이에요! …라는 말이 왜 입 밖으로는 나오지 않을까. 나온다고 해서 들어줄 것 같지도 않지만. 스승님, 어쩌면 위대한 마법사의 덜 위대한 제자는 아마도 궁성에서 뼈를 묻을지도 몰라요. 저희 부모님과 누님에게 얘기 잘해주세요. 바보 같은 놈은 먼저 간다고. 에오로는 서글픈 눈으로 밤하늘을 올려다보며 그렇게 중얼거렸다. 그때 경비대장쯤으로 보이는 그 사내는 이를 부득부득 갈면서 자신의 검으로 진현을 겨냥하며 외쳤다.
"공주님의 옥체에서 그 더러운 손을 어서 떼지 못할까!"
진현은 미간을 찌푸리며 고개를 저었다. 싫다는 말이 아니라 저렇게 입만 산 사람은 질색이었기 때문이다. 그것을 아는지 모르는지 그 사내는 더욱 목청을 높여 고래고래 고함을 질러댔다. 병사들은 과연 어떻게 해야 하는지 눈치를 서로 주고받았다. 가만히 그들을 바라본 진현은 고개를 들어 허공을 쏘아보며 매섭게 말했다.
"활을 쏠 생각이면 조금 더 조용하게 움직여야지."
에오로는 화들짝 놀라 위를 쳐다보았다. 진현의 말대로 2층에서 정원을 내려다볼 수 있는 위치의 발코니에는 몇 명의 병사들이 석궁을 든 채로 허둥거리고 있었다. 들킬 것이라는 것을 예상도 못했겠지. 에오로는 씨익 웃은 다음 고개를 갸웃거렸다. 그런데 진현은 과연 어떻게 알아챈 것일까. 그가 그런 궁금증을 표하고 있을 때 진현의 품에 안긴 채로 축 늘어져 있던 공주가 서서히 눈을 떴다. 그녀는 게슴츠레 주위를 둘러본 다음 곧 자신이 처한 상황을 알아차렸는지 파리하게 질려버렸다. 귀찮게 되어버렸지만 들고 뛰는 것보다는 낫다고 생각하며 진현은 그녀의 어깨를 손으로 꽉 쥐었다.
"조용히 하십시오. 다치기 싫다면."
위압적인 그의 말에 공주의 두 눈이 크게 뜨여졌다. 그녀는 두 손을 모아 쥔 후에 진현을 힐끔 올려다보며 가느다란 목소리로 말했다.
"이, 이게 무슨 짓인가요? 궁성에 침입을 해서 왕족을 인질로 삼으시다니. 이, 이 죄는 사해질 수 없을 정도로 커다란……."
진현은 살짝 고개를 저었다. 지금 이 여성이 자신을 회유하려 드는 것인가. 공주가 정신을 차리자 경비대장인 중년 사내는 비통한 얼굴로 무릎을 꿇었다.
"미르테 공주님! 소인의 불찰로 그런 악한의 손에 머물게 되시다니! 이 죄는 죽음으로 갚겠습니다! 으흐흑!"

그전에 구할 생각이나 하시죠. 에오로는 그렇게 말하고 싶은 것을 간신히 참으며 천천히 진현에게로 다가갔다. 진현의 얼굴을 보니 그 역시도 똑같은 말이 하고 싶은 표정이었다. 미간을 잔뜩 찌푸리고 있는 모습이 참으로 한심한 인간을 본다는 얼굴이 되어 있었다. 미르테 공주는 작게 고개를 저으면서 우울한 목소리로 말했다.

"아닙니다. 모두 다 제가 미욱해서입니다. 궁성 경비대장, 카론 펠리슨. 어서 일어나세요."

"크흐흑, 공주님!"

얼씨구, 지금 이 두 사람 뭐 하고 있는 거냐? 에오로는 황당하다는 눈으로 공주와 경비대장이라는 카론을 번갈아 바라보았다. 진현은 힘이 쭉 빠지는 것을 느꼈지만 애써 내색하지 않은 채로 카론에게 말했다.

"미안하지만 이제 슬슬 병사들을 철수시켜 줘야겠어. 아니, 옆으로 비키시지."

"이놈! 궁성에 침입한 죄만으로도 교수대 밧줄에 목이 골백번은 걸릴 놈이지만 지금이라도 공주님을 놓아준다면 네 죄는 없었던 것으로 해주겠다!"

"웃기지 마시지. 그 말을 믿을 바보도 있나? 어서 비키지 않으면 공주는 내일 떠오르는 태양을 볼 수 없을 거다. 그리고 우리 뒤를 따라와도 공주의 목숨은 없다."

"크윽!"

카론은 이를 부득부득 갈았다. 궁성의 경비대장을 위임받은 이래로 이렇게 커다란 사건은 한 번도 없었다. 20년이라는 세월 동안 이곳에서 궁성의 안녕을 지켜왔던 그로서는 대단히 불쾌하면서도 치욕적인 일이 아닐래야 아닐 수 없는 것이다. 하지만 얼굴을 가린 괴한의 손에는 최고위 왕족인 공주가 인질로 잡혀 있었고 지금 그로서는 선택의 여지가 없었다. 만약 공주의 몸에 상처라도 났다가는 그는 그날로 모가지가 날아갈 테니까. 분한 마음에 울컥울컥 화가 치밀었지만 그는 아주 어리석은 인물은 아니었다.

카론은 조심스럽지만 단호한 발길로 조금 뒤로 물러선 후 손을 들어 올렸다. 그러자 병사들은 잠시 얼굴을 찌푸렸다가 할 수 없다는 듯 길을 열어주었다. 머뭇거리거나 하지는 않았다. 진현은 카론을 슬쩍 바라보며 저렇게 보여도 제법 능력은 있는 사람인가 보군이라고 생각했다. 하지만 조금 못 미더워 보이는데……. 그는 에오로에게 자그맣게 속삭였다.

"빠져나갑니다, 에오로 군. 뒤를 부탁드리겠습니다."

"아, 예!"

에오로는 고개를 끄덕인 뒤에 검을 들어 올리며 진현의 뒤로 섰다. 그리고 검을 들어 다가오면 아프게 해줄 테다라는 몸동작을 보여주었다. 병사들은 그런 그들이 자신들을 지나가는 모습을 사촌이 땅을 사는 것보다 더 배가 아프다는 표정으로 노려보았다. 만약에 조금이라도 틈을 보인다면 덮칠 기색이었다. 그렇지만 진현은 마치 야밤에 산책 가는 사람마냥 운을 비껴 든 채로 공주의 어깨를 지그시 잡고 걸어나갔다.

공주는 차마 발걸음이 떨어지지 않는다는 얼굴이었지만 진현의 분위기와 말투에 압도되어 어쩔 수 없이 천천히 발걸음을 옮기는 중이었다. 그녀는 파랗게 질린 입술을 질끈 깨물며 멀어져 가는 병사들의 모습을 돌아보았다. 병사들은 아주아주 착하게도 멀어져 가는 세 명을 바라볼 뿐 따라오지는 못했다. 더군다나 카론의 얼굴은 가관이었다. 조금만 더 흉측하게 변했다가는 몬스터라고 해도 믿을 만한 얼굴을 보여주며 주먹을 부르르 떨고 있는 것이다.

진현은 고개를 들어 올려 궁성 안의 2층 계단을 올려다보았다. 재빨리 기둥 뒤로 몸을 숨기는 병사 몇 명이 보였다. 에오로는 진현의 옆으로 다가와 걱정스러운 어투로 말했다.

"이제 어쩌죠? 정말로 공주님을 데리고 나갈 거예요?"

공주도 아니고 공주님? 미르테는 뻣뻣해진 고개를 돌려보았다. 그리고 소년처럼 꽤 어려 보이는 그를 보며 미르테는 황급하게 말했다.

"대, 대체 당신들은 누구길래 이런 짓을 저지르는 것입니까?"

에오로는 눈물이 고여 곧장 울음을 터뜨릴 것 같은 그녀의 얼굴을 씁쓰름한 얼굴로 본 후에 검을 쥐지 않는 손을 들어 얼굴 앞에 세워 들었다. 그리고 꾸벅꾸벅 고개를 숙이며 미안하다는 사과를 했다.

"죄송해요, 공주님. 사실 원래 이렇게 일이 꼬일 게 아니었는데. 으으, 어쩌다 보니까 이렇게 되었어요."

정중하게 사과를 하는 그를 보며 미르테는 고개를 갸웃거렸다. 암살범 내지는 납치범이라고 생각했는데 왜 이렇게 행동을 하는 것일까? 그들은 어느새 중앙의 홀까지 걸어오게 되었다. 진현은 공주를 거대한 기둥 옆에 세운 후 한숨을 푹 내쉬었다. 에오로는 주위를 둘러보며 혹시나 병사들이 들이닥칠까 경계를 했다. 진현은 입술까지 끌어 올린 천을 손으로 내려 보았다. 미남계를 쓰시게요? 등등 말을 하는 에오로를 깨끗하게 무시한 진현은 흘러내리는 검은 머리카락을 쓸어 넘기며 귀찮다는 얼굴을 했다. 미르테는 그의 칠흑처럼 검은 머리카락을 보며 눈을 동그랗게 떴다. 새하얀 얼굴과 붉은 입술은 여성의 그것처럼 아름다웠지만 풍기는 분위기나 압도적인 카리스마 같은 것은 분명 공주인 그녀를 질리게 만들 정도였다.

두 손을 모아 쥔 채로 자신을 올려다보는 공주에게 진현은 고개를 약간 숙이며 진지한 어투로 입술을 달싹였다.

"후우, 저 소년의 말대로 원래는 사람 하나만 찾고 나갈 일이었습니다. 그런데 하필이면 그때에 공주이신 당신께서 궁인들 하나도 없이 야밤에 돌아다니셨고 고귀하신 비명을 지르는 바람에 일이 이렇게 복잡하게 꼬이게 된 겁니다."

태도는 진지했지만 진현의 말투에는 약간 비꼬는 기색이 들어가 있었기에 왕족의 자존심이 발끈한 미르테는 입술을 깨물며 소리쳤다.

"궁성에 함부로 발을 들이면 어떻게 되는지 아십니까! 그것도 모자라 궁왕의 혈족인 왕족을 인질로 잡아 그 몸의 안전을 꾀하려고 하시다니요! 이것은 명백한 왕족 모독이며 이 나라 클레인의 왕을 기만하는 행위입니다!"

"설명을 한 후에 궁성을 돌아보게 해달라고 했다면 그 부탁은 허락됐겠습니까?"

"그, 그것은!"

"무례한 행동을 한 것은 사죄드리지요. 하지만 왕족으로서 이것은 생각해 보십시오. 왕족이나 귀족과 국민들과의 거리는 이 성의 성벽보다 더 높고 단단하다는 사실을."

미르테는 말없이 진현의 얼굴을 바라볼 뿐이었다. 그녀는 어느새 두 손을 아래로 내린 채 바들바들 떨고 있었다. 칠흑처럼 검은 머리카락과 그와 같이 깊이를 알 수 없는 검은 눈동자, 그리고 저 말투. 자신이 사모하는 누군가와 너무나도 닮아 있어 그녀의 넋을 빼놓기에는 충분한 것이었다. 하지만 그것을 넘어서… 진현이 한 말은 그녀의 고개를 저절로 떨어지게 만들었다. 고개를 떨군 채로 천천히 바닥에 주저앉는 미르테를 보며 진현은 아무런 표정도 짓지 않았다. 에오로는 멀거니 그런 두 사람을 바라보았다.

한숨을 조금 내쉰 후 진현은 몸을 돌렸다. 이대로 공주를 데리고 나갈 수는 없는 노릇이다.

"어이, 바보. 투명 마법 한 번 더."

『젠장맞을 녀석.』

"집어 던져 버릴까, 아니면 용광로에 쑤셔 박아 넣을까. 최소한 죽을 자리 정도는 선택할 권리를 주지."

에오로는 한 사람과 한 검을 보며 쓰게 웃었다. 여기까지 왔다면 투명 마법으로 궁성을 빠져나가는 것 정도는 할 수 있으리라. 사실 공주를 그대로 데리고 나가는 편이 더 안전하겠지만 그랬다는 완벽하게 중범죄자가 아니겠는가. 뭐, 지금도 잡혔다가는 저 하늘의 별이 되겠지만. 에오로는 그렇게 생각하며 검을 집어넣으려 했다.

"에오로 군!"

쐐액!

은빛 호선이 에오로에게 날아들었다. 무엇인지는 보지 않아도 알 수 있지. 그런데 사람이 휘두르는 게 저렇게 빠를 수가 있나? 에오로는 그런 생각들을 하면서도 본능적으로 검을 들어 올렸다.

챙!

쇠가 부딪치는 소리가 나면서 불꽃이 튀었다. 에오로는 이를 악물었다. 손목이 박살나는 느낌이 났으니까. 마치 예전에 유매와 무기를 맞댈 때만큼이나 대단한 힘이고 속도였다. 하지만 그것보다 중요한 것은…… 언제 검을 떼어내었는지도 모르게 주인에게로 회수해 들어간 검이 자신의 허리를 향해 날아드는 것을 보았다는 것이다.

"크윽!"

에오로는 황급히 검을 옆으로 비껴 들었다. 다시 충격음과 함께 손목과 어깨의 통증이 느껴졌다. 칼자루를 쥔 손에 절로 힘이 빠져나갔다. 하지만 눈앞의 상대는 그런 에오로의 사정을 봐줄 리 없다.

챙! 채앵! 챙!

무수히 많은 공격들이 에오로를 치고 들어왔다. 어떻게 공격하면 이렇게 되지? 에오로는 그 공격들을 이성 아닌 본능으로 죽기 살기로 막아내면서도 그런 생각을 가졌다. 복도는 무수하게 많은 불꽃들로 환하게 비춰졌고 쇠 소리들은 복도가 부서질 듯이 울렸다. 이를 악물고 탄성이 절로 나올 법한 검격劍格들을 뿌리치면서 에오로는 눈을 불끈 뜨면서 정면을 노려보았다.

그는 미간을 찌푸렸다. 아니, 황당한 표정으로 고개를 들었다. 화려하게 휘날리는 흑발과 하얀 피부, 그리고 카리스마 가득 담긴 검은 눈동자.

"…지, 진현?"

물론 진현은 아니었다. 하지만 너무나도 닮아 있었고, 그런 그의 의문을 풀어준 것은 바닥에 주저앉아 있는 공주와 진현이 동시에 외친 한마디였다.

"우혁!"

*　　　　*　　　　*

여름날의 축제　295

"너무 늦지 않았을까?"

에이레이는 주위를 둘러보며 걱정스러운 어투로 말했다. 하지만 아영은 뭐가 그리 즐거운지 연신 실실 웃기만 하는 것이었다. 그녀들은 지금 당초의 계획대로 아비게일 여신의 신전에 와 있었다. 그 신전은 수도에 위치해 있는 몇 개의 수도 중 가장 크고 위세가 있는 신전으로 국왕조차도 함부로 대하지 못하는 곳이라고 했다. 신도의 수가 많아서인지 아니면 남아나는 것이 돈이기 때문인지 규모는 신전보다는 성에 가까울 정도로 엄청났다. 아영은 신전이라고 해서 꼭 엄숙하거나 단정해야 한다는 것은 아니라는 사실을 깨달았다.

아비게일 신전의 어린 수련사들은 모두 밝고 친절했다. 프리스트들은 저녁 예배를 드리러 주 기도를 올리는 중앙 홀에 모여 있다고 했고 그래서 손님들의 안내는 어린 수련사들이 한단다. 에이레이나 아영은 자신들은 신전과는 거리가 먼(?) 사람들이라고 말해서 수련사들의 웃음을 자아냈다. 신전의 내부를 안내할 정도의 손님은 그리 많지 않다고 한다. 그래서 오랜만에 타국의 사람들이 이곳에 들른 것을 신전의 사람들은 기뻐하며 맞이해 주었다.

"타국 분이시고 클레인 왕국의 신전은 처음 오시나 보군요."

십대 후반 정도의 나이 어린 수련사가 천천히 그녀들의 옆으로 걸어가며 물었다. 아영은 배시시 웃으며 머리를 긁적거렸다.

"예. 그래서 굉장히 어색하지만… 그래도 이렇게 멋진 곳을 보게 되어서 정말로 영광이네요. 뭐랄까, 아주 편안한 기분이 들어요."

"신께서는 자신의 품을 찾아오는 모든 이들을 감싸 안으시니까요."

에이레이는 아영이 신전에서도 평소대로 행동할까 봐 엄청나게 고민했었지만 다행히도 어느 정도의 예의는 가지고 있었다. 그런 점은 정말이지 다행이었다. 평소의 그녀처럼 촐랑거리며 팔짝팔짝 뛰어다 녔다가는 천벌받기 딱 좋았을 테니까. 아이보리 색의 단조로운 능직 로브를 걸친 수련사는 신전 이곳저곳을 구경시켜 주었다. 물론 그들의 사생활이나 신전의 불가침 영역을 제외한 범위에서만. 하지만 그것만 으로 충분한 것이었다. 신전의 규모가 엄청나다 보니 대충 둘러보아도 시간이 꽤 걸렸다. 화려하게 여신의 모습을 본떠 만든 조각상들이라던 가 정원의 분수대, 하늘을 떠받칠 것처럼 높다랗게 세워진 기둥들.

건물과 건물 사이에는 발코니들과 그 발코니들을 연결하는 아치 형 의 다리가 놓여져 있었다. 아름다웠고, 또한 경외로운 시선을 쳐다보 게 하기에 충분했다. 화려한 색유리들에 비치는 촛불 빛들이 넋을 놓 게 만들었다. 그렇게 주위를 구경해 가며 그들은 신전의 깊은 안쪽까 지 오게 되었다. 밤은 이미 깊었는데 그곳은 수많은 촛불들과 마법의 힘을 빌어 만든 광구로 인해 대낮처럼 환했다. 수련사는 주위를 둘러 보며 경건한 목소리로 말했다.

"이곳은 저희 신전에 마련된 안치소입니다. 많은 이들의 깊은 잠과 편안한 휴식을 위한 곳이지요."

그는 그렇게 말한 후 조용히 자리에서 물러났다. 아영은 말 그대로 무덤이라는 말에 조금 소름이 끼쳤지만 분위기 자체가 밝고 편안해 보 였기에 조금 안심을 하며 천천히 발걸음을 옮겼다. 에이레이는 조금 고개를 숙인 뒤에 무덤가로 향했다. 일렬로 늘어져 있는 비석들이 보 는 이의 가슴을 서늘하게 만들었다. 정원의 끝부분, 가장 많은 땅을 할 애하여 만들어진 듯 회색 빛 침울해 보이는 돌 비석들의 행렬은 끝이 보이지 않았다.

그렇지만 묘하게도 보통의 무덤에서 느낄 수 있는 우울함보다는…

영원한 안식에 몸을 누인 그들의 편안함이 느껴졌다. 아영은 숨을 조금 몰아쉰 뒤에 무덤들을 바라보았다. 무릎 정도 높이의 비석들에는 생전 그들의 이름과 가문, 그리고 소중한 사람이 그들에게 바치는 작은 글귀들이 적혀져 있었다. 선생님 책상 위에 놓인 답안지를 커닝하기 위해 긴장하는 학생처럼 아영은 잔뜩 몸을 움츠리며 조심스럽게 걸어갔다.

그런 그녀와는 조금 떨어진 곳에서 에이레이는 경건하게 눈을 감았다. 자신이 이곳에 와 있을 자격이 될까? 그런 생각이 들었다. 암살자로서, 어둠에 몸을 묻고 수많은 사람들의 목숨을 앗아갔던 자신이……. 그러나 비석들은 조용히 그런 그녀를 바라볼 뿐 책망하지 않았다. 그에 인사라도 하듯 에이레이는 살짝 고개를 숙였다.

아영은 문득 자신의 눈길을 끈 비석이 있음을 깨달았다. 그 비석에는 아무것도 적혀 있지 않았다, 이름도 무엇도. 하지만 자세히 보니 아주 희미한 글자로 비석의 귀퉁이에 이렇게 적혀져 있는 것을 보았다.

〈남아 있는 반쪽의 행복을 빌며…….〉

"남아… 있는 반쪽?"

아영은 고개를 갸웃거리며 무릎을 굽혀 그 비석의 앞에 쪼그려 앉았다. 무슨 의미일까? 자신의 긴 갈색 머리카락이 땅에 끌리는 것을 알았지만 그녀는 개의치 않았다. 조용히 손을 뻗어 글귀가 적힌 비석을 살며시 매만져 보았다. 왜, 이 말이 가슴 아프게 보일까? 아영은 멍하니 그것을 바라보았다. 그녀는 자신에게로 드리워지는 긴 그림자에 슬며시 고개를 들어보았다. 키가 큰 사내가 서 있었다. 하지만 불빛이 그의 등 뒤로 비추고 있었기 때문에 자세히 얼굴을 보는 것은 힘들었다. 아영은 눈을 동그랗게 떴다.

그리고 천천히 자리에서 일어났다. 남자였다. 훤칠하게 키가 컸기 때문에 아영은 한참을 올려다보아야 했다. 아무리 작게 잡아도 진현보다 큰 그 사내는 입가에 묘한 미소를 걸치고 있었다. 하지만 눈을 알아보기는 힘들었다. 마치 스노우 보드를 탈 때 쓰는 것 같은 짙은 갈색의 고글로 눈을 가리고 있었으니까.

쏴아아— 쏴아아아—!

깊고도 짙은 실록의 냄새를 머금고 바람이 한차례 지나갔다. 아영은 고개를 갸웃거린 후에 다시 주위를 둘러보았다. 이상하다? 에이레이가 어디론가 가버리고 없었다. 정원수들에게서 떨어져 나온 나뭇잎들이 자유로운 바람을 타고 이리저리 흩날렸다. 그리고 아영 역시 허공에서 휘날리는 자신의 머리카락을 잡아 뒤로 넘겼다. 사내는 한 손에 꽃다발을 들고 있었는데 그것은 하얀색의 이름을 알 수 없는 꽃으로 되어 있었다. 조화인가? 아영은 자신의 커다란 갈색 눈동자를 깜빡거리며 그를 올려다보았다. 그리고 고개를 내려 자신이 바라보았던 비석을 보았다. 이 무덤의 참배객일까?

그녀는 그런 생각을 하며 한 발자국 옆으로 물러섰다. 여름인데도 긴팔 옷을 입고 있었다. 회색의 코트와 바람에 흔들리는 은회색의 머리카락이 적절하게 조화를 이루었다. 하지만 그는 별다른 움직임도 없이 그냥 그렇게 말없이 서서 아영을 내려다볼 뿐이었다. 코트의 깃이 길어서 목까지 충분히 덮고 있었다. 아영과 그는 한동안 아무런 말 없이 서로를 바라보았다.

"저, 이 무덤에 찾아오신 건가요?"

조심스럽게 아영이 물었다. 뭔가 어색하기도 하고 자신을 내려다보는 시선이 부담스럽기도 해서 아영은 입술을 살짝 깨물었다. 그러자 남자는 곧 생긋 웃으며 고개를 끄덕였다. 살며시 한쪽 무릎을 꿇고 가지고 온 꽃다발을 비석 앞에 놔둔 그는 천천히 고개를 숙여 기도를 하는 자세가 되었다. 아영은 그런 그 모습을 지켜보았다. 조금의 시간이 지난 후 그는 고개를 들고 몸을 일으켰다. 무릎에 묻은 흙먼지와 풀 조각을 무심한 손길로 툭툭 친 그는 조용히 입을 열었다.

"아가씨는 이 무덤의 주인과 아는 관계인가?"

목소리가 좋다. 아영은 그렇게 느꼈다. 그러고 보니⋯ 얼굴도 제법 잘생긴 것 같다. 전체적으로 날카로워 보이는 인상이었지만 웃고 있는 입매 때문인지 그리 차갑게 보이진 않았다. 고개를 살짝 저은 아영은 두 손을 등 뒤로 돌리며 꼬물거렸다.

"아, 그냥 이 신전에 구경하고 있었어요. 음⋯ 비석 만져서 죄송해요."

이상하게 저 태도로 나갈 수밖에 없는 분위기를 만드는 사람이야. 아영은 자신의 앞에 서 있는 사내를 그렇게 느꼈다. 하지만 위험한 사람은 아닌 것 같았다. 왜냐하면⋯ 위험하다면 당장에라도 주위의 정령들이 먼저 알아챘을 테니까. 그러나 바람은 잠잠했고 땅의 기운 역시 평화로웠다. 머뭇거리는 그녀에게 남자가 조용히 다가왔다. 아영은 순간 어깨를 흠칫거렸지만 눈을 동그랗게 뜬 채로 그 자리에 망연히 서 있어야만 했다. 왜? 그냥, 그래야 할 것 같았으니까.

그는 짙은 회색 장갑을 낀 손을 뻗어 아영의 머리카락을 한 줌 들어 올렸다. 평소의 그녀라면 뭐 하는 거냐고 고래고래 고함을 질렀어야 했다. 그렇지만 이 사람의 태도는⋯ 이상하게도 바람이 부는 것이나

물이 흐르는 것처럼 자연스럽고 악의가 없는 것이었다. 그렇게 느꼈다. 그는 천천히 손에 쥔 아영의 머리카락을 자신의 입가로 가져갔다.

"좋은 향기가 나는군……."

순간 얼굴이 붉어졌다는 착각을 하면서 아영은 미간을 찌푸렸다. 내가 왜 지금 이러고 있지? 그렇게 생각한 아영은 헛기침을 내뱉은 후에 몇 발자국 뒤로 물러섰다.

"…가, 가봐야겠어요."

남자는 아무 말도 없이 아영을 지그시 보면서 다시 살짝 웃었다. 그 미소는 뭔가 의미가 있으면서도 아무런 뜻이 담겨 있지 않은 것 같아 보여서 아영을 혼란스럽게 했다. 이상한 사람이다. 그에 대한 결론은 이랬다. 아영은 몸을 돌렸다. 더 이상 이곳에 있다가는 에이레이에게 혼날 것이라는 생각을 하며. 하지만 그녀의 그런 발걸음은 얼마가지 못했다. 남자는 아영의 손목을 잡고 있었다.

쏴아아아—

다시 한 번 커다란 바람이 그 두 사람의 곁을 지나갔다. 눈앞을 어지럽히는 갈색 머리카락 사이로 침울한 듯, 아니… 얼굴은 그러했지만 입가는 묘하게 웃고 있는 그의 얼굴이 보였다. 아영은 눈을 크게 떴고 사내는 고글에 가려서 보이지 않는 자신의 눈매를 살짝 찌푸렸다. 그의 입술이 서서히 달싹거렸다.

"날… 기억하지 못하나?"

방금 자신의 귀에 들린 말을… 아영은 이해하지 못했다. 뭘 기억하지 못한다는 거지? 애초 만난 적도 없고 오늘 처음 만나는데 기억하지 못한다니? 아영은 남자가 잡고 있는 손목을 살짝 틀어 빼어내면서 곧 의심스러운 눈길로 남자를 노려보았다. 그리고는 약간 주저주저 하며 입을 열었다.
"어, 언제 만난 적이 있었나요?"
길가에서 우연히 마주쳤던 것도 마주친 것이겠지만… 아영은 그런 사람들까지 일일이 기억할 정도로 머리가 좋지 못한 자신을 잘 알고 있었다. 아니, 그보다도 저 사람의 태도는 마치 잘 아는 사람을 만난 것 같지 않은가? 도대체 지금의 상황도, 저 남자도 이해하지 못하고 있는 그녀의 표정에 남자의 얼굴이 일그러졌다. 뭔가 할 말이 있지만 차마 말하지 못한다는 얼굴. 깊은 비밀을 가지고 있는 그에게 아영은 조심스레 물었다.
"이, 이름이 뭐죠?"
혹시나 이름을 듣는다면 기억날지도 모른다. 그녀는 그렇게 생각했다. 하지만 아무리 기억력이 안 좋은 자신이라고 해도 저렇게 스타일 괜찮고 핸섬한 남자를 잊을 리가 없는데. 아영은 그런 말 같지도 않은 생각을 하며 고개를 저었다.
"…칼 레드."
"칼 레드?"
자신을 그렇게 말한 사내는 천천히 고개를 숙였다. 아영은 검지손가락으로 입술을 만지작거렸다.
"으음, 처음 듣는 이름인데? 그런데 언제 절 보셨죠?"
칼 레드는 살며시 고개를 들어 아영을 보았다. 기억하지 못한다고 생각을 했었다. 그리고 그에 대한 각오도 했었다. 하지만… 하지만 눈앞에 두고 기억하지 못한다는 말을 들었다. 그것은 생각보다 더 큰 충격이었다. 어떻게 잊을 수가 있나? 어떻게……. 칼 레드는 굳게 쥔 주먹을 부르르 떨었다. 이것은 다 그 머저리 같은 자들의 짓. 절대로 용서할 수 없고 용서해서도 안 된다. 되찾을 것이다. 반드시 되찾아서 보란 듯이······!

그의 팔이 미세하게 떨리고 입술을 악무는 것을 본 아영은 자신이 뭔가 잘못했나 하는 표정이 되었다. 그리고 항상 그래 왔듯이 자신은 잘못한 것이 없다는 결론을 내리며 머리를 긁적거렸다. 저 남자는 누구고 자신을 어떻게 아는 것일까? 그런 의문이 들었지만 지금 질문을 던지기에는 분위기가 너무 흉흉했다. 마치 조금이라도 건드리면 폭발할 것처럼 보이는 화산. 자신을 향해 연신 고개를 갸웃거리는 아영에게 칼 레드는 천천히 발걸음을 옮겼다.

아영은 어깨를 살짝 움츠리며 뒤로 물러섰다. 그리고 칼 레드는 걸음을 멈추고 그런 그녀의 모습을 보았다. 예전이었다면, 예전에 그녀였다면 저런 행동은 하지 않았을 것이다. 어째서 인간에게는 망각이라는 축복을 주었는가. 행복했던 기억도, 슬픈 기억도 모두 다 잊을 수 있는 절대적인 권한을······.

"···아주··· 아주 오래전에 만났었다. 날 모르겠나?"

"아무리 생각해도 기억이 안 나는데. 나 기억력이 별로 좋지 않거든요. 어디서 절 보셨죠?"

칼 레드는 입술을 질끈 깨물었다. 용서하지 않을 것이다. 그자들을 반드시 무릎 꿇리고 머리를 박으며 사죄하게 만들 것이다. 그는 지금 이 순간 그렇게 결심했다.

*   *   *

어두웠다면 분명히 섬광이 비쳤을 것이라 생각했다. 하지만 주위는 밝았고 대신 검의 잔상만이 눈에 보였다. 그는 검을 거두었다. 날은 한쪽 면에만 있었고 크기나 형태 역시 알려진 검들과 달랐기에 에오로는 고개를 갸웃거렸다. 천천히 허공에서 휘어진 검은 주인의 뜻에 따라 마치 살아 있는 것처럼 빙글 돌았다. 그리고 탁 하는 소리도 없이 고요하게 검집 속으로 모습을 감췄다.

그 동작이라는 것이… 어찌나 우아하던지 에오로는 순간 숨을 멈출 정도였다. 가만히 있어도 눈길을 끄는 진현의 화려함과는 거리가 있었다.

단아함? 남자에게 이런 말이 정말로 어울린다면… 그리고 지금 이 순간 가장 잘 어울리는 사람을 찾으라면 에오로는 아무런 망설임 없이 현재 자신의 눈앞에 있는 사람을 지목했을 터였다. 우아하고 단아하고 고고했으며 기품이 넘쳐흘렀다. 진현과는 다르다. 가만히 입을 다물고 있어도 절로 눈이 가는 그와는 달리 입을 다물고 앉아 있는다면 있는지 없는지도 모를, 그렇지만 확실한 중압감과 존재감.

스탠드 칼라Stand Collar의 짙은 미드나이트 블루Midnight Blue의 옷. 이 여름날에 긴 소매의, 그것도 제법 두께가 있어 보이는 옷을 입고 있었다. 눈가를 살짝 덮는 새까만 머리카락, 만지면 부드러울 것 같은 하얀 피부에 콧등에 걸려 있는 안경은 마치 태어났을 때부터 거기에 있었던 것처럼 자연스러웠다. 하지만 얼굴 가득히 건조함이 가득했다. 아니, 그랬기에 오히려 그의 이미지가 더 확실한지도 모르겠다.

그는 천천히 고개를 돌려 에오로와 미르테, 진현을 돌아본 후 무미건조한 음색으로 진현에게 말을 건넸다.

"형일 줄이야. 놀라운 일이로군."

어디가? 에오로는 그렇게 반문하고 싶었다. 저렇게 담담하게 말하면서 놀랐다고? 하지만 그에 앞서 우혁의 입에서 나온 말이 심히 충격적이었기에 에오로는 지금 자신의 상황을 잊고 목소리를 높이고 말았다.

"혀, 형이라고?!"

"말도 안……."

그렇지 않아도 암살범으로 보이는 자들에게 납치를 당한 데다가 마음 심란하게 하는 말까지 들었고 눈앞에서 서슬이 시퍼런 검들이 부딪치는 것까지 본 공주는 그대로 기절해 버렸다. 그녀로서는 아마도 우혁이 암살범들과 공범이라고 생각했던 것 같다. 아니, 그것이 아니더라도 왕족을 인질로 잡은 자와 친인척 관계라는 것은 그 집안 자체의 몰락을 의미하는 것이니까. 에오로는 그런 그녀를 보며 정말로 기절 잘하는 공주님이네라고 중얼거렸다.

우혁의 목소리는 중저음의 낮은 목소리였다. 분위기와 잘 어울려서 그런지 특히 더 괜찮게 들렸다. 얼굴 전체적인 생김새는 평범하다고 할 수 있는 외모였지만 분위기 때문에 멋져 보이는 사람이랄까. 진현은 쓰게 웃으며 에오로에게 설명해 주었다.

"친동생은 아닙니다. 우혁은 아영의 사촌 오빠이지요. 그러니 저와도… 멀지만 사촌 관계가 되지 않습니까?"

에오로는 고개를 끄덕였다. 피가 멀리 떨어져 있는데도 닮기는 하는가 보군이라고 중얼거리며. 어쨌거나 진현과 비슷한 사람을 본 것은 그에게 적잖은 충격이었다. 하늘 아래 저런 사람이 또 있다는 것은… 남자인 자신에게는 충분히 억울한 일이었으니까. 머리가 휘둘리는 느낌에 벽을 짚고 끙끙거리는 그를 완벽하게 무시한 채 우혁은 다시금 입을 열었다. 여전히 건조한 음성이었다.

"나에 대한 정보는 어디서 얻었지?"

소식도 아니고 정보라… 진현은 원래 저 녀석 성격이 저랬지 하면서도 입가에 걸리는 쓴 미소를 어떻게 할 수 없었다. 그는 머리카락을 쓸어 넘기며 고개를 저었다.

"조금 고생을 해서… 길드에 가서 얻었어. 그런데 넌 왜 궁성에 있는 거지?"

우혁은 잠시 대답이 없었다. 그는 천천히 발걸음을 옮겨 기둥 옆에 쓰러져 있는 공주에게로 걸어갔다. 또각거리는 차가운 구둣발 소리는 정신을 번쩍 들게 할 만큼 냉랭하게 복도에 울렸다. 그는 한쪽 무릎을 꿇고 앉은 후 공주를 천천히 기둥에 기대어 앉혔다.

"블랙 드래곤Black Dragon의 장에게 사건의 전후를 설명 들었어. 그리고 눈을 떠보니 여기더군. 이 공주에게 도움을 조금 받았지."

"흐음, 공주와 기사의 이루어질 수 없는 사랑인가? 그러고 보니 아까 내가 얼굴을 보였을 때 공주가 조금 놀라는 눈치이더군."

에오로는 피식 실소를 내뱉었다. 정원에서 경비 처소를 하염없이 바라보는 공주를 보며 자신이 그렇게 생각했으니까. 그런데 정말인가? 저 기절 잘하는 심약한 공주마마께서 저 사람과 사랑? 하지만 우혁은 진현의 말에 별 신경도 쓰지 않는 듯이 몸을 일으켜 세웠다. 그리곤 차가운 어조로 말했다.

"관심없어."

눈을 동그랗게 뜨고 저게 뭔 말인가 하는 에오로에게 슬그머니 다가간 진현이 그에게 귓속말로 속삭여 주었다.

"…우혁은 여성에게 관심이 없습니다. 정확히 설명하자면… 음, 여성 혐오증이랄까."

"예에?"

"그게 어렸을 때부터 원체 아영과 비슷한 여성들만 보고 자라와서……."

에오로는 멍한 얼굴로 우혁을 쳐다보았다. 남자라면 당연히(?) 여자를 좋아해야 하는 것 아닌가? 그런데 생각해 봐도 아영과 비슷한 여성들만 보고 자라왔다면 확실히 여자를 좋아할 수는 없겠다. 신비감이라고는 눈곱만큼도 없지 않은가. 자고로 여성이라는 것은 조금은 베일에 싸여서 알 듯 모를 듯한 면이 있어야 좋아하게 되는 것이다. 그런데… 아영은 솔직히 친구로서는 몰라도 애인으로서는 영 아니지. 만약 이 자리에 아영이 있다면 카운터 펀치를 맞다 못해서 로우 킥을 날렸을 것이라는 상상을 하며 에오로는 고개를 저었다.

불쌍한 공주님, 어쩌다가 좋아하게 된 사람이 하필이면 여성 혐오증에 걸린 저렇게 무뚝뚝한 사람이라니. 속으로 신에게 기도를 올린 에오로는 고개를 절레절레 흔들었다.

우혁은 왼손을 검집에 올린 후 고개를 삐딱하게 틀며 말했다.

"여기에 계속 있다가는 목이 날아갈지도 몰라."

"아아, 걱정 마. 이제 곧 마법으로 나갈 테니까. 넌 여기서 뭘 하고 지내고 있지?"

"공주의 보디가드."

에오로는 키득 하고 고개를 숙이며 웃음을 터뜨렸고 진현 역시 쓰게 웃으며 자신의 턱을 매만졌다.

"혹 도와준 보답으로 해달라고 하지 않던?"

대답은 들려오지 않았다. 다만 우혁의 턱이 살짝 움직인 것을 본 에오로는 고요하게 잠에 빠진 듯한 모습의 미르테를 내려다본 후에 어깨를 으쓱거렸다. 솔직히 비난할 생각은 없다. 오히려 낭만적이기까지

한 그녀의 생각을 조금 읽었달까. 궁성에 나타난 정체 불명의 청년에게 한눈에 반하여 그를 조금이라도 더 자신의 곁에 두고 싶어한 공주의 마음. 그걸 이해 못하는 것은 아니지만 전혀 모르는 그를 어떻게 자신의 곁에 둘 생각을 했을지.

그런 생각을 할 즈음 사방의 복도에서 들려오는 병사들의 발자국 소리가 더욱 짙어져 갔다. 아마도 뒤늦게나마 공주를 구출할 생각인 것인지 소리도 요란했고 수도 상당한 것 같았다. 진현은 운의 손잡이를 단단히 감아쥐었다.

"같이 가지 않을 거냐?"

진현의 물음에 우혁은 조금 고개를 저을 뿐이었다. 에오로는 그가 참 말이 없다고 생각했다. 말을 해도 딱 할 말만 하고 대답이 필요없는 물음이면 고개를 끄덕이거나 저어 보이고. 진현은 우혁을 힐끔 쳐다본 뒤에 고개를 끄덕였다.

"공주와의 관계는 정리하고 오너라. 네가 성에서 나오겠다고 한다면 말릴 수는 없겠지. 〈천사의 날개〉라는 여관에 머물고 있다. 네가 마지막이다, 우혁아."

"알고 있어."

"나중에 보자."

진현은 생긋 웃어주었다. 물론 우혁은 변함없이 그 자리에 서서 묵묵하게 그를 바라보았다. 아무런 말도 없이 운이 마법을 시행했던 것인지 진현의 몸이 서서히 흐려지는 것을 보며 에오로는 고개를 돌렸다. 우혁은 눈앞에서 사람이 사라지는 모습을 보면서도 전혀 놀라는 기색이 아니었다. 대단한 사람이네라고 에오로는 생각했다. 조금의 시간이 지난 후 두 사람의 모습이 완전히 사라지고 조심스러운 발걸음 소리만이 들리자 우혁은 작게 한숨을 쉬었다.

　병사들의 갑옷 부딪치는 소리와 함성 소리가 요란스럽게 커져 가는 것을 들으며 그는 조심스럽게 공주를 안아 들고는 발길을 돌렸다.

외전外傳
어느 일요일에 있었던 일

어느 일요일에 있었던 일

 여름의 아침은 일찍이 시작된다. 그것을 원하는 사람이 많든 적든 상관없이 말이다. 푸르스름한 하늘에는 아직 새하얀 달이 그 모습을 드리우고 있었다. 우혁은 천천히 침대에서 일어났다. 그리고 그와 더불어 책상 위에 올려두었던 디지털 시계에 불빛이 깜빡거렸다.
 띠띠띠띠.
 만든 이의 센스라고는 찾아볼 수 없는 일률적인 시계 음이 조금 울려 퍼지고 우혁은 손을 뻗어 자명종 소리를 껐다. 어두운 방 안으로는 달빛이 고요하게 내리비치고 있었다. 사물이 조금씩 분간이 갈 즈음 그는 몸을 일으켜 방 안의 불을 켰다. 확 하고 밝아진 방 안에서 그는 조심스레 기지개를 켰다. 흐트러진 파란 이불을 잘 접어서 침대를 정리한 후 서랍 안에 넣어두었던 핸드폰을 꺼내어 들었다.
 오늘은 일요일이다. 그렇지만 그의 일상은 언제나 다람쥐 쳇바퀴 돌아가듯 규칙적이었고 그 역시도 그것을 즐겼다. 다른 이들에게는 휴일로서 달갑게 받아지는 일요일이어도 우혁, 그에게는 변함없는… 그저 365일 중 하루일 뿐이었다.

옷장을 열어 운동복으로 갈아입은 그는 방문을 열고 거실로 나왔다. 아직 우혁의 유일한 가족인 어머니는 단잠에 빠져 계셨고 그는 그것을 방해하기 싫었다. 조용히 욕실로 들어가 세수를 끝마친 우혁은 집을 나섰다. 환하게 밝아져 오는 새벽의 아침을 그는 좋아했다. 약간은 더운 열기가 묻어져 불어오는 바람이 그의 머리카락을 흩뜨리고는 사라졌다.

탁탁.

운동화 끈을 세게 묶은 후 발을 굴린 그는 조용히 아파트 주변의 산책로를 따라 걷기 시작했다. 달과 태양이 함께 떠 있다. 새하얀 달과… 그보다 더 찬란할 정도로 하얗기에 쳐다볼 수조차 없을 태양이.

그는 천천히 속력을 높여 뛰었다. 하지만 우혁이 내쉬는 숨은 마치 일반적으로 걷는 이가 내뱉는 것과 다를 것이 없었다. 천천히 들이쉬고 내쉰다. 심장은 빠르게 뛰지만 숨은 고름으로써 밸런스를 맞추는 것이다. 오히려 많은 숨을 내뱉으면 쉽게 지치니까. 아무리 심한 운동을 해도 호흡은 평상시와 같이 극히 자연스럽다.

"자네는 오늘도 뛰는구먼. 건강해서 좋겠어. 하하."

아파트의 경비원처럼 보이는 중년의 남자가 우혁에게 말을 건넸다. 순찰을 도는 것인지 천천히 이곳저곳 두리번거리면서 걷고 있었다. 우혁은 경비원에게 고개를 한 번 숙여 보인 후 걸음을 재촉했다. 그는 언제나 시간을 정확히 지켰다. 일어나서 조깅을 하는 시간과 그것을 끝마칠 시간, 아침 먹는 시간 및 다시 집을 나서는 시간 모두. 그의 이런 점을 잘 아는 사람들은 그를 기계적이라고 말했지만 그는 개의치 않았다.

아무런 계획 없이 사는 것보다는 자신은 그렇게 사는 게 더 마음에 들었다. 조깅을 끝마칠 시간이면 어머니는 일어나서 식사를 차리고 있을 것이다. 아파트를 두어 바퀴 뛴 후 그는 이마에 맺힌 땀을 살짝 손등으로 훔쳤다. 여름날, 반소매도 아닌 긴 옷을 입고 조깅을 한다는 것은 생각보다 쉬운 일이 아니었다. 그러나 막 철이 들 무렵부터 그렇게 해왔던 우혁에게는 버릇이나 다름이 없었다.

"다녀왔니? 씻고 식사하렴."

까만 머리카락을 단정하게 묶고 있는 조금 가녀려 보이는 평범한 중년의 여성이 그에게 말했다. 우혁이 초등학생이었을 때 사고로 죽은 남편의 몫까지 그녀는 지금껏 우혁을 키워왔다. 우혁에게는 그녀가 유일한 가족이었고 그녀에게도 마찬가지였다. 비록 낳아준 이는 아닐지라도 우혁은 그녀를 진정 어머니로 여기고 살았다. 깔끔하게 샤워를 마친 우혁은 자신의 방으로 들어가 옷을 갈아입었다. 스킨과 로션까지 다 챙겨 바른 후 아직 덜 마른 머리카락을 쓸어 넘긴 그는 안경집에 들어 있는 안경을 꺼내어 쓰면서 한숨을 내쉬었다.

방에서 나온 그가 맨 처음 본 것은 식탁 위에 아침 식사치고는 푸짐하게 차려진 음식들이었다. 그는 다시 한 번 한숨을 내쉰 후에 자리에 앉으며 낮은 목소리로 말했다.

"아침에는 그냥 간단한 것이면 돼요, 어머니."

수저를 들고 와 식탁에 놓으면서 미연은 잠시 머뭇거리다가 곧 입을 열었다.

"아침일수록 든든히 먹어야 해."

"…잘 먹겠습니다."

살짝 고개까지 숙이며 그렇게 말하는 우혁을 미연은 말없이 바라보았다. 무뚝뚝한 아들이지만 이런 모습을 하루 이틀 봐온 것이 아닌 그녀는 조심스럽게 말했다.

"오늘도 나가니? 일요일인데……."

콩나물국을 한 수저 떠먹은 후 우혁은 고개를 들지도 않고 특유의 무뚝뚝한 어조로 대답했다.

"아영이네 도장에 가기로 했어요. 외숙부께서 아영이 대련 상대 좀 해달라고 하셔서요."

아영의 아버지는 우혁의 외숙부, 즉 어머니의 오빠가 되는 관계였다. 그 덕분에 아버지가 돌아가신 후에도 제법 큰 도움을 받아가면서 살아왔다. 우혁에게 있어서 외숙부는 아버지와 비슷한 존재였다. 사실 그에게 있어 현재 피가 이어진 존재는 아무도 없었다. 원래 그를 낳아준 어머니는 몸이 허약해 그를 낳자마자 죽었고 아버지 역시 오래전에 죽었으니까. 지금의 어머니는 피가 이어지지 않은 존재. 그러나 우혁은 그 일을 비관하거나 마음에 둔 적은 없었다. 그럴 만한 시간은 자신에게 필요하지 않다고 생각했으니까.

빠르게 식사를 마친 그는 잘 먹었습니다라는 인사를 빼놓지 않고 자신이 먹은 식기들을 싱크대에 넣어두었다. 그리고 나갈 채비를 서둘렀다. 누가 보기에도 심플한 검은 티셔츠에 질이 잘 든 청바지. 사이드 백을 걸친 우혁의 손에 마지막으로 가장 중요한 무언가가 들려졌다. 언제나 자신의 몸에서 멀리 떨어뜨려 놓지 않는 검劍이었다. 정확히 말하자면 도刀겠지만. 손잡이에 감겨진 까만 가죽이 손에 착 감기는 순간, 우혁은 그 느낌에 살짝 어깨를 떨었다.

마음이 차분하게 가라앉았다. 누군가는 검을 손에 쥐게 되면 흥분한다고 하지만… 우혁은 오히려 검을 손에 쥐게 되면 그 느낌과 서늘함, 그리고 아름다움에 심장이 고요해지는 것 같았다. 암청색의 목검집에 조심스럽게 애도愛刀를 넣은 그는 어깨에 그것을 걸치고 방을 나섰다.
 "운동할 때는 항상 조심하렴. 저번에도 다치고 들어왔을 때 얼마나 놀랐는데."
 미연은 앞치마 자락을 꼭 쥐면서 정말로 걱정스러운 목소리로 말했다. 바닥에 걸터앉아서 운동화 끈을 동여맨 그는 흘러내리는 안경을 손가락으로 대충 끌어 올렸다. 그리고 천천히 자리에서 일어선 후에 고개를 돌려 미연을 보면서 담담하게 말했다.
 "그땐 제 실수였어요. 다녀오겠습니다."
 "……."
 탕.
 미연이 뭐라고 더 말하기도 전 철문은 조심스럽게 열렸다가 굳게 닫혔다. 집을 나선 우혁은 작게 숨을 내쉰 후에 고개를 저었다. 이 이외에 더는 안 된다는 듯이. 가방을 열어 CD 플레이어의 버튼을 톡톡 눌렀다. 그리고 곧 이어 핑— 하고 단조로운 CD가 돌아가는 소리가 작게 들려왔다.
 지극히 침울하게, 지독히도 슬픈 음색의 음악이 이어폰에서 우혁의 귓가로 스며들었다. 이 습기 가득하고 무더운 여름에 듣기에는 조금은 무더워지는 음색. 흙탕물에 들어가 발을 담그는 듯 질질 끄는 여성의 보이스가 독특했다. 우혁은 발걸음을 옮겼다. 그리고 조심스럽게 입술을 달싹였다.
 "Adia, I do believe I failed you… Adia, I know I've let you

down, don't you know I tried so hard to love you in my way, it's easy let it go……."

중얼거리는 듯 조용하게 노래를 읊조리며 그는 천천히 걸어갔다. 주위의 소음은 아무것도 들리지 않을 만큼 볼륨을 높이고.

"우혁아, 오늘 미팅 있는데……."
"꺼져."

우혁은 조용하게 말했고, 그렇기에 듣는 이 역시 잠시 동안 우혁이 대답을 한 것인지 아닌지 생각을 해야만 했다. 도복을 가지런히 챙겨 입은 후 양 옆으로 손을 넣어 상의의 느슨함까지 완벽하게 정리했다. 그리고 잠시 옷매무새를 정리한 우혁은 허리를 숙여 하의의 주름 역시 손으로 툭툭 폈다. 천천히 자신의 애도를 챙겨 들고 총총히 탈의실을 벗어난 그의 등 뒤로 친구의 절규하는 음성이 들려왔다.

"비, 빌… 녀석아아!"

아마도 원래는 빌어먹을 녀석아라고 외치고 싶었을 것이다. 하지만 이곳은 신성하디신성한 도장. 그곳에서 감히 입에 담지 못할 말을 한다는 것은 곧 검을 놓고 도복을 벗는다는 것과 마찬가지의 뜻. 우혁은 아랑곳없이 조용히 고개를 숙임과 동시에 도장 안으로 천천히 발을 들여놨다. 맨발에 닿는 차가운 나무 바닥의 느낌이 언제나 그를 기분 좋게 만들었다. 몇몇 연습을 하고 있는 도장의 후배들에게 정중하게 목례를 한 후 그는 도장의 벽에 높게 걸려진 국기를 보며 오른손을 들어 가슴 위에 올려놓았다.

먼저 인사를 하지 못한 후배들은 서둘러 우혁에게 고개를 숙였다.

"아, 안녕하십니까."

큰 목소리는 내지 않은 채로 인사하는 그들에게 우혁은 다시 고개를 숙였다. 조심스럽지만 단호한 태도로 한쪽으로 걸어간 그는 조용히 정좌를 하고 앉았다. 물론 한 치의 틀림도 용서하지 않는 그는 누가 보기에도 교본이라고 할 수 있을 정도로 완벽한 자세를 보여주었다. 왼손에 들려진 도를 옆에 놓아둔 후 그는 두 손을 허벅지 위에 올렸다. 입술을 굳게 다문 채로 천천히 눈을 감는 우혁을 보면서 도장 안의 초보 검도 입문자들은 입을 딱 벌렸다.

자신들이 생각하는 이미지의 검도인이라고 생각하며. 방금 전 탈의실에서 우혁에게 말을 걸었다가 기분 상하는 대답을 들은 그의 친구 아닌 친구는 씩씩거리며 도장으로 들어와 우혁의 옆에 털썩 소리를 내며 앉았다. 뭐, 화가 나는 것은 나는 것이고 지킬 것 역시 지켜야 하는 것이 도리이기에 인사라는 인사는 다 할 수밖에 없었다. 도장에는 우혁보다 한참 뒤늦게 들어왔지만 같은 나이였기에 친구 사이로 된 재훈은 이를 부득부득 갈면서 낮은 목소리로 우혁에게 말을 건넸다.

"너, 정말 이럴 수가 있는 거냐? 난 말이지 우정으로써 너한테 같이 가자고 말을 하는 거야. 이번 미팅에 나오는 여자들이 다 퀸카란다, 퀸카. 부산여대 애들인데 어때?"

그런 대답을 듣고도 포기를 하지 못한 것일까? 우혁은 천천히 감고 있던 눈을 뜨며 정면을 바라보았다.

"안 가."

"야!"

"왜?"

힐끔 자신을 쳐다보는 우혁의 매서운 눈길에 찔끔한 재훈은 곧 입을 우물거리며 우혁의 옆에 찰싹 달라붙어 그 매끄러운 혀를 움직여 댔다.

"응? 제발 부탁이다. 네가 나오면 여자들이 좋아한단 말이다. 얼굴만 비춰주라. 친구 좋다는 게 뭐냐? 응, 응? 너 안 데리고 나가면 나 딴 녀석들한테 맞아 죽어."

우혁은 다시 정면으로 시선을 보낸 후에 눈을 감았다.

"안됐구나. 관장님께는 그리 일러둘 테니 잘 가길 바란다."

그답지 않게 농담 어린 말이었지만 그것은 재훈의 인내심이라는 짧은 끈을 뚝 끊어지게 하기에 충분했다.

"우아아아! 너, 정말 이럴 거냐!"

딱!

뭔가 박 깨지는 소리 비슷한 게 들렸는데? 우혁은 아무 말 없이 고개를 돌렸고 곧 이어 다시 가로저었다. 신성한 도장에서 절규와 같은 함성을 지른 대가로 재훈은 관장님의 성스럽고도 성스러운 애도로 머리를 맞은 후 그대로 앞으로 나가떨어졌다. 쉰은 넘었을 것 같은 얼굴이지만 그 몸은 탄탄한 젊은이의 그것과 같은 강직한 표정의 남자가 두 사람의 뒤에 서 있었다. 그는 방금 전 밝고 맑은 소리를 냈던 목도를 왼손에 든 채로 꿈틀거리는 재훈을 내려다보았다.

"감히 신성한 도장에서 기합 아닌 목소리를 높이는 거냐? 평상시에 기합은 비루먹은 당나귀같이 지르는 녀석이 잘하는 짓이다. 그리고 뭐? 여자들이 좋아해? 이 화창한 휴일에 여자들이나 만날 생각밖에 안 하고 있는 거냐? 넌 오늘 그 벌로 휘두르기 2,000번이다."

그의 뒤에는 이제 막 소녀티를 벗은 긴 갈색 머리카락의 여성이 서 있었다. 고개를 숙인 채 킥킥거리며 웃음을 간신히 참은 그녀는 우혁에게 살짝 손을 흔들어 보였다. 조용히 오른발부터 세우며 몸을 일으킨 우혁은 자신의 스승이자 외숙부인 관장하게 절도있는 태도로 허리를 숙였다. 흰색의 품위있어 보이는 도복을 입은 관장은 험험거리는 기침을 내뱉은 후에 그 역시 허리를 숙였다. 그땐 물론 뒤에 서 있던 아영 역시 얼른 허리를 숙여야만 했다.
 목검, 그것도 단단하기로 유명한 흑단黑檀으로 만들어진… 잘못 맞으면 병원 직행은 필수이고 사망은 선택인 그것에 정수리를 얻어맞은 재훈은 끙끙거리며 머리를 감싸고 주저앉아 있었다.

 재훈은 입술을 불쑥 내민 채로 짚으로 만들어진 인형을 앞에 둔 채 죽도를 휘둘렀다.
 "551! 552! 553!"
 "목소리가 작다. 오늘 아침 죽 먹고 나왔냐?!"
 광장의 호령 소리에 재훈은 눈물을 머금고 목소리를 드높여 소리를 빽빽 질렀다.
 "554! 555! 556!"
 그런 그의 모습에 아영은 자신의 목도를 들고 키득거리며 연신 웃어 댔다. 그녀는 천천히 자신의 긴 머리카락을 끌어 올려 묶은 뒤에 허리에 목도를 끼운 채로 손가락을 깍지 낀 상태로 앞으로 쭉 폈다. 뚜둑, 하는 왠지 기분 상쾌한 소리가 나며 어깨를 푼 그녀는 조용히 정좌한 자세로 앉아 묵상을 하는 우혁에게로 다가갔다. 그는 그녀의 발걸음 소리에 살며시 눈을 떴다. 제법 거리가 있고 기합과 호령 소리가 도장 안을 가득 메우고 있는데 용케 사람이 다가온다는 것을 눈치 챈 것이다. 아영은 눈을 동그랗게 뜨며 무릎을 구부려 그의 앞에 쪼그려 앉았다.
 그녀의 그런 모습에 우혁의 눈살이 살짝 찌푸려졌으나 이내 체념한 듯 한숨을 쉬었다. 아영은 검도의 정중한 자세, 품위, 그리고 기본의 예법과는 거리가 멀었다. 그녀는 그저… 검이 좋아서 휘두르는 것이었으니까. 자신과는 다른 것이다.

"오늘 대련해 줄 거지? 아니면 오늘 안 왔을 테니까."

"네가 매일같이 도장에 온다면 내가 일부러 올 필요는 없을 텐데."

그것도 네가 올 시간을 맞춰서 말이라는 말은 빼먹었지만 아영은 입술을 샐쭉거리며 우혁의 손을 잡아끌었다.

"이제 대학 1학년한테 친구들과의 모임을 빼먹고 도장에 오라는 건 너무 가혹한 처사라고! 어쨌거나 빨리 해주라. 나 오늘도 오후에 친구들이랑 만나기로 했단 말야."

"후우."

짧게 한숨을 내쉰 그는 못 이기는 척 자리에서 일어났다. 옆에 놓인 자신의 애도 '파사破邪'의 손잡이를 거머쥐었다. 다른 검들과 마찬가지로 땀으로 인해 미끄러지는 것을 방지하기 위해 가죽으로 단단하게 감겨진 손잡이가 자신의 손에 끈끈하게 달라붙는 느낌이 들었다. 방정맞은 태도로 아영은 환하게 웃으며 도장의 중앙으로 걸어갔다. 연습을 하던 이들의 눈길이 곧장 아영과 우혁에게로 쏠아졌다. 관장은 곧 고개를 끄덕이더니 다른 원생들을 밖으로 물리고 연습 시합이니 잘 관전하라고 주의를 주었다.

모두가 정좌를 하고 바닥에 앉자 아영은 우혁과 9보 정도 떨어진 곳에 가서 오른손에 도를 쥐었다. 우혁 역시 오른손에 도를 쥔 상태에서 천천히 허리를 숙여 인사를 했다. 아영도 조심스럽게 허리를 숙였다. 두 사람은 칼을 왼손으로 바꾸어 쥔 후 허리의 끈에 검을 꽂았다. 잠시 동안 서로를 응시한 그들은 크게 앞으로 세 걸음 걸어나왔다.

주위의 원생들은 아무런 목소리도 내지 않았다. 이상하게 주위의 공기가 팽팽하게 당겨졌다는 것을 조금은 느낄 수 있었다. 원래 검이나 도라는 것을 다루다 보면 상대의 기나 공기 중의 기의 움직임을 몸으로 느낄 수가 있으니까. 조용히 오른손의 새끼손가락부터 차례대로 검을 쥔 아영은 도를 뽑아 들었다. 그리고 잠시 후, 우혁 역시 자신의 애도를 뽑은 채로 두 사람은 대치 상태에 들어갔다. 그러나 아영은 쉽사리 우혁에게 달려들지 못했다. 그에게는 빈틈이라는 것이 없었다.

몸과 마음과 그리고 그 자신 자체에 틈이 없었기 때문에 쉽사리 검을 들고 몸을 던진다면 오히려 역으로 당할 것이다. 정좌를 한 채 그 모습을 지켜보던 관장은 조용히 고개를 끄덕였다.

"멋진 자세다, 우혁아."

"으음, 그런가요? 그냥 중단 겨누기잖아요?"

옆에서 한심한 어투로 묻는 재훈에게 짧게 혀를 차준 관장은 눈을 감은 채로 마치 시를 읊어 나가듯 조용한 어조로 말했다.

"명경지수明鏡止水. 지금 우혁은 그 단계이다. 아무런 사심邪心도… 하물며 이기겠다는 생각도 없이 고요하다. 마치 하늘 위에 뜬 시리도록 맑은 달과 같이 말이다. 아무리 아영이라도 함부로 덤빌 수 없을 거다. 잔잔한 수면은 어지럽힌다고 해도 다시 원래대로 돌아가고, 또한 어지럽힌 자 역시 그 수면 아래로 끌어내리기 마련이니."

그런가 하는 표정으로 고개를 갸웃거린 재훈은 다시 정면을 보았다. 두 사람은 조금 시간이 지난 이 시점까지 움직임이 없었다. 우혁의 표정은 담담했다. 평상시와 다를 것이 없는 그 모습에 재훈은 어깨를 부르르 떨었다. 긴장은 하고 있는 것일까? 죽도도 아니고 목도도 아닌 날을 세운 진검으로 대련을 할 때면 그 역시도 혹시나 다치면 어쩌나, 상대방의 움직임을 어떨까 하고 걱정을 한다. 당연한 것이 아닌가. 그런데 우혁은 마치… 무슨 일이 있어도 변하지 않는 굳건한 절벽이나 대지와 같이 보였다.

사람 같지 않은 녀석이야라고 중얼거린 재훈은 말없이 입을 다물었다.

아영은 천천히 발을 움직였다. 그녀의 도는 끝이 살짝 흔들리고 있었다. 시간을 끌다가는 자신이 먼저 공격을 당한다. 우혁과 같은 실력자는 자신의 공격이 확실할 때에 치고 들어온다. 그렇기에 막기는 힘들다. 틈은 없지만 어쩔 수가 없다.

천천히 몸을 움직이는 아영을 우혁은 조용히 지켜보았다. 틈은 많다. 많고도 많아서 어디를 칠지 골라야 할 정도로. 누누이 평상심을 잊지 말라고 일렀는데 저리도 금세 풀어져 버리다니.

한숨이 절로 나오는 우혁이었다. 그리고 그 순간 아영의 도가 그에게로 날아 들어왔다. 그들이 지금 하고 있는 것은 분명 검도와는 다르다. 죽도에 맞았다고 해서 죽는 것은 아니다. 하지만 진검은 다르다. 그 예전 무인들이 적과 검을 겨룰 때 한 번의 겨눔으로 적이 죽든가 자신이 죽든가 결정이 나는 것이다.

우혁은 피하지 않았다. 천천히 팔을 들어 올려 아영의 도를 받아 내린 그는 조용히 발을 움직였다. 조용하게 옆으로 걸어가는 것이다. 그렇지만 그 간단한 동작으로 아영은 이미 자세가 흐트러져 버렸다. 그녀는 조금이라도 시간을 벌기 위해 몸을 틀었으나 그것으로 이미 그녀의 패배가 결정나는 행동을 하고 말았다. 가늘게 눈을 뜬 우혁은 아영의 도를 자신의 것으로 내리누름과 동시에 위로 베어 올렸다. 그 행동은 어디까지나 하나의 동선同船으로 이루어져 있어 부드럽고 매끄럽기 그지없었다.

파사의 날은 아영의 목 언저리에 놓인 채로 멈췄다. 만약에 그 예전 정말로 목숨을 다투며 살아가던 시대의 결투였다면 이미 그녀의 목은 땅에 떨어졌을 것이다. 입술을 살짝 깨문 그녀는 눈을 꼭 감으며 고개를 떨궜다. 단 일합—合에 승부는 싱거울 정도로 간단하게 나버렸다. 도를 검집에 꽂아 넣은 두 사람은 천천히 뒷걸음질쳐 원래의 자리로 돌아갔다. 그리고 시작할 때와 마찬가지로 허리를 숙여 인사함으로써 그들의 대련은 끝이 났다. 너무나도 간단했지만 그 뒤에 숨겨진 의미는 많은 시합이었다.

깨끗하게 샤워를 마친 후 도복을 깨끗하게 접어서 자신의 사물함에 넣은 그는 천천히 짐을 챙겨서 일어섰다. 도복은 언제나 해가 떨어진 후에 관장의 부인, 그의 외숙모가 세탁을 하기 때문에 놔두고 가는 것이다. 원래라면 자신이 직접 가지고 가겠지만 오늘은 안 된다. 일이 있기 때문이다. 천천히 가방과 도를 들고 나오는 그에게 아영이 쪼르르 뛰어왔다.

막 샤워를 마쳐서 약간 발갛게 된 볼과 물기 촉촉한 머리카락을 한 아영은 심술맞은 얼굴로 우혁을 올려다본 후에 투덜거렸다.

"아까는 왜 먼저 공격 안 한 거야? 무시하는 거지?!"

"잘 아네."

"오빠아!"

소리를 빽 지르는 아영을 보며 우혁은 귀가 아프다는 듯 한쪽 귀를 손으로 누르면서 단조롭게 말했다.

"넌 분명히 기술도 좋고 기본도 잘 되어 있어. 하지만 〈때〉를 보는 눈은 아직 먼 듯하군."

"때, 때라고?"

우혁은 흘러 내려오는 안경을 바로잡으며 천천히 걸어갔다. 잠시 머뭇거린 아영은 곧 그 뒤를 따라나섰다. 몇 층으로 된 도장 중에서 검도를 하는 곳은 꼭대기 층이었기 때문에 우혁과 아영은 한참을 아래로 내려와야 했다. 슬그머니 조바심이 난 아영이 뭐라고 되묻기도 전에 1층 현관에 도착한 우혁은 손을 뻗어 유리로 된 문을 밀어내면서 조용히 입을 열었다.

"동선시動善時. 움직임에는 때가 있기 마련이다. 틈을 봐서 상대를 친다는 것은 물론 맞지만 공격이 막혔을 때는 재빨리 원래의 자세로 돌아가 다시 틈을 노려야 하는 거다. 그때를 모르고 머뭇거리다가는 목이 날아가기 십상이겠지. 아까 넌 나에게 분명 공격이 막혔음에도 불구하고 물러날 때를 모르고 버텼어. 물러날 때를 알고 물러나는 것과 치기를 부려 버티는 것의 차이점을 잘 생각해 봐."

"욱!"

아영은 볼을 부풀리며 반박하려고 했지만 딱히 생각나는 말이 없었기에 주먹을 쥔 채로 부르르 떨어야만 했다. 결국 자신보다 두 살 많은 사촌 오빠에게 아영은 한 팔을 휘저으며 소리쳤다.

"다음에는 안 질 거야!"

목소리를 드높여 그렇게 외친 후 그녀는 그대로 등을 돌려 다시 위층으로 달려갔다. 그 모습을 보며 우혁은 작게 숨을 내쉰 후 고개를 저었다. 이미 해는 중천. 뜨겁게 내리쬐는 햇살을 받으며 그는 천천히 걸어갔다. 그의 귀에는 길거리를 지나면 항상 그랬듯 이어폰이 꽂혀져 있었고 흘러나오는 노래는 이 여름에 맞지 않게 착착 깔리는 음정이었다. 뜨거워진 아스팔트 위로 아지랑이가 피어 올랐다.

"다음에는… 안 진다라?"

그는 조용히 뇌까렸다. 다음이라는 것이 있을까? 진검 승부에서 다음이라는 것은 없다. 한 번 검이 베어지면 그것으로 죽은 목숨. 그것이 진검을 들고 싸울 때의 마음가짐이다. 다음은 없다. 죽기 아니면 살기인 것이다. 제법 고급 층의 스포츠라고는 하지만 사람들에게 널리 알려져 스포츠가 되어버린 검도는 물론 승부가 아닌 자기 수련에 목적이 있다. 검술과는 다른 것이다.

활인검活人劍. 활인검이라고 운운하는 자들은 모른다. 검에 활인活人이 어디 있단 말인가. 검이 장인의 손에 만들어짐과 동시에 그것은 이미 살인의 무기가 되는 것이다. 그날로 사람을 베고 그것에 파여진 홈으로 피가 흘러내린다. 이것은 변하지 않는 사실, 어쩔 수 없는 진리. 우혁은 걸음을 멈추고 차분히 고개를 들어 하늘을 보았다. 귓가에 울리는 노래의 음조가 그의 마음을 더 가라앉게 만들었다.

자신의 아버지는 활인을 위해 검이 있다고 하였다. 그리고 바보같이 죽었다. 안경에 가려진 그의 눈매가 매섭게 변했다. 경찰이었던 그에게 동정이라는 말도 안 되는 감정은 곧 죽음을 불러왔다. 방어와 평화를 위해 검을 휘두른다고? 웃기는 소리.

차갑게 입꼬리를 비틀어 올린 그는 곧 발걸음을 움직였다.

타박, 타박.

길게 이어지는 그림자에 머리가 어지럽다.

탁, 탁, 탁.

그는 걸음을 멈추었다. 그리고 천천히 고개를 돌렸다. 자신을 향해 길게 이어진 그림자에 눈살을 살짝 찌푸린 그는 조용히 입술을 달싹였다.

"누구냐."

역광에 의해 희미한 얼굴밖에 보이지 않았다. 한 여름에 검고 긴 옷자락을 늘어뜨린 사내였다. 길게 기른 검은 머리카락이 바람에 한차례 휘날렸다. 주위에는 아무것도 없었다. 건물도, 사람도, 하물며 대지를 녹일 듯이 퍼붓던 태양의 빛도. 우혁은 한 손을 들어 귓가의 이어폰을 뽑아 들었다.

아무 소리도 없는 공허한 허공에는 짧은 노랫소리만이 울려 퍼졌다.

「I pull you from your tower

I take away your pain

And show you

all the beauty you possess

If you'd only let yourself believe that…….」

〈제4권 끝〉

 용어 해설

데저티드 드래곤Deserted Dragon 일반적인 드래곤들보다 약간 더 큰 몸짓과 강한 힘을 가지고 있는 드래곤이다. 암적색의 몸을 가지고 있으며 사악한 성격에 남을 괴롭히기 좋아한다. 그리고 그 행동에서 느끼는 감정을 즐기는 편이다. 타 드래곤들에게 배척당하여 그들과 만나면 한쪽이 죽을 때까지 싸움을 한다. 지능은 낮은 편이라 마법적인 능력은 높지 않다. 개체 수는 많지 않은 편이라 다른 드래곤과 싸움을 일으키면 보통은 지고 도망가는 경우가 많다. 다른 드래곤들에게는 부를 수 있는 아군이 많기 때문이다. 주로 그 어떤 동물도 들어오지 못하는 늪지나 산속 깊숙이 들어가 산다. 직선형으로 날아가는 화염의 브레스와 벼락 브레스를 뿜어낸다.

드워프Dwarf 현재는 J.R.R 톨킨에 의해서 확립된 모습이 정석이 되어버린 소인 종족이다. 그들은 뛰어난 세공사이며 건축가, 대장장이, 광부로서 손재주가 필요로 하는 모든 일에 뛰어난 솜씨를 가지고 있다고 한다. 지하에 동굴을 파고 그 안에 도시를 짓고 사는 경우가 많아서 그런지 어둠 속에서도 잘 볼 수 있다고 한다. 키는 1m 전후의 어린아이와 비슷하고 탄탄한 몸에 강건한 신체를 가지고 있으며 수명은 상당히 길어서 인간의 몇 배에 이른다. 남성 드워프들은 무성한 수염을 가지고 있고 무기 역시 잘 다루지만 신체적 결함(?)으로 인해 긴 종류의 것들은 이용할 수가 없다. 그들은 자신이 쓰는 도끼와 망치들을 전투용으로 개조하여 쓰는 것을 즐긴다. 술을 굉장히 좋아하며 맛있는 음식 역시 즐기고 그것들이 뱃속으로 들어가면 기분이 좋아진다. 드래곤과 오크들을 철천지원

수처럼 여기며 인간들은 그리 배척하지 않는 편이어서 인간들이 그에 합당한 대가를 내놓는다면 좋은 건축물을 지어주기도 한다.

레이피어Rapier 이 검은 찌르기 전용의 검으로서 얇고 가볍다. 전체 길이는 80~90cm가량이며 폭은 2cm 정도, 무게는 2kg 내외이다. 날 끝 부분이 일직선이며 예리하게 되어 있어서 얇은 가죽 갑옷이나 체인 메일 정도는 쉽게 뚫을 수가 있었다.

로브Robe 보통 큰 의미로 겉옷을 의미한다. 프리스트나 특별한 직업을 가진 이들이 입는 헐렁하고 긴 겉옷을 말한다.

롱 소드Long Sword 길이는 대략 90cm 내외이며 검날의 폭은 2cm 정도이다. 무게는 2kg을 넘지 않는다. 가볍고 단단하며 많은 이들이 애용하는 무기이지만 현대의 나약한 팔을 가진 사람들이 이용한다는 것은 말도 안 될 만큼 배우는 데 노력을 해야 하는 무기이다. 여기서 가볍다는 것이 지칭하는 것은 그나마 일반적인 무기들보다 가볍다는 말일 뿐이다. 중세 유럽 시대에서 처음 등장을 하였고 수많은 기사들의 무기로 애용이 되었다. 기동성이 뛰어나고 노력을 하면 잘 다룰 수 있는 무기이기에 많은 여행자들에게도 잘 사용이 되는 긴 역사를 가진 무기들 중에 하나이다. 판타지 영화에서 일반적으로 영주 밑에서 일하는 기사들과 병사들이 가지고 있는 검이 이것이다.

메이지Mage 일반적인 마법사들의 총칭. 적당히 실력을 가진 이들은 모두 메이지라 부르며 그 이상의 수련을 하여 마스터 자격을 가진 이들은 매직션Magician이라는 칭호를 가질 수 있게 된다.

발록Barlog 드래곤과 동급이거나 그 이상의 실력을 가진 악마이다. 거대한 몸짓은 거인을 연상시키며 한 쌍의 날개를 가지고 있다. 검은 갑옷과 불꽃의 채찍, 불꽃으로 뒤덮인 검을 가지고 있다고 한다. 주인에 대한 엄청난 충성심과 인내심을 가진 존재라고 한다. 지상에는 거의 모습을 드러내지 않은 채 주인이 명령을 내릴 때까지 자신의 안식처에서 기다란다. J.R.R. 톨킨의 소설에서 등장했다.

백호白狐 동양의 영물인 백호. 흰 범의 모습을 하고 서방의 수호를 맡고 있다. 때로는 의로운 동물로서, 때로는 흉물로서 등장한다. 털을 가진 모든 동물들을 관장하며 그의 기운은 금金이다. 계절로는 가을을 맡고 있으며 오래전부터 백호의 출현은 상서로운 것으로 여겨져 왔다.

브레스트 플레이트Breast Plate 흉갑. 플레이트 아머 중에서 가슴 부위에 장착하는 것이다. 가슴은 신체 중 머리 부분과 마찬가지로 중요한 부분이기에 이곳을 보호하는 것은 당연한 일이었다.

블랙 드래곤Black Dragon 칠흑과 같은 비늘을 가진 드래곤. 그들은 심술궂고 타 생물은 생각하지 않으며 독설적이고 이기적이다. 자신의 영토에 침범하는 것은 용서하지 않는다. 젊은 드래곤일 때에는 여타의 드래곤들 중에서는 약한 축에 드나 나이가 들어 중년기 이상이 되면 다른 드래곤들 만만치 않은 힘을 가진다. 강력한 애시드 브레스Acid Breath를 뿜어낸다. 레드 드래곤 만만치 않게 전투를 즐긴다.

어쌔신 길드 Assassin Guild 카르틴 제국에 있는 비밀 결사. 금전적이나 정치적인 동기로 인하여 누군가를 암살하거나 물건을 훔치는 등의 임무를 맡는 집단이다. 정확한 본거지가 어디인지는 알려진 바 없으며 카르틴 제국과 무관하다고는 할 수 없는 집단이지만 아주 관련 깊다고도 할 수 없다. 그들은 그저 자신들에게 맡겨진 임무를 행하기 위하여 목숨까지 바치며 임무를 이행하기 전에는 본거지로 돌아가지 않는다고 한다. 어렸을 적부터 교육에 의하여 완벽히 기계적으로 임무를 완수한다. 카르틴 제국은 그들에게 일정량의 자금을 주면서 임무를 맡기는 경우도 있다.

연금술사鍊金術士 중세(中世) 유럽에 퍼진 주술적(呪術的) 성격을 띤 일종의 자연학이다. 뜻 그대로 금을 만들어낼 수 있는 사람. 이 소설상의 주월은 금뿐만이 아니라 생명을 창조해 나가는 연금술사의 이미지가 강하다. 연금술이라는 것은 말 그대로 금을 만들어내는, 사실상 이루어질 수 없는 일을 가능케 하는 능력이나 다름없는 것이다.

엘프Elf 북구 신화에 기원을 둔 종족이다. 이미르의 썩은 살에서 태어난 난쟁이라고 한다. 하지만 J.R.R.톨킨에 의해 변화한 그들은 인간으로서는 상상할 수 없는 용모를 가지고 있다. 자연을 사랑하며 고상하고도 품위가 있고 아름다운 존재로 그려진다. 몸놀림이 빠르고 손재주도 좋으며 마법의 재능도 높다. 불사신이거나 인간과는 비교하지 못하는 긴 수명을 가지고 있으며 자연과의 조화를 중요시한다. 동물이나 새들의 말을 이해하며 드워프와는 사이가 좋지 않은 편이다.

유니콘Unicorn 흔히 환상의 동물이라고 불리는 외뿔을 가진 말. 흰 백마의 모습을 하고 있지만 흑마의 모습을 한 유니콘도 있다고 한다. 물론 이들은 아주 드물다. 보통의 말과 비슷해 보이지만 우선적으로 굉장히 아름다우며 힘 역시 세다. 속도는 바람과 같아서 잡을 수 없다. 하지만 유일하게도 순결한 처녀에게만 복종하기 때문에 유니콘을 잡기 위해서는 그가 사는 숲에 순결한 처녀를 데려다 놓으면 유니콘은 처녀의 무릎을 베고 잠이 든다. 유니콘의 뿔은 만병을 통치하는 영약이라고 믿어졌다.

주작朱雀 주조朱鳥라고도 한다. 붉은 봉황이라고도 불리며, 그래서인지 모습은 봉황과 흡사하다. 불火의 기운을 맡는 남방의 수호신이다. 깃털을 가진 생물들을 관장하며 재주를 가진 자들을 아끼며 수호한다. 계절로는 여름을 상징하며 사신들 중에서 심판관의 역할을 맡고 있다고 한다.

차크람Chakram 평평한 고리 모양의 금속으로 만들어진 무기. 고리의 바깥쪽은 모두 날이 달려져 있다. 사용법은 고리의 안쪽에 검지손가락을 넣고 회전시켜 속도를 붙인 후 던진다. 인도 북부의 시크교도들이 사용했다고 한다. 하지만 올바르게 사용하는 방법이 전승되었는지는 밝혀진 바가 없다.

청룡靑龍 창룡蒼龍으로도 불리며 사신四神들 중 동쪽의 수호신이다. 푸른 비늘을 가진 용으로서 비늘을 가진 동물들과 곤충들을 돌본다고 한다. 계절로는 봄을 상징한다. 즉, 생명의 창조나 탄생과도 밀접한 연관을 가지고 있다.

퍼걸러Pergola 정원에 돌로 세워 올려진 작은 건물. 서양식으로 만들어진 정자라고 생각하면 될 것이다. 햇빛을 피하거나 정원을 돌보다가 휴식을 취할 수 있게끔 하는 용도이다.

폴리모프Polymorph 모습을 바꾸는 마법. 마법사가 의도한 것으로 바꿀 수가 있다. 하지만 그 모습에 익숙해지지 않는다면 모습을 바꾸고도 아무런 도움이 되지 않을 것이다. 물고기로 변했다가 물에 빠져 죽을 수도 있을 테니까.

플레이트 아머Plate Armor 말 그대로 철로 된 갑옷. 철판을 몸에 두른 것을 상상하면 된다. 하지만 팔목이나 움직일 수 있는 관절 부위는 체인 메일을 사용하였다. 플레이트 아머의 평균 무게는 시대나 나라에 따라 다르기는 하지만 보통 18~25kg 정도로 다양하다. 즉, 보통 사람은 입고 걷기조차도 힘들다.

호비트Hobbit J.R.R 톨킨의 의해서 창조된 종족. 발에는 수북하게 털이 나 있고 키는 1미터 전후에 지나지 않는다. 맛있는 음식들을 좋아하고 음악과 술 역시 즐긴다. 낙천적이며 성격은 밝고 친근하기 때문에 인간과도 쉽게 친해진다.

현무玄武 수기水氣를 맡은 태음신太陰神. 뱀과 거북이 뒤엉켜 둥근 원을 이룬 그는 물에 사는 어류들을 관장한다. 겨울을 맡고 있는 그는 모든 생물들의 죽음을 보는 신이다. 또한 재생을 돌보기도 하여 겨울, 즉 봄의 탄생으로 가기 위해 잠을 자고 재생을 준비하는 이들을 보살핀다.

베이컨트 Vacant

김남훈 판타지 장편 소설

신념에 건다! 운명까지도!

오랜만에 선보이는
무게감있는 남성적 판타지!
베이컨트(VACANT)

광폭한 마수의 위협, 섬뜩한 사투의 연속.
진지한 삶에의 희구, 호쾌한 우정의 열정.

찾았다! 판타지를 판타지답게 하는 모든 것!

과거 모든 것이 무(無)였던 시대가 있었다.
인간은 그 시대를 가리켜 베이컨트라고 명명했다.
아무것도 존재하지 않는 외로운 공간.
신과 인간은 그 베이컨트의 시대를 지나서 태어났으니…

● 베이컨트 / 김남훈 著 / ①~③권 발매 / 7,500원

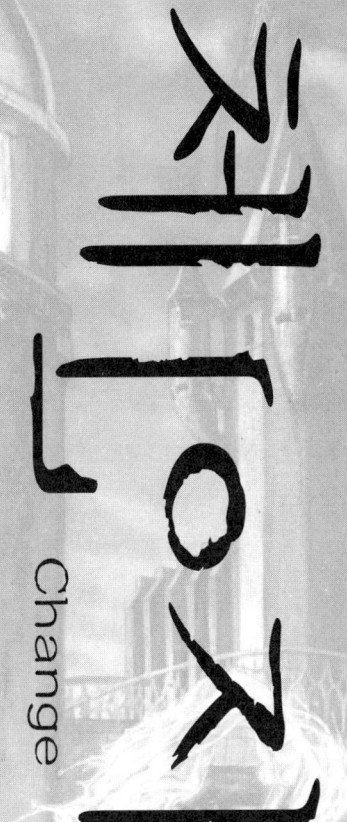

체인지 Change

고선영 판타지 장편소설

뒤바뀐 것은 육체만이 아니다.
달라진 것은 영혼만이 아니다.
점점… 점점…
내가 아닌 라비스가 되어간다.

될 대로 되라지!!

영혼만은 소년인 귀족 소녀 라비스의
좌충우돌 **새로운 세계로의 모험담**

● 체인지 / 고선영 著 / ①~④권 발매 / 7,500원

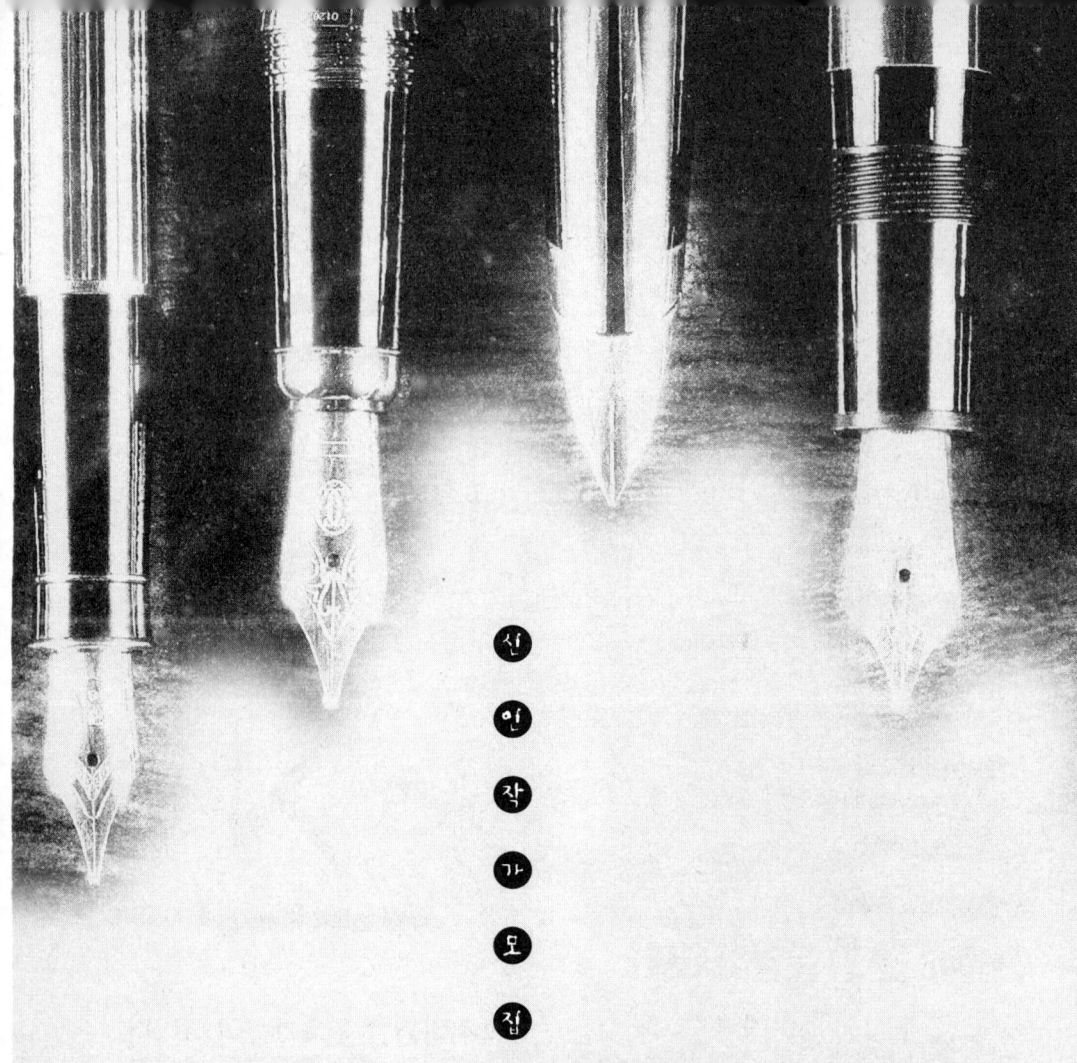